21 世纪师范院校计算机实用技术规划教材

U0095664

# 网页设计与制作实用教程

## （Dreamweaver+Flash+Photoshop）

杨　桦　孙利娟　主编

高　峰　缪　亮　副主编

清华大学出版社

北　京

## 内 容 简 介

本书主要介绍用 Dreamweaver、Photoshop 和 Flash 进行网页设计与制作的方法。本书以实例带动教学，注重对读者动手实践能力的培养。每章都设计了"上机练习"教学单元，既可以让教师合理安排教学实践内容，又可以让学习者举一反三，快速掌握本章知识。

全书共包括 12 章，第 1 章介绍网站开发的基础知识；第 2～7 章介绍使用 Dreamweaver 进行网页制作和网站管理的方法；第 8～10 章介绍使用 Photoshop 进行网页图像设计和绘制网页的方法；第 11、12章介绍使用 Flash 进行网页动画制作的方法。

本书内容精练，构思科学合理，实例丰富，理论与应用配合紧密，既可作为各类院校的网页设计与制作教材，也可作为培训机构相关专业的培训教材，还可作为网站开发人员和网站开发爱好者的自学或参考用书。

## 图书在版编目（CIP）数据

网页设计与制作实用教程（Dreamweaver+Flash+Photoshop）/ 杨桦，孙利娟主编. —北京：清华大学出版社，2011.1

（21 世纪师范院校计算机实用技术规划教材）

ISBN 978-7-302-22910-0

Ⅰ. ①网…　Ⅱ. ①杨…　②孙…　Ⅲ. ①主页制作– 图形软件，Dreamweaver、Photoshop、Flash – 师范大学 – 教材　Ⅳ. ①TP393.092

中国版本图书馆 CIP 数据核字（2010）第 100215 号

责任编辑：魏江江　李玮琪
责任校对：白　蕾
责任印制：王秀菊

出版发行：清华大学出版社　　　　　　地　　址：北京清华大学学研大厦 A 座
　　　　　http://www.tup.com.cn　　　邮　　编：100084
　　　　　社 总 机：010-62770175　　　邮　　购：010-62786544
　　　　　投稿与读者服务：010-62795954，jsjjc@tup.tsinghua.edu.cn
　　　　　质量反馈：010-62772015，zhiliang@tup.tsinghua.edu.cn
印 装 者：北京鑫海金澳胶印有限公司
经　　销：全国新华书店
开　　本：185×260　印　张：25.25　字　数：610 千字
版　　次：2011 年 1 月第 1 版　　印　　次：2011 年 1 月第 1 次印刷
印　　数：1～3000
定　　价：39.50 元

产品编号：036988-01

# 前　言

随着网站技术的发展，社会各个领域对网站开发技术的要求日益提高，人才市场上对网站开发工作人员的需求大大增加。网站开发工作包括市场需求分析、网站策划、网页平面设计、网页页面排版、网络动画设计、网站程序、网站的推广等各方面的知识，这是一项对开发人员的综合技能要求很高的系统工程。

本书按照教学规律精心设计内容和结构。根据各类院校教学实际的课时安排，结合多位任课教师多年的教学经验进行教材内容的设计，力争教材结构合理、难易适中。

本书可作为各类院校的网页设计与制作教材，各层次职业培训教材，同时也可作为广大网站开发爱好者的自学指导用书。

## 主要内容

本书涉及网站开发的基本知识、Dreamweaver 制作网页和管理网站的方法、Photoshop 制作网页图像和进行网页平面设计的方法、Flash 制作网络动画的方法。本书共分 12 章，各章节内容介绍如下。

第 1 章学习网站开发的基础知识，包括网站开发概述、网站开发流程、常用网页设计软件、HTML 入门等。

第 2 章学习 Dreamweaver CS3 基础知识，包括 Dreamweaver CS3 的工作环境、建立本地站点、在 Dreamweaver 中制作第一个网页等。

第 3 章学习制作网页内容的知识，包括文字和段落在网页中的应用、图像在网页中的应用、多媒体对象在网页中的应用、超链接等。

第 4 章学习 CSS 样式表的知识，包括 CSS 入门、CSS 样式详解、创建和应用 CSS 样式、链接外部 CSS 样式表等。

第 5 章学习网页布局的知识，包括网页布局类型、用表格进行网页布局、框架、用 CSS 进行网页布局等。

第 6 章学习网页特效与交互的知识，包括行为的应用、AP 元素和时间轴、AP 元素动画、Spry 框架、JavaScript 基础知识等。

第 7 章学习模板和站点管理的知识，包括模板、资源管理、站点的管理和维护等。

第 8 章学习 Photoshop 网页设计基础知识，包括 Photoshop CS3 的工作环境、Photoshop 的工具箱和面板、工具栏和辅助作图工具、创建 Photoshop 文档、绘制各种图形和设置颜色的方法、认识画笔等。

第 9 章学习 Photoshop 网页设计进阶的知识，包括 Photoshop 的图层、Photoshop 的选区和通道、设计网页文字、网页图像的调整、Photoshop 的滤镜等。

第 10 章学习 Photoshop 设计网页元素的知识，包括设计网站图标和 Logo、设计网页广告图像、设计网页按钮和导航条、设计网页等。

第 11 章学习 Flash CS3 基础知识，包括 Flash CS3 的工作环境、Flash 文档的基本操作方法、绘制矢量图形、位图和文字等。

第 12 章学习制作网页动画的知识，包括图层和帧、Flash 动画的制作方法、元件及其应用、使用 Flash 制作网络广告等。

为了方便读者的学习，本书还设计了 4 个附录，包括常用 HTML 标签、安装和配置 Web 服务器、网站上传和下载工具、习题参考答案。

## 本书特点

### 1．紧扣教学规律，合理设计图书结构

本书作者多是长期从事网页设计与制作教学工作的一线教师，具有丰富的教学经验，紧扣教师的教学规律和学生的学习规律，全力打造难易适中、结构合理、实用性强的教材。

图书采取"知识要点－相关知识讲解－典型应用讲解－习题－上机练习"的内容结构。在每章的开始处给出本章的主要内容简介，读者可以了解本章所要学习的知识点。在具体的教学内容中既注重基本知识点的系统讲解，又注重学习目标的实用性。每章都设计了"本章习题"和"上机练习"两个模块，既可以让教师合理安排教学内容，又可以让学习者加强实践，快速掌握本章知识。

### 2．注重教学实验，加强上机练习内容的设计

网页设计与制作是一门实践性很强的课程，学习者只有亲自动手上机练习，才能更好地掌握教材内容。本书根据教学内容统筹规划上机练习的内容，上机练习以实际应用为主线，以任务目标为驱动，增强读者的实践动手能力。

每个上机练习都给出了操作要点提示，既方便读者进行上机练习，也方便任课教师合理安排练习指导。

### 3．专设图书服务网站，打造知名图书品牌

立体出版计划，为读者建构全方位的学习环境！

最先进的建构主义学习理论告诉我们，建构一个真正意义上的学习环境是学习成功的关键所在。学习环境中有真情实境、有协商和对话、有共享资源的支持，才能高效率地学习，并且学有所成。因此，为了帮助读者建构真正意义上的学习环境，以图书为基础，为读者专设一个图书服务网站。

网站提供相关图书资讯，以及相关资料下载和读者俱乐部。在这里读者可以得到更多、更新的共享资源，还可以交到志同道合的朋友，相互交流、共同进步。

网站地址：http://www.cai8.net。

## 本书作者

参加本书编写的作者为多年从事网页设计与制作教学工作的资深教师，具有丰富的教学经验和实际应用经验。

本书主编为杨桦（负责提纲设计、编写第 9 章）、孙利娟（负责提纲设计、前言等），副主编为高峰（重庆文理学院计算机学院，负责编写第 7 章）、缪亮（负责稿件初审、电子课件制作等）。本书编委有胡春瀛（负责编写第 8 章、第 10 章）、聂静（负责编写第 1 章至第 6 章）、李卫东（负责编写第 11 章、第 12 章、附录 A 至附录 D）。

在本书的编写过程中，张爱文、郭刚、李泽如、许美玲、李捷、赵崇慧、朱桂红、张立强、李敏、时召龙等参与了本书实例制作和部分内容的编写工作，在此表示感谢。另外，感谢开封大学、开封教育学院、北京工业大学对本书的创作和出版给予的支持和帮助。

由于编写时间有限，加之作者水平有限，书中疏漏和不足之处在所难免，恳请广大读者批评指正。

作者

2010 年 8 月

# 目　录

# 网站开发基础

随着因特网（Internet）的发展和普及，各种各样的 Web 网站正如雨后春笋般出现。网站设计与开发也越来越成为热门的技术领域。本章先介绍一些网页设计和网站开发的基础知识。

**本章主要内容：**
- 网站开发概述
- 网站开发流程
- 常用网页设计软件
- HTML 入门

## 1.1　网站开发概述

网站开发就是使用网页设计软件，经过平面设计、网络动画设计、网页排版等步骤，设计出多个页面。这些网页通过一定逻辑关系的超链接，构成一个网站。

### 1.1.1　什么是网站

网站（Website）是指在因特网上，根据一定的规则，使用 HTML 等工具制作的用于展示特定内容的相关网页的集合。简单地说，网站是一种通信工具，就像布告栏一样，人们可以通过网站来发布自己想要公开的资讯，或者利用网站来提供相关的网络服务。人们可以通过网页浏览器来访问网站，获取自己需要的资讯或者享受网络服务。

网站由域名（Domain Name）、网站空间、网页 3 部分组成。网站域名就是在访问网站时在浏览器地址栏中输入的网址，比如：www.cai8.net（课件吧网站的一级域名）、down2.cai8.net（课件吧网站的二级域名）。网页是通过 Dreamweaver 等软件制作出来的，多个网页由超链接联系起来。网站空间由专门的独立服务器或租用的虚拟主机承担，网页需要上传到网站空间中，才能供浏览者访问。

### 1.1.2　网站的类型及定位

网站是一种新型媒体，在日常生活、商业活动、娱乐游戏、新闻资讯等方面有着广泛的应用。在网站开发之前，需要认识各种网站的主要功能和特点，对网站进行定位。下面介绍几种常见的网站类型。

**1．综合门户网站**

综合门户网站具有受众群体范围广泛，访问量高、信息容量大等特点，包含了时尚生活、时事新闻、运动娱乐等众多栏目。综合门户网站定位明确，以文字链接为主要内容、版式和色彩较为直观、简洁，以便浏览者在最短的时间内连接到下一级页面。

现在国内综合门户网站的代表是新浪（http://www.sina.com.cn）、搜狐（http://www.sohu.com）、网易（http://www.163.com）和腾讯（http://www.qq.com）等。如图 1-1 所示是新浪网站的首页。这类网站的开发和维护是一个庞大的项目，需要专业的开发和管理团队来完成。

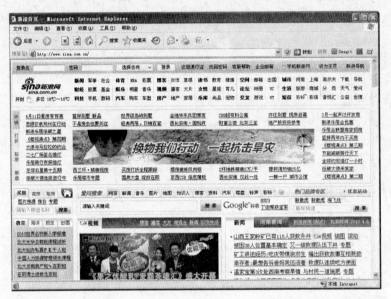

图 1-1　综合门户网站

**2．电子商务网站**

电子商务网站是目前最具发展潜力的网站类型。电子商务网站可提供网上交易和管理等全过程的服务，因为它具有广告宣传、咨询洽谈、网上订购、网上支付、电子账户、服务传递、意见征询、交易管理等各种功能。

现在国内的电子商务网站的代表是淘宝（http://www.taobao.com）、易趣（http://www.ebay.com.cn）、拍拍（http://www.paipai.com）等。如图 1-2 所示是淘宝网站的首页。这类网站的设计重点是网站的产品管理功能和用户的交互功能。

**3．视频分享网站**

视频分享网站通常为用户提供视频播客、视频分享、视频搜索及所有数字视频内容的存储和传输服务。可供用户在线观看最新、最热的电视、电影和视频资讯等。

现在国内的视频分享网站的代表是优酷网（http://www.youku.com）、土豆网（http://www.tudou.com）、酷 6（http://www.ku6.com）等。如图 1-3 所示是优酷网的主页。

图 1-2　电子商务网站

图 1-3　视频分享网站

### 4．企业宣传网站

企业宣传网站是开发工作中最常见的网站类型。企业借助网站推广企业形象、树立企业品牌、发布企业产品。在这类网站的设计中，既要考虑商业性，又要考虑到艺术性，因为企业宣传网站是商业性和艺术性的结合。好的网站设计，有助于企业树立好的社会形象，更好更直观地展示企业的产品和服务。

如图 1-4 所示是金山软件公司（http://www.kingsoft.com）的网站首页。

图 1-4 企业宣传网站

## 5．下载网站

下载网站可以方便地为用户提供各种资料的下载。这类网站可以为用户提供软件、歌曲、影视、图书等内容的下载服务。下载网站的开发重点是资料的管理和分类。

现在国内的下载网站的代表是天空软件（http://www.skycn.com）、霏凡软件（http://www.crsky.com）、太平洋下载（http://dl.pconline.com.cn）等。如图 1-5 所示是天空软件的主页。

图 1-5 下载网站

## 6．搜索引擎网站

搜索引擎网站是为用户提供内容搜索功能的网站。一般为用户提供新闻、网页、图片、视频、MP3 等内容的快速搜索服务。如图 1-6 所示是最大的中文搜索引擎网站——百度（http://www.baidu.com）。搜索引擎网站的页面色彩和布局非常简洁，但是具备强大的搜索功能和丰富的网站内容。

图 1-6 搜索引擎网站

### 1.1.3 认识网页

网站是由若干网页构成的，这些网页按照一定的逻辑关系形成超链接。下面介绍一下网页的基本知识。

**1. 网页基本元素**

网站是一个整体，它是由网页及为用户提供的服务构成的，网站为浏览者提供的内容是通过网页展示出来的，使浏览者了解该网站为用户提供的服务及展示的信息，浏览者浏览网站实际上就是浏览网页。网页实际是由 HTML（Hyper Text Markup Language，超文本标识语言）语言编写的文件。在浏览网页时，使用浏览器将 HTML 语言翻译成浏览者看到的绚丽多彩的网页。

不同的网页虽然内容千差万别，但是万变不离其宗，所有的网页都是由网页基本元素组成的。下面介绍一下网页中常见的基本元素。

构成网页的基本元素主要包括以下几种。

文本：文本是网页中最主要的信息载体，浏览者主要通过文字了解各种信息。

图片：图片可以使网页看上去更加美观。如果是新闻类或说明类网页，插入图片后可以让浏览者更加快速地了解网页所要表达的内容。

水平线：在网页中主要起到分隔区域的功能，以使网页的结构更加美观合理。

表格：表格是网页设计过程中使用最多的基本元素。首先表格可以显示分类数据，其次使用表格进行网页排版可以达到更好的定位效果。

表单：访问者有时要查找一些信息或申请一些服务时需要向网页提交一些信息，这些信息就是通过表单的方式输入到 Web 服务器，并根据所设置的表单处理程序进行加工处理的。表单中包括输入文本、单选按钮、复选框和下拉菜单等。

超链接：超链接是实现网页按照一定逻辑关系进行跳转的元素。一般情况下在浏览网页时将鼠标指针指向具有超链接的文本或图片的时候，鼠标指针就会变成小手的形状。

动态元素：现在网页中的动态元素可以说是丰富多彩，包括 GIF 动画、Flash 动画、滚动字幕、悬停按钮、广告横幅、网站计数器等。这些动态元素使网页不再是一个静止的画面，可以说动态元素赋予了网页生命力，使网页活了起来。

**2．网站首页的基本结构**

网站首页是一个网站的门面，是构成网站的最重要的网页。一般情况下，访问者在浏览器窗口的地址栏输入网站网址后，默认打开的就是网站的首页。如图 1-7 所示，就是一个制作完成的网站首页（http://www.cai8.net），其中包括了网站标志（Logo）、广告条（Banner）、导航栏、主体内容和版权信息等内容。

图 1-7　网站首页

　　Logo：Logo 的本意是标志、徽标。如果说一个网站是一个企业的网上家园，那么 Logo 就是企业的名片，是网站的点睛之处。网站的 Logo 有两种，一种是图 1-7 所示的网页左上角标志 Logo，另一种就是和其他网站交换链接时使用的链接 Logo。

　　Banner：Banner 的本意是旗帜。网站上的广告有很多种，常见的有 Banner 广告、浮动广告、弹出窗口广告、文字广告、幻灯片广告等，由于一般都将 Banner 广告条放置在网页的最上面，所以 Banner 广告条的广告效果可以说是最好的。Fireworks、Photoshop、Flash 等软件都可以用来制作 Banner，其中使用 Flash 制作出的广告效果最具冲击力，因为它能打造出酷炫的动态视觉效果，大大激起访问者点击广告的欲望。

　　导航栏：导航栏就像是网站的提纲一样，它统领着整个网站的各个栏目或页面。它也是设计者最关心的问题之一，因为导航栏不仅要美观大方，而且要方便易用，这样才能让网站的访问者比较轻松地找到想要查看的网页内容。导航栏的设计方法有很多种。

　　横幅广告：横幅广告的作用与 Banner 广告类似，只不过尺寸都比较大，适合在宣传网页重点内容和一些商业产品广告的时候使用。

　　主体正文：网页主体正文是展示网页内容最重要的部分，它将最大限度地呈现网页所包含的信息，以传达到访问者的眼中。这部分也是访问者最关心的内容，所以它的设计风格要由网页内容来决定，或沉稳大方，或轻松明快，都要考虑到访问者的阅读体验，尽量使浏览网页的过程是一个美好奇妙的旅程，这样才能吸引更多访问者或"回头客"。

　　友情链接：友情链接是指互相在自己的网站上放对方网站的链接。必须要能在网页代码中找到网址和网站名称，而且浏览网页的时候能显示网站名称，这样才叫友情链接。友情链接是网站流量来源的根本。

　　版权栏：这部分主要显示网站的版权信息，包括网站管理员的联系地址或电话、ICP 备案信息等内容。

## 1.2　网站开发流程

　　建设网站是一个系统复杂的工程项目，本节主要介绍网站的开发流程，使读者对网站开发有一个概括的认识。

### 1.2.1　网站总体策划

　　在建立网站之前，应该对自己的网站有一个总体的策划和设计，明确网站的主题。根据网站主题进一步设计网站的整体风格、网页的色彩搭配、网站的层次结构等内容。

#### 1．目标用户定位和网站的主题定位

　　只有确定了网站的主题和浏览网页的对象，才能在网站的内容选取、美工设计、划分栏目等方面尽力做到合理，并吸引住更多的眼球。

　　按照访问对象的兴趣把网站内容收集起来，加以分类整理就可以大致上确定站点的主题和发展方向了。但切忌内容的面面俱到，太多太杂的内容反而会给浏览者的信息查找带来很大的不便。

**2．网站的整体风格创意设计**

确定了网站的主题和浏览群，就可以确定网站的风格了。一个好的创意加上一定基础的美工，会使网站收到意想不到的效果，大大增加网站的回头率。风格（Style）是非常抽象的概念，往往要结合整个站点来看，而且不同的人的审美观不同，对于风格的喜好也很不同。所以想使每一个人都满意是不可能的，重要的是先让自己满意（当然自己的满意有很大程度是建立在访问者满意上的），再照顾忠实的支持者。不管用什么风格，风格永远是为主题服务的，也就是要让它做好衬托气氛的任务，而不是单纯地照搬照抄别人的特色。

整个网站应该使用统一的风格，包括背景颜色、字体颜色大小、导航栏、版权信息、标题、注脚、版面布局，甚至文字说明使用的语气都要注意前后一致，或者说前后协调。

**3．网页的色彩搭配**

色彩在网站形象中具有重要地位，通常新闻类的网站会选择白底黑字，不仅是因为这种方式对网络带宽要求最低，更多的是因为人们平时习惯于这样阅读报纸，所以在潜意识中，这种色彩把新闻传达到脑海的效率最高。在古董类网站中，色彩的搭配上又会有一定的差异，色彩搭配尽量古朴一些，更要符合民族的一些特色。

根据网站的不同类型选定主体色，背景色选择与之相谐调的色彩进行搭配，在满足浏览者视觉美感的同时又给他们一个识别信号，来帮助浏览者对网站类型进行判断。

网站色彩总的应用原则应该是"总体协调，局部对比"。主页的整体色彩效果应该是和谐的，只有局部的、小范围的地方可以有一些强烈色彩的对比。在色彩的运用上，可以根据主页内容的需要，分别采用不同的主色调。因为色彩具有象征性，如嫩绿色、翠绿色、金黄色、灰褐色就可以分别象征着春、夏、秋、冬。其次还有职业的标志色，如军警的橄榄绿，医疗卫生的白色等。色彩还具有明显的心理感觉，如冷、暖的感觉，进、退的效果等。另外，色彩还有民族性，各个民族由于环境、文化、传统等因素的影响，对于色彩的喜好也存在着较大的差异。充分运用色彩的这些特性，可以使主页具有深刻的艺术内涵，从而提升主页的文化品位。

下面介绍几种色彩选配方案。

（1）暖色调。即红色、橙色、黄色、赭色等色彩的搭配。这种色调的运用，可使主页呈现温馨、和煦、热情的氛围。

（2）冷色调。即青色、绿色、紫色等色彩的搭配。这种色调的运用，可使主页呈现宁静、清凉、高雅的氛围。

（3）对比色调。即把色性完全相反的色彩搭配在同一个空间里。例如：红与绿、黄与紫、橙与蓝等。这种色彩的搭配，可以产生强烈的视觉效果，给人亮丽、鲜艳、喜庆的感觉。当然，对比色调如果用得不好，会适得其反，产生俗气、刺眼的不良效果。这就要把握"大调和，小对比"的重要原则，即总体的色调应该是统一和谐的，局部的地方可以有一些小的强烈对比。

**4．网站的层次结构和链接结构**

建立一个网站好比写一篇文章，只有拟好提纲，文章才能主题明确，层次清晰；也好比造一座高楼,只有设计好框架图纸,才能使楼房结构合理。

根据网站的主题需要和自己的实际能力来确定网站的栏目、导航层次及具体内容。在策划时还需要考虑技术实现的难易程度,自己的时间和精力以及一些网站资料的来源等问题。

确定具体栏目后就可以建立网站的文件目录。一个网站的内容会随着不断的更新而不断增多,如果把所有的文件都放在根目录中,会给日后的管理和更新带来很多的不便。因此有必要在根目录中建立多个子目录,以存放各栏目的相关文件。

**5.版面布局设计**

网页的版面布局设计是一个网站成功与否的关键。特别是网站首页的版面布局更为重要,访问者往往看到第一页就已经对网站有一个整体的感觉。首页是全站内容的目录,是一个索引。一般首页上可放置以下模块:网站名称(Logo)、广告条(Banner)、主菜单(Menu)、搜索(Search)、友情链接(Links)、计数器(Count)、版权(Copyright)等。

可以根据具体需要先确定在首页上放置的内容模块,然后拿起笔在纸上画出首页布局的草图。设计完后还可以根据实际情况进行调整并最后定案。如图 1-8 所示,是一个网站的首页布局规划效果图。

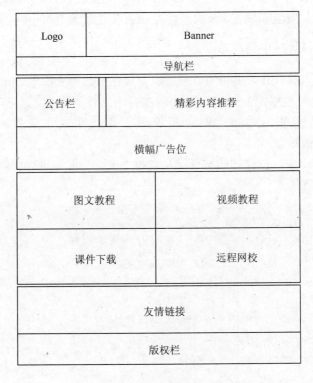

图 1-8　一个网站首页的布局规划

## 1.2.2　设计和制作素材

当网站策划好以后,下面的工作就是搜集和制作网页中所需要的素材,包括网站 Logo、

Banner 的制作，网页内容的相关资料，还有页面中所需的特效代码的准备等。可以把素材放置在相应的文件夹，以方便制作和日后的管理。

搜集的素材一般包括：

- 跟主题相关的文字图片资料。
- 一些优秀的页面风格。
- 开放的源代码。

还有一些素材是需要自己设计和制作的，包括网站的 Logo、Banner、背景图片、列表图标、横幅广告等。这些素材的制作通常会采用以下软件来完成：Photoshop、Fireworks 和 Flash。

网站所需要的素材制作完成以后，还需要分门别类地把它们组织起来，存储在各个类别的文件夹中。以便于今后制作网站时的应用和管理。

### 1.2.3　建立站点

#### 1．安装和配置 IIS

IIS 是使用比较广泛、支持 ASP 程序的 Web 服务器，要想在本地计算机上模拟 Internet 上的 Web 服务器的工作模式，必须在自己的计算机上安装 IIS 组件，并且根据具体需要将 Web 服务器配置好。安装和配置 IIS 的具体方法请参看附录 B。

#### 2．在 Dreamweaver 中创建站点

制作网站不是直接制作一些网页，然后随便放在一起那么简单。Internet 上提供给用户浏览的网页文件是经过组织，分门别类地放在各个文件夹中后，全部存储在站点中的。Dreamweaver 是功能强大的站点创建和管理工具，在制作具体的网页前，必须在 Dreamweaver 中创建站点。

在 Dreamweaver 中，创建好的站点都是通过"文件"面板进行编辑和管理的。创建的站点结构如图 1-9 所示。

图 1-9　"文件"面板显示的站点结构

### 1.2.4  制作网页

#### 1．创建 CSS 样式

CSS 是整个网站外观风格的灵魂，CSS 可以使整个网站风格做到统一协调，并且修改网站风格时只需修改 CSS 文件即可，这样极大地提高了网站的制作效率。

#### 2．制作网站首页

（1）对首页进行布局。可以利用传统的布局表格方式对首页进行布局，也可以采用表格＋CSS 方式或者 DIV＋CSS 方式对首页进行布局。布局时，根据前期的规划，将首页划分为顶部信息区（Logo、Banner、导航栏等）、主要内容区（分栏布局，展示首页的主要内容）、底部信息区（友情链接、版权栏等）。

（2）添加网页内容。根据版面布局，在各个布局区域添加相应的网页内容，并用相应的 CSS 规则进行控制。

#### 3．制作网站的其他页面

整个站点的主页面及其他页面应该保持统一的风格，如果反差很大，会给人一种不协调的感觉，其他各个页面之间的布局也应该保持基本一致。可以为站点创建一个模板，这样既能统一整个网站的风格布局，也可以在制作时省去很多重复的劳动，大大减少了工作量。

#### 4．制作超链接

制作完所有的页面后，还需要将主页面和其他页面进行链接，使浏览者在主页面中能够方便地通过链接跳转到其他页面中。另外，如果其他页面之间有跳转关系，那么也应该制作添加的超链接。

**专家点拨**：在网页制作时，应尽量做到以下原则。
- **醒目性**：指用户把注意力集中到重要的部分和内容。
- **可读性**：指网站的内容让人容易读懂。
- **明快性**：指准确、快速展示网站的构成内容。
- **造型性**：维持整体外形上的稳定感和均衡性。
- **创造性**：有鲜明个性，创意必不可少。

### 1.2.5  测试和发布网站

网站创建好以后，只有发布到 Internet 上才能够让更多的人浏览。在发布网站之前，还必须要做一个工作，就是测试网站。如测试网页内容、链接的正确性和在不同浏览器中的兼容性等。以免上传后出现这样或那样的错误，给修改带来不必要的麻烦。

经过详细的测试，并完成最后的站点编辑工作后就可以发布站点了。首先需要申请站点的国际域名和租用服务器空间，然后通过 FTP 工具把网站上传到服务器上，这样就可以让世界上每一个角落的访问者浏览到站点的内容了。

# 1.3　常用网页设计软件

制作网页需要专业的网页设计工具，最常用的工具是 Dreamweaver，借助这个软件可以方便地对网页进行设计和排版。网页中的图片需要使用 Photoshop 或 Fireworks 进行设计和编辑，网络动画需要用动画制作软件 Flash 进行设计和制作。

**1．网页制作与网站管理软件——Dreamweaver**

Dreamweaver 是一个"所见即所得"的网页制作和网站管理开发工具，利用 Dreamweaver 可以设计、开发并维护符合 Web 标准的网站和应用程序。无论网站开发者是喜欢直接编写 HTML 代码的驾驭感还是偏爱在可视化编辑环境中工作，Dreamweaver 都会提供帮助良多的工具，并能丰富用户的 Web 创作体验。

Dreamweaver CS3 软件的工作窗口如图 1-10 所示。Dreamweaver CS3 是 Adebo 公司推出的软件版本，加强了对 Web 标准的支持，使创建符合 Web 标准的站点更加容易。

图 1-10　Dreamweaver CS3 软件的工作窗口

**2．平面设计软件——Photoshop**

Photoshop 是一款用于图像处理和平面设计的专业处理软件，它功能强大，实用性强。不仅具备编辑矢量图像与位图图像的灵活性，还能够与 Dreamweaver 和 Flash 软件高度集成，成为设计网页图像的最佳选择。图 1-11 所示是 Photoshop CS3 软件的工作窗口。

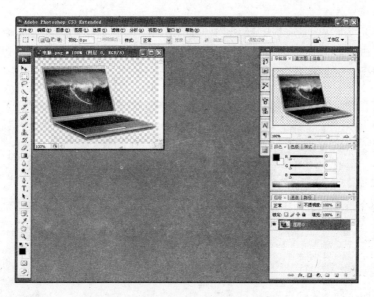

图 1-11　Photoshop CS3 软件的工作窗口

### 3．网页图片设计与切图软件——**Fireworks**

Fireworks 以处理网页图像为特长，并可以轻松创作 GIF 动画。利用 Fireworks 可以设计制作专业的网页图像和其他网页元素（比如导航条、网页按钮、GIF 动画等），并且 Dreamweaver 可以与 Fireworks 结合在一起进行网站开发。Fireworks CS3 软件的工作窗口如图 1-12 所示。

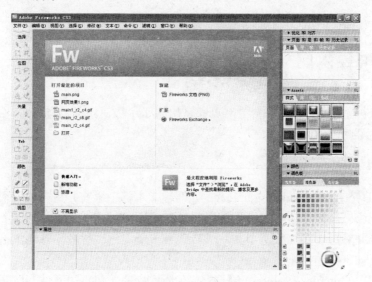

图 1-12　Fireworks CS3 软件的工作窗口

### 4．网页动画设计软件——**Flash**

Flash 是网页三剑客之中的"闪电"，其以制作网页动画为特长，它做出的动画效果是其他软件无法比拟的。利用 Flash 可以制作简单的网页动画、交互式动画、包含声音效果的动画，甚至可以制作包含视频内容、复杂演示文稿和应用程序以及介于它们之间的任何内容。Flash CS3 软件的工作窗口如图 1-13 所示。

图 1-13　Flash CS3 软件的工作窗口

## 1.4　HTML 入门

在 Internet 上浏览的一个个精美网页都是用超文本标记语言 HTML 制作而成的。本节先介绍 HTML 的基础知识。

### 1.4.1　HTML 的概念

HTML（Hyper Text Markup Language），即超文本标记语言，是一种用来制作超文本文档的简单标记语言。所谓超文本，是指用 HTML 创建的文档可以加入图片、声音、动画、影视等内容，并且可以实现从一个文件跳转到另一个文件，与世界各地主机的文件连接。

现将进行如下具体操作。

（1）打开 IE（Internet Explorer）浏览器，在地址栏输入网易的网址 http://www.163.com，按 Enter 键后，网易网站的首页就呈现在面前，如图 1-14 所示。

（2）现在查看一下这个精美网页的源文件代码。在 IE 浏览器窗口中，选择"查看"|"源文件"命令，会弹出一个记事本文件，如图 1-15 所示。可以看到网页的源文件由一行行代码组成，这些就是 HTML 代码。

图 1-14 网易网站首页

图 1-15 网页源文件代码

**专家点拨**：用 HTML 编写的超文本文档称为 HTML 文档，它能独立于各种操作系统平台（如 UNIX，Windows 等）。自 1990 年以来 HTML 就一直被用作 WWW（World Wide Web）的信息表示语言，用于描述网页的格式设计和它与 WWW 上其他网页的链接信息。使用 HTML 语言描述的文件，需要通过 WWW 浏览器显示出效果。

### 1.4.2 编写 HTML 网页

了解 HTML 文档的代码结构是学习网页制作的基础，下面就从一个简单的实例开始认识 HTML。

（1）选择"开始"|"所有程序"|"附件"|"记事本"命令，运行"记事本"程序。在"记事本"窗口中输入以下内容：

```
<html>
<head>
<title>欢迎光临我的第一个网页</title>
</head>
<body>
这是第一个简单网页！
</body>
</html>
```

（2）选择"文件"|"保存"命令，在弹出的"另存为"对话框中选择要保存的路径，在"文件名"文本框中输入文件名 myweb001.html，如图 1-16 所示。

图 1-16 "另存为"对话框

**专家点拨**：在如图 1-16 所示的"文件名"文本框中输入文件名时，一定要输入网页文件的扩展名.html（或者.htm），这样保存的文件才是 HTML 网页文档。如果这里不输入.html（或者.htm）扩展名，那么系统默认会将文件保存为文本文件（TXT 文件）。

（3）打开"资源管理器"窗口，根据刚才保存网页的位置，找到 myweb001.html 文件，如图 1-17 所示。

图 1-17　在"资源管理器"窗口中定位文件

（4）双击 myweb001.html 文件图标，系统会自动启动 IE 浏览器并打开这个网页文件，IE 窗口中显示的网页效果如图 1-18 所示。

图 1-18　编写的网页效果

### 1.4.3　HTML 标签

HTML 文档是在普通文件中的文本上加上标签，使其达到预期的显示效果。当浏览器打开一个 HTML 文档时，会根据标签的含义显示 HTML 文档中的文本。其中标签由"<标签名称　属性>"来表示。

HTML 标签的结构形态包括以下几种。

（1）<标签> 元素 </标签>

标签的作用范围从<标签>开始，到</标签>结束。例如：<h2>demo</h2>，其作用就是将 demo 这段文本按<h2>标签规定的含义来显示，即以 2 号标题来显示。而<h2>和</h2>之外的文本不受这组标签的影响。

（2）<标签 属性名 = "属性值"> 元素 </标签>

其中属性往往表示标签的一些附加信息，一个标签可以包含多个属性，各属性之间无先后次序，用空格分开。例如：

```
<body background="back_ground.gif" text="red">hello</body>
```

这是一个 body 标签，其中 Background 属性用来表示 HTML 文档的背景图片，text 属性用来表示文本的颜色。

（3）<标签>

标签单独出现，只有开始标签而没有结束标签，也称为"空标签"。

在前面编写的第一个 HTML 文档中，可以明显地看到网页代码是由 4 对双标签组成的。

- <html>和</html>。这对标签在最外层，表示在这对标签里面的代码是 HTML 语言。现在也有一些网页省略了这一对标签，这是因为".html" 或".htm"文件被 Web 浏览器默认为是 HTML 文档。
- <head>和</head>。在这对标签里的内容是网页中的头部信息，如网页总标题、网页关键字等，若不需要头部信息则可省略此标记。
- <title>和</title>。在<head>和</head>这对双标签的中间还包含着<title>和</title>这样一对标签。<title>和</title>里面包含的内容"欢迎光临我的第一个网页"，就是呈现在网页中的标题，标题会出现在 IE 浏览器窗口的标题栏，如图 1-19 所示。

图 1-19 网页标题

- <body>和</body>。这对标签之间的"这是第一个简单网页!"部分，就是在网页中实际看到的内容。<body>和</body>之间是网页的主体内容部分，大部分 HTML 标签都包含在<body>和</body>之间。

## 1.4.4 HTML 文档的基本结构

HTML 文档分"文件头"和"文件体"两部分，在文件头里，对这个文档进行了一些必要的定义，文件体中才是要显示的各种文档信息，HTML 文档的结构如下所示。

```
<html>
    <head>
        头部信息，如标题
    </head>
    <body>
        在这里放置网页的内容，包括文本、超链接、图像、动画等
    </body>
</html>
```

其中<html>在最外层，表示这对标签间的内容是 HTML 文档。一些 HTML 文档省略了<html>标签，因为扩展名为.html 或.htm 的文件被 Web 浏览器默认为是 HTML 文档。<head>与</head>之间包括文档的头部信息，如文档的标题等，若不需要头部信息则可省略此标签。<body>标签一般不省略，表示正文内容的开始。

例如，下面是一个简单的超文本文档，使用 HTML 的一些常用标签，如标题、字体等。

```
<html>
<head>
<title>一个简单的 HTML 文档</title>
</head>
<body>
    <h1>欢迎光临</h1>
    <br>
    <font size="5"  face="华文行楷"  color="red">
        这是我的第一个主页，欢迎大家的访问！
    </font>
</body>
</html>
```

该代码输出结果页面如图 1-20 所示。

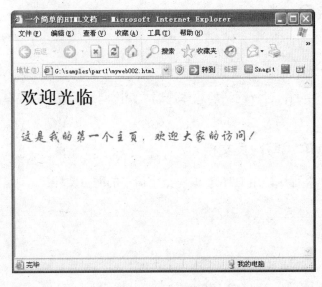

图 1-20  网页效果

## 1.5  本章习题

### 一、选择题

1. 构成网页的基本元素主要有文本、图片、水平线、（　　　）、表单、超链接及各种动态元素。

    A．表格            B．文件            C．实物            D．纸张

  2．静态网页主要是由 HTML 编写而成的，这种网页文档的文件名的扩展名为（     ）。

    A．.txt            B．.exe            C．.html            D．.bmp

  3．在浏览网页时，网页标题会出现在 IE 浏览器窗口的标题栏。网页标题是由（    ）标签定义的。

    A．&lt;html&gt; &lt;/html&gt;                  B．&lt;head&gt; &lt;/head&gt;

    C．&lt;body&gt; &lt;/body&gt;                  D．&lt;title&gt; &lt;/title&gt;

**二、填空题**

1．网站首页是一个网站的门面，是构成网站的最重要的网页。一般情况下，网站首页包括网站标志（Logo）、广告条（Banner）、_____、主体内容和版权信息等内容。

2．色彩在网站形象中具有重要地位。在设计网站时，比较常见的配色方案类型包括暖色调、冷色调和_____。

3．HTML 是英文_____的缩写，中文意思是_____，是一种用来制作超文本文档的简单标记语言。

# 1.6 上机练习

## 练习 1 网站规划

自己拟定一个主题，进行网站的总体规划，画出网站首页的布局草图并写出大致的规划方案。

## 练习 2 用 HTML 编写网页文档

利用"记事本"程序，用 HTML 编写一个简单的网页文档。

# 第 2 章

# Dreamweaver CS3 基础

Dreamweaver 是一款专业的 HTML 编辑器，用于对 Web 站点、Web 页和 Web 应用程序进行设计、编码和开发。Dreamweaver 中的可视化编辑功能和功能强大的编码环境，使不同层次的网页制作者都能拥有更加完美的 Web 创作体验。

本章主要内容：

- Dreamweaver CS3 的工作环境
- 建立本地站点
- 在 Dreamweaver 中制作第一个网页

## 2.1 Dreamweaver CS3 的工作环境

与 Dreamweaver 前面的版本相比，Dreamweaver CS3 包含有一个崭新、高效的工作环境，且功能也得到了较大的改进。

### 2.1.1 开始页

选择"开始"|"程序"| Adobe | Adobe Dreamweaver CS3 命令，启动 Dreamweaver 软件，因为是首次启动 Dreamweaver，会出现一个"默认编辑器"对话框，如图 2-1 所示。在这个对话框中可以设置哪些文件类型默认用 Dreamweaver 打开并进行编辑。

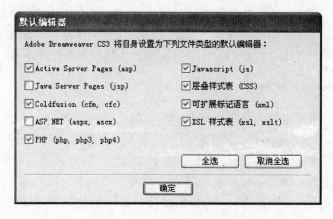

图 2-1 "默认编辑器"对话框

单击"确定"按钮后，开始初始化操作。完成初始化后，屏幕上会出现一个 Adobe

Dreamweaver CS3 窗口，如图 2-2 所示。

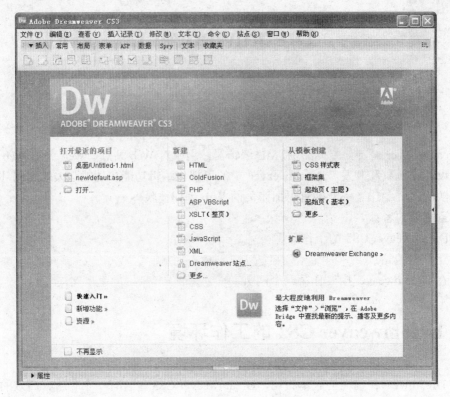

图 2-2   Adobe Dreamweaver CS3 窗口

在此窗口中显示一个开始页，在其中可以快速地选择以何种方式来使用 Dreamweaver 软件。例如打开最近使用过的文件或已有文件；或是创建某一类型新文件；或是从模板创建文件等。

**专家点拨**：如果要隐藏开始页，可以单击选择"不再显示"复选框，然后在弹出的对话框单击"确定"按钮。这样下次再启动 Dreamweaver 软件时，就不再显示开始页。如果要再次显示开始页，可以选择"编辑"｜"首选参数"命令，打开"首选参数"对话框，然后在"常规"选项卡下的"文档选项"选项区域中选择"显示欢迎屏幕"复选框即可。

### 2.1.2   Dreamweaver 软件界面

在"开始页"中，选择"新建"列表中的 HTML 选项，打开 Dreamweaver 软件窗口，如图 2-3 所示。Dreamweaver CS3 软件窗口主要由 5 部分组成，分别是菜单栏、工具栏、"属性"面板、面板组和文档编辑区。

菜单栏是使用 Dreamweaver CS3 最基本的渠道，绝大多数功能都可以通过菜单访问。但是有时菜单使用不太方便，因此 Dreamweaver CS3 还提供了工具栏、"属性"面板和面板组来简化操作。

在 Dreamweaver CS3 菜单栏下面是"插入"工具栏，这个工具栏列出了可以插入到网页中的页面元素，如图 2-4 所示。

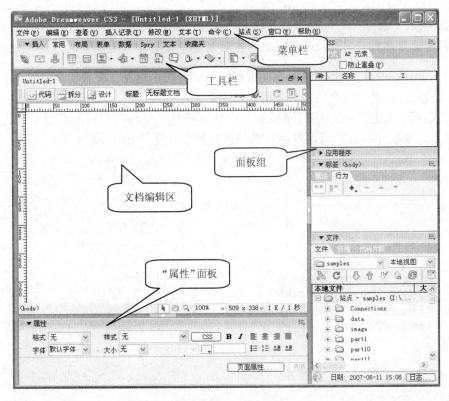

图 2-3　Dreamweaver CS3 窗口

图 2-4　插入工具栏

"插入"工具栏含有若干个子工具栏，单击该工具栏中相应的选项卡，可以切换到相应的工具栏，如图 2-5 所示。

图 2-5　切换子工具栏

默认情况下，在 Dreamweaver CS3 软件窗口的下端是"属性"面板，使用"属性"面板可以很容易地设置页面中元素的最常用属性，从而提高了网页制作的效率，如图 2-6 所示。

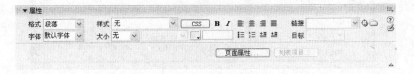

图 2-6　"属性"面板

**专家点拨**："属性"面板是一个智能化的控件。当选定对象不同时，"属性"面板中会出现不同的设置参数，针对此面板的使用在后面的章节里会陆续介绍。

在 Dreamweaver CS3 界面右侧有面板组，每个面板组内部含有若干个面板，面板组可以折叠或者展开，处于折叠状态的面板组如图 2-7 所示。

单击面板组标题栏可以展开面板组，比如要展开"文件"面板组可以单击它的标题 ▶ 文件 ，面板组展开后可以看到其所包含的各个面板，如图 2-8 所示。

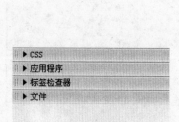

图 2-7　折叠状态的面板组

图 2-8　展开后的面板组

## 2.1.3　自定义软件界面

针对不同的用户需要，Dreamweaver CS3 提供了多种预定义的界面方案。例如，选择"窗口"|"工作区布局"|"编码器"命令，这种界面比较适合习惯编写代码的用户使用，如图 2-9 所示。

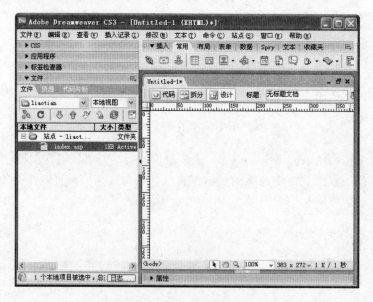

图 2-9　"编码器"界面方案

**专家点拨**：如果想返回到默认的设计器界面，选择"窗口"|"工作区布局"|"设计器"命令即可。

　　如果用户自己对界面进行了自定义，并且希望自己的界面定义能够保留下来，可以选择"窗口"|"工作区布局"|"保存当前"命令，在弹出的"保存工作区布局"对话框中设置名称为"我的界面布局"，然后单击"确定"按钮，如图 2-10 所示。

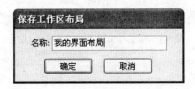

图 2-10　"保存工作区布局"对话框

### 2.1.4　Dreamweaver 的视图模式

　　"文档"工具栏位于新建或者打开的网页文档上方，如图 2-11 所示。这个工具栏主要由 3 个部分组成，最左边的 3 个按钮用来切换视图模式；中间的文本框显示页面标题，可以直接输入文字进行编辑；最右边是一些常用的文件管理功能，比如文件兼容性检查、预览网页以及上传下载等。

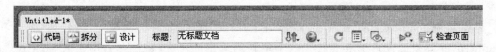

图 2-11　"文档"工具栏

　　在"文档"工具栏中单击"代码"按钮，可以切换到代码视图模式，编辑区将显示页面的 HTML 代码，如图 2-12 所示。

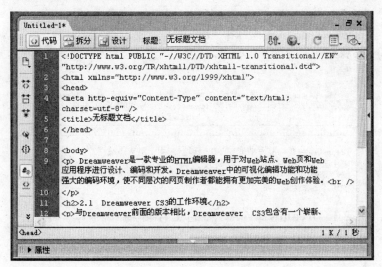

图 2-12　代码视图

**专家点拨**：在代码视图中，可以直接输入网页代码，或者利用 Dreamweaver 提供的代码工具编辑网页代码。

在"文档"工具栏中单击"设计"按钮 设计，可以切换到设计视图模式，在编辑区中将显示网页的预览效果，如图 2-13 所示。

图 2-13　设计视图

**专家点拨**：在设计视图中，以所见即所得的方式编辑网页。制作者只需利用 Dreamweaver 提供的设计工具直接插入和编辑网页中的元素，系统会自动生成 HTML 代码。

在"文档"工具栏中单击"拆分"按钮 拆分，可以切换到拆分视图模式，编辑区将分成两个部分，上半部分显示代码，下半部分显示网页在浏览器中的预览效果，如图 2-14 所示。

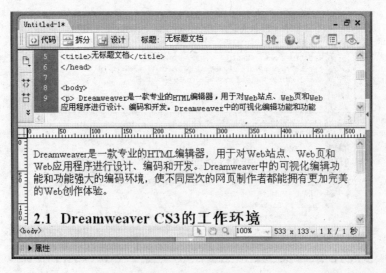

图 2-14　拆分视图

**专家点拨**：在拆分视图中，既可以直观地编辑网页中的元素，又可以观察到相关的代码，这样利于更加灵活地编辑网页。

## 2.2　建立本地站点

在制作网页之前，必须先建立本地站点，这对于创建和维护网站是至关重要的。建立本地站点就是在自己的电脑硬盘上建立一个目录，然后将所有与制作网页相关的文件都存放在里面，以便进行网页的制作和管理。因此，站点可以理解成同属于一个 Web 主题的所有文件的存储地点。

### 2.2.1　创建站点目录

站点目录结构的好坏，对浏览者并没有太大的影响，但是对于站点本身的上传和维护，内容的更新和移动就有较大的影响。因此，在建立站点目录时，应该注意以下几点：

- 不要将所有的文件都存放在根目录下，否则容易混淆，不利于管理和上传。
- 按照文件的类型建立不同的子目录。
- 目录的层次不能太深。
- 目录命令要得当，不能使用中文或者过长的目录名。

按照以上原则，在自己的电脑硬盘上新建一个目录，例如建立 G:\samples，用于存放所有站点文件。然后在 samples 目录下新建一个名字为 images 的子目录，用于存放站点所需要的图片。接着在 samples 目录下新建一个名字为 part2 的子目录，用于存放制作好的页面文件，如图 2-15 所示。

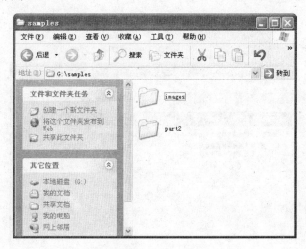

图 2-15　站点目录

### 2.2.2　在 Dreamweaver 中定义站点

下面在 Dreamweaver CS3 中一步步完成站点的定义。

（1）选择"站点"|"新建站点"命令，在弹出的向导对话框中，为网站设置名称为samples_web，如图2-16所示，设置完成后单击"下一步"按钮。下面的"您的站点的HTTP地址（URL）是什么？"文本框暂时不要设置，因为目前只是进行站点的本地测试，可在后面需要使用服务器技术时再回头来修改这些设置。

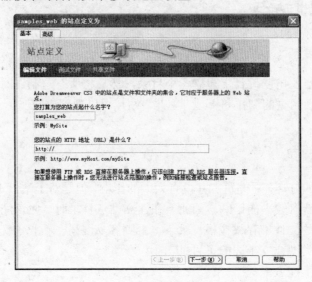

图2-16　设置站点名称

**专家点拨**：网站的文件夹名称及文件名称，可以选用容易理解网页内容的英文名（或拼音），最好不要使用大写或中文。这是由于很多网站使用UNIX操作系统，该操作系统对大小写敏感，且不能识别中文文件名。

（2）在向导的第二步中选中"否，我不想使用服务器技术。"单选按钮，然后单击"下一步"按钮，如图2-17所示。

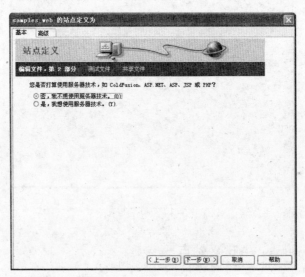

图2-17　不使用服务器技术

（3）在向导的第三步中单击"您将把文件存储在计算机上的什么位置？"右侧的文件夹图标，在弹出的"samples_web 的站点定义为"对话框中选择"G:\samples"，然后单击"选择"按钮返回向导窗口，如图 2-18 所示。单击"下一步"按钮。

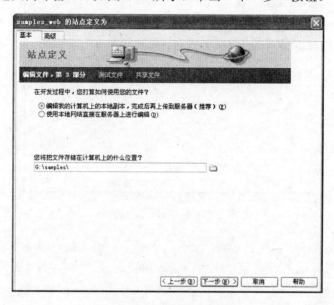

图 2-18　选择站点的本地目录

（4）在向导的这个步骤中，展开"您如何连接到远程服务器？"下拉列表，在其中选择"无"选项，如图 2-19 所示。完成设置后，单击"下一步"按钮。

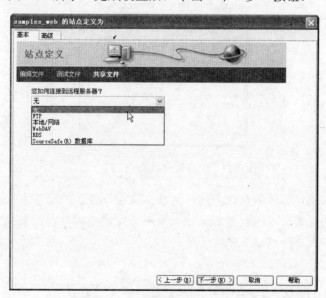

图 2-19　选择是否使用远程服务器

（5）向导的最后一步将会展示站点的相关设置信息，验证无误后直接单击"完成"按钮即可，如图 2-20 所示。

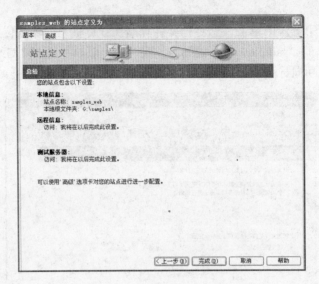

图 2-20 完成建立站点向导

（6）站点定义完成后，可以看到"文件"面板中列出了站点中的目录结构，如图 2-21 所示。如果"文件"面板没有显示在窗口中，可以选择"窗口"|"文件"命令将其显示出来。

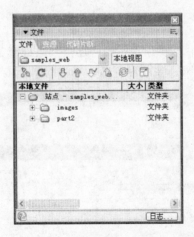

图 2-21 站点建立后的"文件"面板

**专家点拨**：以上操作步骤仅仅介绍了定义站点向导提供的最基本设置，还有很多设置涉及服务器技术的选用，以及利用 Dreamweaver 开发动态网站时开发语言的选择等。因为与本书内容关联不大，所以这里不再赘述。

## 2.3 在 Dreamweaver 中制作第一个网页

Dreamweaver 提供了强大的网页制作功能，利用它制作网页十分简便。本节使用 Dreamweaver CS3 制作一个简单的网页。

### 2.3.1　新建 HTML 网页文档

（1）选择"开始"|"程序"|Adobe|Adobe Dreamweaver CS3 命令，启动 Dreamweaver 软件。

（2）在"开始页"中，选择"新建"列表中的 HTML 选项，如图 2-22 所示。

图 2-22　新建 HTML 文档

（3）进入 Dreamweaver 的软件窗口，如图 2-23 所示。

图 2-23　Dreamweaver CS3 的软件窗口

### 2.3.2 编辑和保存网页

（1）在文档编辑区中（即中间大块的白色区域）单击一下，然后与编辑其他文档文件一样，输入"欢迎大家访问我的网站！"字样，如图 2-24 所示。

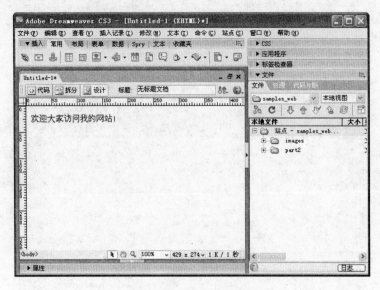

图 2-24　在文档窗口中编辑网页

（2）选择"文件"|"保存"命令，在弹出的"另存为"对话框中选择要保存的路径（这里保存在 samples\part2 目录下），并将文件名更改为 mypage1.html，如图 2-25 所示。然后单击"保存"按钮保存文件。

图 2-25　"另存为"对话框

### 2.3.3　预览网页

（1）保存完网页后，可以单击"文档"工具栏上的"在浏览器中预览/调试"按钮，在弹出的下拉列表中选择"预览在 IExplore"命令预览刚才制作的网页，如图 2-26 所示。

图 2-26　预览网页

（2）还可以按键盘上的 F12 键，或者选择"文件"|"在浏览器中预览"| IExplore 命令来预览刚才制作的网页。

（3）大家会发现在制作这个网页时没有输入任何一个代码。其实在直接输入内容到网页文档中时，Dreamweaver 正在默默地自动生成代码。在"文档"工具栏上单击"代码"按钮切换到"代码"视图模式，可以看到这个网页所有的 HTML 代码，如图 2-27 所示。

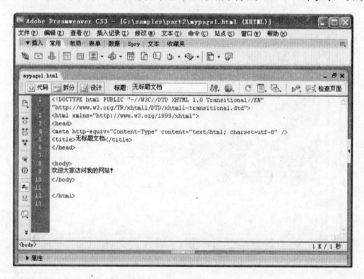

图 2-27　网页的 HTML 代码

### 2.3.4　继续编辑网页

（1）切换到设计视图模式。先来为网页更改一下标题，在"文档"工具栏中间有一个名为"标题"的文本框，将里面的文字改为"第一个页面"，如图 2-28 所示。

（2）在网页中除了文字以外，还可以加入其他的元素，如图像、声音、动画、影视等内容。将光标定位在一个新行上，选择"插入记录"|"图像"命令。在弹出的"选择图像源文件"对话框中选择一个图片文件（这里选择 samples\images\汽车 1.jpg），单击"确定"按钮。

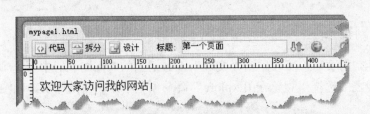

图 2-28　修改网页标题

（3）按 F12 键再次预览网页，在弹出的对话框中单击"是"按钮对改动的网页进行保存，如图 2-29 所示。在浏览器中预览到的网页效果如图 2-30 所示。

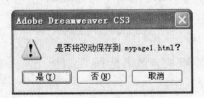

图 2-29　询问是否保存网页对话框

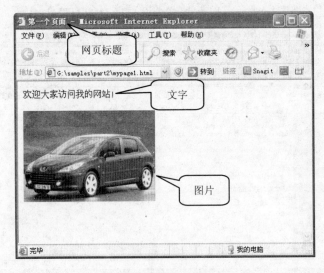

图 2-30　网页效果

# 2.4　本章习题

## 一、选择题

1. 在 Dreamweaver 中，如果要打开"文件"面板，应该执行（　　）中的"文件"命令。

　　A．"命令"菜单　　　　　　　　B．"编辑"菜单

　　C．"窗口"菜单　　　　　　　　D．"修改"菜单

2. 在建立站点目录时，以下说法正确的是（　　）。

　　A．目录的层次不能太浅

　　B．按文件的类型建立不同的子目录

　　C．目录名尽量用中文

　　D．可以将所有文件都放在站点根目录下

3．在 Dreamweaver 中，网页编辑好后如果想在浏览器中预览网页效果，可以按（　　）键。

　　A．F5　　　　　　　B．F6　　　C．F10　　　　　　D．F12

二、填空题

1．在启动 Dreamweaver 时，如果要隐藏"开始页"，可以选择_____复选框，然后在弹出的对话框中单击"确定"按钮。这样下次再启动 Dreamweaver 软件时，就不再显示开始页。

2．Dreamweaver 具有 3 种视图模式，分别为 _____、_____和_____。

3．在 Dreamweaver 中制作网页前必须先定义站点，选择"站点"|"_____"命令可以打开站点定义的向导对话框。

# 2.5　上机练习

## 练习 1　定义本地站点

在 Dreamweaver 中定义一个本地站点。要求如下：

- 站点名称为 my_web。
- 不使用服务器技术。
- 站点根目录名称为 web_test。
- 站点中的所有图片文件存储在 images 子目录下。
- 站点中的所有声音、动画、视频文件存储在 media 子目录下。

## 练习 2　制作一个简单网页

在 Dreamweaver 中制作一个简单网页。要求如下：

- 在网页中输入一些文字信息。
- 在网页中插入一张图片（路径为 my_web 站点的 images 子目录下）。
- 将网页文件保存在 my_web 站点的根目录下。
- 设置网页标题为：欢迎访问我的第一个网页！

# 第 3 章

# 制作网页内容

文字、图像、动画、声音和视频是网页中常见的对象，它们构成了网页的基本内容。Dreamweaver 提供了功能强大的可视化设计工具，可以对这些网页对象进行编辑和处理。

**本章主要内容：**

- 文字和段落在网页中的应用
- 图像在网页中的应用
- 多媒体对象在网页中的应用
- 超链接

## 3.1 文字和段落在网页中的应用

文字是网页的主体，可以传达各种各样的信息，浏览者主要通过文字了解网页的内容。本节将介绍在网页中应用文字、设置文字和段落格式的方法。

### 3.1.1 插入文字

在网页中插入文字有 3 种方法：直接输入、粘贴剪贴板中的文字、导入 Word 文档。

#### 1．直接通过键盘输入

（1）运行 Dreamweaver CS3，在"开始页"中选择"新建"列表下的 HTML 选项，新建一个网页文档。

（2）在文档窗口中（即中间大块的白色区域）单击一下，出现光标并且一直在闪动。

（3）选择合适的输入法，在光标处输入文字。输入完一个段落后按 Enter 键，然后进行其他段落的输入，如图 3-1 所示。

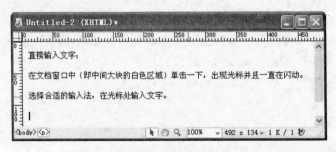

图 3-1　直接输入文字

**2．粘贴剪贴板中的文字**

可以从其他程序或者窗口中复制或者剪贴一些文本内容，然后粘贴在 Dreamweaver 的文档窗口中。

（1）在 Word 窗口中选中需要的文本内容，按 Ctrl+C 组合键将所选文字复制到剪贴板上。

（2）切换到 Dreamweaver 窗口中，在文档窗口中单击定位光标。按 Ctrl+V 组合键将剪贴板上的文字粘贴到当前光标位置。

**3．导入 Word 文档**

（1）用 Word 程序制作文档，或者利用已经创建好的 Word 文档。

（2）新建一个 HTML 网页，选择"文件"|"导入"|"Word 文档"命令，弹出"导入 Word 文档"对话框，在其中选择要导入的 Word 文件，如图 3-2 所示。

图 3-2 "导入 Word 文档"对话框

（3）单击"打开"按钮即可将文本导入到网页中。

### 3.1.2 设置文本格式

在网页中插入文本后，可以对这些文本的属性进行相关的设置，这样网页将变得更加漂亮。

**1．关于设置文本格式**

Dreamweaver 中的文本格式设置与使用标准的字处理程序（比如 Word）类似。可以为文本块设置默认格式（段落、标题 1、标题 2 等）、更改所选文本的字体、大小、颜色和对齐方式，或者应用文本样式（如粗体、斜体和下划线）。

默认情况下，Dreamweaver 使用层叠样式表（CSS）设置文本格式。CSS 使 Web 设计人员和开发人员能更好地控制网页设计。当使用 Dreamweaver 的格式设置命令设置文本格式和对齐文本时，CSS 规则将嵌入到当前文档中。

如果愿意，可以使用 HTML 标签在网页中设置文本格式和对齐方式。若要使用 HTML 标签而不是 CSS，则必须更改 Dreamweaver 的默认文本格式设置首选参数。具体方法如下所述。

（1）选择"编辑"|"首选参数"命令，打开"首选参数"对话框。

（2）在"首选参数"对话框的"常规"选项卡的"编辑选项"区域中，取消对"使用 CSS 而不是 HTML 标签"复选框的选择，如图 3-3 所示。单击"确定"按钮。

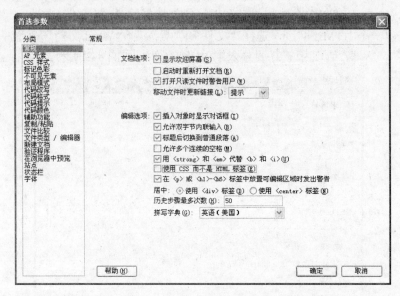

图 3-3 "首选参数"对话框

### 2. 设置文本字体

第一次打开 Dreamweaver CS3 的字体列表，里面只有几种汉字字体，需要用户自己添加其他字体，具体的编辑字体列表和设置文本字体的方法如下。

（1）在 Dreamweaver 的文档编辑区插入一些文字。

（2）选中需要改变字体的文本。在"属性"面板中展开"字体"后面的下拉列表，选择"编辑字体列表"选项，如图 3-4 所示。

（3）这时将弹出"编辑字体列表"对话框，在"可用字体"列表框中，选择 Verdana 选项，单击按钮，将其添加到左侧的"选择的字体"列表中，用同样的方法再将"宋体"也加入到"选择的字体"列表中，这样将得到一个新的字体列表"Verdana,宋体"，完成设置后单击"确定"按钮，如图 3-5 所示。

（4）再次展开"字体"后面的列表，选择刚才新建的字体列表"Verdana,宋体"，如图 3-6 所示。这样所选择的字体格式就被设置到所选文本上了。

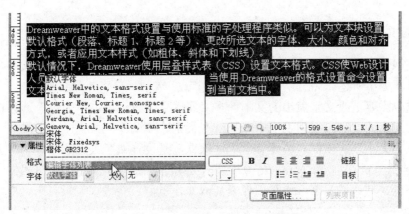

图 3-4 选择"编辑字体列表"选项

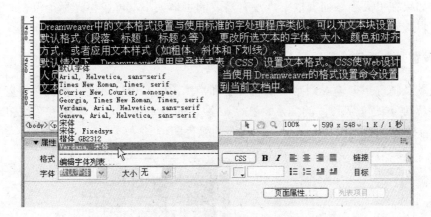

图 3-5 添加字体

图 3-6 选择新字体列表

**专家点拨：**字体列表中通常含有多种字体，当页面在浏览器中显示时，浏览器会根据字体列表的顺序选择字体显示文字，如果前面的字体在计算机上找不到，那么就用后面的，以此类推。

### 3．设置文字大小

输入到网页中的文字都是按照默认的大小显示的，可以对这些文本的大小进行更改。具体操作步骤如下所述。

（1）选中需要更改文字大小的文本，在"属性"面板中单击"大小"选项框旁边的下拉按钮，在弹出的文字大小列表框中选择一个类别，如图 3-7 所示。

（2）在"大小"选项框右边还有一个选项框，是设置文字大小的单位的，里面包括像素（px）、点数（pt）、厘米（cm）等 9 个单位选项，如图 3-8 所示。可以根据需要选择文字大小的单位。默认情况下，通常用像素（px）作单位。

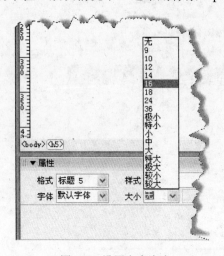

图 3-7　设置文字大小

图 3-8　选择文字大小的单位

（3）如果在"大小"列表框中，没有需要的字体大小，可以将光标定位在"大小"文本框中，直接输入文字大小的数字，然后按 Enter 键即可。

### 4．设置文本颜色

一般默认情况下，输入到网页中的文字都是黑色的，可以通过文本属性设置文本的颜色。选中需要更改文字颜色的文本，在"属性"面板中单击"文本颜色"按钮，弹出如图 3-9 所示的调色板，在其中选择一种需要的颜色即可。

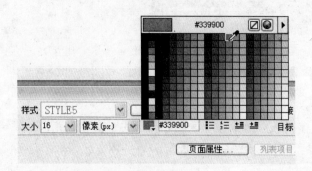

图 3-9　颜色调色板

另外，在调色板中，还可以单击颜色列表上方的"系统颜色拾取器"按钮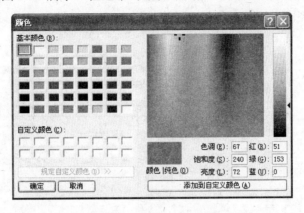，将弹出"颜色"对话框，如图 3-10 所示。在这个对话框中用户可以自己调配颜色。

图 3-10　"颜色"对话框

### 3.1.3　设置段落格式

网页中的文章段落分明、有层次感，才能让浏览者更好地阅读。也会使页面看起来整洁、美观、大方。下面介绍设置段落格式的方法。

**1．设置文本标题**

在一个网站的网页中或者一篇独立的文章中，通常都会有一个醒目的标题，告诉浏览者这个网站的名字或该文章的主题。

HTML 的标题标签主要用来快速设置文本标题的格式，典型的形式是<h1></h1>，它用来设置第一层标题，<h2></h2>设置第二层标题，以此类推。

可以在设计视图中，通过"属性"面板进行文字标题的设置。

（1）在设计视图中，将光标定位在要设置标题的段落。

（2）进入"属性"面板，单击"格式"右侧的下拉按钮，在弹出的列表框中就可以选择相应的标题格式，如图 3-11 所示。

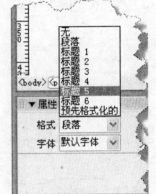

图 3-11　在"属性"面板中设置标题

**专家点拨：** 如果想取消设置好的标题格式，可以在"属性"面板中单击"格式"右侧的下拉按钮，在弹出的列表框中选择"无"选项即可。

**2．设置段落对齐**

段落的对齐方式有居左对齐、居右对齐、居中对齐和两端对齐。在"属性"面板中可以单击"左对齐"、"右对齐"、"居中对齐"和"两端对齐"按钮来设置段落的对齐方式，如图 3-12 所示。

### 3. 段落间距和换行标签

（1）在设计视图中，输入一些文本段落，将光标定位到第一个文本"段落间距 1"后面，如图 3-13 所示。

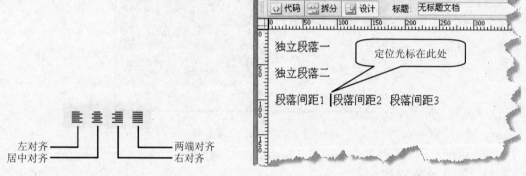

图 3-12　段落的对齐方式按钮　　　　　　图 3-13　定位光标

（2）按键盘上的 Enter 键进行分段，两个段落之间将会出现较大的间距，如图 3-14 所示。

**专家点拨：**这里按 Enter 键换行以后，其实就是一个新段落的开始。切换到代码视图，可以观察到多了一对<p></p>标签。

（3）将光标定位到第二段文本"段落间距 2"后面，如图 3-15 所示。

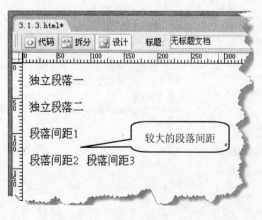 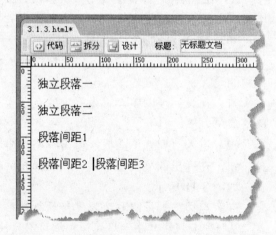

图 3-14　用 Enter 键分段的效果　　　　　　图 3-15　定位光标

（4）按键盘上的 Shift +Enter 组合键进行分段，可以看到两个段落之间间距很小，如图 3-16 所示。

切换到代码视图，可以观察到这次操作系统自动生成了一个<br/>标签，如图 3-17 所示。这是一个换行标签，它和<p>标签有本质的区别。

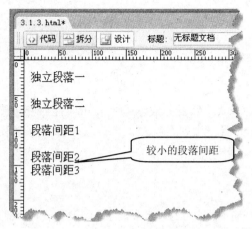

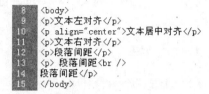

图 3-16　用 Shift +Enter 键分段的效果　　　　　图 3-17　换行标签

**专家点拨**：除了按 Shift+Enter 组合键插入换行符外，还可以选择"插入记录"│HTML│"特殊字符"│"换行符"命令，或者在"插入"栏中的"文本"类别中，单击"字符"按钮，然后单击"换行符"图标插入换行符。

## 3.1.4　设置文本样式

使用"属性"面板设置文本格式时，Dreamweaver 将跟踪操作者为每个文本元素指定的格式设置属性，并使用如下命名约定为每个元素指定一个标识：Style1、Style2、Style3······Style$n$。如果为两个或更多文本元素指定相同的格式属性，Dreamweaver 将使用相同的标识标记这些元素，从而减少了不必要的样式名称。这些被 Dreamweaver 自动跟踪所创建的标识都会显示在"属性"面板的"样式"列表框中，如图 3-18 所示。

图 3-18　"属性"面板的"样式"列表框

如果在网页的编辑过程中，使用到了相同的文本属性设置，只需选择页面中的文本元素，从"样式"列表框中选择一个样式，即可应用这些相同的样式。

另外还可以选择"样式"列表框中的"重命名"命令，使用更具有意义的标识符重命名这些样式，例如 Heading1、Heading2、TableBody 等。

**专家点拨**：这里的 Style1、Style2、Style3 等标识实际上就是 CSS 样式名，有关 CSS 的详细内容会在后面的章节中进行介绍。

### 3.1.5 使用段落列表

列表是 HTML 中组织多个段落文本的一种方式，列表分成编号列表和项目列表，前一种列表用数字顺序为列表中的项目进行编号，而后一种列表则在每个列表项目之前使用一个项目符号。

**1. 编号列表**

（1）新建一个 HTML 网页文档，在页面中输入一些文本段落。切换到设计视图，拖动鼠标选择"我最喜欢的颜色："下面的三行文本，如图 3-19 所示。

（2）进入"属性"面板，单击"编号列表"按钮，这时可以看到设计视图中的列表，如图 3-20 所示。

图 3-19　选择列表项目

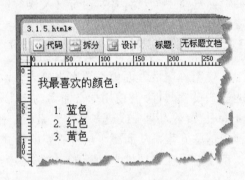

图 3-20　编号列表

（3）将光标定位在列表项目内的任意位置，右击，从弹出的菜单中选择"列表"|"属性"命令，在弹出的"列表属性"对话框中，展开"样式"后面的下拉列表并选择"小写罗马字母"选项，设置"开始计数"为 1，然后单击"确定"按钮，如图 3-21 所示。

（4）完成上面的设置后，列表的编号将用罗马字符表示，起始编号项目为 i（罗马字符中的 1），效果如图 3-22 所示。

图 3-21　设置编号列表的属性

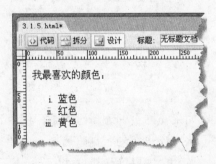

图 3-22　修改属性后的编号列表效果

**专家点拨**：编号列表又称为有序列表，在代码视图中使用<ol></ol>标签创建编号列表。

**2．项目列表**

（1）在设计视图中，选择"我最喜欢的颜色："下面的三行文字，如图 3-23 所示。

（2）在"属性"面板中单击"项目列表"按钮，默认的列表项目记号为圆形黑点，效果如图 3-24 所示。

图 3-23　选择列表中的项目

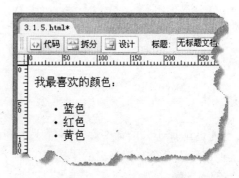

图 3-24　项目列表的效果

（3）在列表中右击，在弹出的快捷菜单中选择"列表"|"属性"命令，在弹出的"列表属性"对话框中，设置"样式"为"正方形"，然后单击"确定"按钮，如图 3-25 所示。

（4）在设计视图中可以看到项目列表前面的项目标记变成黑色的正方形，如图 3-26 所示。

图 3-25　设置项目列表属性

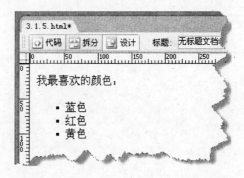

图 3-26　项目列表属性修改后的效果

**专家点拨**：项目列表又称为无序列表，在代码视图中使用<ul></ul>标签创建项目列表。

### 3.1.6　插入特殊字符

在 Dreamweaver 中自带了很多的特殊字符，但有些是键盘无法直接输入的，可以通过下面介绍的方法插入一些特殊字符。

将光标定位在需要插入特殊字符的位置，选择"插入记录"| HTML |"特殊字符"命

令，在"特殊字符"命令的子菜单中，有 12 个菜单命令，如图 3-27 所示。

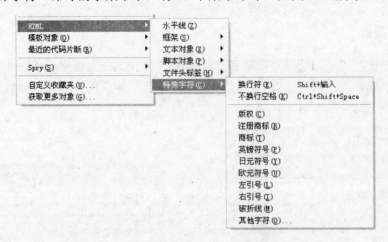

图 3-27  插入特殊字符的菜单命令

通过选择不同的命令，可以插入不同的特殊字符。如果觉得不够，可以选择最后一个"其他字符"命令，在弹出的"插入其他字符"对话框中，单击选择需要的特殊字符，如图 3-28 所示。

图 3-28  "插入其他字符"对话框

**专家点拨：**HTML 只允许字符之间有一个空格，若要在文档中添加其他空格，必须插入不换行空格。具体操作方法是，选择"插入记录"|HTML|"特殊字符"|"不换行空格"命令即可。

## 3.2  图像在网页中的应用

图像是网页中最常用的元素，要想制作漂亮的网页是离不开图像这个元素的。网页中的图像一般都是应用 Fireworks 或 Photoshop 这样的专业图像处理软件进行编辑，然后将这些图像插入到 Dreamweaver 中对网页进行修饰和美化。

### 3.2.1  插入图像

下面结合实例介绍在网页中插入图像和插入图像占位符的方法。

**1．插入图像**

（1）新建一个网页文档并将其保存。单击鼠标，将光标定位在准备插入图像的位置，选择"插入记录"|"图像"命令。

（2）弹出"选择图像源文件"对话框，选择 images 文件夹中的"汽车 1.jpg"文件，选中文件后可在对话框的右边看到图像预览的效果，如图 3-29 所示。

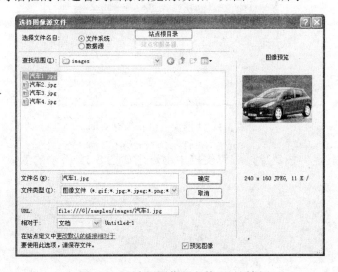

图 3-29  "选择图像源文件"对话框

（3）单击"确定"按钮后，所选图像就被插入到网页中了，如图 3-30 所示。

图 3-30  图像被插入到网页

**专家点拨**：除了选择"插入记录"|"图像"命令插入图像的方法外，还可以将光标定位到要插入图像的位置，在"插入"工具栏中单击"常用"选项卡，在"常用"工具栏中，单击"图像"按钮 📷 ▾。

**2．插入图像占位符**

图像占位符，顾名思义是在需要使用图片的地方先插入一个占位图形来"占领"地盘。插入图像占位符的具体步骤如下所述。

（1）选择"插入记录"|"图像对象"|"图像占位符"命令，弹出"图像占位符"对话框，在"名称"和"替换文本"文本框中都输入 top，颜色选为红色，宽度和高度分别设置为 760 和 140，如图 3-31 所示。

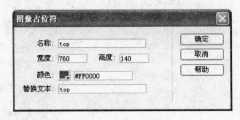

图 3-31 "图像占位符"对话框

（2）单击"确定"按钮后，编辑文档中出现了如图 3-32 所示的效果。

图 3-32 图像占位符效果

以后可以随时在图像占位符的位置上将它替换成真正的图像。只要在"属性"面板的"源文件"文本框中直接输入真正图像的地址，或者单击它后面的 🌐 按钮指向真正的图像，或者单击 📁 按钮浏览文件，选择真正的图像就可以了。

**专家点拨**：在新建网页文档时，应该先指定文件名并保存之后再继续操作。如果在未保存网页文档的状态下插入图像，就会出现一个警示对话框，提示操作者"只有先保存文档，才能统一图像和网页文档的路径"。为了防止指定错误的图像路径，应先将网页文档保存到与主页相关的文件夹之后再进行操作。

### 3.2.2 设置图像属性

在网页中插入图像以后，可以使用"属性"面板设置图像的属性，如图 3-33 所示。下面对"属性"面板中的各个选项进行说明。

- "图像"文本框：在图像缩略图旁边的文本框中，输入一个名称，以便在使用

Dreamweaver 行为（例如"交换图像"）或编写脚本语言（例如 JavaScript 或 VBScript）时可以引用该图像。

图 3-33　图像属性面板

- "宽"和"高"文本框：以像素为单位指定图像的宽度和高度。在页面中插入图像时，Dreamweaver 会自动用图像的原始尺寸更新这些文本框。如果设置的"宽"和"高"的值与图像的实际宽度和高度不相符，则该图像在浏览器中可能不会正确显示。若要恢复原始值，可单击"宽"和"高"文本框标签，或单击用于输入新值的"宽"和"高"文本框右侧的"重设大小"按钮。
- "源文件"文本框：指定图像的源文件。单击文件夹图标可以浏览找到图像的源文件，也可以直接输入图像源文件所在路径。
- "链接"文本框：指定图像的超链接。将"指向文件"图标拖到"站点"面板中的某个文件，单击文件夹图标浏览到站点上的某个文档，也可以直接手动输入 URL。
- "替换"下拉列表：指定在只显示文本的浏览器或已设置为手动下载图像的浏览器中代替图像显示的替换文本。在某些浏览器中，当鼠标指针滑过图像时也会显示该文本。
- "对齐"下拉列表：在其中选择一个选项，对齐同一行上的图像和文本。
- "地图"文本框和热点工具：允许用户标注和创建客户端图像地图。
- "垂直边距"和"水平边距"文本框：沿图像的边添加边距，以像素表示。垂直边距沿图像的顶部和底部添加边距。"水平边距"沿图像的左侧和右侧添加边距。
- "目标"下拉列表：指定链接的页应当在其中载入的框架或窗口。当图像没有链接到其他文件时，此选项不可用。当前框架集中所有框架的名称都显示在"目标"列表中。
- "边框"文本框：是以像素为单位的图像边框的宽度，默认情况下为无边框。
- "编辑"按钮：启动在"外部编辑器"首选参数中指定的图像编辑器并打开选定的图像。
- "优化"按钮：打开"优化"对话框，在其中可对图像进行优化设置。
- "裁剪"按钮：修剪图像的大小，从所选图像中删除不需要的区域。
- "重新取样"按钮：重新取样已调整大小的图像，提高图片在新的大小和形状下的品质。
- "亮度和对比度"按钮：调整图像的亮度和对比度设置。
- "锐化"按钮：调整图像的清晰度。
- "重设大小"按钮：当改变了图像尺寸后，"宽"和"高"文本框右边会出现这个按钮，单击它可以将"宽"和"高"的值重设为图像的原始大小。

### 3.2.3  使用外部图像编辑器

Dreamweaver 允许使用外部图像编辑器对页面上的图像进行编辑。在"首选参数"对话框中，使用"文件类型/编辑器"首选参数选择用于启动和编辑图形文件的图像编辑器，可以设置编辑器打开哪些文件类型，并且可以选择多个图像编辑器。

（1）选择"编辑"|"首选参数"命令，弹出"首选参数"对话框，如图 3-34 所示。从左侧的"分类"列表中选择"文件类型/编辑器"选项。

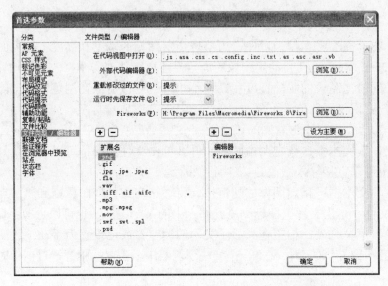

图 3-34  "首选参数"对话框中的"文件类型/编辑器"

（2）在"扩展名"列表中，选择要为其设置外部编辑器的文件扩展名。单击"编辑器"列表上方的加号（+）按钮。在"选择外部编辑器"对话框中，浏览到要作为此文件类型的编辑器启动的应用程序，如图 3-35 所示。

图 3-35  "选择外部编辑器"对话框

（3）在"首选参数"对话框中，如果希望该编辑器成为此文件类型的主编辑器，可以单击"设为主要"按钮。

# 3.3 多媒体对象在网页中的应用

随着多媒体技术的发展，Internet 的功能也得到较大的提高。音乐、动画、视频等媒体的应用越来越广泛。音乐网站、电影网站、播客等融合多媒体技术的网站也越来越多。

## 3.3.1 插入 Flash 动画

在制作网页时，让 Dreamweaver 与动感、鲜活的 Flash 动画相结合，有助于制作出更具动感的网页，网页的表现效果也更受用户的青睐。

在 Dreamweaver 中插入 Flash 动画的方法如下所述。

（1）新建一个网页文档，并保存为 3.3.1.html。

（2）将光标定位在需要插入 Flash 动画的位置，然后单击"常用"工具栏上的"媒体：Flash"按钮，如图 3-36 所示。

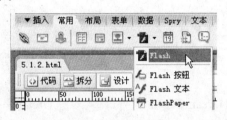

图 3-36　单击"媒体：Flash"按钮

（3）弹出"选择文件"对话框，在其中选择 image 文件夹下的"网络广告.swf"Flash 影片文件，并单击"确定"按钮，如图 3-37 所示。

图 3-37　"选择文件"对话框

（4）这时页面中出现一个 Flash 动画占位符。单击"属性"面板中的"播放"按钮，就可以在文档窗口中查看播放的 Flash 影片。为了在浏览器中查看操作结果，按 F12 键，这样可以在浏览器中确认 Flash 影片的动画效果，如图 3-38 所示。

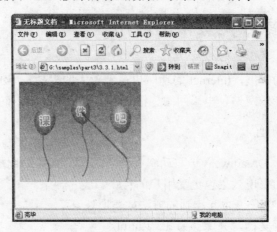

图 3-38　浏览器中的 Flash 动画效果

**专家点拨：**有时候无法在浏览器中显示 Flash 影片，是因为没有安装 Flash 影片的播放插件。用户一般可以自动安装插件。但是，当使用的浏览器版本低或者安装的插件有问题时，就无法收看 Flash 影片。此时，用户需要在 Adobe 公司的主页中直接下载 Flash Player 并安装。

如果已安装了 Flash 和 Dreamweaver 软件，则可以在 Dreamweaver 文档中选择一个 SWF 文件，然后使用 Flash 编辑该文件。Flash 并不直接编辑 SWF 文件，而是编辑 SWF 文件相对应的源文档（FLA 文件）并重新导出 SWF 文件。

具体操作方法如下所述。

（1）在 Dreamweaver 文档编辑区，单击 SWF 文件占位符以选中它，然后在"属性"面板中单击"编辑"按钮 ▣ 编辑... 。

（2）这时将启动 Flash 软件，系统将焦点切换到 Flash 软件窗口，Flash 将尝试定位到所选的 SWF 文件对应的 Flash 源文件（FLA）。如果 Flash 无法找到相应的 Flash 源文件，则会弹出一个"定位 Adobe Flash 文档文件"对话框，提示用户定位到该文件，如图 3-39 所示。

（3）在 Flash 中，编辑该 FLA 文件。"Flash 文档"窗口指示用户正在 Dreamweaver 内修改文件。

（4）在完成编辑后，单击"完成"按钮。Flash 将更新 FLA 文件并将其重新导出为 SWF 文件，接着关闭该文件，然后将焦点返回到 Dreamweaver 文档。

### 3.3.2　在 Dreamweaver 中制作 Flash 文本

Dreamweaver 和 Flash 之间不仅具有较强的兼容性，在 Dreamweaver 中也可以直接制作 Flash 动画。在 Dreamwcaver 中，可以直接制作 Flash 文字。

图 3-39　"定位 Adobe Flash 文档文件"对话框

（1）新建一个网页文档，并保存为 3.3.2.html。选择"插入记录"|"媒体"|"Flash 文本"命令，弹出"插入 Flash 文本"对话框。

（2）在"字体"中选择制作动画文字的字体，这里选择"宋体"；"大小"设置为 30；"颜色"选择为红色；"转滚颜色"选择为蓝色；"文本"中输入文字"查看详情"；"链接"文本框中填写 http://www.cai8.net；"目标"选择为_blank；"背景色"选择为黄色；在"另存为"文本框中将该文件保存为 text1.swf 文件，如图 3-40 所示。

（3）单击"确定"按钮后，网页编辑文档中就出现一行黄色背景红色字体的文字，同时目录下就多了一个 text1.swf 文件。

（4）按 F12 键预览一下效果，当光标在动画文字外时，显示为一行黄色背景红色字体的文字，而当光标停留在动画文字上的时候，显示为一行黄色背景蓝色字体的文字，如图 3-41 所示。

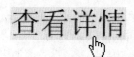

图 3-40　"插入 Flash 文本"对话框　　　　　　图 3-41　Flash 文字效果

（5）如果要对该动画文字进行修改的话，只要选中它，在"属性"面板中单击"编辑"按钮，就可以弹出"插入 Flash 文本"对话框进行修改了。

### 3.3.3 在 Dreamweaver 中制作 Flash 按钮

在 Dreamweaver 中，可以制作各种不同形态的 Flash 按钮，下面就通过一个实例，讲解利用 Flash 按钮制作菜单的方法。

（1）新建一个网页文档，并保存为 3.3.3.html。选择"插入记录"|"媒体"|"Flash 按钮"命令，弹出"插入 Flash 按钮"对话框。

（2）在"样式"列表框中，选择 Flash 按钮的样式，这里选择 Chrome Bar 选项，在"范例"窗格中就显示出该样式的大致效果。

（3）然后在"按钮文本"中输入按钮的文字"新闻"，"字体"选择"黑体"，"大小"设置为 12，"链接"文本框中输入#（以后可以用正式的网址替换），"目标"中选择_self选项，"另存为"文本框中系统默认为 button1.swf，如果需要也可以对文件名进行修改，如图 3-42 所示。

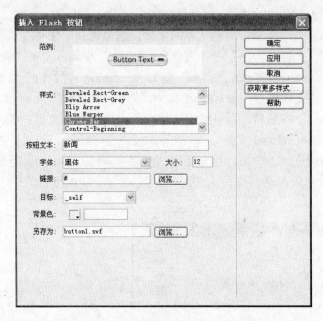

图 3-42 "插入 Flash 按钮"对话框

**专家点拨**：与制作 Flash 文字一样，如果在 Dreamweaver 中制作 Flash 按钮保存时，路径存在以中文命名的文件夹的话，将无法实现按钮的制作，所以建议文件夹名用字母或者数字组成。

（4）单击"确定"按钮后，网页编辑文档中就出现一个 Flash 按钮，同时目录下就多了一个 button1.swf 文件。

（5）用同样的方法，制作其他 3 个 Flash 按钮，在站点下就分别多了 button2.swf、button3.swf、button4.swf 这几个文件，按 F12 键预览一下效果，如图 3-43 所示。

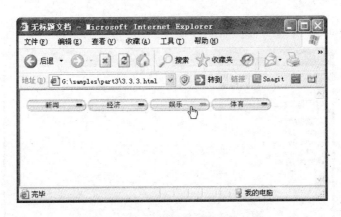

图 3-43　Flash 按钮组成的菜单效果

（6）如果觉得按钮尺寸不符合要求，可以选中它，在"属性"面板中修改该 Flash 按钮的宽和高。

（7）如果要对该 Flash 按钮进行修改，可以单击"属性"面板中的"编辑"按钮，在弹出的"插入 Flash 按钮"对话框中进行相应的修改。

### 3.3.4　应用声音和视频

目前因特网上有很多站点都在主页中采用了多媒体技术，表现出了类似电影的效果，这种效果在一些音乐网站和电影网站的主页设计中最为常见。在 Dreamweaver 中，主要通过在网页中插入媒体对象进行声音和视频的应用。

声音在主页中常被用作背景音乐，也可以用于制作在单击或者其他特殊情况下的特效音。另外，声音文件也能够实现在线广播功能。

下面利用插件功能，在网页文档中插入动感明快的背景音乐。

（1）新建一个网页文档，并将其保存为 3.3.4.html。

（2）单击"常用"工具栏中的"媒体"按钮，在弹出的下拉菜单中选择"插件"命令，如图 3-44 所示。

（3）出现"选择文件"对话框以后，在其中选择 images 文件夹下的 music.mp3 文件，并单击"确定"按钮，如图 3-45 所示。

图 3-44　选择"插件"命令

**专家点拨：**可以用作网页文档的背景音乐的声音文件格式有 mid、wav、mp3 等。但是采用 mp3 格式时，文件容量过大，并且要在本地计算机上安装另外的专用播放器，因此，考虑到计算机配置较低的用户，设计者最好选择负荷相对少的 mid 声音格式。

（4）这样，网页文档中就出现一个插件图标，保持这个图标处在选中状态，在"属性"面板中，将它的"宽"和"高"分别设置为 400 和 50，如图 3-46 所示。

（5）按 F12 键，在浏览器中查看操作结果，如图 3-47 所示。此时，将自动运行 Media Player。播放的背景音乐是前面选定的"music.mp3"声音文件。在页面上有一个影响页面美观的播放器。

图 3-45 "选择文件"对话框

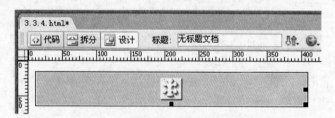

图 3-46 插件图标

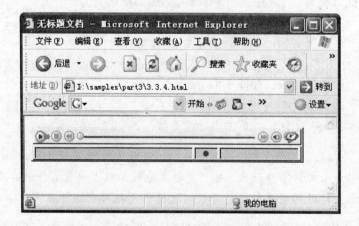

图 3-47 显示播放器的页面效果

（6）为了将页面中的播放器隐藏，返回 Dreamweaver 的操作窗口，选择插件图标，在"属性"面板中单击"参数"按钮，弹出"参数"对话框，在其中的"参数"列输入 hidden，并在"值"列输入 true。为了重复播放背景音乐，单击"+"按钮，在"参数"列输入 loop，并在"值"列输入 true，如图 3-48 所示。最后单击"确定"按钮。

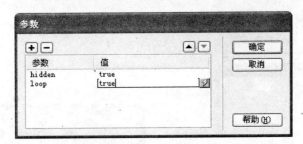

图 3-48  设置参数

（7）保存文档，再按 F12 键，在浏览器查看操作结果。这时，多媒体播放器已经从画面上消失了。

**专家点拨**：在网页中插入视频的方法和插入声音的方法类似，这里就不再赘述。

# 3.4  超链接

网络之所以引人注目，除了因为其具备丰富多彩的内容之外，更重要的是它具有网络相连的特性。这些网络相连的特性是通过超链接来完成的。在页面中加入超链接后，只要在超链接上单击一下，就能够链接到所要查看的网页。

## 3.4.1  创建超链接的方法

一个网站是由多个网页组成的，站点和页面具备一定的链接关系才能正常运行，在制作网站时，需要建立站点与网页、网页与网页之间的链接关系。

所谓超链接是指从一个网页指向一个目标的连接关系，这个目标可以是另一个网页（同一个网站内部的网页或者其他网站的网页），也可以是同一个网页的不同位置，还可以是一个电子邮件地址、一个文件等。

在网页中最常见的就是在文字或者图片上建立超链接，下面通过一个实例介绍给文字和图片创建超链接的方法。

**1. 给文字创建超链接**

（1）事先制作好 3 个 HTML 文档，把它们存放在站点的同一个文件夹下，在"文件"面板中的文件结构如图 3-49 所示。

（2）用 Dreamweaver 打开 3.4.html，这个页面中有 3 行文字，如图 3-50 所示。下面要给其中的两个文字分别加上超链接，单击添加了超链接的文字后打开相应的网页。

（3）选中文字"宝马"，打开"属性"面板，拖动"指向到文件"按钮到右侧"文件"面板中的 bmw.html 上。此时鼠标变成带箭头的形状，松开鼠标后一个超链接就添加完成了，如图 3-51 所示。

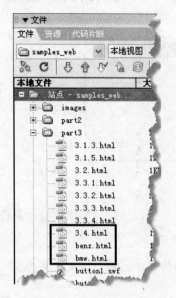

图 3-49 "文件"面板

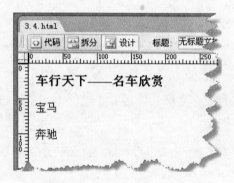

图 3-50 网页 3.4.html 的效果

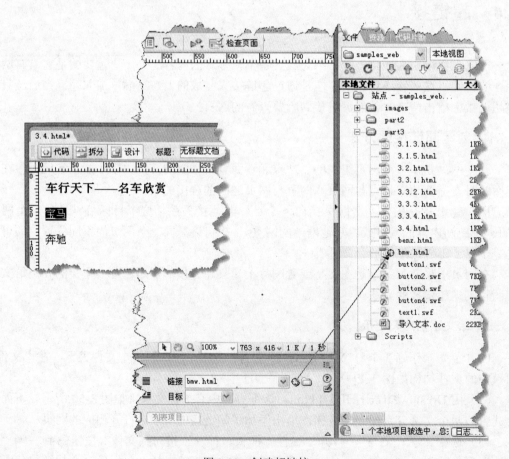

图 3-51 创建超链接

（4）此时可以发现在"属性"面板的"链接"文本框内已自动填写了 bmw.html。另外，在编辑页面上可以看到，添加了超链接的文字变成了蓝色，而且下面也添加了一条下划线，如图 3-52 所示。

（5）下面用另外一种方法给另一个文字添加超链接。选中文字"奔驰"，在"属性"面板中单击"浏览文件"按钮 📁。

（6）在弹出的"选择文件"对话框中，选择 benz.html，如图 3-53 所示。

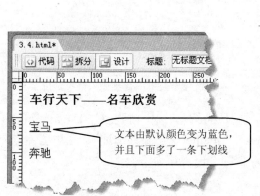

图 3-52　文字添加了超链接后的效果　　　　图 3-53　"选择文件"对话框

（7）单击"确定"按钮即可完成超链接的定义。同样，编辑页面上的文字变成了蓝色，而且多了一条下划线。

（8）保存文件，按 F12 键预览网页。单击一下超链接文字就可以打开相应的页面了。

**2．给图片创建超链接**

除了可以给文本添加超链接外，还可以给图片添加超链接。给图片添加超链接的方法与给文字添加超链接的方法类似。

（1）在网页 3.4.html 中，插入一个图片，如图 3-54 所示。

（2）单击选中图片，这里要给图片添加的是一个外部链接，是一个具体的网址。进入"属性"面板，在"链接"文本框中输入 http://www.bmw.com.cn，如图 3-55 所示。

**专家点拨**：在"链接"文本框中添加一个网址时一定要输入包含协议（如 http://）的绝对路径，如果直接写作 www.bmw.com.cn，Dreamweaver 会把网址当成是一个文件名，单击链接后会出现找不到服务器的提示。

（3）保存文件，按 F12 键预览网页。单击图片就链接到对应的网站上去了。

**3．添加 E-mail 链接**

E-mail 是网上最常使用的功能之一，同样也可以在自己的网页中加入 E-mail 链接地址。

在 Windows 系统中，如果设置了 Outlook、Foxmail 等邮件软件，在浏览器中单击 E-mail 链接会自动打开新邮件窗口，并在地址栏中自动添加 E-mail 链接中的邮箱地址。

图 3-54　插入图片

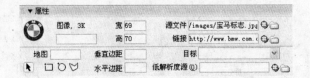

图 3-55　在"链接"文本框直接输入链接地址

可以在 Dreamweaver 中创建电子邮件链接，具体方法是，选中需要添加 E-mail 链接的对象，在"属性"面板中的"链接"文本框中输入"mailto:电子邮件地址"。这里要注意，在冒号与电子邮件地址之间不能输入任何空格，否则会出现错误。

#### 4．添加空链接

空链接是指未指派的链接。空链接用于向页面上的对象或文本附加行为。例如，可向空链接附加一个行为，以便在指针滑过该链接时会交换图像或显示绝对定位的元素（AP 元素）。

选中需要添加超链接的对象，在"属性"面板中的"链接"文本框中输入一个#就可以创建一个空链接。

### 3.4.2　超链接的路径

每个网页甚至每个独立的网页元素（图像、声音、动画、视频等），都有一个唯一的地址，称为统一资源定位符（URL）。在网页的超链接中，正是以统一资源定位路径的方式来链接的。一般情况下，路径有 3 种表示方法：绝对路径、文档相对路径和站点根目录相对路径。

#### 1．绝对路径

绝对路径就是被链接文档的完整 URL，包括所使用的传输协议（对于网页通常是 http://）。例如上例中为图片创建的友情链接 http:// www.bmw.com.cn 就是一个绝对路径。在创建外部链接时，必须使用绝对路径。

#### 2．文档相对路径

文档相对路径就是以当前文档所在位置为起点到被链接文档经由的路径。创建内部链接时使用相对路径比较方便。与同文件夹内的文件链接只写文件名即可，例如，上例中对文字添加的超链接就是使用了文档的相对路径。要与下一级文件夹里的文件链接，可以直接写出文件夹名称与文件名，如 images/google.gif，要与上一级文件夹里的文件链接，可在文件名前加上../文件夹名。每个 ../ 表示在文件夹层次结构中上移一级。

**3．站点根目录相对路径**

站点根目录相对路径是指所有路径都开始于当前站点的根目录。站点根目录相对路径以一个正斜杠开始，该正斜杠表示站点根文件夹。如：/images/google.gif。移动含有根目录相对链接的文档时，不需要更改这些链接，不过，如果不熟悉此类型的路径，最好使用文档相对路径。

可以在"选择文件"对话框中设置相对路径类型。在"选择文件"对话框中，"相对于"下拉列表中有两个选项：文档和站点根目录，可以根据需要进行选择，如图 3-56 所示。

图 3-56　设置相对路径类型

### 3.4.3　链接目标

链接目标是指当一个链接打开时，被链接的文件打开的位置，比如链接的页面可以在当前窗口中打开，或者在新建窗口中打开。

在"属性面板"中有个"目标"下拉列表可以进行链接目标的设置，如图 3-57 所示。下拉列表中有 4 个选项，它们的功能分别如下所述。

- _blank：将链接的文档载入一个新的、未命名的浏览器窗口。
- _parent：将链接的文档载入该链接所在框架的父框架或父窗口。如果包含链接的框架不是嵌套框架，则所链接的文档载入整个浏览器窗口。

图 3-57 "目标"下拉列表中的 4 个选项

- _self：将链接的文档载入链接所在的同一框架或窗口。此目标是默认的，所以通常不需要指定它。
- _top：将链接的文档载入整个浏览器窗口，从而删除所有框架。

## 3.5  本章习题

### 一、选择题

1．在设计视图中制作网页时，如果要新建一个段落，应按（  ）键。

A．Enter          B．Alt+Enter          C．Shift+Enter          D．Ctrl+Enter

2．在 Dreamweaver 中可以直接制作（  ）。

A．视频          B．音频          C．Flash 按钮          D．以上都不对

3．可以在 Dreamweaver 中创建电子邮件链接，具体方法是，选中需要添加 E-mail 链接的对象，在"属性"面板中的"链接"文本框中输入（  ）。

A．mailto:abc@126.com          B．mail: abc@126.com

C．mailto+abc@126.com          D．mail+abc@126.com

### 二、填空题

1．在网页中插入文本有三种方法：键盘直接输入、粘贴剪贴板中的文字和_____。

2．如果想使插入到网页中的背景音乐循环播放，应该在属性面板中设置相应的参数：_____。

3．刚插入到编辑页面上的 Flash 动画并不真正显示效果和播放动画，只需在"属性"面板中单击_____按钮即可显示并播放 Flash 动画。

4．要正确创建超链接，必须灵活使用的三种文档路径类型是：_____、_____、_____。

## 3.6  上机练习

### 练习 1  制作文字网页

本练习要制作一个文字网页，效果如图 3-58 所示。请按照图中提示信息进行制作。

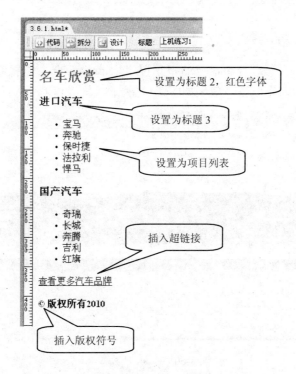

图 3-58 文字网页效果

## 练习 2 制作图文混排网页

拟定一个主题，例如宝马汽车新闻，制作一个图文混排的网页效果，如图 3-59 所示。制作时可以到网上搜索相关的图片和文字。

图 3-59 图文混排网页

## 练习 3　制作 Flash 导航条

先插入一个 Flash 汽车广告动画，然后利用在 Dreamweaver 中直接制作 Flash 按钮的功能制作一个动感的 Flash 导航条，效果如图 3-60 所示。

图 3-60　Flash 导航条

# 第 4 章

# CSS 样式表

CSS 是 Cascading Style Sheets（层叠样式表）的简称。CSS 的基本概念在于可将网页要展示的内容与样式设定分开，也就是将网页的外观设定信息从网页内容中独立出来，并集中管理。这样，要改变网页外观时，只需更改样式设定的部分，而 HTML 文件本身并不需要更改。

**本章主要内容：**
- CSS 入门
- CSS 详解
- 创建和应用 CSS
- 链接外部 CSS 样式表

## 4.1　CSS 入门

CSS 是 W3C（World Wide Web Consortium）定义和维护的标准，是一种用来为结构化文档（如 HTML 文档或 XML 应用）添加样式（字体、间距和颜色等）的计算机语言。它可以使网页制作者的工作更加轻松和灵活，现在越来越多的网站采用了 CSS 技术。

### 4.1.1　"CSS 样式"面板

在 Dreamweaver 中，"CSS 样式"面板是新建、编辑、管理 CSS 的主要工具。选择"窗口"｜"CSS 样式"命令可以打开或者关闭"CSS 样式"面板。

在没有定义 CSS 前，"CSS 样式"面板是空白的。如果在 Dreamweaver 中定义了 CSS，那么"CSS 样式"面板中会显示定义好的 CSS 规则，如图 4-1 所示。

在"CSS 样式"面板中，可以较为直观地管理 CSS。"CSS 样式"面板的最下边是一排工具按钮，它们的功能介绍如下。

- 显示类别视图按钮 ≔：单击此按钮可以切换到显示类别视图模式下，如图 4-2 所示。

**专家点拨：** 在显示类别视图下，可以通过"字体"、"背景"、"区块"、"边框"、"方框"、"列表"、"定位"、"扩展"、"表、内容、引用"等类别进行 CSS 规则属性的设置。单击每个类别名前面的 + 号按钮即可展开这个类别。

- 显示列表视图按钮 ᴬ↓：单击这个按钮可以切换到显示列表视图模式下，在这个视图下会显示所有的属性列表。

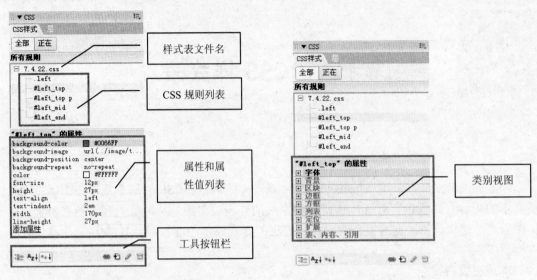

图 4-1 "CSS 样式"面板          图 4-2 显示类别视图

- 只显示设置属性按钮 ：单击这个按钮可以切换到只显示设置属性视图模式下，在这个视图下只显示已经设置了属性值的属性列表。如果想增加设置新的属性，可以单击"添加属性"命令。
- 附加样式表按钮 ：单击这个按钮可以设置链接外部的样式表文件。
- 新建 CSS 规则按钮 ：单击这个按钮可以新建一个 CSS 规则。
- 编辑样式按钮 ：在"CSS 样式"面板中选择一个 CSS 规则，然后单击这个按钮可以编辑选中的 CSS 规则。
- 删除 CSS 规则按钮 ：在"CSS 样式"面板中选择一个 CSS 规则，然后单击这个按钮可以删除选中的 CSS 规则。

### 4.1.2 定义 CSS 样式

在"CSS 样式"面板上，单击"新建 CSS 规则"按钮 ，会打开如图 4-3 所示的"新建 CSS 规则"对话框。

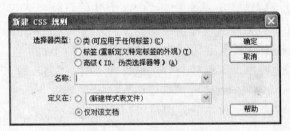

图 4-3 "新建 CSS 规则"对话框

### 1. "定义在"选项

"定义在"选项包括两个单选项，分别介绍如下。

（1）"新建样式表文件"：此选项将会把设定的样式最终保存在一个外部单独的样式

表文件中,这个样式表文件可以被其他 HTML 文件共同使用,也就是说可以使站点内的所有页面文件使用同一个样式表文件,甚至不同的站点只要是网页就可以使用。

(2)"仅对该文档":此选项将会把设定的样式仅仅放在当前文件的头文件中,这些样式只能在此文件中使用。

**专家点拨**:根据运用 CSS 的范围是局限于当前网页内部还是可以运用到其他网页文件,可以分为"内联样式表"和"外部样式表"。"内联样式表"是将 CSS 规则定义在 HTML 网页文档内部。"外部样式表"是将 CSS 规则定义在一个独立的外部样式表文件(扩展名为.css)中。

**2."选择器类型"选项**

"选择器类型"选项包括 3 个单选项,分别介绍如下。

(1)"类":选择此类型后,需要在下方的"名称"文本框中填入一个样式名字,需要注意的是,此类名称必须以"."开头。这种方式定义的样式可以用来定义绝大多数的 HTML 对象,可以使这些对象有统一的外观。图 4-4 所示为创建一个.mystyle 的样式。

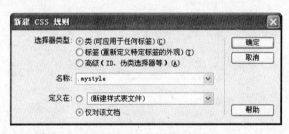

图 4-4  创建 mystyle 样式

**专家点拨**:如果在"定义在"选项区域中选择的是"新建样式表文件"单选按钮,那么单击"确定"按钮后会弹出"保存样式表文件为"对话框,在其中选择要保存到的目录,输入文件名,单击"保存"按钮后进入".mystyle 的 CSS 规则定义"对话框,如图 4-5 所示。在其中可以定义类型、背景、区块、方框、边框、列表、定位、扩展等属性。

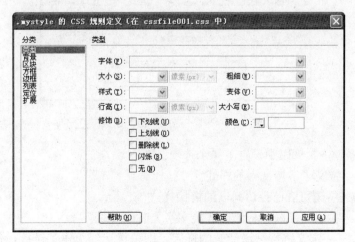

图 4-5  ".mystyle 的 CSS 规则定义"对话框

（2）"标签"：选择此选项后，在"标签"下拉列表框中选择需要重新定义的 HTML 标签，如图 4-6 所示。这个选项将使文件中具有统一标签的所有内容使用相同的外观。

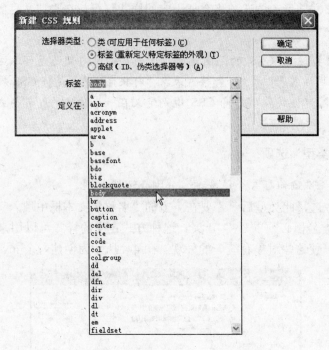

图 4-6　选择要重新定义属性的标签

（3）"高级"：重新定义特定元素组合的格式，或其他 CSS 允许的选择器表单的格式（例如，每当 h2 标题出现在表格单元格内时，就会应用选择器 td h2）。还可以重定义包含特定 id 属性的标签的格式（例如，由#myStyle 定义的样式可以应用于所有包含属性/值对 id="myStyle"的 HTML 标签）。

另外，这个选项还可以设定链接文本的样式，如图 4-7 所示。

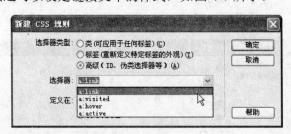

图 4-7　使用"高级"选择器类型

在"选择器"下拉列表中设定了 4 个选项：

- a:link——定义了链接文字的样式。
- a:visited——浏览者已经访问过的链接样式。
- a:hover——定义了鼠标悬浮在链接文字上时的样式。
- a:active——定义链接被激活时的样式，即鼠标已经单击了链接，但页面还没有跳转时。

### 4.1.3 在网页中应用 CSS 样式

定义完样式表文件后，就可以在 Dreamweaver 中套用这些样式了。套用样式表的方法主要有 3 种，下面分别进行介绍。

**1．利用"属性"面板选择应用样式**

在网页中选中需要应用样式的元素，打开"属性"面板，单击打开"样式"右边的下拉列表框，里面列出了已经定义的一些 CSS 样式，如图 4-8 所示。

**2．利用"标签选择器"选择样式**

首先需要在"标签选择器"上选定一个标签，如图 4-9 中的<p>标签，然后在<p>标签上右击，在弹出的快捷菜单中选择"设置类"|mycss 命令，则可以快速把已经定义的 mycss样式类指定给<p>标签。

图 4-8　"属性"面板中的"样式"列表框

图 4-9　利用"标签选择器"应用样式

**3．使用右键快捷菜单**

也可以从右键快捷菜单中直接给对象指定一个样式，首先选中需要应用样式的对象，在右键快捷菜单中指定样式类，如图 4-10 所示。

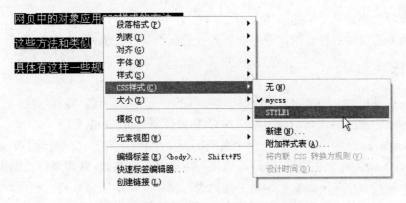

图 4-10　从右键快捷菜单中直接为对象指定样式

**4．清除样式**

如果想清除应用的样式，首先选中对象，然后从右键快捷菜单中选择"无"命令，即可清除原有的样式。需要注意的是，这里的清除样式并不是指将定义的样式完全删除，而是网页中的某个对象不再使用这个样式了。

## 4.2 CSS 样式详解

在 Dreamweaver 的 CSS 样式里包含了 W3C 规范定义的所有 CSS1 的属性，Dreamweaver 把这些属性分为类型、背景、区块、方框、边框、列表、定位、扩展 8 个部分，如图 4-11 所示。

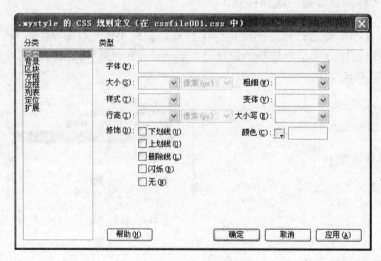

图 4-11　CSS 规则定义

### 4.2.1　类型

类型选项主要是对文字的字体大小、颜色、效果等基本样式进行设置，如图 4-11 所示。可只对要改变的属性进行设置，没有必要改变的属性就使之为空。

#### 1．字体

字体系列是指对文字设定几个字体，当遇到第一个字体不能显示时会自动用系列中的第二个字体或后面的字体显示。相对应的 CSS 属性是 font-family。

Dreamweaver 已经内置设定了 6 个系列的英文字体，一般英文字体用 Verdana, Arial, Helvetica, sans-serif 这个系列比较好看。如果不用这些字体系列，就需要自己编辑字体系列，可以通过下拉列表框最下面的"编辑字体列表"来创建新的字体系列，还可以直接手动在下拉列表框里写字体名，字体之间用逗号隔开。中文网页默认字体是宋体，一般就空着不要选取任何字体。

#### 2．大小

可以通过选取数字和度量单位来选择具体的字体大小，或者也可以选择一个相对的字体大小。最好使用像素作为单位，这样文本在浏览器中不会变形。一般小字体用比较标准的 12 像素。相对应的 CSS 属性是 font-size。

CSS 中长度的单位分为绝对长度单位和相对长度单位。常用的绝对长度单位有以下几种。

- px（像素）：根据显示器的分辨率来确定长度。
- pt（字号）：根据 Windows 系统定义的字号大小来确定长度。
- mm、cn、in（毫米、厘米、英寸）：根据显示的实际尺寸来确定长度。此类单位不随显示器的分辨率的改变而改变。

常用的相对长度单位有以下 3 种。

- em：当前文本的尺寸。例如，{ font-size:2em}是指文字大小为原来的 2 倍。
- ex：当前字母 x 的高度，一般为字体尺寸的一半。
- %：是以当前文本的百分比定义尺寸。例如，{font-size:300%}是指文字大小为原来的 3 倍。
- Small 和 large：表示比当前小一个级别或大一个级别的尺寸。

### 3．样式

定义字体样式为"正常"、"斜体"或"偏斜体"，默认设置为正常。相对应的 CSS 属性是 font-style。

"斜体"和"偏斜体"都是斜体字体。而它们的不同点是，"斜体"是斜体字，而"偏斜体"是倾斜的文字，对于没有斜体的字体应该用"偏斜体"。

### 4．行高

设置文本所在行的行高。默认为正常，也可以自己输入一个精确的数值并选取一个计量单位。比较直观的写法用百分比，例如 140%是指行高等于文字大小的 1.4 倍，相对应的 CSS 属性是 line-height。

### 5．修饰

向文本中添加下划线、上划线或删除线，或使文本闪烁。常规文本的默认设置是"无"。链接的默认设置是"下划线"。将链接设置为无时，可以通过定义一个特殊的类去除链接中的下划线。这些效果可以同时存在，将效果前的复选框选定即可。相对应的 CSS 属性是 text-decoration。

### 6．粗细

对字体应用特定或相对的粗体量。"正常"等于 400；"粗体"等于 700。相对应的 CSS 属性是 font-weight。

### 7．变体

设置文本的小型大写字母变体。Dreamweaver 不在文档编辑区中显示此属性。Internet Explorer 支持变体属性，但 Navigator 不支持。相对应的 CSS 属性是 font-variant。

**8．大小写**

将选区中每个单词的第一个字母转为大写，或者令单词全部大写或全部小写。相对应的 CSS 属性是 text-transform。

**9．颜色**

定义文字颜色。相对应的 CSS 属性是 color。CSS 中颜色的值有 3 种表示方法。

- #RRGGBB 格式，是红绿蓝三种颜色的组合值，每种颜色的值为"00～FF"的两位十六进制正整数。例如，#FF0000 表示红色，#FFFF00 表示黄色。
- RGB 格式，RGB 为三色的值，取 0~255，例如，RGB（255,0,0）表示红色，RGB（255,255,0）表示黄色。
- 用颜色名称。CSS 可以使用已经定义好的颜色名称。例如，red 表示红色，yellow 表示黄色。

## 4.2.2 背景

背景选项主要是对元素的背景进行设置，包括背景颜色、背景图像、背景图像的控制，如图 4-12 所示。一般是对 BODY（页面）、TABLE（表格）、DIV（区域）的设置。

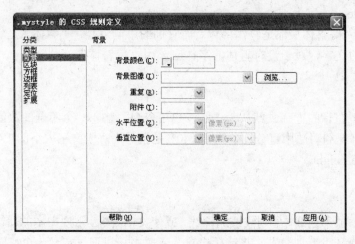

图 4-12　背景选项

**1．背景颜色**

设置元素的背景色。相对应的 CSS 属性是 background-color。可以单击"颜色"按钮打开调色板，然后在其中选择需要的颜色。或者直接在文本框中输入颜色代码。

**2．背景图像**

设置元素的背景图像。相对应的 CSS 属性是 background-image。可以单击"浏览"按钮打开"选择图像源文件"对话框，在其中选择需要的图像文件。或者直接在文本框中输入图像文件的完整路径。

**3．重复**

确定背景图像是否重复以及如何重复。相对应的 CSS 属性是 background-repeat。在下拉列表中包括 4 个选项。

- 不重复：在元素的开头显示一遍图像。
- 重复：在元素的背景部分水平和垂直方向平铺图像。
- 横向重复：在水平方向重复显示。
- 纵向重复：在垂直方向重复显示。

**4．附件**

确定背景图像是固定在其原始位置还是随内容一起滚动。注意，某些浏览器可能将"固定"选项视为"滚动"。Internet Explorer 支持该选项，但 Netscape Navigator 不支持。相对应的 CSS 属性是 background-attachment。

**5．水本位置**

指定背景图像相对于元素的水平位置。相对应的 CSS 属性是 background-position。在下拉列表中可以指定为 left（左边），center（居中），right（右边）；也可以在文本框中直接输入数值，如 20px 是指背景距离左边 20 像素。

**6．垂直位置**

指定背景图像相对于元素的垂直位置。相对应的 CSS 属性是 background-position。在下拉列表中可以指定为 top（顶部），center（居中），bottom（底部）；也可以在文本框中直接输入数值。

### 4.2.3　区块

区块选项主要是设置对象文本文字间距、对齐方式、上标、下标、排列方式、首行缩进等，如图 4-13 所示。

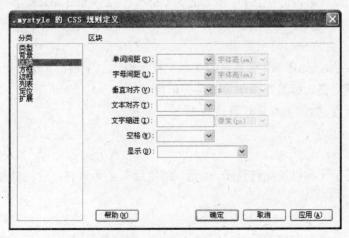

图 4-13　区块选项

**1．单词间距**

设置单词之间的间距。若要设置特定的值，请在下拉列表中选择"值"选项，然后输入一个数值。在第二个下拉列表中选择度量单位（例如像素、点等）。相对应的 CSS 属性是 word-spacing。可以指定负值，但显示方式取决于浏览器。Dreamweaver 不在"文档"窗口中显示此属性。

**2．字母间距**

设置字符之间的间距。可以指定负值，因为中文也是字符，这个参数可以设置文字间的间距。相对应的 CSS 属性是 letter-spacing。

**3．垂直对齐**

指定元素的垂直对齐方式。可以指定 sub（下标）、super（上标）、top（与顶端对齐）、middle（居中）、bottom（与底端对齐）等。相对应的 CSS 属性是 vertical-align。

**4．文本对齐**

设置文本的排列方式。下拉列表中包括 left（左对齐）、right（右对齐）、center（居中）、justify（两端对齐）几个选项。相对应的 CSS 属性是 text-align。

**5．文字缩进**

设置文本第一行的缩进值。负值用于将文本第一行向外拉。要在每段前空两格，可将其设置为 2em，因为 em 是当前字体尺寸，2em 就是两个字的大小。相对应的 CSS 属性是 text-indent。

**6．空格**

设置如何处理元素内的空白符。相对应的 CSS 属性是 white-space。下拉列表中包括"正常"、"保留"和"不换行"3 个选项。

- "正常"：会将空白符全部压缩。
- "保留"：如同处理 pre 标签内的文本一样处理这些空白符（也就是说，所有的空白符，包括空格、标签、回车等都会得以保留）。
- "不换行"：指定文本只有遇到 br 标签时才换行。

**7．显示**

指定是否显示元素以及如何显示。"无"指定到某个元素时，它将禁用该元素的显示。

**4.2.4　方框**

方框选项主要设置对象的边界、间距、高度、宽度和浮动方式等，如图 4-14 所示。

图 4-14  方框选项

### 1. 宽

定义元素的宽。相对应的 CSS 属性是 width。在下拉列表中包括"自动"和"值"两个选项。 选择"值"这个选项后，可以在文本框中输入具体的数值，并且可在后面的下拉列表中选择一个单位。

### 2. 高

定义元素的高。相对应的 CSS 属性是 height。在下拉列表中包括"自动"和"值"两个选项。 选择"值"这个选项后，可以在文本框中输入具体的数值，并且可在后面的下拉列表中选择一个单位。

**专家点拨：**宽和高定义的对象多为图片、表格、AP 元素等。

### 3. 浮动

定义元素的浮动方式。下拉列表中包括左对齐、右对齐和无 3 个选项。相对应的 CSS 属性是 float。

### 4. 清除

定义不允许 AP 元素的边。如果清除边上出现 AP 元素，则带清除设置的元素将移到该元素的下方。相对应的 CSS 属性是 clear。

### 5. 填充

定义元素内容与其边框的空距（如果元素没有边框就是指页边的空白）。可以分别设置上、右、下、左的值。相对应的 CSS 属性分别是 padding-top、 padding-right、padding-bottom、padding-left。

如果选择"全部相同"复选框，则为应用此属性的元素的"上"、"右"、"下"和"左"

设置相同的填充属性。

**6．边界**

定义元素的边框与其他元素之间的距离（如果没有边框就是指内容之间的距离）。可以分别设置上、右、下、左的值。相对应的 CSS 属性分别是 margin-top、margin-right、margin-bottom、margin-left。

如果选择"全部相同"复选框，则为应用此属性的元素的"上"、"右"、"下"和"左"设置相同的边界属性。

### 4.2.5 边框

边框选项可以设置对象边框的宽度、颜色及样式，如图 4-15 所示。

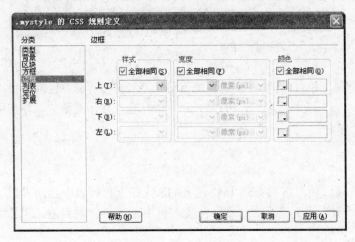

图 4-15　边框选项

**1．样式**

设置边框样式。可以设置为 none（无边框）、dotted（点划线）、dashed（虚线）、solid（实线）、double（双线）、groove（槽状）、ridge（脊状）、inset（凹陷）、outset（凸出）等边框样式。相对应的 CSS 属性是 border-style。

**专家点拨**：dotted（点划线）、dashed（虚线）必须要在 IE 5.5 以上版本或者 MAC 平台上实现，否则效果为实线。

如果选择"全部相同"复选框，会为应用此属性的元素的"上"、"右"、"下"和"左"设置相同的边框样式属性。

**2．宽度**

设置元素边的宽度。可以分别设定上、右、下、左的值。相对应的 CSS 属性分别是 border-top、border-right、border-bottom、border-left。

如果选择"全部相同"复选框，会为应用此属性的元素的"上"、"右"、"下"和"左"

设置相同的边框宽度属性。

### 3．颜色

设置边框的颜色。可以分别对每条边设置颜色。相对应的 CSS 属性分别是 border-top-color、border-right-color、 border-bottom-color、border-left-color。可以通过设置不同的颜色做出亮边和暗边的效果，这样元素看起来是立体的。

如果选择"全部相同"复选框，会为应用此属性的元素的"上"、"右"、"下"和"左"设置相同的边框颜色属性。

## 4.2.6　列表

列表选项可以设置列表项样式、列表项图片和位置，如图 4-16 所示。

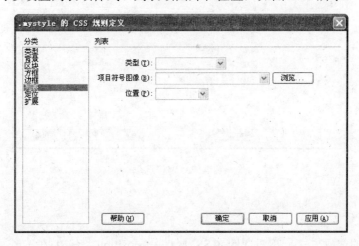

图 4-16　列表选项

### 1．类型

设置列表项所使用的预设标记。可以设置的样式有：disc（实心圆）、circle（空心圆）、square（方块）、decimal（阿拉伯数字）、lower-roman（小写罗马数字）、upper-roman（大写罗马数字）、lower-alpha（小写英文字母）、upper-alpha（大写英文字母）、none（无项目符号）。相对应的 CSS 属性是 list-style-type。

### 2．项目符号图像

设置列表项的图像。相对应的 CSS 属性是 list-style-image。可以在文本框中直接输入图像 URL 地址或路径。或者单击"浏览"按钮，在弹出的"选项图像源文件"对话框中选择需要的图像文件。

### 3．位置

设置列表项在文本内还是在文本外。相对应的 CSS 属性是 list-style-position。下拉列表中包括两个选项。

- 内：列表项目标记放置在文本以内。
- 外：列表项目标记放置在文本以外。

### 4.2.7 定位

定位选项中的 CSS 属性用来确定与选定的 CSS 样式相关的内容在页面上的定位方式，如图 4-17 所示。这就相当于将对象放在一个 AP 元素里来定位，它相当于 HTML 的 DIV 标记。可以把定义看作为一个 CSS 定义的 AP 元素。

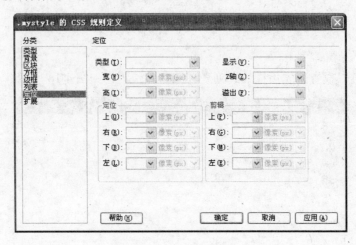

图 4-17 定位选项

#### 1. 类型

设定对象的定位方式。相对应的 CSS 属性是 position。有 4 种方式可供选择，如下所述。

- 绝对：使用"定位"文本框中输入的、相对于最近的绝对或相对定位上级元素的坐标（如果不存在绝对或相对定位的上级元素，则为相对于页面左上角的坐标）来放置内容。
- 相对：使用"定位"文本框中输入的、相对于区块在文档文本流中的位置的坐标来放置内容区块。例如，若为元素指定一个相对位置，并且其上坐标和左坐标均为 20px，则将元素从其在文本流中的正常位置向右和向下移动 20px。也可以在使用（或不使用）上坐标、左坐标、右坐标或下坐标的情况下对元素进行相对定位，以便为绝对定位的子元素创建一个上下文。
- 固定：使用"定位"文本框中输入的坐标（相对于浏览器的左上角）来放置内容。当用户滚动页面时，内容将在此位置保持固定。
- 静态：将内容放在其在文本流中的位置。这是所有可定位的 HTML 元素的默认位置。

#### 2. 显示

确定内容的初始显示条件。相对应的 CSS 属性是 visibility。如果不指定"显示"属性，则默认情况下内容将继承父级标签的值。body 标签的默认可见性是可见的。"显示"下拉列表中包括 3 个选项。

- 继承（默认）：继承内容的父级可见性属性。
- 可见：将显示内容，而与父级的值无关。
- 隐藏：将隐藏内容，而与父级的值无关。

**3．Z 轴**

确定内容的堆叠顺序。Z 轴值较高的元素显示在 Z 轴值较低的元素（或根本没有 Z 轴值的元素）的上方。值可以为正，也可以为负。

**4．溢出**

确定当容器（如 DIV 或 P）的内容超出容器的显示范围时的处理方式。"溢出"下拉列表中包括 4 个选项。

- 可见：将增加容器的大小，以使其所有内容都可见。容器将向右下方扩展。
- 隐藏：保持容器的大小并剪辑任何超出的内容。不提供任何滚动条。
- 滚动：将在容器中添加滚动条，而不论内容是否超出容器的大小。明确提供滚动条可避免滚动条在动态环境中出现或消失所引起的混乱。
- 自动：使滚动条仅在容器的内容超出容器的边界时才出现。

**5．定位**

指定内容块的位置和大小，包括上、下、左、右 4 个选项。浏览器如何解释位置取决于"类型"设置。如果内容块的内容超出指定的大小，则将改写大小值。

位置和大小的默认单位是像素。还可以指定以下单位：pc（皮卡）、pt（点）、in（英寸）、mm（毫米）、cm（厘米）、em（全方）、ex（字母 x 的高度）或%（父级值的百分比）。单位缩写字母必须紧跟在值之后，中间不留空格，例如，5mm。

**6．剪辑**

定义内容的可见部分，包括上、下、左、右 4 个选项。如果指定了剪辑区域，可以通过脚本语言（如 JavaScript）访问它，并可通过"改变属性"行为设置擦除效果。

## 4.2.8　扩展

扩展选项中的 CSS 属性包括分页、光标和过滤器（滤镜效果）选项，如图 4-18 所示。

**1．分页**

打印网页时，在样式所控制的对象之前或者之后强行分页。下拉列表中包括 4 个选项：自动、总是、左对齐和右对齐。

**专家点拨**：　"分页"属性不受任何 4.0 版本浏览器的支持，但可能受未来的浏览器的支持。

**2．光标**

当鼠标指针位于样式所控制的对象上时改变鼠标指针的外观。"光标"下拉列表中包括一些具体的选项，选择后可以改变鼠标指针的视觉效果。

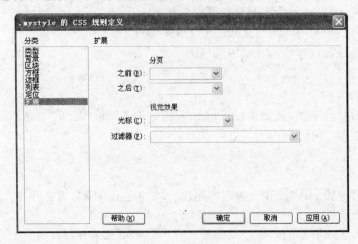

图 4-18　扩展选项

**专家点拨**：Internet Explorer 4.0 和更高版本以及 Netscape Navigator 6 支持该属性。

**3．过滤器**

对样式所控制的对象应用特殊效果（包括模糊和反转等滤镜效果）。"过滤器"下拉列表中包括一些具体的选项，这些效果应用到网页中的元素上后，可以得到一种类似于 Photoshop 的滤镜效果。

# 4.3　创建 CSS 样式

在需要设置单个页面的格式时，可以使用内部样式表——保存在网页文档内部的样式表。在需要同时控制多个文档的外观以便在多个页面上实现统一的格式时，可以使用外部样式表，这是保存在网页文档外部的样式表，它被链接到当前页面。

## 4.3.1　内部样式表

内部样式是那些定义了只使用当前文档的样式。如果用户想定义只在自己站点的一个页面中使用的样式，就可以使用内部样式。

下面通过创建 CSS 样式对网页中的文本进行格式化。

（1）用 Dreamweaver 打开网页文档"4.3.1.html"。

（2）单击"样式表"面板中的"新建 CSS 规则"按钮 ，弹出"新建 CSS 规则"对话框。

（3）在"名称"文本框里输入要定义的 CSS 样式的名称.ziti，在"选择器类型"项中选中"类"单选按钮，在"定义在"项中选中"仅对该文档"单选按钮，如图 4-19 所示。

（4）单击"确定"按钮，在".ziti 的 CSS 规则定义"对话框中，选择左边"分类"列表框中的"类型"选项，把"大小"设为 12 像素，如图 4-20 所示。

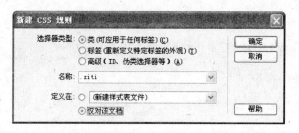

图 4-19 "新建 CSS 规则"对话框

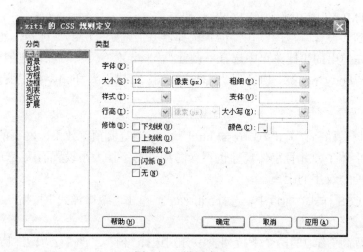

图 4-20 设置大小

（5）选择"分类"列表框中的"区块"选项，把"文字缩进"设为 2 个字体高，即 2 个汉字，这是让每一段落的行首自动空两个汉字，如图 4-21 所示。

（6）单击"确定"按钮，字体的 CSS 样式就定义成功了，此时，可以在"CSS 样式"面板里看到增加了一个.ziti 的 CSS 样式，如图 4-22 所示。

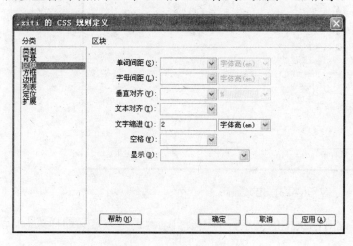

图 4-21 设置文字缩进

图 4-22 "CSS 样式"面板

（7）切换到"代码"视图，可以看到在<head></head>之间新增加了以下代码：

```
<style type="text/css">
<!--
.ziti {
    font-size: 12px;
    text-indent: 2em;
}
-->
</style>
```

这是在 HTML 文档内部定义的 CSS 代码。

（8）切换到"设计"视图。在"标签选择器"上选定＜body＞标签，然后在＜body＞标签上右击，在弹出的快捷菜单中选择"设置类"|ziti 命令，就可以快速把已经定义的 ziti 样式类指定给＜body＞标签。切换到"代码"视图，可以看到＜body＞标签变成了以下代码：

```
<body class="ziti">
```

（9）将网页文档另存为"4.3.1(css).html"，用浏览器预览效果，网页的字体看起来就像专业网站的字体了，并且字体尺寸也不会随浏览器字体大小设置而改变了，每个段落的首位自动空了两个汉字的距离。

（10）在"CSS 样式"面板中，选择.ziti 样式，单击"编辑样式"按钮 ，会弹出".ziti 的 CSS 规则定义"对话框。

（11）在"行高"右边的两个下拉列表中分别选择"值"、"％"选项，然后，再在"（值）"文本框中输入数值，这里输入 150%作为网页文字的行间距，如图 4-23 所示。

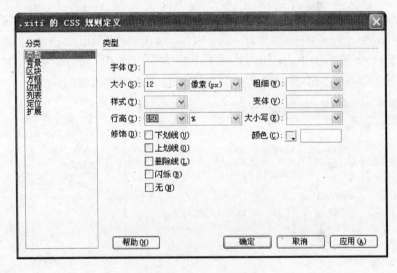

图 4-23　定义行高

（12）单击"确定"按钮。此时网页中的文字行间距会自动地调整为定义的样式。

### 4.3.2　外部样式表

内部样式表只在一个网页中起作用，如果想制作很多具有统一样式的网页，就必须在每个网页内定义相同的 CSS 样式表。这样很麻烦，效率也很低。外部 CSS 样式表能够较好地解决这个问题。具体实现方法是，先建立一个外部 CSS 样式表文件，在这个文件中定义文字、段落、表格、超链接等网页元素的样式。然后在需要的网页上链接这个外部 CSS 样式表文件即可。

下面通过实例介绍外部 CSS 样式表的创建及应用方法。

**1．创建外部 CSS 样式表**

（1）在开始页的"新建"列表中选择 CSS 选项，新建一个外部 CSS 文件。将其保存为 mycss.css。

（2）单击"CSS 样式"面板的"新建 CSS 规则"按钮，弹出"新建 CSS 规则"对话框。在"名称"文本框中输入 .text，在"选择器类型"项中选中"类"单选按钮，在"定义在"项中选中"仅对该文档"单选按钮，如图 4-24 所示。

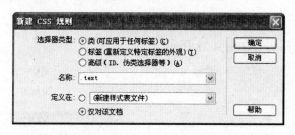

图 4-24　"新建 CSS 规则"对话框

（3）单击"确定"按钮，弹出".text 的 CSS 规则定义"对话框。在"分类"列表框中选择"类型"选项，定义字体、大小、行高分别为：宋体、12 像素、150%，如图 4-25 所示。

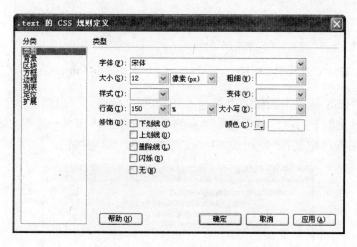

图 4-25　定义字体、大小和行高

（4）在"分类"列表框中选择"区块"选项，定义对齐方式为顶部、左对齐，文字缩进为 2 字体高，如图 4-26 所示。

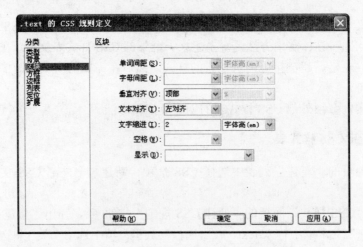

图 4-26　定义段落的对齐方式、文字缩进

（5）单击"确定"按钮，完成.text 样式的定义。这时的"CSS 样式"面板如图 4-27 所示。CSS 文档的代码内容如图 4-28 所示。

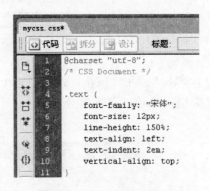

图 4-27　"CSS 样式"面板　　　　　　图 4-28　mycss.css 的代码内容

（6）单击"CSS 样式"面板的"新建 CSS 规则"按钮，弹出"新建 CSS 规则"对话框。在"选择器类型"选项区域中选中"标签"单选按钮，在"标签"文本框中输入表格标签 table，然后在"定义在"项中选中"仅对该文档"单选按钮，如图 4-29 所示。

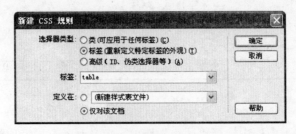

图 4-29　"新建 CSS 规则"对话框

（7）单击"确定"按钮，弹出"table 的 CSS 规则定义"对话框。选择"分类"列表框

中的"边框"选项，然后按照图 4-30 进行设置。

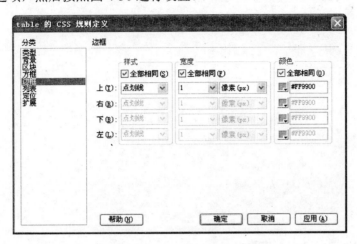

图 4-30　定义 table 的 CSS 规则

（8）单击"确定"按钮，完成 table 的 CSS 规则定义。

（9）新建一个 CSS 样式。在"新建 CSS 规则"对话框中的"选择器类型"项中选中"高级"单选按钮，在"选择器"下拉列表中选择 a:link 选项，在"定义在"选项区域中选中"仅对该文档"单选按钮，如图 4-31 所示。

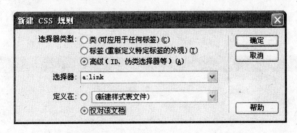

图 4-31　新建超链接 CSS 样式

（10）单击"确定"按钮，弹出"a:link 的 CSS 规则定义"对话框，在"分类"列表框中选择"类型"选项，定义字体、大小、颜色、修饰分别为：宋体、12 像素、#FFFFFF、无。

（11）新建一个 CSS 样式。在"新建 CSS 规则"对话框的"选择器类型"项中选择"高级"单选按钮，在"选择器"下拉列表中选择 a:hover 选项，在"定义在"选项区域中选中"仅对该文档"单选按钮。

（12）单击"确定"按钮后，在"a:hover 的 CSS 规则定义"对话框的"分类"列表框中选择"类型"选项，定义颜色为：#000000；在"分类"列表框中选择"背景"选项，定义背景颜色为：#00FF00。单击"确定"按钮，完成超链接样式的定义。

（13）选择"文件"|"保存"命令，保存 CSS 文件。这时的 CSS 代码为：

```
@charset "utf-8";
/* CSS Document */
.text {
```

```
    font-family: "宋体";
    font-size: 12px;
    line-height: 150%;
    text-align: left;
    text-indent: 2em;
    vertical-align: top;
}
table {
    border: 1px dotted #FF9900;
}
a:link {
    font-family: "宋体";
    font-size: 12px;
    color: #FFFFFF;
    text-decoration: none;
}
```

**2．链接外部 CSS 样式表**

前面创建了一个外部 CSS 样式表文件，下面将这个外部样式表链接到某个网页上加以应用。

（1）首先在浏览器中查看一下，发现没有应用外部 CSS 样式表时网页的效果（网页文件 4.3.2.html），如图 4-32 所示。

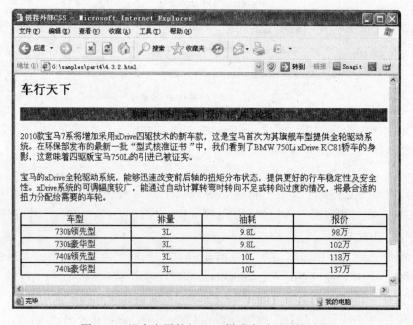

图 4-32　没有应用外部 CSS 样式表时网页的效果

（2）在 Dreamweaver 中打开网页文件"4.3.2.html"。

（3）在"CSS 样式"面板上单击"附加样式表"按钮。在弹出的"链接外部样式表"对话框中的"添加为"选项区域中选中"链接"单选按钮，然后单击浏览按钮，选择创建的外部样式表文件 mycss.css，如图 4-33 所示。

图 4-33 "选择样式表文件"对话框

（4）单击"确定"按钮，返回"链接外部样式表"对话框，如图 4-34 所示。

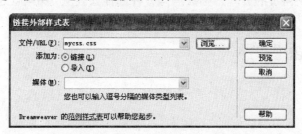

图 4-34 "链接外部样式表"对话框

**专家点拨**：在"链接外部样式表"对话框中，有两种添加外部样式表的方式，一种是"链接"，另一种是"导入"。"导入"是将外部样式表直接导入到网页文档中，而"链接"则是一种指向关系，只是有一个指针将网页文件和外部样式表文件联系在了一起。

（5）单击"确定"按钮，外部样式表文件 mycss.css 就会自动链接到网页中。在"CSS 样式"面板中将自动出现一个可折叠的 mycss.css 样式表。

（6）因为控制超链接和表格的 CSS 规则是用相应的标签重新定义得到的，所以网页中的超链接和表格会自动应用样式。

（7）可以将.text 样式应用到<body>标签上，这样网页中的文字都用.text 这个样式来控制外观。

（8）在浏览器中预览一下效果，如图 4-35 所示。可以发现在外部样式表中定义的一些样式已经应用到了网页中。

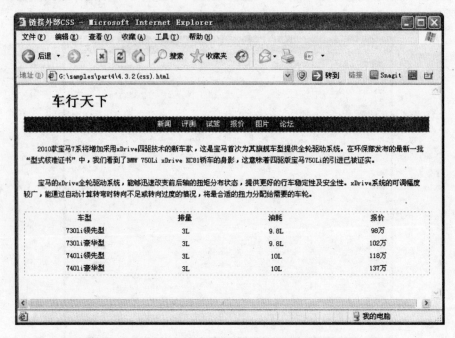

图 4-35　应用外部 CSS 样式表时网页的效果

按照上面的方法，还可以将外部样式表文件 mycss.css 应用到其他网页文档中。将来如果需要统一更改这些网页的外观，则只需修改外部样式表文件 mycss.css 既可。

# 4.4　本章习题

## 一、选择题

1．如果定义了一个名称为.text 的样式表，那么这个样式表的"选择器类型"为（　　）。

    A．类　　　　　　　　　　　　　　　B．标签

    C．高级　　　　　　　　　　　　　　D．以上三种任一类型

2．外部 CSS 样式表文件的扩展名是（　　）。

    A．htm　　　　　　　　　　　　　　B．html

    C．css　　　　　　　　　　　　　　D．asp

3．以下说法正确的是（　　）。

    A．只要在网页文档中定义了 CSS 样式表，那么样式表效果就可以在网页中自动显示出来

    B．只要在网页文档中定义了 CSS 样式表，就不能把它清除了

    C．有些定义好的 CSS 样式表，必须应用到网页中的某个元素中（文字、段落或者

标签等），CSS 样式表效果才能显示出来

    D. 以上都不对

**二、填空题**

1. 根据运用 CSS 样式表的范围局限于当前网页内部还是可以运用到其他网页文件，CSS 样式表可以分为两种类型，分别是＿＿＿＿＿＿＿＿＿＿和＿＿＿＿＿＿＿＿＿＿＿。

2. Dreamweaver 把简单运用 CSS 样式表的相关功能都汇集到了＿＿＿＿＿＿＿面板。在这个面板中可以新建、编辑、删除 CSS 样式表。

3. 在定义 CSS 样式表的时候，如果想统一改变网页中超链接文字的外观，通常会定义一种 CSS 样式，它的选择器类型为＿＿＿＿＿＿＿＿＿＿＿＿＿＿＿＿＿。

# 4.5　上机练习

### 练习 1　利用 CSS 自定义项目列表

在 Dreamweaver 中制作项目列表时，系统默认的项目列表图标是圆点。本练习要利用 CSS 定义个性化的项目列表图标，效果如图 4-36 所示。

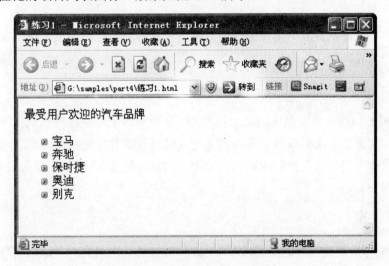

图 4-36　个性化项目列表图标

### 练习 2　外部 CSS 文件的创建和应用

创建一个 CSS 文件，定义若干 CSS 样式（包括对文本段落格式控制的样式、超链接样式、表格样式等）。然后创建一个网页效果，尽量让网页包括常用的一些元素（文字、图像、表格、导航条等），最后将外部 CSS 文件链接到这个网页上，并应用相应的 CSS 样式控制网页的外观。

# 第 5 章

# 网 页 布 局

网站的设计，不仅体现在具体内容与细节的设计制作上，也需要对框架进行整体的把握。在进行网站设计时，需要对网站的版面与布局进行一个整体性的规划。

**本章主要内容：**

- 网页布局类型
- 用表格进行网页布局
- 框架
- 用 CSS 进行网页布局

## 5.1 网页布局类型

在网页布局设计上，根据用户的使用习惯与设计经验，已经形成了一些常见的布局方式。网页布局方式主要从用户使用的方便性、界面大方美观、网页特色等方面考虑。

**1. "国" 字型**

"国" 字型布局是一种常见的网页布局类型。这种布局类型是在网页的上下各设计一个通幅广告条，左面是主菜单或导航条，右面是友情链接或其他链接的内容，中间是网页的主要内容。这样布局可以充分利用网页的版面，信息量较大。"国" 字型布局效果如图 5-1 所示。

**2. "厂" 字型**

"厂" 字型布局是在网页的上部放置 Logo 和 Banner，在网页的左边放置导航条与其他链接，在网页的右下方放置网页的主要内容。这种布局的好处是网页的各个部分布局非常集中，可以在一个区域突出网页的重要内容。网页中的内容主次分明，很有层次感。"厂" 字型布局效果如图 5-2 所示。

**3. "框架" 型**

"框架" 型布局是指以框架网页的形式实现网页的布局。框架网页的功能是将浏览器窗口划分为若干个区域，每个区域可以分别显示不同的网页。这样框架就可以实现网页的布局。

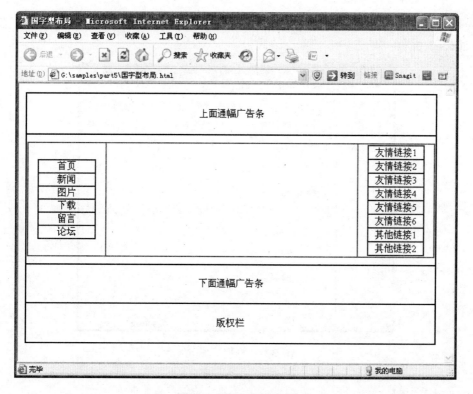

图 5-1 "国"字型布局

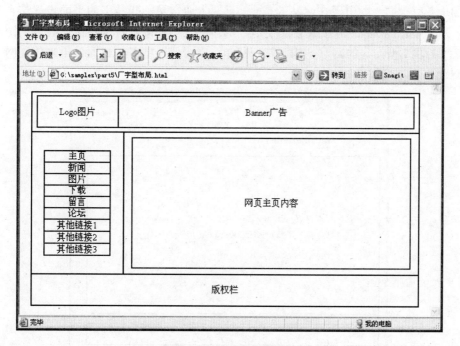

图 5-2 "厂"字型布局

与其他的网页布局类型不同的是,其他的网页布局都是在一个网页上实现的。而框架布局是在几个不同的网页上实现布局的，然后再通过框架网页集合在一起。"框架"型布局效果如图 5-3 所示。

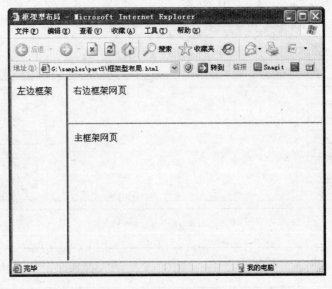

图 5-3 "框架"型布局

### 4. "封面"型

"封面"型布局一般出现在网站的首页，页面上通常是一些精美的平面设计结合一些小的动画，放上几个简单的链接或者仅仅是一个"进入"链接，甚至直接在首页的图片上设计链接。"封面"型布局的网页结构常常很简单，需要使用精美的封面效果来体现网页的内容。"封面"型布局效果如图 5-4 所示。

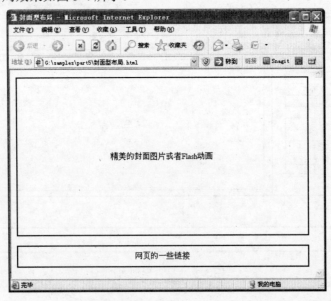

图 5-4 "封面"型布局

## 5.2　用表格进行网页布局

　　表格可以用来控制页面布局，通过在表格里放置内容，用户能够把对象放置到页面的指定位置，创建更复杂的视觉结构。表格是一种可以让设计人员初步控制站点布局的 HTML 元素。

### 5.2.1　在页面中插入表格

　　新建一个 HTML 文档。选择"插入记录"|"表格"命令，弹出"表格"对话框，如图 5-5 所示。这里插入一个 4 行 3 列的表格，表格宽度为 500 像素，边框粗细为 1 像素，单元格边距和间距也都为 0，在"标题"文本框中输入文字"一个简单的表格"。单击"确定"按钮，页面中将出现一个表格，效果如图 5-6 所示。

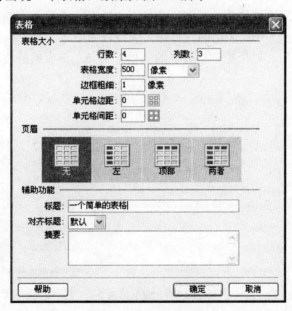

图 5-5　"表格"对话框

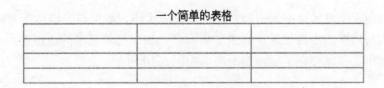

图 5-6　表格效果

　　**专家点拨**：在网页中插入表格有 3 种常用方法，分别是选择"插入记录"|"表格"命令、单击常用面板中的"表格"按钮 和直接按快捷键 Ctrl+Alt+T。

　　在如图 5-5 所示的"表格"对话框中可以看到，在插入表格时可对表格宽度、边框粗细、单元格边距和间距、页眉以及表格标题等参数进行设置。下面对这些参数进行详细介绍。

### 1．表格宽度

表格宽度有百分比和像素两种单位可进行设置。以百分比为单位进行设置在浏览网页时，按照网页浏览区的宽度为基准，而以像素为单位进行设置则是表格的实际宽度，在不同的情况下需要使用不同的单位，例如，在表格嵌套时多以百分比为单位。

**专家点拨：**表格的宽度和高度可以通过浏览器窗口百分比或者绝对像素值来定义，比如设置宽度为窗口宽度的 100%，那么当浏览器窗口大小变化的时候表格的宽度也随之变化；而如果设置宽度为 760 像素，那么无论浏览器窗口大小为多少，表格的宽度都不会变化。

### 2．边框粗细

边框粗细用来设置表格边框的粗细，在插入表格时，表格边框的默认值为 1 像素，如果把表格边框的值设置为 0，表格的边框则为虚线，如图 5-7 所示，这样，在浏览网页时就看不到表格的边框了。如果把表格边框的值设置为 5，那表格的边框就变得宽了许多，如图 5-8 所示。

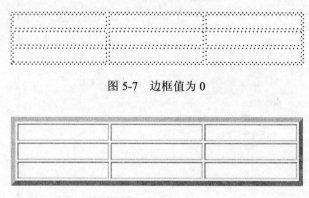

图 5-7　边框值为 0

图 5-8　边框值为 5

### 3．单元格边距

单元格边距表示单元格中的内容与边框距离的大小，如果单元格边距为默认值，其单元格中的内容与边框的距离很近，如图 5-9 所示。如果把单元格的边距设为 8，在单元格中的内容与边框之间就存在了一定的距离，如图 5-10 所示。

图 5-9　单元格边距为默认值

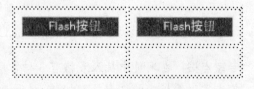

图 5-10　单元格边距为 8

**4．单元格间距**

单元格边距和单元格间距是两个不同的概念，单元格间距是指单元格与单元格、单元格与表格边框的距离。两者的单位都是像素，在默认情况下，边距的值为 1，间距的值为 2。在如图 5-11 所示中，就是把单元格间距设置为 8 后的表格外观。

图 5-11　单元格间距为 8

**5．页眉设置**

页眉设置其实就是为表格选择一个加粗文字的标题栏，这样对于要求标题以默认粗体显示的表格，省去了每次手动执行加粗动作，提高了工作效率。可将页眉设置为无、左部、顶部，或者左部和顶部同时设置。图 5-12 和图 5-13 就是分别将页眉设置在左部和顶部时的效果。

| 页眉效果 | | |
|---|---|---|
| **姓名** | 高忠桂 | 杨宇 |
| **性别** | 男 | 女 |
| **职位** | 自由人 | 销售员 |

图 5-12　页眉设在左部

| 页眉效果 | | |
|---|---|---|
| **姓名** | **性别** | **职位** |
| 高忠桂 | 男 | 自由人 |
| 杨宇 | 女 | 销售员 |

图 5-13　页眉设在顶部

**6．辅助功能**

辅助功能的作用主要是为表格和表格的内容提供一些简单的文本描述。可以在"标题"文本框中为表格设置一个标题，在"对齐标题"下拉列表中可以选择一种标题的对齐方式。在"摘要"文本域中可以输入对所创建表格的简单描述信息。

## 5.2.2　设置表格属性

在页面中插入表格以后，可以在"属性"面板中对表格进行设置，除了某些属性与"表格"对话框中的设置一样外，还可以设置表格的背景颜色、边框颜色和对齐方式等属性。选中表格以后，就会在"属性"面板中显示表格的各种属性，如图 5-14 所示。

图 5-14　表格属性面板

**专家点拨**：在编辑网页中的表格时，必须先选中表格。利用"标签选择器"可以快速选择表格。具体方法是，在要选择的表格中任意位置单击，然后在"标签选择器"上单击要选择的表格或者单元格的对应标签即可。

下面分别对表格中的属性进行说明。

（1）表格 Id：指的是表格名称，可以在这个选项栏里输入一个名称来为表格命名。

（2）行和列：可以重新设置表格中行和列的数量。

（3）宽：设定表格的宽度。宽度可以在"表格"对话框中进行设置；单位有"百分比"和"像素"两种。一般情况下，无须设置表格高度。

（4）填充：设置单元格内容与单元格边框之间的像素数。

（5）间距：设置相邻的表格单元格之间的像素数。

（6）对齐：可以设定表格的对齐方式。表格有 3 种对齐方式，分别为"左对齐"、"居中对齐"和"右对齐"。单击下拉菜单按钮，可以在下拉菜单中选择对齐方式。如果保持默认的话，表格会居左对齐。

（7）边框：指定表格边框的宽度，与在"表格"对话框中的设置一样，它的单位为像素。如果没有明确指定边框的数值，则大多数浏览器按边框设置为 1 像素显示表格。如果要浏览器不显示表格边框，可以将"边框"数值设置为 0。

（8）清除列宽和清除行高：这两个按钮可以将表格中所有明确指定的行高或列宽删除，如图 5-15 所示。

（9）将表格宽度转换成像素和将表格宽度转换成百分比：将表格中每列的宽度设置为以像素为单位的当前宽度，并将整个表格的宽度设置为以像素为单位的当前宽度。将表格中每列的宽度或高度设置为按占"文档"窗口宽度百分比表示的当前宽度，并将整个表格的宽度设置为按占"文档"窗口宽度百分比表示的当前宽度，如图 5-16 所示。

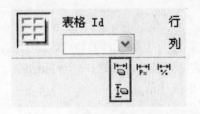

图 5-15　清除列宽和清除行高

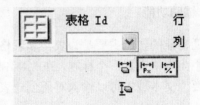

图 5-16　转换表格宽度

（10）背景颜色：此选项可以设置表格的背景颜色，单击背景颜色后的按钮，可以打开调色板，使用吸管工具直接选择颜色即可，如图 5-17 所示，也可以直接在文本框中输入颜色代码值。

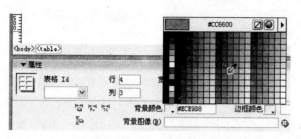

图 5-17 设置背景颜色

（11）边框颜色：用来设定表格边框的颜色。选中表格以后单击颜色按钮，就可以像设置背景颜色一样选择颜色了。在设定边框颜色以后，表格内所有单元格的边框都会变为所设定的颜色。

（12）背景图像：设置表格背景图像，可以将一张图片平铺到表格中。单击"背景图像"后边的黄色文件夹图标，在弹出的"选择图像源文件"窗口中找到图片即可，如图 5-18所示。

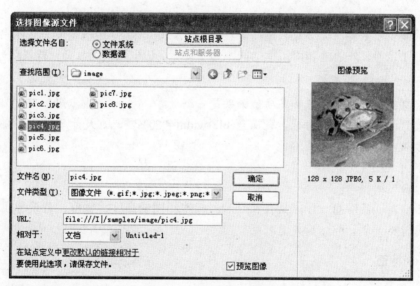

图 5-18 设置表格背景图像

**专家点拨**：在为表格设置了背景图像以后，表格的背景颜色将不会起作用，因为背景图像会遮盖住背景颜色。

### 5.2.3 表格标签

前面介绍了如何在 Dreamweaver 设计视图下创建表格，为了让读者对表格有更深刻的理解，本节介绍表格标签。与表格相关的标签有<table>、<tr>、<td>等，分别表示表格、行、列。

### 1．<table>标签

<table>标签表示一个表格的开始。每一个<table>标签需要一个</table>标签关闭。相关的属性如下所述。

- width：表格的宽度。
- height：表格的高度。
- border：表格边框的线宽。
- cellpadding：表格边框之间的填充宽度。
- cellspacing：表格边框之间的间距。
- bordercolor：边框的颜色。
- background：表格背景的图片。
- bgcolor：表格背景的颜色。
- align：表格的对齐方式，可以是 left、center、right 等值。

例如，下面是一个表格的代码：

```
<table width="500" height="200" border="2" cellspacing="1" cellpadding="2"
bordercolor="##CC0000" bgcolor="#0033FF" align="center">
```

这些代码表示开始一个表格，宽高像素为 500×200 像素，边框宽度为 2 像素，边框之间的填充为 1 像素，外边框和内边框的间距为 2 像素，边框颜色为红色，背景颜色为蓝色，居中对齐。

**专家点拨**：表格的宽度值和高度值如果是一个数字，比如<table width="500">，则尺寸单位为像素。如果是一个百分比，比如<table width="50%">，则尺寸单位为百分比，表示宽度或高度占上一级元素的百分比。

### 2．<tr>标签

<tr>标签表示表格的一行，具有和<table>标签相同的高度、宽度、背景等属性。每一个<tr>标签需要一个</tr>标签关闭。

### 3．<td>标签

<td>标签表示表格的一个单元格。具有和<table>标签相同的高度、宽度、背景等属性。每一个<td>标签需要一个</td>标签关闭。

例如，下面是网页中一个表格的代码：

```
<table width="500" height="200" border="2" cellpadding="1" cellspacing="1"
bordercolor="#0000FF" bgcolor="#999999">
    <tr>
      <td bgcolor="#990033">设置单元格背景</td>
      <td>灰色背景</td>
      <td>黄色背景</td>
    </tr>
```

```
<tr>
  <td> </td>
  <td align="center">居中对齐</td>
  <td align="left">左对齐</td>
</tr>
</table>
```

表格的显示效果如图 5-19 所示。

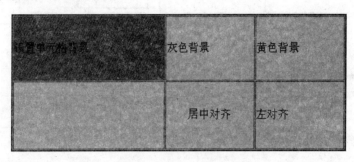

| 设置单元格背景 | 灰色背景 | 黄色背景 |
| 居中对齐 | 左对齐 |

图 5-19　表格效果

## 5.2.4　在普通模式下用表格布局网页

表格是最常用的网页布局实现方式。在表格中，可以很容易地对表格的行和列进行调整，从而方便地实现网页布局。本节通过实例介绍利用表格进行网页布局的方法。

网页布局实例效果如图 5-20 所示。这个页面是由 4 个表格组成的，某些单元格中又嵌套有表格。布局示意图如图 5-21 所示。表 1 为网页的顶部，包括网站的 Logo 及 Banner；表 2 是网站导航条；表 3 是页面的主体区，包括左侧的文章列表，右侧的其他链接和下部的搜索条，其中分别嵌套有小表格；表 4 是网页的底部，是网站的版权栏。

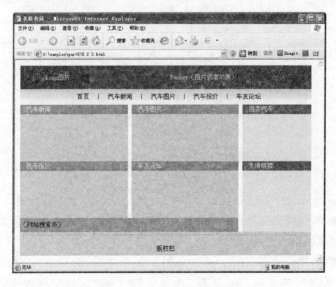

图 5-20　网页布局实例效果

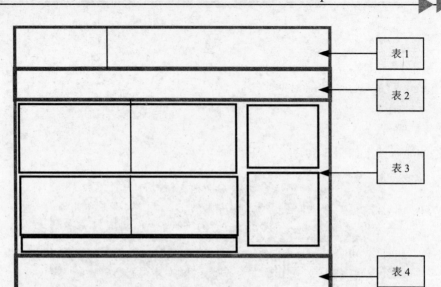

图 5-21　布局示意图

下面详细介绍本实例的制作步骤。

### 1．创建第一个表格

（1）新建一个 HTML 网页文件，将文件另存为"5.2.4html"。选择"插入记录"|"表格"命令，在弹出的"表格"对话框中设置表格为 1 行 2 列，宽为 760 像素，边框粗细、单元格边距和单元格间距均为 0，如图 5-22 所示。单击"确定"按钮，即创建了一个表格。

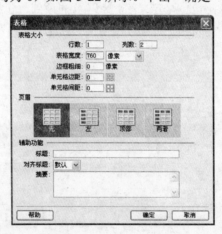

图 5-22　"表格"对话框

（2）单击"标签选择器"上的<table>标签选中表格，打开"属性"面板，设置对齐方式为"居中对齐"，如图 5-23 所示。

（3）单击表格的第一个单元格，在"属性"面板中设置单元格的宽为 180 像素、高为 60 像素，设置背景颜色为蓝色。单击第二个单元格，在"属性"面板中设置单元格的背景颜色为红色。在空白处单击一下就得到了如图 5-24 所示的效果。

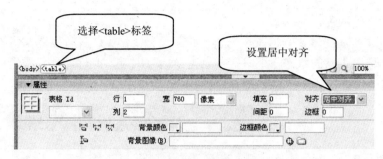

图 5-23　修改表格属性

图 5-24　第一个表格效果

### 2．创建第二个表格

（1）把光标移到表格的后面，单击"常用"工具条中的"表格"按钮 ⊞，插入一个 1 行 1 列，宽为 760 像素的表格。

**专家点拨**：这次插入的表格继承了前面设置的部分属性，在"表格"对话框中不用再设置边框粗细、单元格边距和单元格间距等属性。

（2）选中此表格，在"属性"面板中设置其高度为 40 像素，对齐方式为"居中对齐"，单击"背景图像"框后面的"指向文件"按钮 ⊕，拖至"文件"面板的站点管理里已经准备好的背景图片（\images\bg.jpg），放开鼠标后该表格就应用了此背景图片。

### 3．创建第三个表格

（1）在表格下面的空白处单击一下，光标就移到了表格的后面，再次插入一个表格，由于"表格"对话框设置了记忆功能，因此这里不设置直接单击"确定"按钮即可。

（2）选中这个表格，在"属性"面板中设置表格的对齐方式仍为"居中对齐"，在"行"和"列"文本框中分别输入 1 和 3，设置表格为 1 行 3 列。

（3）单击第一个单元格，将光标定位在此单元格中，在"属性"面板中设置单元格的宽度为 570 像素，单元格内容的垂直对齐方式为"顶端"，如图 5-25 所示。

（4）将光标定位在第二个单元格中，设置其宽度为 10 像素。

（5）将光标定位在第三个单元格中，设置宽度为 180 像素。这样 3 个单元格宽度合起来正好是 760 像素。设置单元格的垂直对齐方式为"顶端"，背景颜色为灰色。

（6）在第一个单元格中单击，插入一个 2 行 3 列、宽为 570 像素的表格。选中此表格的第一行第一个单元格，设置其宽为 280 像素、高为 24 像素、背景颜色为"＃CC8800"。设置第二个单元格宽为 10 像素。第三个单元格的设置和第一个单元格一样。选中第二行的第一个单元格，将高度设为 120 像素，背景颜色设置为灰色。选中第二行的第三个单元格，将背景颜色设置为灰色。

（7）选中这个宽度为 570 像素的表格，按组合键 Ctrl＋C 进行复制；将光标移到这个表格的后面（选中表格的状态下，只需按一下向右方向键，光标即移到此表格的右侧了），按组合键 Ctrl＋V 进行粘贴。效果如图 5-26 所示。

图 5-25　单元格属性设置

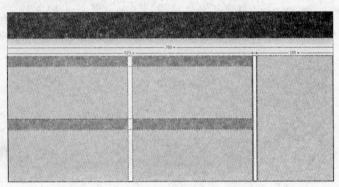

图 5-26　复制内嵌表格后的效果图

（8）在所有表格的下部空白处单击一次，使光标移到大表格的后面，再按组合键 Ctrl＋V 粘贴一次，选中新复制的表格，将其行、列属性改为 2 行 1 列，宽度设置为 180 像素，单击第一个单元格，将背景色改为"＃805500"。

（9）选中这个新复制的表格，按组合键 Ctrl＋X 剪切，将光标移到右侧浅灰背景的单元格中，连续粘贴两次。

（10）将光标移到左侧两个内嵌表格的后面，再插入一个 1 行 1 列、宽度为 570 像素的表格。设置表格的高度为 36 像素、背景色为浅灰色，边框为 1、边框颜色为灰色。

**4．创建第四个表格**

（1）将光标移到所有表格的后面，插入一个 1 行 1 列、宽度为 760 像素的表格，设置其高度为 60 像素、对齐方式为"居中对齐"。

（2）将光标移至表格内，设置单元格垂直对齐方式为"顶端"，选择"插入"|HTML|"水平线"命令，插入一条水平线，设置其高度为 1 像素。

最后在相应的单元格中添加文字和图片并保存网页，完成本实例的制作。

## 5.2.5　在布局模式下用表格布局网页

为了简化使用表格进行页面布局的过程，Dreamweaver 提供了"布局"模式。"布局"模式的工作方式是，用户可以在页面上绘制表格，然后把文本或图形放置在表格里。在布局模式下创建表格具有更大的灵活性。可以根据事先规划好的网页排版方式，画出需要的表格和单元格。然后再根据具体内容进行适当的编辑和调整，这样极大提高了网页布局的效率。

下面通过一个网页布局实例介绍在"布局"模式下布局网页的方法。实例效果如图 5-27 所示。网页分成 3 部分来完成布局，第一部分是上面的顶部信息，包括搜索条、Banner、导航栏等；第二部分是网页的主体部分；第三部分是底部信息。

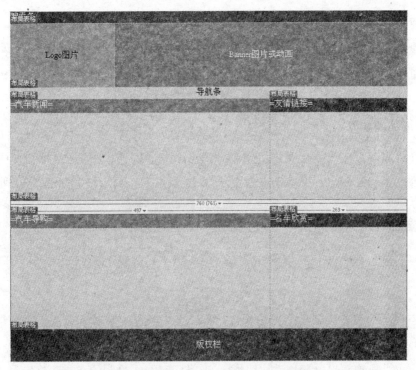

图 5-27 "布局"模式下用表格布局的网页

下面详细介绍本实例的制作步骤。

### 1．切换到表格布局模式

（1）新建一个 HTML 网页文档，将其保存为 5.2.5html。切换到"布局"工具栏，如图 5-28 所示。

图 5-28 "布局"工具栏

（2）选择"查看"|"表格模式"|"布局模式"命令，这时 Dreamweaver 会弹出一个"从布局模式开始"对话框，如图 5-29 所示。

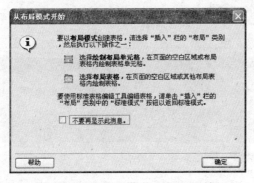

图 5-29 "从布局模式开始"对话框

**专家点拨**：可以选择"不要再显示此消息"复选框，这样以后切换布局模式时就不会再出现"从布局模式开始"对话框了。

（3）单击"确定"按钮进入布局模式，这样就可以在页面上绘制布局单元格和布局表格了。

### 2．布局顶部部分

（1）在"布局"工具栏上单击"绘制布局表格"按钮 ⬚，这时鼠标会变成"＋"形状。通过拖动鼠标绘制出一个宽 760 像素、高 22 像素的布局表格，如图 5-30 所示。

图 5-30　制成的布局表格

**专家点拨**：如果要绘制多个布局表格，不必重复单击"绘制布局表格"按钮，只要在绘制布局表格时按住 Ctrl 键拖动，便可以连续绘制出多个布局表格。

（2）单击"绘制布局单元格"按钮 ▤，当鼠标在刚才绘制的布局表格中呈现"＋"形状时，由表格的左上角开始拖动鼠标，绘制出一个 760×22 像素的单元格。在"标签选择器"上单击选择<td>标签，在"属性"面板中设置背景色为蓝色，并输入文字"搜索条"，如图 5-31 所示。

图 5-31　搜索条

（3）接着绘制一个布局表格，设置为 760×120 像素，在这个布局表格中绘制两个单元格，左边的为 200×120 像素，右边的为 560×120 像素。分别选中这两个单元格，在"属性"面板中设置它们的背景颜色分别为灰色和红色，如图 5-32 所示。这两个单元格分别用来放置网站的 Logo 和 Banner。

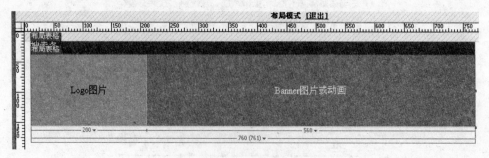

图 5-32　布局 Logo 和 Banner

**专家点拨**：通过拖动鼠标绘出的布局表格的尺寸较难控制，可以通过查看状态栏中的信息，观察所绘制布局表格的大小。另外还可以在布局表格的"属性"面板中直接修改表格的宽和高来精确设置其大小。

（4）绘制一个布局表格，设置为 760×22 像素，在这个布局表格中绘制一个单元格充满整个表格，如图 5-33 所示。这个单元格用来放置导航条。

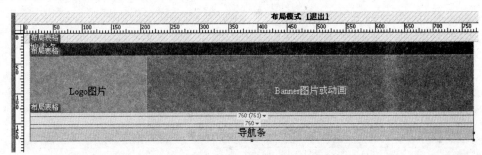

图 5-33　布局导航条

### 3．布局主体部分

（1）接着绘制一个布局表格，设置为 760×216 像素，如图 5-34 所示。在这个表格中再绘制两个嵌套表格，如图 5-35 所示。

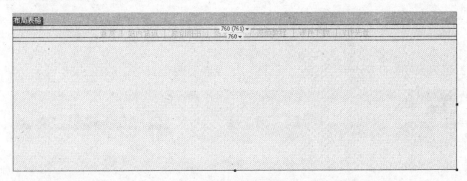

图 5-34　绘制布局表格

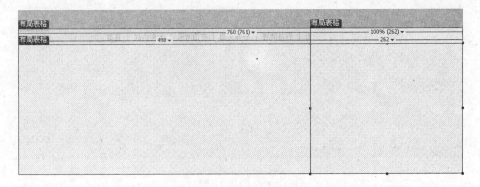

图 5-35　绘制两个嵌套表格

（2）在两个嵌套表格中各绘制两个布局单元格，如图 5-36 所示。分别设置单元格的背景色并且输入相应的文字，如图 5-37 所示。

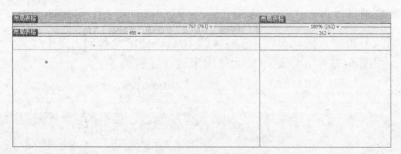

图 5-36　绘制两个布局单元格

图 5-37　设置单元格背景颜色并输入文字

（3）按照同样的方法再绘制一个表格，里面嵌套两个表格，如图 5-38 所示。

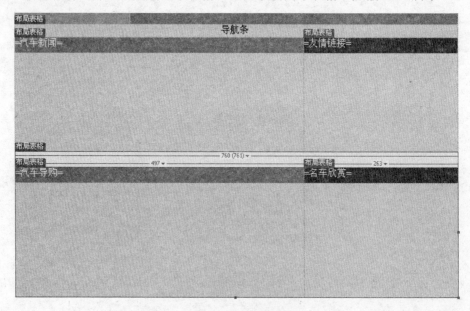

图 5-38　网页主体布局

**专家点拨：**页面上显示的布局表格外框为绿色，而布局单元格外框为蓝色。在布局表格中绘制布局单元格时会出现白色网格线，这些线可以帮助用户将新单元格与以前的单元格对齐。如果绘制单元格靠近包含它的布局表格的边缘，单元格的边缘也会与该表格的边缘自动靠齐。

**4．布局网页底部**

（1）接着绘制一个布局表格，设置尺寸为 760×25 像素。

（2）在这个布局表格中绘制一个单元格充满整个表格，如图 5-39 所示。这个单元格用来放置网站的版权信息。

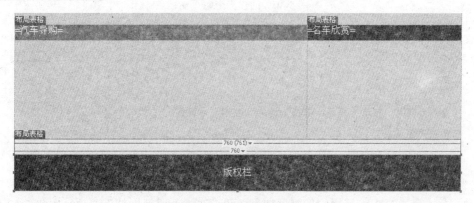

图 5-39　布局网页底部

# 5.3　框架

框架的作用就是把浏览器窗口划分为若干个区域，每个区域可以分别显示不同的网页。访问者浏览站点时，可以使某个区域的文档永远不更改，通过导航条的链接更改主要内容框架的内容，从而达到网页布局的相对统一。一般情况下，可以用框架来保持网页中固定的几个部分，如网页大标题、链接按钮等，剩下的框架用来展现所选择的网页内容。

## 5.3.1　用框架布局页面

要制作框架网页，就要建立框架集。框架集是组织页面内容的常见方法，通过框架集可以将网页的内容组织到相互独立的 HTML 页面内，相对固定的内容（比如导航栏、标题栏）和经常变动的内容分别以不同的文件保存将会大大提高网页设计和维护的效率。

本节将制作一个简单的框架网页，先对框架集和框架等概念有一个概括的认识。

**1．建立框架集**

（1）新建一个网页文档，并保存为 mainFrame.html，在这个网页中输入一些文字，效果如图 5-40 所示。

图 5-40 创建一个网页文档

（2）将"插入"工具栏切换到"布局"工具栏，"布局"工具栏的外观如图 5-41 所示。

图 5-41 "布局"工具栏

（3）单击"布局"工具栏中的"框架"按钮，选择"顶部框架"选项，如图 5-42 所示。这个框架集由两个框架组成。

（4）这时将弹出"框架标签辅助功能属性"对话框，"框架"后面的列表中列出了当前框架集中所包含的框架，展开列表，分别为两个框架设置"标题"属性，将 mainFrame 的标题设置为 mainFrame，将 topFrame 的标题设置为 topFrame，如图 5-43 所示。

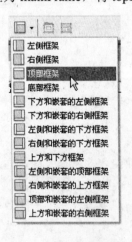

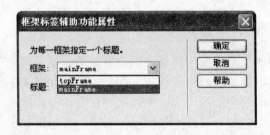

图 5-42 选择框架类型　　　　　　　图 5-43 设置框架标题

（5）单击"确定"按钮，设计视图被分成了两个区域（两个框架），如图 5-44 所示。目前是整个框架集被选中状态，边框呈虚线显示。

**2．保存框架和框架集**

（1）进入"框架"面板（打开"框架"面板的快捷键是 Shift +F2），这里以缩略图的形式列出了框架集和内部的框架，每个框架中间的文字就是框架的名称，如图 5-45 所示。

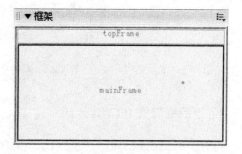

图 5-44　两个框架　　　　　　　　　　　　　图 5-45　框架面板

（2）在"框架"面板中，单击选中框架 topFrame（注意其周围的黑色细线框），如图 5-46 所示。按快捷键 Ctrl+S，在弹出的"另存为"对话框中设置文件名为"topFrame.html"并保存。

（3）在"框架"面板中，单击最外面的大方框选中整个框架集，注意黑色的粗线方框，如图 5-47 所示。按快捷键 Ctrl+Shift+S，在弹出的"另存为"对话框中设置文件名为"5.3.1.html"并进行保存。

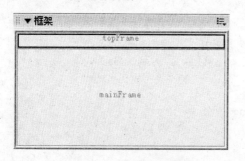

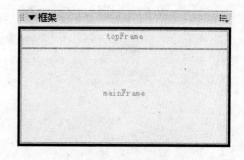

图 5-46　选中框架 topFrame　　　　　　　　　图 5-47　选择框架集

**专家点拨**：除了用快捷键进行框架和框架集的保存外，还可以选择"文件"菜单下的相应保存命令进行操作。

（4）在设计视图中，单击框架 topFrame 内部，在这个框架中输入相应的文字，最终的框架集及其内部框架对应的 HTML 文件如图 5-48 所示。

**专家点拨**：这里制作了一个包含两个框架的网页效果，一个框架是 topFrame，另一个框架是 mainFrame。这个包含两个框架的网页效果共对应 3 个网页文件，一个是框架集文件 5.3.1.html，另两个是框架文件 topFrame.html 和 mainFrame.html。

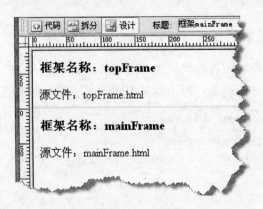

图 5-48   框架集及其内所包含的框架

### 3．理解框架集 HTML 代码

打开文件 5.3.1.html，切换到代码视图，如图 5-49 所示。为了便于阅读，图中的代码进行了折叠。定义框架集的 HTML 标签是<frameset></frameset>，含有这对标签的源代码存放在框架集文件中。

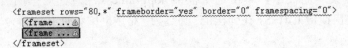

图 5-49   框架集源代码

<frameset></frameset>中含有<frame/>标签，每个<frame/>标签定义一个框架，并为框架设置名称、源文件等属性，如图 5-50 所示。

```
<frameset rows="80,*" frameborder="yes" border="0" framespacing="0">
  <frame ...⚠
  <frame src="mainFrame.html" name="mainFrame" id="mainFrame" title=
"mainFrame" />
</frameset>
```

图 5-50   <frame/>标签

## 5.3.2   创建框架和框架集

通过上一节的学习已经对框架和框架集有了一个初步的认识，这节继续深入学习框架和框架集的创建方法。每一个框架都是一个独立的 HTML 页面，它是浏览器窗口中的一个区域，可以显示与浏览器窗口的其余部分中所显示内容无关的 HTML 文档。通过框架集的使用，这些框架能够很好地在一起运作。所谓框架集就是指定义网页结构与属性的 HTML 页面，这其中包含了显示在页面中框架的数目，框架的尺寸，装入框架的页面的来源，以及其他一些可定义的属性的相关信息。框架集页面不会在浏览器中显示（noframes 部分除外），它只是向浏览器提供如何显示一组框架以及在这些框架中应显示哪些文档的有关信息。

在 Dreamweaver 中有两种创建框架集的方法：既可以从若干预定义的框架集中选择，

也可以自己设计框架集。

**1．使用预定义的框架集**

（1）创建新的空预定义框架集。选择"文件"|"新建"命令，在弹出的"新建文档"对话框中选择"示例中的页"选项，然后在"示例文件夹"列表中选择"框架集"选项，并从"示例页"列表中选择一种框架集类型，单击"创建"按钮，如图 5-51 所示。

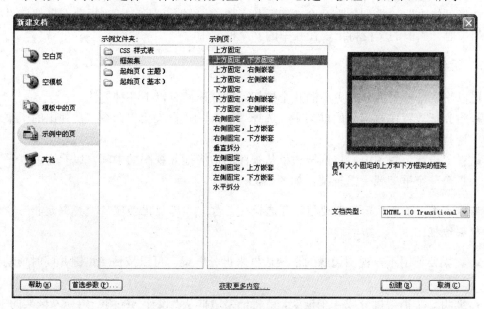

图 5-51  创建新的空预定义框架集

如果已经在"首选参数"中激活了"辅助功能"|"框架"复选框，此时会弹出一个对话框，如图 5-52 所示。完成设置后单击"确定"按钮。

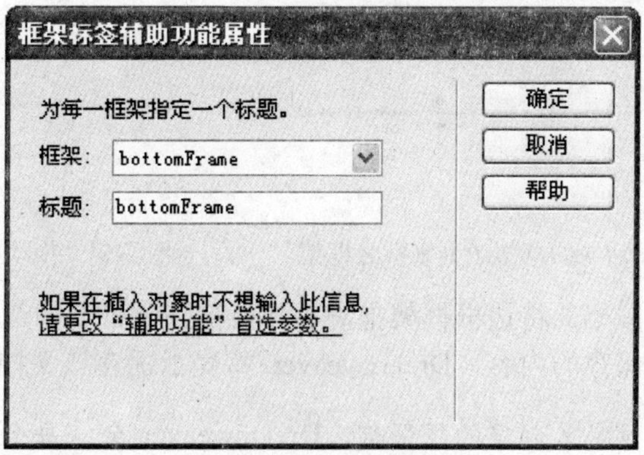

图 5-52  "框架标签辅助功能属性"对话框

（2）在现有文档中创建预定义的框架集。将光标置于网页文档中，选择"插入记录"|HTML|"框架"命令，在子菜单中选择一种框架集；也可以单击"布局"工具栏中的"框架"按钮，在弹出的下拉菜单中选择一种框架集。

框架集图标 提供应用于当前文档的每个框架集的可视化表示形式。框架集图标的蓝色区域表示当前文档，而白色区域表示将显示其他文档的框架。

在现有框架中还可以嵌套新的框架集，将光标置于要拆分的框架中，再次选择"框架"命令，就能在当前框架里嵌套一个新的框架集。

**2．自己设计框架集**

选择"修改"|"框架集"命令，然后从子菜单选择拆分项，如"拆分左框架"、"拆分上框架"等。当前的文档将出现在其中的一个框架中。

**3．拆分或删除框架**

可以将一个框架拆分成更小的几个框架。拆分框架有以下几种方法。

- 将光标放置在要拆分的框架中，选择"修改"|"框架集"命令，从弹出的子菜单中选择拆分项。
- 在"设计"视图中，将框架边框从视图的边缘拖入视图的中间，以垂直或水平方式拆分一个框架或一组框架，如图 5-53 所示。

**专家点拨**：如不显示框架边框，可选择"查看"|"可视化助理"|"框架边框"命令来显示框架边框。

- 如果要使用不在视图边缘的框架边框来拆分框架，可以按住 Alt 键并同时拖动框架边框。
- 要将一个框架拆分成 4 个框架，请将框架边框从"设计"视图一角拖入框架的中间，如图 5-54 所示。

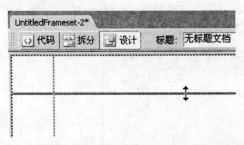

图 5-53　拖动视图边缘的框架边框来拆分框架

图 5-54　拖动视图一角来拆分 4 个框架

如果要删除一个框架，将边框框架拖离页面或拖到父框架的边框上即可。如果要删除的框架中的文档有未保存的内容，Dreamweaver 将提示保存该文档。

**专家点拨**：使用预定义创建的框架集，Dreamweaver 会给每个框架一个默认的框架名称，如 mainFramet 等；使用拆分的方式创建的框架集，各框架名称都为未命名，可以在框架的属性面板中为框架命名，来区分各个网页中的框架，以便网页之间进行链接。

**4．创建嵌套框架**

在另一个框架集之内的框架集称作嵌套的框架集。一个框架集文件可以包含多个嵌套的框架集。大多数使用框架的 Web 页实际上都使用嵌套的框架，并且在 Dreamweaver 中大多数预定义的框架集也使用嵌套。如果在一组框架里，不同行或不同列中有不同数目的框架，则要求使用嵌套的框架集。

在已存在的框架集中，选择需要嵌套的某一个框架页，使用框架拆分工具再次拆分，Dreamweaver 会自动嵌套一个框架集。

内部框架集可以与外部框架集在同一文件中定义（Dreamweaver 中每个预定义的框架集均在同一文件中定义其所有框架集），也可以在不同文件中单独定义。

### 5.3.3　设置框架及框架集属性

框架和框架集是一些独立的 HTML 文档。可以通过设置某些框架或框架集的属性来对框架或框架集进行修改。

**1．选取要进行更改的框架和框架集**

在视图窗口中选择框架：按住 Alt 键的同时单击框架内部（在框架周围显示一个虚线的选择轮廓表明该框架被选中）。

在“框架”面板中选择框架：选择“窗口”|“框架”命令，在“框架”面板中单击框架（在“框架”面板和视图窗口中，框架周围都会显示一个选择轮廓）。

在视图窗口中选择框架集：单击该框架集的任一边框（在框架集周围显示一个选择轮廓）。

在“框架”面板中选择框架集：在“框架”面板中单击围住框架的边框（在“框架”面板和视图窗口中，框架集周围都会显示一个选择轮廓）。在“框架”面板中选择框架集通常比在视图窗口中选择框架集容易。

**2．设置框架属性**

选取框架，打开框架的“属性”面板，如图 5-55 所示。

图 5-55　框架属性面板

框架名称：为当前框架命名（为了便于确定超链接应给框架命名）。

源文件：确定框架的源文档。可以直接在文本框中输入文件路径，也可以单击文件夹图标查找并选取文件。还可以通过将插入点放在框架内并选择“文件”|“在框架中打开”命令来打开文件。

边框：用来控制当前框架有无边框。选项有“是”（显示边框）、“否”（隐藏边框）和“默认值”。大多数浏览器默认为显示边框，除非父框架集已将“边框”设置为“否”。只有当共享该边框的所有框架都将"边框"设置为"否"时，或者当父框架集的"边框"属性设置为"否"并且共享该边框的框架都将"边框"设置为"默认值"时，边框才是隐藏的。

滚动：确定当框架内的内容显示不下的时候是否出现滚动条。选项有"是"、"否"、"自动"和"默认"。"是"表示显示滚动条，"否"表示不显示滚动条，"自动"则是自动显示，也就是当该框架内的内容超过当前屏幕上下或左右边界时，滚动条才会显示，否则不显示。"默认"将不设置相应属性的值，从而使各个浏览器使用其默认值。

不能调整大小：限定框架尺寸，令访问者无法通过拖动框架边框在浏览器中调整框架大小。在 Dreamweaver 中始终可以调整边框大小，该选项仅适用于在浏览器中查看框架的访问者。

边框颜色：为所有框架的边框设置边框颜色。此颜色应用于与框架接触的所有边框，并且重写框架集的指定边框颜色。

边界宽度：设置以像素为单位的框架边框和内容之间的左右边距。

边界高度：设置以像素为单位的框架边框和内容之间的上下边距。

### 3．设置框架集属性

选取框架集，打开框架集的"属性"面板，如图 5-56 所示。

图 5-56　框架集属性面板

边框：在边框下拉列表中选择在浏览器中查看时是否显示框架边框。

边框颜色：设置边框的颜色。

边框宽度：指定框架集中所有边框的宽度。

框架大小：单击"行列选择范围"区域左侧或顶部的选项卡；然后在"值"文本框中输入高度或宽度。

单位：包括"像素"、"百分比"和"相对"。"像素"将选定列或行的大小设置为一个绝对值。对于应始终保持相同大小的框架（例如导航条）而言，此选项是最佳选择。"百分比"指定选定列或行应相当于其框架集的总宽度或总高度的百分比。"相对"指定在为"像素"和"百分比"框架分配空间后，为选定列或行分配其余可用空间。

设置框架大小的最常用方法是将左侧框架设置为固定像素宽度，将右侧框架大小设置为相对大小，这样在分配像素宽度后，能够使右侧框架伸展以占据所有剩余空间。当从"单位"菜单中选择"相对"时，在"值"域中输入的所有数字均消失；如果想要指定一个数字，则必须重新输入。不过，如果只有一行或一列设置为"相对"，则不需要输入数字，因为该行或列在其他行和列已分配空间后，将接受所有剩余空间。为了确保完全的跨浏览器兼容性，可以在"值"字段中输入 1，这等于不输入任何值。

### 5.3.4 保存框架和框架集

框架集文件和与之相关的框架文件必须先保存，然后才可以在浏览器中预览该页面。当使用 Dreamweaver 来创建框架文档时，每个新的框架文档都会被赋予一个临时的文件名。例如，UntitledFrameset-1.html 代表框架集页面，UntitledFrame-1.html、UntitledFrame-2.html 等这种文件名代表框架页面，一般主框架页面的文件名如 Untitled-1-html 等。

#### 1. 保存框架集内所有的文件

选择"文件"|"保存全部"命令，此时会弹出一个对话框要求选择保存路径和文件名，同时在视图中会出现一个粗框，如图 5-57 所示。粗框的范围表明了此时正要保存的文件，如粗框围住整个视图说明此时保存的是框架集，所有没有保存的框架文档都将在框架的周围出现粗边框，并且出现一个对话框要求选择保存路径和文件名。

图 5-57　保存框架集中所有文件

#### 2. 保存框架中显示的文档

在需要保存的框架内单击，选择"文件"|"保存框架"命令或者选择"文件"|"框架另存为"命令。

#### 3. 保存框架集文件

在"框架"面板或视图窗口中选择框架集，选择"文件"|"保存框架页"命令或者选择"文件"|"框架集另存为"命令。

### 5.3.5 控制带有链接的框架内容

要在一个框架中使用链接以打开另一个框架中的文档，必须设置链接目标。链接的target 属性指定在其中打开链接的内容的框架或窗口。

例如，如果导航条位于左框架，并且希望链接的材料显示在右侧的主要内容框架中，必须将主要内容框架的名称指定为每个导航条链接的目标。当访问者单击导航链接时，将在主框架中打开指定的内容。

设置链接的目标框架的方法如下所述。

（1）在文档中选择需要链接的文本或者对象。

（2）选择"窗口"|"属性"命令，在"属性"面板"链接"后的文本框中选择或输入要链接到的文件。

（3）在"属性"面板的"目标"字段的下拉菜单中选择链接文档显示的窗口或框架。

- _blank：在新的窗口中打开链接文档，保留当前窗口。
- _parent：在链接的父框架内显示链接文档。
- _self：在当前框架打开链接文档，替换当前框架中的内容。
- _top：在当前文档的最外边的框架集内打开链接文档，替换所有框架。
- 框架名称也出现在该菜单中：选择一个命名框架以打开该框架中链接的文档。只有在框架集内编辑文档时才显示框架名称。如果单独打开文档窗口编辑链接，框架名称将不显示在"目标"弹出菜单中，此时可以将目标框架的名称直接输入"目标"文本框中。

## 5.4 用 CSS 进行网页布局

随着 Web 2.0 的广泛流行，越来越多的网站工程师采用符合 W3C 标准的技术开发网页，这是今后网页设计的发展方向。CSS 页面布局使用层叠样式表格式（而不是传统的 HTML 表格或框架），用于组织网页上的内容。CSS 布局的基本构造块是 div 标签，它是一个 HTML 标签，在大多数情况下用作文本、图像或其他页面元素的容器。

### 5.4.1 表格＋CSS 布局

表格＋CSS 布局是从传统的网页设计技术到符合 Web 2.0 标准的网页设计技术的一种过渡。本节介绍表格＋CSS 布局的方法。

传统的网页设计，往往都是利用表格进行网页布局，其实<table>标签的本意并不是用来布局网页的技术，它的本意是创建表格数据，用来表现网页中具有二维关系的数据。传统网页设计时，采用大量嵌套的表格进行布局，容易将网页内容、结构和表现混杂在一起，这样设计出来的网页不利于维护和搜索引擎的搜索。

如图 5-58 所示，是传统布局方式的一个网页源文件代码片段。可以看出这个网页利用了大量的嵌套表格进行布局，代码十分复杂，不利于维护和管理。

符合 Web 2.0 标准的网页设计是将网页内容、结构与表现分开，做到"表现和结构相分离"。表格＋CSS 布局可以使设计的网页结构更加合理，更便于维护和更改网页的样式，但是从本质上讲，这种布局网页的方式只是从传统的网页设计技术到符合 Web 2.0 标准的网页设计技术的一种过渡。

如图 5-59 所示，这是在网站首页布局中经常会看到的局部布局效果，位置一般在网页的两侧。

图 5-58 传统的表格布局代码　　　　　　　　　图 5-59 布局效果

针对这个布局效果，传统的表格布局方法是创建一个 3 行 1 列的表格，然后直接设置表格和每个单元格的属性。表格＋CSS 布局的方法不是这样。具体方法是，先创建一个 3 行 1 列的表格，表格和每个单元格的样式用 CSS 来控制，示意图如图 5-60 所示。

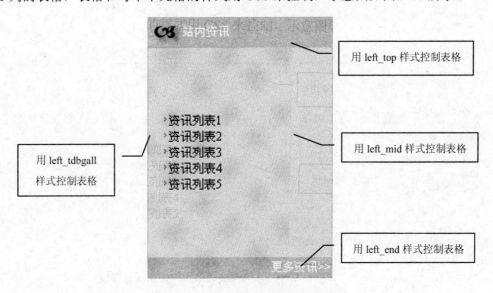

图 5-60 CSS 样式控制表格示意图

这里定义了 4 个 CSS 类选择符：.left_tdbgall、.left_top、.left_mid、.left_end，它们分别用来控制表格的样式和 3 个单元格的样式。

下面详细介绍这个网页布局实例的制作方法。

### 1．创建 CSS 文件

（1）新建一个 CSS 文档，保存为 5.4.1.css。单击"CSS 样式"面板中的"新建 CSS 规则"按钮，弹出"新建 CSS 规则"对话框，在其中进行设置，具体情况如图 5-61 所示。

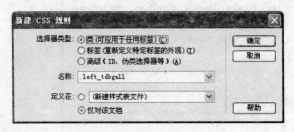

图 5-61　新建.left_tdbgall 样式

单击"确定"按钮进入".left_tdbgall 的 CSS 规则定义"对话框，在其中选择"分类"列表框中的"背景"选项，设置"背景颜色"为#666666（灰色）；然后选择"分类"列表框中的"方框"选项，设置宽和高分别为 190 像素和 250 像素，如图 5-62 所示。

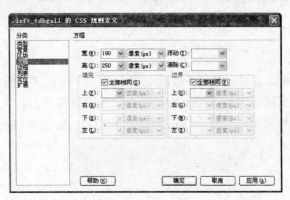

图 5-62　设置方框属性

选择"分类"列表框中的"边框"选项，设置如图 5-63 所示。定义整个表格的边框为 1 像素的绿色细实线。

完成 CSS 规则定义以后，单击"确定"按钮。这时文档窗口增加如下代码：

```
/* 表格样式定义 */
.left_tdbgall {
    height: 250px;/*定义单元格高度*/
    width: 190px;/*定义单元格宽度*/
    background-color: #666666;/*定义背景颜色为灰色*/
    border: 1px solid #99CC00;/*定义表格边框为 1 像素绿色细线*/
}
```

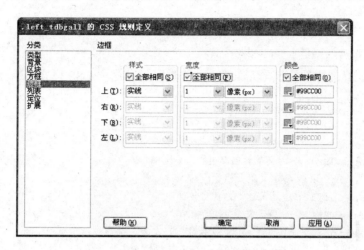

图 5-63　设置边框属性

（2）按照同样的方法定义一个.left_top 类选择符，这个 CSS 样式用来控制第一个单元格（顶部单元格）。代码如下：

```
/* 顶部单元格背景、文字、段落格式等定义 */
.left_top
{
    color: #FFFFFF; /*定义文字颜色*/
    height: 30px; /*定义单元格高度*/
    width: 190px; /*定义单元格宽度*/
    text-align: left; /*定义段落对齐方式为左对齐*/
    background-image: url(img/head.png); /*定义单元格背景图像*/
    background-position: center; /*定义背景图像居中*/
    background-repeat: no-repeat; /*定义背景图像不重复*/
    padding-left:35px; /*设置方框中填充对象的左边距为 35 像素*/
    font-size: 12px; /*定义文字大小*/
    vertical-align: middle; /*定义文字在单元格垂直方向居中对齐*/
}
```

（3）按照同样的方法定义一个.left_mid 类选择符，这个 CSS 样式用来控制第二个单元格（中部单元格）。代码如下：

```
/* 中部单元格背景、文字、段落格式等定义 */
.left_mid
{
    padding: 5px; /*定义填充内容的边距*/
    height: 200px; /*定义单元格高度*/
    width: 190px; /*定义单元格宽度*/
    font-size: 12px; /*定义文字大小*/
    background-color: #CCCCCC; /*定义背景颜色为浅灰色*/
    color: #000000; /*定义文字颜色*/
    list-style-position: inside; /*定义列表位置为内部*/
```

```
        list-style-image: url(img/s_left.gif);  /*定义列表项前面的图标*/
}
```

（4）按照同样的方法定义一个.left_end 类选择符，这个 CSS 样式用来控制第三个单元格（底部单元格）。代码如下所示。

```
.left_end
{
        height:20px;  /*定义单元格高度*/
        width: 190px;  /*定义单元格宽度*/
        font-size: 12px;  /*定义文字大小*/
        color: #FFFFFF;  /*定义文字颜色*/
        text-align: right;  /*定义段落对齐方式为右对齐*/
        background-color: #99CC00;  /*定义背景颜色为绿色*/
}
```

**专家点拨：**Dreamweaver 提供了可视化的 CSS 定义工具，十分适合初学者使用。但是如果用户对 CSS 已经有了相当的理解，也可以直接在代码视图中输入需要的 CSS 代码。利用手工输入的方式可以创建更加简洁的 CSS 代码。

### 2. 创建网页文档

（1）新建一个网页文档，保存为 5.4.1.html。在"CSS 样式"面板中单击"附加样式表"按钮，弹出"链接外部样式表"对话框，设置情况如图 5-64 所示。

设置完成后，单击"确定"按钮。这样"CSS 样式"面板中就出现了定义好的样式，如图 5-65 所示。

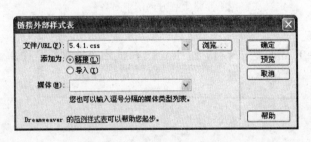

图 5-64　链接外部样式表

图 5-65　"CSS 样式"面板

（2）在"设计"视图下，插入一个 3 行 1 列的表格。切换到"代码"视图，重新编辑<body>标签内的代码，最终<body>标签内的代码如下所示。

```
<body>
<table border="0" cellpadding="0" cellspacing="0" class="left_tdbgall">
        <tr>
```

```
        <td class="left_top">站内资讯</td>
      </tr>
      <tr>
        <td class="left_mid">
          <li>资讯列表 1
          <li>资讯列表 2
          <li>资讯列表 3
          <li>资讯列表 4
          <li>资讯列表 5
          </td>
      </tr>
      <tr>
        <td class="left_end">更多资讯>></td>
      </tr>
    </table>
    </body>
```

代码编辑完成后保存文档就完成了本实例的制作。按 F12 键预览，网页效果如图 5-59 所示。

以上创建的网页文件结构合理，代码比较简洁，网页内容和内容的表现（外观）基本是分开的，各自独立创建在不同的文件中。如果想改变网页外观，可以直接编辑 5.4.1.css 文件，重新设定相应的样式即可，这样也比较易于网站的维护。

## 5.4.2　DIV＋CSS 布局

利用 DIV＋CSS 布局网页是一种盒子模式的开发技术。它通过由 CSS 定义的大小不一的盒子和盒子嵌套来编排网页。因为用这种方式排版的网页代码简洁，更新方便，能兼容更多的浏览器，比如 PDA 设备也能正常浏览，所以越来越受到网页开发者的欢迎。

### 1. CSS 布局简介

网页中的表格或者其他区块都具备内容（content）、填充（padding）、边框（border）、边界（margin）等基本属性，一个 CSS 盒子也都具备这些属性。如图 5-66 所示是一个 CSS 盒子的示意图。

在利用 DIV＋CSS 布局网页时，需要利用 CSS 定义大小不一的 CSS 盒子以及盒子嵌套。如图 5-67 所示是一个网站首页的 CSS 盒子布局示意图。

从图 5-67 可以看出，这个网页一共设计了 7 个盒子。最大的盒子是 body{}，这是一个 HTML 元素，是 HTML 网页的主体标签。在 body{}盒子中嵌套一个#container{}盒子（这里的#container 是一个 CSS 样式定义，是一个标识选择符），可以称这个盒子为页面容器。在#container{}盒子中又嵌套 3 个盒子#header{}、#main{}、#bottom{}，这 3 个盒子分别是网页的头部（Banner、Logo、导航条等）、中部（网页的主体内容）、底部（版权信息等）。#main{}盒子中嵌套两个盒子#left{}、#right{}，这是一个两栏的页面布局，这两个盒子分别用来容纳左栏和右栏的内容。

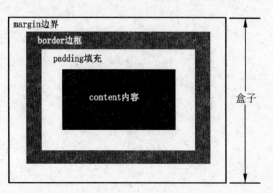

图 5-66　CSS 盒子模型

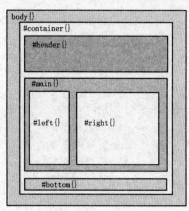

图 5-67　CSS 布局示意图

### 2．利用 DIV＋CSS 布局

XHTML 是一种在 HTML 4.0 基础上优化和改进的新语言，目的是基于 XML 应用。XHTML 是一种增强了的 HTML，它的可扩展性和灵活性将适应未来网络应用更多的需求。

在网页文档中，利用 Div 标签定义 XHTML 代码进行网页布局。在 Dreamweaver 中将"插入"工具栏切换到"布局"工具栏，可以看到一个"插入 Div 标签"按钮，如图 5-68 所示。

图 5-68　"插入 Div 标签"按钮

下面利用 DIV＋CSS 具体创建一个盒子。

（1）新建一个网页文档，切换到"代码"视图下。可以看到\<head\>标签前的几行代码是用来定义网页文档 XHTML 类型的。在使用 DIV＋CSS 布局页面时，这几行代码是不能缺少的，如图 5-69 所示。

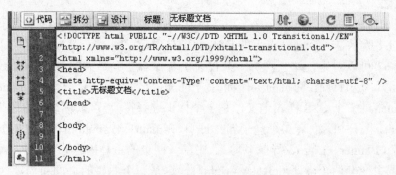

图 5-69　新建网页文档的代码视图

（2）将光标定位在<body>标签下面一行，单击"布局"工具栏上的"插入 Div 标签"按钮 ，弹出"插入 Div 标签"对话框，如图 5-70 所示。

在这个对话框中可以选择插入 div 标签的位置以及控制这个 Div 标签的 CSS 样式。这里不做选择，直接单击"确定"按钮。此时在 body 标签中间就新增了一对 div 标签，如图 5-71 所示。

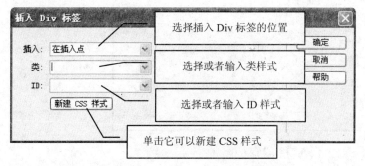

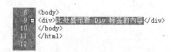

图 5-70　"插入 Div 标签"对话框　　　　　　　图 5-71　新增一对 div 标签

这一对 div 标签就定义了一个盒子结构，此时切换到"设计"视图，可以看到一个虚线框。下面定义一个 CSS 样式，用这个 CSS 样式控制这个盒子的外观。

（3）在"CSS 样式"面板中单击"新建 CSS 规则"按钮，在弹出的"新建 CSS 规则"对话框中进行如图 5-72 所示的设置。

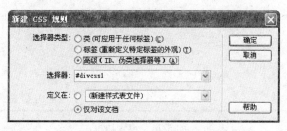

图 5-72　"新建 CSS 规则"对话框

设置完成以后单击"确定"按钮，在弹出的"#divcss1 的 CSS 规则定义"对话框中，选择"分类"列表框中的"背景"选项，设置背景颜色为灰色；然后选择"分类"列表框中的"方框"选项，设置宽和高分别为 700 像素和 300 像素，如图 5-73 所示。

选择"分类"列表框中的"边框"选项，设置样式为实线，宽度为 1 像素，颜色为红色，并将 3 个"全部相同"复选框选中，如图 5-74 所示。

设置完成后，单击"确定"按钮。这时的代码视图中新增了一些 CSS 样式定义代码，如图 5-75 所示。

（4）将光标定位在 div 标签代码行，在标签选择器上选择<div>标签右击，在弹出的快捷菜单中选择"设置 ID"|divcss1 命令，这样就将样式 divcss1 应用到 div 标签上了，这时的 div 标签代码行变为：

```
<div id="divcss1">此处显示新 Div 标签的内容</div>
```

切换到"设计"视图，可以看到用 DIV＋CSS 定义的一个盒子的外观，这个盒子的背景色为灰色，宽为 700 像素，高为 300 像素，边框为红色 1 个像素的细线。

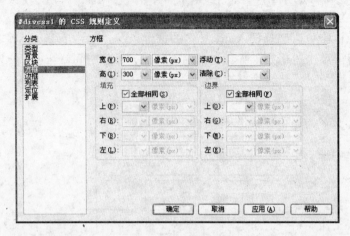

图 5-73　设置方框

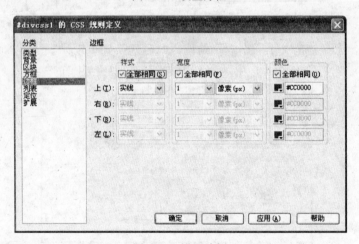

图 5-74　设置边框

```
1   <!DOCTYPE html PUBLIC "-//W3C//DTD XHTML 1.0 Transitional//EN"
    "http://www.w3.org/TR/xhtml1/DTD/xhtml1-transitional.dtd">
2   <html xmlns="http://www.w3.org/1999/xhtml">
3   <head>
4   <meta http-equiv="Content-Type" content="text/html; charset=gb2312" />
5   <title>无标题文档</title>
6   <style type="text/css">
7   <!--
8   #divcss1 {
9       background-color: #999999;
10      height: 300px;
11      width: 700px;
12      border: 1px solid #CC0000;
13  }
14  -->
15  </style>
16  </head>
17
18  <body>
19  <div>此处显示新 Div 标签的内容</div>
20  </body>
21  </html>
22
```

新增加的 CSS
样式定义代码

图 5-75　CSS 样式代码

## 5.5　本章习题

### 一、选择题

1．绘制表格时可以按住_____键不放，连续拖动鼠标就能绘制多个表格。

　　A．Shift　　　　　　　　　　　B．Ctrl

　　C．Alt　　　　　　　　　　　　D．Shift+Ctrl

2．要在页面中绘制单元格，下列说法不正确的是_____。

　　A．绘制后的单元格不可以任意调整大小和位置

　　B．不能脱离表格而独立存在

　　C．绘制的单元格不能互相交叉

　　D．若在页面空白区域绘制单元格，则会自动产生一个表格作为单元格的容器

3．定义框架集的 HTML 标签是_____，含有这对标签的源代码存放在框架集文件中。

　　A．<html>和</html>　　　　　　B．<frame>和<frame/>

　　C．<table>和</table>　　　　　　D．<frameset></frameset>

4．对于盒子模型，网页中的表格或者其他块都具备内容、（　　）、边框、边界等基本属性，一个 CSS 盒子也具备这些属性。

　　A．框架　　　　B．形式　　　　C．填充　　　　D．模样

### 二、填空题

1．在 Dreamweaver CS3 中，要切换到表格布局模式，可以选择_____命令。

2．在_____中选择框架集通常比在视图窗口中选择框架集容易。

3．一个包含有 3 个框架的网页实际上是由_____个独立 HTML 页面组成。它们分别是：_____。

## 5.6　上机练习

### 练习 1　利用表格布局网页实例

本练习利用表格制作一个网页布局规划，效果如图 5-76 所示。这个布局总体上从上到下共有 4 个表格，依次是顶部表格、导航表格、网页主体表格、版权表格。其中网页主体表格中又嵌套 3 个表格，将主体区域分成了左、中、右 3 个部分。

### 练习 2　利用框架布局网页实例

本练习利用框架进行网页布局。网页共分 4 个框架，顶部为标题部分，左侧为导航部

分，右侧为主体部分，底部为版权说明部分。浏览网页时可以通过单击左侧导航栏中的链接切换主体部分的网页内容。效果如图 5-77 所示。

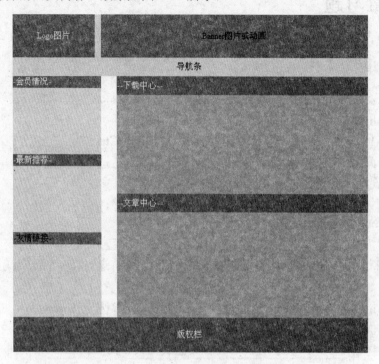

图 5-76　表格布局效果

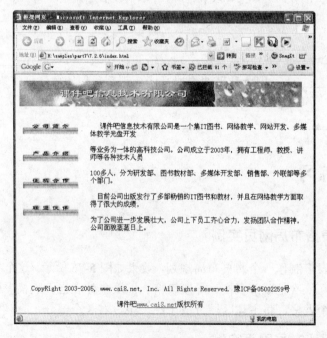

图 5-77　框架网页效果

网页中共分 4 个框架。顶部为标题部分,显示网页的大标题;中间左侧为导航部分,提供各网页的导航链接;中间右侧为主体部分,显示网页主要内容;底部为说明部分,主要包括一些版权信息。

### 练习 3 利用 DIV＋CSS 布局网页实例

本练习实现一个网站首页的 CSS 盒子布局规划,效果如图 5-78 所示。将网页布局分成网页顶部(Logo、Banner、导航条)、网页中部(网页主体,分成左右两栏)、网页底部(版权信息)三个盒子,其中网页中部的盒子中又嵌套了左栏和右栏两个盒子。

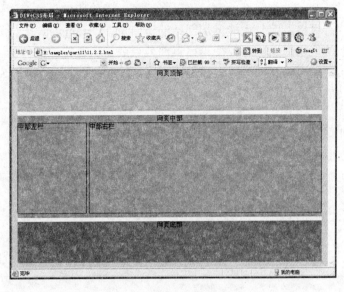

图 5-78 网站首页布局

# 第6章

# 网页特效与交互

在制作网页时，为了丰富网页内容，可以在网页中添加特效与交互。这样制作出来的网页，不但新颖、有风格，而且也能增加网站的访问量。Dreamweaver 内置了一些行为，行为是被用来动态响应用户操作、改变当前页面效果或是执行特定任务的一种方法，利用行为可以高效地实现网页的互动效果。另外，利用 AP 元素（层）动画和 Spry 框架也可以实现网页的交互功能。

**本章主要内容：**

- 行为的应用
- AP 元素和时间轴
- AP 元素动画
- Spry 框架
- JavaScript 基础知识

## 6.1 行为

行为是由一个事件（Event）所触发的动作（Action），因此又把行为称为事件的响应，是被用来动态响应用户操作、改变当前页面效果或是执行特定任务的一种方法。事件是浏览器产生的有效信息，也就是访问者对网页所做的事情。例如，单击某个图像，鼠标经过指定的元素等。

Dreamweaver CS3 内置了 30 多种行为，利用这些行为，不需要书写一行代码，就可以实现丰富的动态页面效果，诸如为网页添加播放音乐、显示/隐藏层、弹出消息、打开新浏览窗口等功能，达到用户与页面的交互。

### 6.1.1 附加行为

行为可以附加到整个文档中，既可以附加到<body>标签上，又可以附加到链接、图像、表单元素或多种其他 HTML 元素中的任何一种。

**1. 添加行为的方法**

（1）在页面上选择一个需要添加行为的对象，例如一个图像或一个链接。选择"窗口"|"行为"命令，打开"行为"面板，如图 6-1 所示。

（2）单击"行为"面板上的"添加行为"按钮 ✚，，从弹出的菜单中（如图 6-2 所示）

选择一个动作，如"打开浏览器窗口"命令，在打开的相应动作设置对话框中设置好各个参数后返回到"行为"面板。

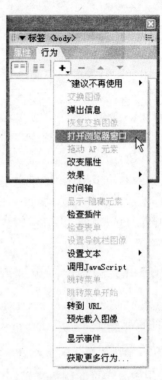

图 6-1　"行为"面板　　　　　　　　　　图 6-2　"动作"菜单

（3）动作设置好以后，就要定义事件了。在"行为"面板中，单击"事件"栏右侧的下三角形按钮，在弹出的下拉列表中选择一个合适的事件，如图 6-3 所示。

（4）这样完成操作以后，与当前所选对象相关的行为就会显示在行为列表中，如果设置了多个事件，则按事件的字母顺序进行排列。如果同一个事件有多个动作，则将以在列表上出现的顺序执行这些动作。如果行为列表中没有显示任何行为，则说明没有行为附加到当前所选的对象。如图 6-4 所示，"行为"面板中显示了 3 个行为列表。

图 6-3　选择事件　　　　　　　　　图 6-4　"行为"面板中定义的行为列表

**专家点拨**：不同的浏览器、同一个浏览器的不同版本对事件支持不尽一致，通常来说高版本的浏览器支持的事件要比低版本支持的多，而 IE 比 Netscape 支持的事件要多。

**2．修改行为**

选择一个附加了行为的对象，选择"窗口"|"行为"命令，打开"行为"面板，然后执行下列操作之一。

- 删除行为：将行为选中然后单击"删除事件"按钮 **─** 或按 Delete 键。
- 改变动作参数：双击该行为名称或将其选中并按 Enter 键，然后更改弹出对话框中的参数，最后单击"确定"按钮。
- 改变给定事件的动作顺序：当"行为"面板中包括多个相同事件的动作时，选择某个动作然后单击"降低事件值"按钮 **▼** 或者单击"增加事件值"按钮 **▲**，可以更改动作执行的顺序。也可以选择该动作，然后剪切它，并将它粘贴到其他动作中所需的位置。

## 6.1.2 行为应用实例——网页加载时弹出公告页

访问网页的时候经常可以遇到这样的情况，打开网站页面时，同时会弹出写有通知事项或特殊信息的小窗口。利用 Dreamweaver 的"打开浏览器窗口"行为就可以制作这种效果。

**1．制作用做公告页的网页文档**

（1）新建一个 HTML 网页文档，将其保存为 mywindow.html。
（2）插入一个 2 行 1 列的表格，创建如图 6-5 所示的一个页面效果。

图 6-5　mywindow.html 的页面效果

**专家点拨**：在制作用做公告页的网页文档时，一定要考虑将来的弹出窗口的大小。如果公告面中的内容比弹出窗口大，那么在弹出窗口中显示的时候只截取部分内容来显示。因此，一般情况下应该将用做通告的内容制作得比弹出窗口稍微小一些，这样可以保证在弹出窗口中全部显示。

**2. 在另一个网页中添加"打开浏览器窗口"行为**

（1）另外打开一个需要添加弹出公告的网页文档，一般为网站的首页页面。这里是6.1.2.html。

（2）在"标签选择器"中单击<body>标签，选定整个网页文档。这时在"行为"面板上方会显示"标签<body>"字样，如图 6-6 所示。

图 6-6　对标签<body>添加行为时的行为面板

（3）在"行为"面板中单击"添加行为"按钮 **+.**，在弹出的菜单中选择"打开浏览器窗口"命令。

（4）弹出"打开浏览器窗口"对话框，在其中单击"浏览"按钮，打开"选择文件"对话框，在"选择文件"对话框中选择用做公告的网页文件 mywindow.html。

（5）单击"确定"按钮以后，返回到"打开浏览器窗口"对话框，在其中设置"窗口宽度"和"窗口高度"分别为 400 和 300，如图 6-7 所示。最后单击"确定"按钮。

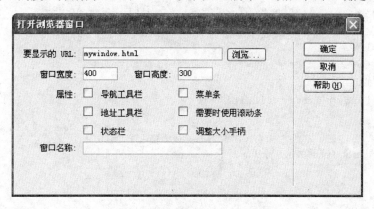

图 6-7　"打开浏览器窗口"对话框

**专家点拨**：在"打开浏览器窗口"对话框的"属性"选项区域下边有若干复选项，这些复选项控制显示或者隐藏导航工具栏、菜单栏、地址工具栏、滚动条、状态栏等浏览器的构成元素。另外，"窗口名称"文本框中可以输入弹出窗口的名称，这样可以根据情况用JavaScript 进行控制。

**3．设置事件**

（1）为了在加载网页文档时显示弹出窗口，在"行为"面板左边的"事件栏"中，将事件设置为 onLoad。

（2）完成后的"行为"面板如图 6-8 所示。

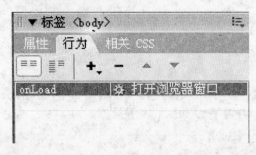

图 6-8　添加"打开浏览器窗口"完成后的行为面板

以上操作步骤完成以后，请保存页面文档，然后按 F12 键在浏览器中查看效果，会发现在加载网页文档时会出现一个 400×300 像素的窗口，弹出窗口的内容就是刚才制作的 mywindow.html。

**4．JavaScript 代码**

行为一般是 JavaScript 针对网页中的对象进行编程控制实现的。在 6.1.2.html 网页中，切换到代码视图，可以看到如下代码：

```
<!DOCTYPE html PUBLIC "-//W3C//DTD XHTML 1.0 Transitional//EN"
"http://www.w3.org/TR/xhtml1/DTD/xhtml1-transitional.dtd">
<html xmlns="http://www.w3.org/1999/xhtml">
<head>
<meta http-equiv="Content-Type" content="text/html; charset=utf-8" />
<title>网站首页</title>
<script type="text/javascript">
<!--
function MM_openBrWindow(theURL,winName,features) { //v2.0
  window.open(theURL,winName,features);
}
//-->
</script>
</head>
<body onload="MM_openBrWindow('mywindow.html','','width=400,height=
300')">
<h2>网站首页
</h2>
</body>
</html>
```

在<head>与</head>标签之间利用 JavaScript 定义了一个 MM_openBrWindow()函数。在<body>标签中加入了 onload 事件发生时调用 MM_openBrWindow()函数。网页运行时会产生一个 onload 事件，这个事件会调用已经定义的行为函数。

### 6.1.3　内置行为简介

Dreamweaver CS3 内置了 30 多个行为动作，这些自带的行为动作是为在 Netscape Navigator 4.0 和更高版本以及 Internet Explorer 4.0 和更高版本中使用而编写的。下面说明每一个动作的功能，如表 6-1 所示。

表 6-1　常用动作列表

| 动作名称 | 动作的功能 |
| --- | --- |
| 交换图像 | 发生设置的事件后，用其他图片来取代选定的图片。此动作可以实现图像感应鼠标的效果 |
| 弹出信息 | 设置事件发生后，显示警告信息 |
| 恢复交换图像 | 此动作用来恢复设置"交换图像"，却又因为某种原因而失去交换效果的图像 |
| 打开浏览器窗口 | 在新窗口中打开 URL。可以定制新窗口的大小 |
| 拖动 AP 元素 | 可让访问者拖动绝对定位的(AP)元素。使用此行为可创建拼板游戏、滑块控件和其他可移动的界面元素 |
| 改变属性 | 使用"改变属性"行为可更改对象某个属性（例如 div 的背景颜色或表单的动作）的值 |
| 效果 | 这是 Dreamweaver CS3 新增的行为。"Spry 效果"是视觉增强功能，可以将它们应用于使用 JavaScript 的 HTML 页面上几乎所有的元素 |
| 时间轴 | 用来控制时间轴的动作。可以播放、停止动画或者移动到特定的帧上 |
| 显示/隐藏元素 | 可显示、隐藏或恢复一个或多个页面元素的默认可见性 |
| 检查插件 | 确认是否设有运行网页的插件 |
| 检查表单 | 能够检测用户填写的表单内容是否符合预先设定的规范 |
| 设置导航条图像 | 制作由图片组成菜单的导航条 |
| 设置文本 | （1）设置容器的文本：在选定的容器上显示指定的内容<br>（2）设置框架文本：在选定的框架页上显示指定的内容<br>（3）设置文本域文字：在文本字段区域显示指定的内容<br>（4）设置状态条文本：在状态栏中显示指定的内容 |
| 调用 JavaScript | 事件发生时，调用指定的 JavaScript 函数 |
| 跳转菜单 | 制作一次可以建立若干个链接的跳转菜单 |
| 跳转菜单开始 | 在跳转菜单中选定要移动的站点后，只有单击"开始"按钮才可以移动到链接的站点上 |
| 转到 URL | 选定的事件发生时，可以跳转到指定的站点或者网页文档上 |
| 预先载入图像 | 为了在浏览器中快速显示图片，事先将图片下载之后再在浏览器中显示出来 |

## 6.2　AP 元素

AP 元素（绝对定位元素）是分配有绝对位置的 HTML 页面元素。AP 元素可以包含文本、图像或其他任何可放置到 HTML 文档正文中的内容。AP 元素提供了一种在网页上比较自由地进行布局和设计的途径，在进行页面布局时，可以任意调整 AP 元素的大小、背景、叠放顺序等，如同在绘图软件中作图一样方便。

### 6.2.1　应用 AP Div 创建 AP 元素

在 Dreamweaver 的"标准"模式下，利用"布局"工具栏上的"绘制 AP Div"按钮可以插入 AP 元素。

#### 1. 插入 AP 元素

（1）新建一个 HTML 网页文档。切换到"布局"工具栏，单击"标准"按钮 标准 ，然后单击"绘制 AP Div"按钮，在设计视图中拖动鼠标绘制 AP 元素，注意，AP 元素处于选中状态时周围有蓝色的粗线边框，左上角有个图标，如图 6-9 所示。

**专家点拨**：AP 元素的位置是可以随意设置的，选中 AP 元素后，在左上角的图标上按下鼠标左键并拖动就能将 AP 元素摆放在页面的任意位置。在 AP 元素的"属性"面板中可以设置"左"和"上"属性来精确控制 AP 元素的位置。

（2）进入"属性"面板，设置其"宽"和"高"分别为 159px 和 141px，设置"左"和"上"分别为 39px 和 35px，如图 6-10 所示。

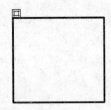

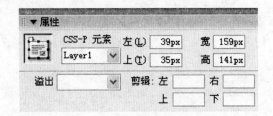

图 6-9　绘制 AP 元素　　　　　　　图 6-10　设置 AP 元素大小

（3）再次单击"绘制 AP Div"按钮，在 AP 元素的右边绘制一个 AP 元素，并在"属性"面板中设置第 2 个 AP 元素的"宽"和"高"是 159px 和 141px，设置"左"和"上"为 199px 和 35px，如图 6-11 所示。

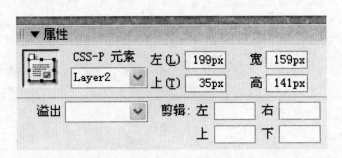

图 6-11　设置第 2 个 AP 元素的大小和位置

（4）按照同样的方法再绘制两个 AP 元素，最后效果如图 6-12 所示。

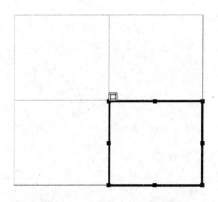

图 6-12　绘制 4 个 AP 元素

## 2．为 AP 元素添加内容

（1）在第 1 个 AP 元素内部任意位置单击鼠标左键，光标将会在 AP 元素中闪动，现在就可以为 AP 元素添加内容了，如图 6-13 所示。

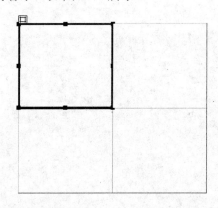

图 6-13　为 AP 元素添加内容

（2）切换到"常用"工具栏，单击"图像"按钮 ，从弹出的"选择图像源文件"对话框中，选择一个图片插入 AP 元素中，这时设计视图中的效果如图 6-14 所示。

图 6-14　在 AP 元素中插入图像

（3）按照同样的方法在其他 3 个 AP 元素中也插入图像，效果如图 6-15 所示。

图 6-15　AP 元素中的内容

### 3．AP 元素的可见性

（1）在设计视图中单击选择第 4 个 AP 元素，如图 6-16 所示。

图 6-16　选择 AP 元素

（2）进入"属性"面板，展开"可见性"后面的下拉列表选择 hidden 选项，如图 6-17 所示。

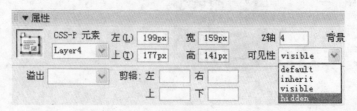

图 6-17　设置 AP 元素的"可见性"

（3）设置完成后，在设计视图中任意空白位置单击鼠标左键，这个 AP 元素将"消失"，如图 6-18 所示。事实上它仍然在页面中，只不过暂时被隐藏了起来。

图 6-18　AP 元素被隐藏后的效果

#### 4．AP 元素的重叠

（1）AP 元素被隐藏后编辑起来就不方便了，这时需要使用"AP 元素"面板。选择"窗口"|"AP 元素"命令，打开"AP 元素"面板，如图 6-19 所示。

（2）"AP 元素"面板中列出了当前页面中所有的 AP 元素，刚才被隐藏的 AP 元素（名称为 Layer4）前面有一个表示 AP 元素被隐藏的图标 ，现在单击这个图标，使 AP 元素 Layer4 重新显示，如图 6-20 所示。

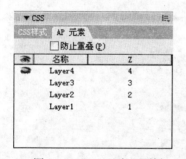

图 6-19　"AP 元素"面板

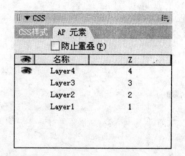

图 6-20　重新显示被隐藏的 AP 元素

（3）取消"AP 元素"面板中的"防止重叠"复选框的选择，如图 6-21 所示，取消这个功能后，页面中的 AP 元素将可以任意堆叠，否则 AP 元素与 AP 元素之间是不能相互覆盖的。

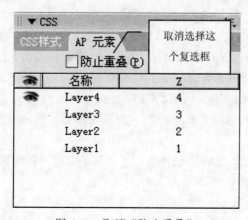

图 6-21　取消"防止重叠"

（4）回到设计视图中，随意拖动 AP 元素，AP 元素之间可以互相重叠，如图 6-22 所示。

图 6-22　AP 元素重叠

### 6.2.2　AP 元素的属性详解

要能正确运用 AP 元素来设计网页，必须了解 AP 元素的属性和设置方法，在上面的介绍中已经知道，利用 AP 元素的属性可以精确快速地调整操作 AP 元素。下面就来全面地了解 AP 元素属性及其设置方法。

**1. 单个 AP 元素的属性**

先来看一个单个 AP 元素的属性面板，如图 6-23 所示。

图 6-23　单个 AP 元素的属性面板

编号：给 AP 元素指定一个名称以便在 AP 元素面板和代码中识别它。只能用标准数字文字符号定义名称。不要用特殊字符，比如：空格，连字符，斜线或者句号。每个 AP 元素必须拥有一个区别于其他 AP 元素的名称。

左（L）、上（T）：指定 AP 元素相对于页面或者其父 AP 元素（假如是被嵌入的）顶部和左上角的位置。其中"左"的值对应于 AP 元素距离页面左边（嵌套 AP 元素对应的是父 AP 元素的左边框）的像素值，"上"的值对应于 AP 元素距离页面上面（嵌套 AP 元素对应的是父 AP 元素的上边框）的像素值。

宽、高：指定 AP 元素的宽度和高度。如果 AP 元素的内容超过指定的大小，这些值将被覆盖。

Z 轴：确定 Z 轴选项，或者说是叠加顺序。数值高的 AP 元素将显示在数值低的上面。数值可以是正的也可以是负的。

可见性：指定 AP 元素显示的初始情况（显示与否）。具体选项如下所述。

● default（默认）。不指定可视性属性，但大多数浏览器解释为 Inherit（继承）。

- inherit（继承）。就是继承该 AP 元素的父 AP 元素的可视性属性。
- visible（可视）。显示 AP 元素的内容，不管其父 AP 元素的值。
- hidden（隐藏）。不显示 AP 元素的内容，不管其父 AP 元素的值。

背景图像：为 AP 元素指定背景图像。单击右边的文件夹按钮 选择要设置的背景图像。

背景颜色：为 AP 元素指定背景颜色。将这个选项空着即为指定透明背景。

溢出：指定当 AP 元素内的内容超出了 AP 元素的设置大小时，AP 元素将如何反应。具体选项如下所述。

- Visible（可视）。当 AP 元素内的内容超出了 AP 元素的大小则增大 AP 元素的尺寸。AP 元素的扩展方向为下方和右方。
- Hidden（隐藏）。保持 AP 元素的大小并裁掉容纳不下的东西。并且不会出现滚动。
- Scroll（卷轴）。无论 AP 元素内的内容是否超出了 AP 元素的大小都为 AP 元素添加滚动条。
- Auto（自动）。只有当 AP 元素内的内容超出了它的边界才出现滚动条。

剪辑：定义 AP 元素内的显示区域（AP 元素边距，类似于 Word 中通过设置页边距来定义版心）可以指定以像素为单位的相对于该 AP 元素的边框的距离。

### 2．多个 AP 元素的属性

当选择两个或者多个 AP 元素时，AP 元素属性面板将显示文本属性和普通 AP 元素的属性的子集，允许一次修改多个 AP 元素。图 6-24 所示是多个 AP 元素的属性面板。

图 6-24　多个 AP 元素的属性面板

文本属性部分在前面的学习中已经讲过，这里就不再重复了。这里只简单介绍下半部分的设置。

左和上：指定 AP 元素相对页面或者其父 AP 元素左上角的位置。

宽和高：指定 AP 元素的宽和高。当 AP 元素中的内容超出设定值时这些值将失效。

显示：指定 AP 元素显示的初始情况（显示与否）。

标签：指定所用的 HTML 标签。推荐使用 div。

背景图像：为 AP 元素指定背景图像。

背景颜色：为 AP 元素指定背景颜色。将这个选项空着即为指定透明背景。

# 6.3　制作 AP 元素动画

利用 Dreamweaver 中的时间轴，可以更改 AP 元素和图像在一段时间内的属性，在网页中直接创建不需要任何 ActiveX 控件、插件或 JavaApplet（但需要 JavaScript）的动画。

### 6.3.1 "时间轴"面板

动画的实现原理就是将画面连起来播放，产生运动的错觉。所以动画的基本单位就是一个画面，也叫做帧。而在动画中有些画面是关键的，可以影响整个动画的，这样的帧叫做关键帧。很多的画面按照时间先后顺序连起来播放就是动画。在 Dreamweaver 中，时间轴就是用来排列画面的顺序的。

对于要在页面加载后执行的其他操作，时间轴也非常有用。例如，时间轴可以更改图像标签的源文件，因此一段时间内会有不同的图像出现在页面上。

下面介绍一下 Dreamweaver 的时间轴。

#### 1."时间轴"面板

选择"窗口"|"时间轴"命令即可打开"时间轴"面板，如图 6-25 所示。

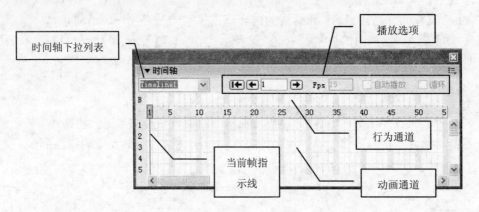

图 6-25 "时间轴"面板

- "时间轴"下拉列表：指定当前在"时间轴"面板中显示文档的哪些时间轴。系统默认是 Timeline1。
- 播放选项：包括用于查看动画的命令选项。
- "行为"通道：时间轴中特定的帧执行某些行为的通道。
- "动画"通道：显示用于制作 AP 元素和图像动画的条。
- 当前帧指示线：给出当前页面上显示的是时间轴的哪一帧。

#### 2.播放选项

播放选项如图 6-26 所示。

图 6-26 播放选项

- 倒带按钮 ▐◀：将播放栏移至时间轴中的第 1 帧。

- 后退按钮：将播放栏向左移动一帧。单击"后退"并按住鼠标左键可向后播放时间轴。
- 播放按钮 **➡**：将播放栏向右移动一帧。单击"播放"并按住鼠标左键可向前播放时间轴。
- 自动播放：选择"自动播放"复选框可以使时间轴于当前页在浏览器中加载时自动开始播放。"自动播放"将一个行为附加到页面的<body>标签，它在页加载时执行"播放时间轴"操作。
- 循环：选择"循环"复选框可以使时间轴于当前页在浏览器中打开时无限地循环。"循环"在动画的最后一帧之后将"转到时间轴帧"行为插入到"行为"通道中。在"行为"通道中双击该行为的标记可编辑此行为的参数并更改循环的次数。

**专家点拨**：动态 HTML（即 DHTML）是指 HTML 与一种脚本撰写语言（如 JavaScript）的组合，可以使用该脚本撰写语言更改 HTML 元素的样式或定位属性。在 Dreamweaver 中，时间轴使用动态 HTML 来更改 AP 元素和图像在一段时间内的属性。

### 6.3.2 制作滚动字幕效果

制作滚动字幕效果的方法很多，下面介绍利用 AP 元素和时间轴结合制作一个文字左右滚动的效果。

**1. 创建 AP 元素**

（1）新建一个 HTML 网页文档。在其中插入 3 个汽车图像。

（2）在网页顶部创建一个 AP 元素，在 AP 元素中输入要进行左右滚动的文字，并把 AP 元素移到动画开始的位置，如图 6-27 所示。

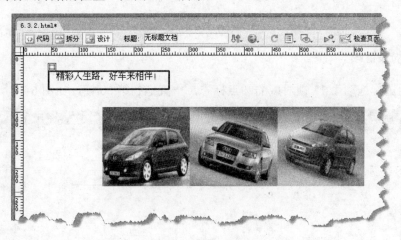

图 6-27 创建 AP 元素

**2. 将 AP 元素添加到时间轴**

（1）选择"窗口"|"时间轴"命令打开"时间轴"面板。

（2）选中该 AP 元素，右击，在弹出的快捷菜单中选择"添加到时间轴"命令，也可以将 AP 元素直接拖到"时间轴"面板的第 1 帧，此时会弹出一个消息提示框，如图 6-28 所示。

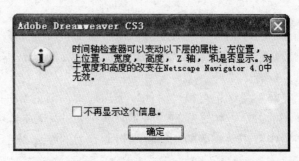

图 6-28　将 AP 元素拖放到时间轴时弹出的提示框

（3）单击"确定"按钮，该 AP 元素就被添加到了时间轴上。默认的情况是插入的动画长度为 15 帧，相应的 AP 元素名（apDiv1）显示在该动画栏中，并且在动画栏的两端自动加入了两个关键帧（两个圆点标志），如图 6-29 所示。

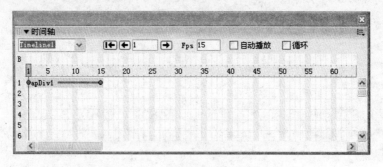

图 6-29　"时间轴"面板

### 3．添加关键帧

（1）用鼠标拖动第 15 帧对应的圆点标志，一直拖到第 60 帧，如图 6-30 所示。

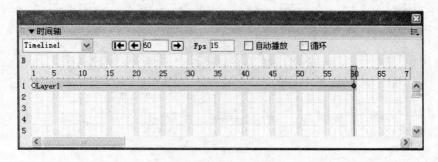

图 6-30　拖放关键帧

（2）在第 30 帧处右击，在弹出的快捷菜单中选择"增加关键帧"命令，这样在第 30 帧就添加了一个关键帧，如图 6-31 所示。

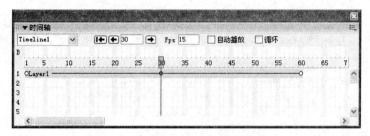

图 6-31　添加关键帧

（3）保持第 30 帧处在选中状态，在文档编辑窗口中，向右水平拖动编辑页面中对应的 AP 元素的位置，如图 6-32 所示（AP 元素左边那条灰色的线为动画的运动轨迹）。

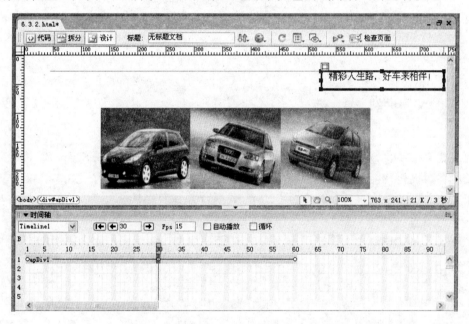

图 6-32　移动第 30 帧对应的 AP 元素的位置

### 4．设置时间轴参数

（1）选择"时间轴"面板中的"自动播放"复选框，这时会弹出如图 6-33 所示的信息提示框。单击"确定"按钮即可。

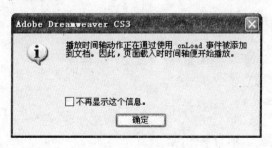

图 6-33　"自动播放"复选框弹出的信息框

（2）选择"时间轴"面板中的"循环"复选框，这时会弹出如图 6-34 所示的信息提示框。单击"确定"按钮即可。

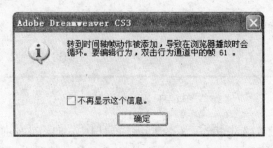

图 6-34　"循环"复选框弹出的信息框

经过以上步骤之后，本实例制作完毕，将网页保存并测试效果。可以看到，在网页的顶部，文字左右移动。

# 6.4　Spry 框架

Spry 框架是 Dreamweaver CS3 新增加的一个功能。它是一个 JavaScript 库，Web 设计人员使用它可以构建能够向站点访问者提供更丰富体验的 Web 页。有了 Spry，就可以使用 HTML、CSS 和极少量的 JavaScript 将 XML 数据合并到 HTML 文档中。还可以创建 Spry 控件（如折叠控件和菜单栏），向各种页面元素中添加不同种类的效果。在设计上，Spry 框架的标记非常简单且便于那些具有 HTML、CSS 和 JavaScript 基础知识的用户使用。

### 6.4.1　Spry 效果

Spry 效果具有视觉增强功能，可以将它们应用于使用 JavaScript 的 HTML 页面上几乎所有的元素。效果通常用于在一段时间内高亮显示信息，创建动画过渡或者以可视方式修改页面元素。可以将效果直接应用于 HTML 元素，而无需其他自定义标签。

Spry 效果可以修改元素的不透明度、缩放比例、位置和样式属性（如背景颜色）。可以组合两个或多个属性来创建有趣的视觉效果。由于这些效果都基于 Spry，因此，当用户单击应用了效果的对象时，只有对象会进行动态更新，不会刷新整个 HTML 页面。

Spry 效果包括下列几种类型。

- 增大/收缩：使元素变大或变小。
- 挤压：使元素从页面的左上角消失。
- 显示/渐隐：使元素显示或渐隐。
- 晃动：模拟从左向右晃动元素。
- 滑动：上下移动元素。
- 遮帘：模拟百叶窗，向上或向下滚动百叶窗来隐藏或显示元素。
- 高亮颜色：更改元素的背景颜色。

要想给 HTML 页面中的某个元素添加 Spry 效果，可以按照以下方法进行操作。

（1）选中这个元素，然后在"行为"面板中单击"＋"按钮，在弹出的菜单中选择"效果"命令，在子菜单中选择需要的效果，如图 6-35 所示。

图 6-35 在"行为"面板中选择效果

（2）选择某个效果以后，会弹出相应的对话框，可以在其中设置目标元素等，因为事先已经选择了元素，所以这里直接单击"确定"按钮即可，如图 6-36 所示。

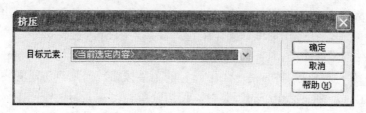

图 6-36 设置目标元素

（3）这时"行为"面板中就新增了相应的一个行为，如图 6-37 所示。可以根据具体需要更改事件，这里默认是单击元素。

图 6-37 "行为"面板新增一个行为

如果要删除一个或者多个效果行为，可以按照以下步骤进行操作。

（1）选择要应用效果的内容或布局对象。

（2）在"行为"面板中，单击要从行为列表中删除的效果。

（3）在"行为"面板中，单击"删除事件"按钮 ━ 。

**专家点拨**：使用 Spry 效果时，系统会在"代码"视图中将不同的代码行添加到网页文件中。其中的一行代码用来标识 SpryEffects.js 文件，该文件是包括这些效果所必需的。不要从代码中删除该行，否则这些效果将不起作用。

### 6.4.2 Spry 控件

Spry 框架支持一组用标准 HTML、CSS 和 JavaScript 编写的可重用控件。在利用 Dreamweaver CS3 制作网页时，可以方便地插入这些控件，然后设置控件的样式。

**1. 插入 Spry 控件**

在 Dreamweaver CS3 中的"插入"面板上，单击 Spry 选项卡将工具栏切换到 Spry 工具栏，可以看到若干 Spry 控件图标，如图 6-38 所示。

图 6-38　Spry 工具栏

单击某个 Spry 控件图标即可将相应的 Spry 控件插入到当前网页中。也可以选择"插入记录"|Spry 命令，在弹出的级联菜单中选择要插入的 Spry 控件。

Spry 控件共包括 4 个类型，下面分别叙述。

（1）"Spry 菜单栏"控件 📇 是一组可导航的菜单按钮，当站点访问者将鼠标悬停在其中的某个按钮上时，将显示相应的子菜单。使用菜单栏可在紧凑的空间中显示大量可导航信息，并使站点访问者无需深入浏览站点即可了解站点上提供的内容。

（2）"Spry 选项卡式面板"控件 📇 是一组面板，用来将内容存储到紧凑空间中。站点访问者可通过单击他们要访问的面板上的选项卡来隐藏或显示存储在选项卡式面板中的内容。当访问者单击不同的选项卡时，控件的面板会相应地打开。在给定时间内，选项卡式面板控件中只有一个内容面板处于打开状态。

（3）"Spry 折叠式"控件 📇 是一组可折叠的面板，可以将大量内容存储在一个紧凑的空间中。站点访问者可通过单击该面板上的选项卡来隐藏或显示存储在折叠式控件中的内容。当访问者单击不同的选项卡时，折叠式控件的面板会相应地展开或收缩。在折叠式控件中，每次只能有一个内容面板处于打开且可见的状态。

（4）"Spry 可折叠面板"控件 📇 是一个面板，可将内容存储到紧凑的空间中。用户单击控件的选项卡即可隐藏或显示存储在可折叠面板中的内容。

**专家点拨**：Spry 框架中的每个控件都与唯一的 CSS 和 JavaScript 文件相关联。CSS 文件中包含设置控件样式所需的全部信息，而 JavaScript 文件则赋予控件功能。当使用

Dreamweaver 插入控件时，Dreamweaver 会自动将这些文件链接到页面，以便控件中包含该页面的功能和样式。

### 2．选择和编辑 Spry 控件

如果要选择某个 Spry 控件，可以将鼠标指向这个控件，直到看到控件的蓝色选项卡式轮廓，如图 6-39 所示。单击控件左上角中的控件选项卡即可。

图 6-39　选择控件

选择某个控件后，在"属性"面板中就可以编辑控件了，如图 6-40 所示。

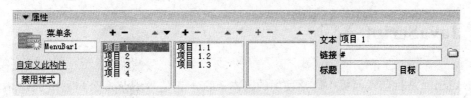

图 6-40　在"属性"面板中编辑控件

### 3．设置 Spry 控件的样式

控件样式是由 CSS 控制的。要想更改控件的外观，可以对相应的 CSS 文件进行编辑。在站点的 SpryAssets 文件夹中找到与该控件相对应的 CSS 文件，并根据需要对 CSS 进行编辑。

当用户在已保存的页面中插入 Spry 控件时，Dreamweaver 会自动在站点中创建一个 SpryAssets 目录，并将相应的 JavaScript 和 CSS 文件保存到其中。如果喜欢将 Spry 资源保存到其他位置，可以更改 Dreamweaver 保存这些资源的默认位置。具体方法如下所示。

（1）选择"站点"|"管理站点"命令。

（2）在"管理站点"对话框中选择站点并单击"编辑"按钮。弹出"×××的站点定义为"对话框，如图 6-41 所示。

（3）在"×××的站点定义为"对话框中的"分类"列表框中选择 Spry 选项类别。

（4）在"Spry 资源文件夹"文本框中输入想要用于 Spry 资源的文件夹的路径，也可以单击文件夹图标浏览到某个位置。设置完成后单击"确定"按钮。

图 6-41　编辑站点的对话框

# 6.5　JavaScript 入门

　　JavaScript 是目前在网页中广泛使用的脚本语言，它是 Netscape 公司利用 Java 的程序概念，将自己原有的 Livescript 重新进行设计后产生的脚本语言。

　　JavaScript 是一种基于对象和事件驱动并具有安全性能的脚本语言，有了 JavaScript，可以使网页变得生动、活泼。使用它的目的是与 HTML 超文本标识语言、Java 小程序（Java Applet）一起实现在一个网页中链接多个对象，与网络客户进行交互，从而可以开发客户端的应用程序。它是通过嵌入或调入在标准的 HTML 语言中实现的。

## 6.5.1　<script>标签

　　所有脚本程序都必须封装在一对特定的 HTML 标签之间，<script>标签表示一个脚本程序的开始，</script>则表示该脚本程序的结束，一个网页中可能有多个脚本程序。使用 <script>标签的语法结构是：

```
<script language=" JavaScript">
 ⋮
</script>
```

　　如果要在网页中用 VBScript 建立脚本程序，就应该将<script>标签的 language 属性赋值为 VBScript，语法结构是：

```
<script language=" VBScript">
⋮
</script>
```

另外，为了照顾广大互联网用户，必须考虑那些使用了不支持客户脚本程序的旧版本浏览器用户。因为浏览器会忽略掉它不支持的任何 HTML 标签，所以脚本程序可能就会像纯文本那样显示。这是网页设计者所不想看到的，为了避免出现这样的情况，可以在 HTML 注释中封装脚本程序。

```
<script language=" JavaScript">
<!-
⋮
-->
</script>
```

旧版本的浏览器忽略<script>标签，同时也忽略封装在 HTML 注释中的脚本程序，而一个新版本的浏览器即使是将脚本程序封装在 HTML 注释中，也会识别其中的<script>标签并解释运行其中的脚本程序。

script 块可以出现在 HTML 页面的任何地方（body 或者 head 部分之中）。最好将所有的通用 script 代码放在 head 部分，以使所有的 script 代码集中放置。这样既可以编译管理 script 代码又可以确保在 body 部分调用代码之前使所有的 script 代码都被读取并解码。

```
<html>
<head>
⋮
<script language=" JavaScript">
<!-
//在这里集中放置脚本代码,定义函数
⋮
-->
</script>
</head>
<body>
⋮
<script language=" JavaScript">
//这里调用在 head 部分定义的脚本程序（函数）
⋮
</script>
⋮
</body>
</html>
```

一般情况下，大多数 script 代码被定义成过程函数（Function），放在 head 部分，在 body 部分调用函数时执行它。对于一些简单的 script 代码也可以直接放在 body 部分的 script 标签中。

### 6.5.2 编写一个简单的 JavaScript 程序

本小节通过编写一个简单 JavaScript 程序制作一个带链接的水平滚动字幕效果，在网页中，这种效果用于广告宣传会非常醒目。实例的最终效果如图 6-42 所示。在网站首页的导航条下有一个带链接的字幕在水平方向上滚动。

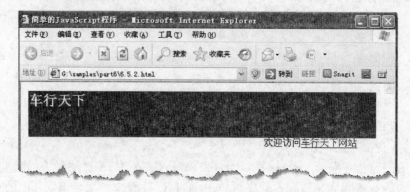

图 6-42　带链接的水平滚动字幕效果

本实例的制作步骤如下所示。

#### 1．创建网页

（1）新建一个网页文档，将其保存为 6.5.2.html。

（2）在这个网页中，利用表格进行布局，并在表格中输入相应的网站标题文字和导航条，效果如图 6-43 所示。

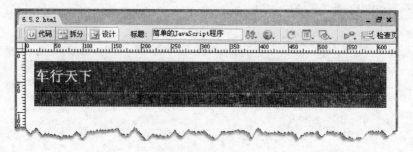

图 6-43　制作网页

#### 2．编写 JavaScript 程序

（1）切换到"代码"视图，在<head></head>中输入以下 JavaScript 代码：

```
<script language="JavaScript">
function gundong(){
    var marqueewidth=400      //定义字幕宽度变量
    var marqueeheight=20      //定义字幕高度变量
    var speed=4               //定义滚动速度变量
```

```
var marqueecontents='欢迎访问<a href="http://www.cxtx.com">车行天下网站
</a>'
//定义滚动字符串变量
document.write('<marquee scrollAmount='+speed+' style="width:'+
marqueewidth+'">'+marqueecontents+'</marquee>')
//利用文档对象 document 的 write 方法输出<marquee>标签实现字幕滚动
}
</script>
```

　　这里用 JavaScript 定义了一个函数，函数名称是 gundong()，这个函数实现的功能就是带链接的水平滚动字幕效果。

　　（2）因为本实例中滚动字幕的位置在导航条下边，所以要在导航条对应的代码后面插入 JavaScript 代码。

　　在"代码视图"下，将光标定位在最后一个</table>标签后面，如图 6-44 所示。

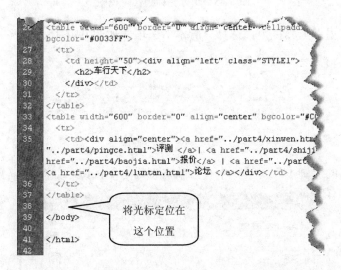

图 6-44　将光标定位在最后一个</table>标签后面

输入以下 JavaScript 代码：

```
<script language="JavaScript" type="text/javascript">
gundong() //调用函数
</script>
```

　　至此，本实例制作完毕。保存文档并查看网页效果。

### 6.5.3　使用"代码片段"面板

　　JavaScript 是在网页中实现动态和交互效果的基本手段之一，Dreamweaver 提供了很多 JavaScript 代码片段，可以在网页中直接引用。

　　本小节利用"代码片段"面板制作一个 JavaScript 实例，为页面提供禁止用户使用鼠标右键的功能。通过这个实例可以学会使用 Dreamweaver "代码片段"面板的方法以及调用 JavaScript 的方法。

**1. 插入脚本标记**

（1）新建一个网页文档，将其保存为 6.5.3.html。切换到代码视图，将光标定位到代码视图中的<head></head>标签内，如图 6-45 所示。

```
1  <!DOCTYPE html PUBLIC "-//W3C//DTD XHTML 1.0 Transitional//EN"
   "http://www.w3.org/TR/xhtml1/DTD/xhtml1-transitional.dtd">
2  <html xmlns="http://www.w3.org/1999/xhtml">
3  <head>
4  <meta http-equiv="Content-Type" content="text/html; charset=gb2312" />
5  <title>使用JavaScript</title>
6
7  </head>
8  <body>
9  该页面鼠标右键被禁用！
10 </body>
11 </html>
```

图 6-45 定位光标到代码视图中

（2）在"常用"工具栏中，选择"脚本"选项，如图 6-46 所示。

图 6-46 插入脚本

（3）在弹出的"脚本"对话框中直接单击"确定"按钮，如图 6-47 所示。

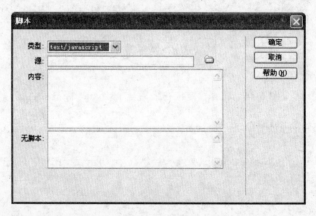

图 6-47 "脚本"对话框

**专家点拨：**这里在"脚本"对话框中直接单击"确定"按钮只是得到一对<script></script>标签。如果在"脚本"对话框中的其他参数项中输入相应的内容，可以得到完整的 JavaScript 程序。

（4）在代码视图中将添加一对<script></script>标签，将光标定位到这对标记之间，如图 6-48 所示。

```
1  <!DOCTYPE html PUBLIC "-//W3C//DTD XHTML 1.0 Transitional//EN"
   "http://www.w3.org/TR/xhtml1/DTD/xhtml1-transitional.dtd">
2  <html xmlns="http://www.w3.org/1999/xhtml">
3  <head>
4  <meta http-equiv="Content-Type" content="text/html; charset=gb2312" />
5  <title>使用JavaScript</title>
6  <script language="JavaScript" type="text/javascript">
7
8  </script>
9  </head>
10 <body>
11 该页面鼠标右键被禁用！
12 </body>
13 </html>
```

图 6-48 &lt;script&gt;&lt;/script&gt;标签

### 2. 插入禁用右键的函数

（1）选择"窗口"|"代码片段"命令打开"代码片段"面板（快捷键 Shift+F9），依次展开 JavaScript|"浏览器函数"文件夹，选择"禁止右键点击"选项，单击"插入"按钮，如图 6-49 所示。

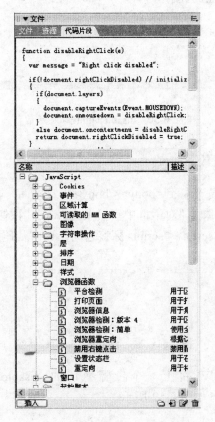

图 6-49 插入禁用右键的代码

**专家点拨**：为了丰富"代码片段"面板中的功能，可以将收集来的 JavaScript 代码添加到"代码片段"面板中。"代码片段"面板右下角有"新建代码片段文件夹"按钮 🗀 和

"新建代码片段"按钮 ，利用它们就可以轻松添加代码片段。

（2）这时在<head></head>标签之间的<script></script>标签内将多出一段 JavaScript 代码，选择代码最后一行的 disableRightClick()，按快捷键 Ctrl+X 将其剪切到剪贴板中，如图 6-50 所示。

```
<script language="JavaScript" type="text/javascript">
function disableRightClick(e)
{
  var message = "Right click disabled";

  if(!document.rightClickDisabled) // initialize
  {
    if(document.layers)
    {
      document.captureEvents(Event.MOUSEDOWN);
      document.onmousedown = disableRightClick;
    }
    else document.oncontextmenu = disableRightClick;
    return document.rightClickDisabled = true;
  }
  if(document.layers || (document.getElementById && !document.all))
  {
    if (e.which==2||e.which==3)
    {
      alert(message);
      return false;
    }
  }
  else
  {
    alert(message);
    return false;
  }
}
disableRightClick()
</script>
```

图 6-50　disableRightClick 函数

### 3．调用 JavaScript 函数

（1）在代码视图中定位光标到<body></body>标签之间，再次单击"常用"工具栏中的"脚本"按钮，在弹出的"脚本"对话框中直接单击"确定"按钮，插入一对<script></script>标签，将光标定位到这对<script></script>标签之间，这时代码视图如图 6-51 所示。

```
<body>
<script language="JavaScript" type="text/javascript">
|
</script>
</body>
</html>
```

图 6-51　插入<script></script>标签

（2）按快捷键 Ctrl+V 将上一个步骤剪切的 disableRightClick()粘贴到上面的<script></script>标签之间，如图 6-52 所示。

```
</script>
</head>
<body>
<script language="JavaScript" type="text/javascript">
disableRightClick();
</script>
```

图 6-52　调用 disableRightClick()函数

（3）保存文件。按快捷键 F12 进行预览，在页面上右击时，会出现弹出对话框提示鼠标右键被禁用，如图 6-53 所示。

图 6-53　鼠标右键被禁用

# 6.6　本章习题

**一、选择题**

1. 下列（　　）表示按下鼠标再放开左键时发生的事件。

　　A. onMouseOver　　　　　　　　　　B. onMouseUp

　　C. onMouseDown　　　　　　　　　　D. onMouseOut

2. 如果想设置页面上的某个 AP 元素不可见，可以进入"属性"面板，展开"可见性"后面的下拉列表，在其中选择（　　）。

　　A. default　　　　　　　　　　　　　B. delete

　　C. none　　　　　　　　　　　　　　D. hidden

3. 如果想制作模拟百叶窗效果，向上或向下滚动百叶窗来隐藏或显示网页中的元素，那么应该定义的 Spry 效果是（　　）。

　　A. 挤压　　　　　　　　　　　　　　B. 滑动

　　C. 遮帘　　　　　　　　　　　　　　D. 渐隐

4. 所有脚本程序都必须封装在一对特定的 HTML 标签之间，这对标签是（　　）。

　　A. <script></script>　　　　　　　　B. <title></title>

　　C. <table></table>　　　　　　　　　D.

**二、填空题**

1. 所谓行为，就是一段预定义好的____通过浏览器的____并____的过程。

2. AP 元素是分配有____的 HTML 页面元素。AP 元素可以包含文本、____或其他任何可放置到 HTML 文档正文中的内容。

3. 要想给 HTML 页面中的某个元素添加 Spry 效果，可以这样操作：选中这个元素，然后在____中单击"＋"按钮，在弹出的菜单中单击"效果"选项，在子菜单中选择需要的效果。

4. JavaScript 是一种基于对象和____并具有安全性能的脚本语言，有了 JavaScript，可使网页变得生动、活泼。

# 6.7 上机练习

### 练习 1  行为应用实例——关闭网页时弹出信息

"弹出信息"行为的使用方法比较简单而且非常有用，所以也是一个常用的行为。利用这个行为，可以在网页中弹出信息框，比如弹出警告信息等。本练习制作一个关闭网页文档时显示告别语的效果。当关闭网页时就会跳出一个告别窗口，效果如图 6-54 所示。

注意，为了在关闭网页时显示弹出窗口，将事件设置为 onUnLoad。

图 6-54　关闭网页时弹出的信息

### 练习 2  AP 元素动画实例——页面上漂浮的图片效果

本练习利用 AP 元素和时间轴动画在页面上制作一个图片漂浮的效果，如图 6-55 所示。

### 练习 3  Spry 控件应用实例——菜单栏

"Spry 菜单栏"控件是一组可导航的菜单按钮，当站点访问者将鼠标悬停在其中的某个按钮上时，将显示相应的子菜单。使用菜单栏可在紧凑的空间中显示大量可导航信息，并使站点访问者无需深入浏览站点即可了解站点上提供的内容。使用"Spry 菜单栏"控件可以创建横向或纵向的网页下拉或弹出菜单。本练习利用"Spry 菜单栏"控件制作一个菜单栏，效果如图 6-56 所示。

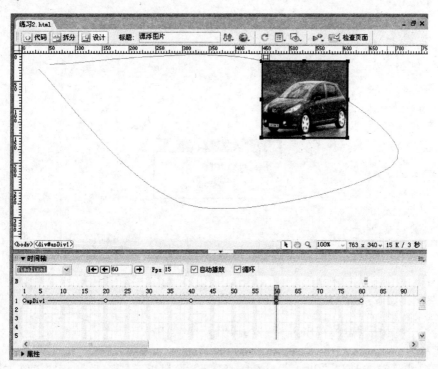

图 6-55　漂浮图片

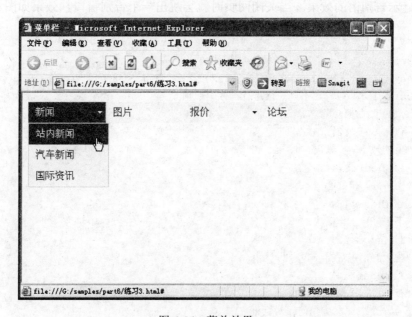

图 6-56　菜单效果

## 练习 4　JavaScript 应用实例——问候对话框

本练习利用 JavaScript 编写打开网页时弹出一个问候对话框，根据不同的时间段弹出不同的问候信息，效果如图 6-57 所示。

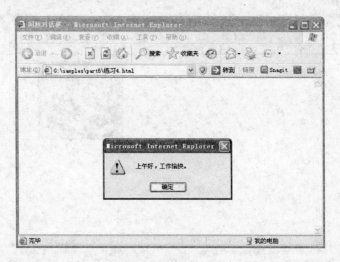

图 6-57　问候对话框

参考代码如下所示。

```
<html xmlns="http://www.w3.org/1999/xhtml">
<head>
<meta http-equiv="Content-Type" content="text/html; charset=utf-8" />
<title>问候对话框</title>
<script type="text/javascript">
void function hello()      //声明一个函数
{
var str;
now=new Date(),hour=now.getHours()     //取得当前时间的小时数
if(hour<6)     //针对不同时段进行问候语赋值
str="太晚了，请休息。";
else if(hour<12)
str="上午好，工作愉快。";
else if(hour<14)
str="中午好，祝好心情。";
else if(hour<18)
str="下午好。工作愉快。";
else if(hour<22)
str="晚上好，祝玩得开心。";
else if(hour<24)
str="夜深了，注意休息。";
alert(str);  // 弹出问候对话框
}
</script>
</head>
<body onload="hello();">    <!-- 网页事件与调用函数-->
</body>
</html>
```

# 第 7 章

# 模板和站点管理

在网站设计过程中，如果网站的规模比较大，模板的应用就显得特别重要。模板是一种特殊网页文档，用户可以把它作为创建其他网页文档的基础。创建模板可以提高网站设计的工作效率，快速地修改或更新站点中多个页面的外观。

站点管理是 Web 开发至关重要的组成部分，它对于站点的持续发展十分重要。Dreamweaver 提供了大量的管理工具，可以让用户方便地更新和控制 Web 站点、维护本地文件夹和远程服务器上的站点文件。

**本章主要内容：**

- 模板
- 资源
- 站点管理

## 7.1 模板

Dreamweaver 提供了模板这种特殊文档，使用它能批量生成风格类似的网页，还能实现关联网页自动更新，大大简化了网页制作。

### 7.1.1 新建模板的方法

**1. 在"资源"面板新建模板**

（1）选择"窗口"|"资源"命令打开"资源"面板，单击左侧栏上的"模板"按钮切换到模板，如图 7-1 所示。

（2）单击面板下方的"新建模板"按钮 ，也可以在"名称"下方的空白处右击，在弹出的快捷菜单中选择"新建模板"命令。

（3）Dreamweaver 会自动建立一个空的模板，如图 7-2 所示，可以修改新模板的名称，并根据提示单击"编辑"按钮 进入模板编辑区对模板进行编辑。

**2. 利用菜单或者工具栏上的命令新建模板**

（1）选择"插入记录"|"模板对象"|"创建模板"命令，或者单击"常用"工具栏中的"模板"按钮，并在下拉菜单中选择"创建模板"命令，如图 7-3 所示。

图 7-1 "资源"面板中的模板

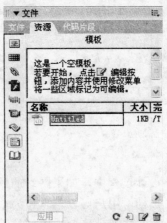

图 7-2 新建一个空模板

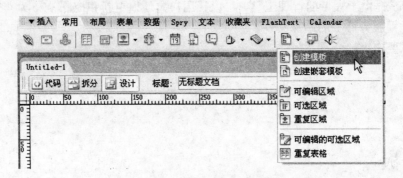

图 7-3 选择"创建模板"命令

（2）在弹出的"另存模板"对话框中，可以对模板名称等进行编辑，如图 7-4 所示。最后单击"保存"按钮进行保存。

图 7-4 "另存模板"对话框

用以上两种方法创建的新模板文档，此时还没有添加任何的元素，可以像编辑普通网页一样在模板文档中添加表格、图像、文字等。添加完后，选择"文件"|"保存"命令保存模板，此时会弹出一个对话框，如图 7-5 所示。这是因为模板文档中不含有任何可编辑区域，所以弹出此警示对话框。一般情况下，创建模板时应创建可编辑区域。所谓可编辑区域就是基于模板创建的页面里能够修改的文档部分。

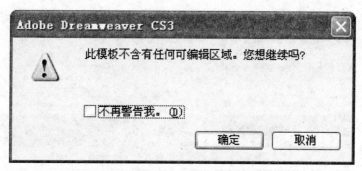

图 7-5　保存模板时弹出的对话框

**专家点拨**：模板保存后可以在默认站点文件夹的 Templates 子文件夹下找到，文件扩展名.dwt。不要将模板文件移动到 Templates 文件夹之外或者将任何非模板文件放在 Templates 文件夹中。此外，不要将 Templates 文件夹移动到本地根文件夹之外，否则模板中的路径会发生错误。

### 7.1.2　可编辑区域

在创建模板时，可以在模板页面中创建可编辑区域和锁定区域。在基于模板而创建的网页文档中，只能在可编辑区域中进行修改操作，填入不同的网页内容，而无法修改锁定区域。

#### 1．插入可编辑区域

（1）打开事先制作好的一个网页文件 7.1.2.html。选择"文件"|"另存为模板"命令，弹出"另存模板"对话框，在其中选择站点并输入模板文件名，如图 7-6 所示。单击"保存"按钮即可得到一个模板文档。下面在这个模板页面中进行操作。

图 7-6　"另存模板"对话框

（2）选中要插入可编辑区域的表格。单击"常用"工具栏中的"模板"按钮，在弹出的下拉菜单中选择"可编辑区域"命令，如图 7-7 所示。

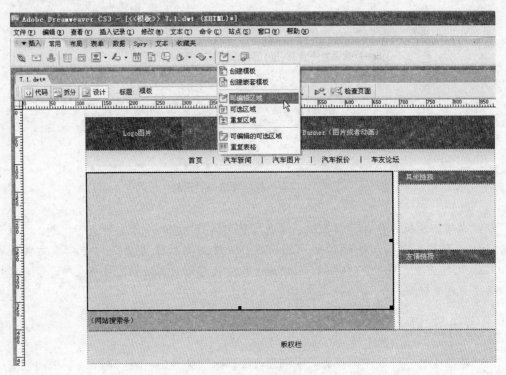

图 7-7 选择"可编辑区域"命令

（3）这时会弹出"新建可编辑区域"对话框，如图 7-8 所示。"名称"文本框中会自动包含 Dreamweaver 系统生成的默认名称，名称末尾的数字是自动递增的。

图 7-8 "新建可编辑区域"对话框

**专家点拨**：在"名称"文本框中可以为该可编辑区域输入唯一的名称，在实际应用中可以给编辑区域起一个与作用相关的名称。不要在"名称"文本框中使用特殊字符（引号、括号等）。

（4）在这里使用其默认名称，单击"确定"按钮。可编辑区域在模板页面中由蓝色高亮显示的矩形边框围绕，该区域左上角的选项卡显示该区域的名称，如图 7-9 所示。

**专家点拨**：如果看不到可编辑区域的名称和轮廓，可以选择"查看"|"可视化助理"|"不可见元素"命令。

（5）这样一个可编辑区域就创建完成了。如果创建基于这个模板的网页，那么带有可编辑区域标志的表格就可以被用户编辑，其他的区域则不能被用户编辑。最后选择"文件"|"保存"命令保存模板。

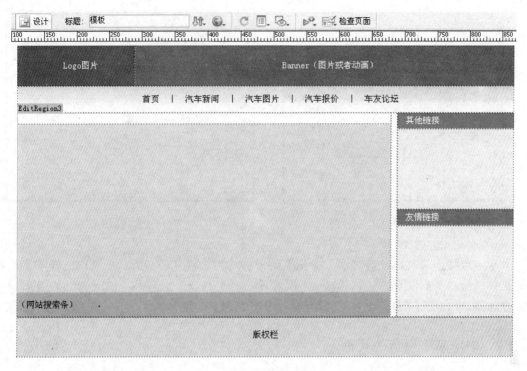

图 7-9 可编辑区域效果

### 2．删除可编辑区域

根据实际的需要，经常要对已经制作好的模板进行编辑，如果已经将模板文件的一个区域标记为可编辑，而现在想要再次锁定它，使它在基于模板创建的文档中不可编辑，可以先单击可编辑区域左上角的选项卡选中它，然后选择"修改"|"模板"|"删除模板标记"命令，可以删除这个可编辑区域。

**专家点拨**：也可以在选中可编辑区域后，直接按 Delete 键删除所选的可编辑区域。

### 3．更改可编辑区域的名称

插入可编辑区域后，可以随时更改它的名称。具体方法如下所述。

（1）单击可编辑区域左上角的选项卡选中它。

（2）在"属性"面板中的"名称"文本框中输入一个新名称，按 Enter 键确认即可。

### 4．保存更改后的模板

模板修改后选择"文件"|"保存"命令保存即可。如果此模板已经应用到网页中，此时 Dreamweaver 会提示用户更新基于该模板的网页文档，系统会弹出一个"更新模板文件"对话框，如图 7-10 所示。选择需要更新的网页（可以选择其中的几个或全部），单击"更新"按钮即可。更新完毕后会弹出"更新页面"对话框，如图 7-11 所示。

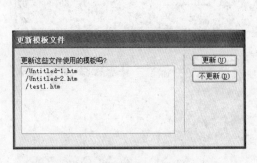

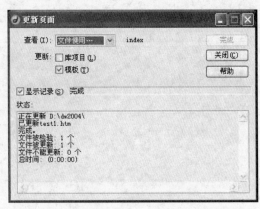

图 7-10 "更新模板文件"对话框　　　　　图 7-11 "更新页面"对话框

**专家点拨**：修改模板后可以即时地更新所有应用此模板的网页，也可以选择不更新应用此模板的网页。以后还可以根据自己的需要选择"修改"|"模板"|"更新当前页"命令或者选择"修改"|"模板"|"更新页面"来更新网页。

### 7.1.3　创建基于模板的页面

模板设计好以后，可以创建基于该模板的网页。具体方法如下所述。

（1）选择"文件"|"新建"命令，弹出"新建文档"对话框。单击"模板中的页"选项。如果 Dreamweaver 有多个站点，将在"站点"列表中列出，可以从其中选择一个站点，这里选择 samples_web，如图 7-12 所示。

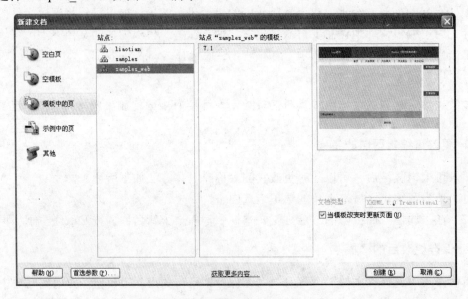

图 7-12 "新建文档"对话框

（2）"站点'samples_web'的模板"列表中列出的是该站点中的模板，如果有多个模板，将在这里显示出来。选择一个模板，然后单击"创建"按钮，就创建了一个基于该模板的文档。

（3）Dreamweaver 为基于模板的文档指定了锁定区域（不可编辑区域）和其他可编辑区域，把鼠标指针放到不可编辑区域内时，鼠标指针会变成禁止标志，表示不可以对该区域进行编辑，如图 7-13 所示。用户只能在可编辑区域内对该文档进行编辑。

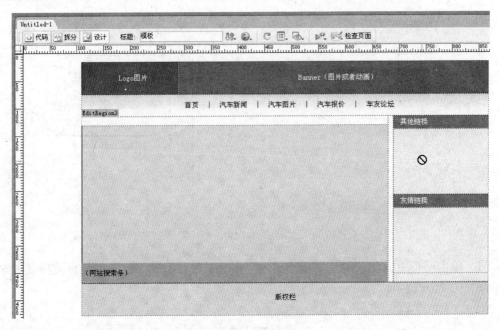

图 7-13  锁定区域

## 7.2  资源管理

Dreamweaver 中的"资源"面板可以让站内元素的管理变得相对轻松一些。在此面板中，可以查看站点内存在的所有元素，包括所有图像、颜色、URLs、Flash、Shockwave、影片、脚本、模板、库元素等。而且对于常用元素，可以将其拖拉到个人收藏中，从而更加方便查找和使用。

### 7.2.1  库

库是一种用来存储想要在整个网站上经常重复使用或更新的页面元素的方法，这些元素称为库项目。可以在库中存储各种各样的页面元素，如图像、表格、声音和 Flash 文件。

### 1. 创建库项目

可以从网页中的任意元素创建库项目，这些元素包括文本、表格、表单、Java Applet、插件、ActiveX 元素、导航条和图像。下面以图像为例来创建一个库项目。

（1）在 Dreamweaver 打开一个制作完成的网页文件。选择"窗口"|"资源"命令，展

开"资源"面板，并单击"库"按钮，如图 7-14 所示。

（2）选中网页中的一个图片，单击"资源"面板底部的"新建库项目"按钮🖻。库的"名称"栏中就会增加一个新的库项目，给这个库项目起个文件名叫 Banner，如图 7-15 所示。

图 7-14 展开"资源"面板中的库类别

图 7-15 给库项目起文件名

（3）单击网页中的这个图片，在"属性"面板中可以发现，该图像已自动转变为库项目了，如图 7-16 所示。

图 7-16 "属性"面板

这样一个库项目就建好了，Dreamweaver 在本地站点根文件夹的 Library 文件夹中，将每个库项目都保存为一个单独的文件（文件扩展名为.lbi）。

**专家点拨**：将页面中的选定内容直接拖到"资源"面板的"库"类别中，或者选中内容后选择"修改"|"库"|"增加对象到库"命令同样能创建库项目。

**2．在文档中插入库项目**

库项目建好以后就可以在文档中插入并使用了，在向页面插入库项目时，将把实际内容以及对该库项目的引用一起插入到文档中。

例如要将库项目插入到某一个网页文档中，定位好插入点后，在"资源"面板中选择库项目，单击"资源"面板底部的"插入"按钮即可，如图 7-17 所示。也可以直接拖动"资源"面板中的库项目到网页文档中进行应用。

**专家点拨**：使用库项目时，Dreamweaver 不是在网页中插入库项目，而是插入一个指向库项目的链接。库只存储对该项的引用。因此原始文件必须保留在指定的位置，才能使库项目正确工作。

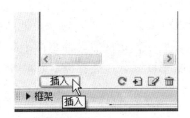

图 7-17　插入库项目

### 7.2.2　其他资源管理

可以使用拖动鼠标的方式在编辑文档时应用"资源"面板中的元素，例如插入图像时，除了使用"插入"菜单下的"图像"命令和"常用"工具栏上的"图像"按扭的方式以外，也可以在"资源"面板上选择某个图像资源，可以马上预览到该图像，然后用鼠标拖动该图片到文档中相应位置即可。

单击"资源"面板中的"颜色"按钮  切换到网站色彩管理，可以查看站点内应用到的所有颜色设置，更方便统一网站色彩。同样的，选中想要设置的文本，然后用鼠标拖动某颜色到该文本上，该颜色将自动应用到文本上，如图 7-18 所示。

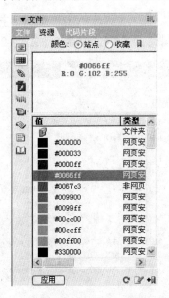

图 7-18　利用颜色管理器设置网页颜色

**专家点拨**：其他资源的应用与上面介绍的方法相类似，均可使用鼠标拖动来完成，此处不再赘述。

## 7.3　站点的管理和维护

完成站点制作阶段的工作后，关于 Web 站点的工作并没有结束。在完成制作工作之后，站点需要对访问者开放，这个过程称为"发行"，也就是把站点上传到服务器，发布站点并进行宣传。另外，Web 站点还需要根据访问者的需求而不断发展完善，从而保持活力并且继续吸引新老访问者。这个持续进行修改、更新和添加新内容、不断优化 Web 站点的过程被称为"站点维护"。

### 7.3.1 管理站点

选择"站点"|"管理站点"命令，就可以打开"管理站点"对话框，如图 7-19 所示。利用这个对话框可以对站点进行新建、编辑、复制、删除、导出和导入等操作。

图 7-19 "管理站点"对话框

**1. 新建站点**

在"站点管理"对话框中，单击"新建"按钮，可打开站点定义对话框，建立新的站点。新建站点的相关内容，可以参考第 2 章中的介绍。

**2. 编辑站点**

在"站点管理"对话框中选择站点后，单击"编辑"按钮，在弹出对话框中单击"高级"选项卡，就能根据需要编辑修改其中的参数，如图 7-20 所示。

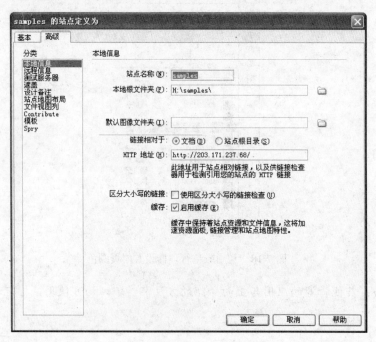

图 7-20 "高级"选项卡

**专家点拨**：在"高级"选项卡的"分类"列表框中可以分别对"本地信息"、"远程信息"、"测试服务器"、"遮盖"、"设计备注"、"站点地图布局"、"文件视图列"、Contribute、"模板"、Spry 等进行修改，来完善自己站点的设置。

### 3．复制站点

要复制站点，可在选择站点后，单击"复制"按钮。默认情况下，复制的站点名会在原站点名的后面增加"复制"两个字，如图 7-21 所示。

图 7-21  复制站点后的"管理站点"对话框

### 4．删除站点

要删除站点，可在选择站点后，单击"删除"按钮。删除时，Dreamweaver 会提示该操作无法撤销，如图 7-22 所示。

图 7-22  删除站点时的提示框

### 5．导出站点

通过 Dreamweaver，可以将站点导出为 XML 文件，并且还可以将保存站点信息的 XML 文件导入到 Dreamweaver。这样，就可以在不同计算机之间移动站点，或者与其他用户共享站点。

选择要导出的站点，单击"导出"按钮，弹出"导出站点"对话框，如图 7-23 所示。

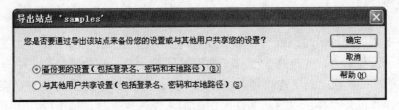

图 7-23  "导出站点"对话框

单击"确定"按钮后，弹出"站点导出"对话框，选择保存该站点的位置以及输入文件名，单击"保存"按钮，Dreamweaver 会在指定位置将站点保存为扩展名为.ste 的 XML 文件，如图 7-24 所示。

图 7-24 "导出站点"对话框

### 6．导入站点

在"管理站点"对话框中，单击"导入"按钮，弹出"导入站点"对话框，选择要导入的站点（*.ste 文件）。单击"打开"按钮后，即可将站点导入到 Dreamweaver 中。

## 7.3.2 使用"文件"面板管理站点文件

"文件"面板显示了站点的文件和文件夹结构，它可以显示为"折叠模式"或"扩展模式"，无论在哪种模式下，用户都可以利用"文件"面板执行多种维护工作，比如添加、删除、重命名和移动文件与文件夹。在 Dreamweaver 里完成所有的文件维护工作可以确保链接、图像和其他元素的路径自动实现更新，因为 Dreamweaver 会追踪用户所做的修改，并根据用户在定义的站点中所做的修改而对文件进行相应的更新。

### 1．调出并查看站点文件

本地与远程站点文件管理方法除调出文件目录的方法不同之外，其余均相同。

（1）选择"窗口"|"文件"命令，打开"文件"面板。

（2）在"文件"选项卡下方的下拉列表中选择需要打开的站点，在右边的下拉列表中选择"本地视图"选项，站点管理窗口下方将列出所选站点的全部文件，如图 7-25 所示。

（3）对于远程站点，先选择需要打开的网站，然后在右边的下拉列表中选择"远程视图"选项，单击工具栏上的"连接到远端主机"按钮，计算机会自动进行连接。在连接的过程中，计算机会有提示"更新文件夹中远端文件列表"对话框出现，如图 7-26 所示。连接成功后，就会在窗口中看到远程网站上的文件目录了。同时，"连接到远端主机"按钮变成了"从远端主机断开"按钮 ，如图 7-27 所示。

图 7-25　查看本地网站文件

图 7-26　"状态"对话框

图 7-27　查看远程站点文件

**专家点拨**：在"文件"面板中选择"文件"选项卡，然后单击其中的"展开以显示本地和远端站点"按钮 ，可以切换到站点管理模式，在这里，可以非常方便地调出和查看远端和本地站点中的文件和文件夹。

#### 2．打开站点文件

在"文件"面板中，先选择要管理的站点，再双击欲打开的文件（或者选择"文件"|"打开"命令），该文件稍候则显示在文档窗口内。也可以选中要打开的文件后右击，在弹出的快捷菜单中选择"打开"命令，就能打开站点中的文件进行编辑修改。

#### 3．增添文件及文件夹

在制作站点的一个个栏目时，最好是建立一个个独立的文件夹，这样便于管理。如果由于某种原因要增添栏目，也可以增添新的文件夹及文件。在"文件"面板中，选中一个要在其中建立新文件或新文件夹的目录，右击，在弹出的快捷菜单中选择"新建文件"命令或"新建文件夹"命令，即可建立文件或文件夹，如图 7-28 所示。

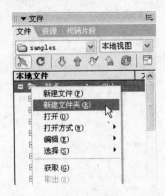

图 7-28　在"文件"面板中新建文件夹

**4．文件及文件夹的操作**

选择所要操作的文件或文件夹，右击，在弹出的快捷菜单中运用"编辑"菜单下的"剪切"、"复制"、"粘贴"、"删除"、"重制"、"重命名"命令，可以对文件或文件夹进行删除、移动、重命名等操作。这些操作相对比较简单，这里就不赘述了。

### 7.3.3　站点地图

站点地图是理想的站点结构布局工具，利用它可以快速地设置整个站点结构。利用站点地图可以将新文件添加到 Dreamweaver 站点，或者添加、修改、删除链接。站点地图从主页开始显示两个级别深度的站点结构，每个页面以图标形式显示，并按在源代码中出现的顺序来显示链接。

站点地图提供了组织网站内容直观快捷的方式，使用站点地图必须首先设置站点地图的首页，这个首页可以是任意的文件，站点地图将会以这个文件为线索显示站内的其他文件。

**1．制作网站地图**

（1）打开示例文件\Samples\siteMap\siteMap.html。选择"站点"|"管理站点"命令，从弹出的"管理站点"对话框中选择 samples_web 选项，然后单击"编辑"按钮，如图 7-29 所示。

图 7-29　编辑站点

（2）在弹出的"samples 的站点定义为"对话框中，选择"高级"选项卡，在"分类"列表框中选择"站点地图布局"选项，然后在右侧单击"主页"后面的"浏览文件"按钮，如图 7-30 所示。

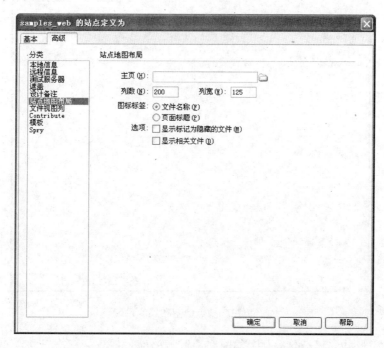

图 7-30 "samples_wed 的站点定义为"对话框

（3）从弹出的"选择首页"对话框中，选择文件\Samples\siteMap\siteMap.html，然后单击"打开"按钮，如图 7-31 所示。

图 7-31 "选择首页"对话框

（4）回到"samples 的站点定义为"对话框中，选择"显示相关文件"复选框，然后单击"确定"按钮，如图 7-32 所示。

图 7-32　站点地图布局的设置

（5）在"管理站点"对话框中单击"完成"按钮。

（6）进入"文件"面板，单击"展开以显示本地和远端站点"按钮，切换到站点管理模式。单击"站点地图"按钮，从弹出的下拉菜单中选择"地图和文件"命令，如图 7-33 所示。

图 7-33　显示站点地图

（7）站点地图打开后可以看到站内文件的结构，窗口左侧是站点地图，右侧是站点内的文件列表。站点地图以 siteMap.html 为根节点显示文件之间的关系，在这个例子中，siteMap.html 内含有指向三个文件的链接，另外还包括一张图片，这些内容都列了出来。fileC.html 中又进一步含有文件链接，同样也包含在下方，如图 7-34 所示。

**专家点拨**：站点地图提供了管理链接的直观途径，文件之间的链接关系用箭头表示出来，箭头出发的文件中包含有链接，而箭头指向的文件就是链接所指向的文件。

**2．利用网站地图管理链接**

（1）在站点地图的根节点（也就是 siteMap.html）上右击，从弹出的快捷菜单中选择

"链接到已有文件"命令，这时会弹出"选择 HTML 文件"对话框，从中选择文件 \Samples\siteMap\fileD.html，然后单击"确定"按钮，如图 7-35 所示。

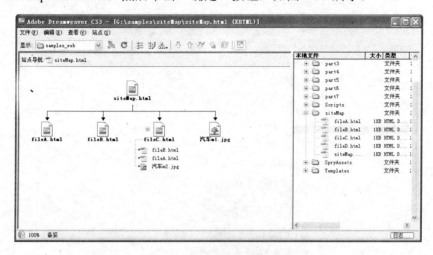

图 7-34　站点地图

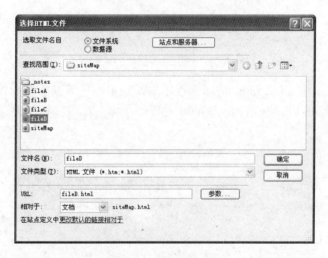

图 7-35　选择链接目标

（2）在站点地图中，可以看到 siteMap.html 增加了一个新节点 fileD.html，这表明 siteMap.html 中含有了指向文件 fileD.html 的链接，如图 7-36 所示。

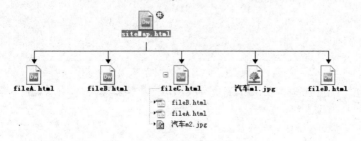

图 7-36　站点地图中增加了新节点

（3）在站点地图中双击 siteMap.html，可以看到自动生成的链接，链接指向文件 fileD.html，链接文本是 fileD，如图 7-37 所示。

图 7-37　文件中自动增加的新链接

（4）在站点地图中 fileA.html 的图标上单击，选中图标后其右上角将会出现拖放图标 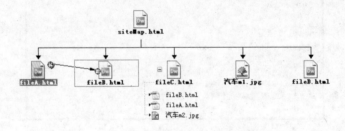，单击拖放图标并且拖动，到 fileB.html 对应的图标上释放鼠标左键，如图 7-38 所示。

图 7-38　在文件之间建立链接

（5）完成以上设置后，在站点地图中可以看到，fileA.html 的图标下方出现了新的链接目标 fileB.html，如图 7-39 所示。

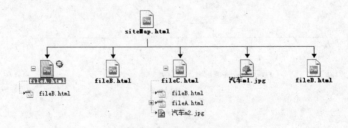

图 7-39　链接建立后站点地图的显示效果

## 7.4　本章习题

### 一、选择题

1. 在 Dreamweaver 中使用（　　）面板可以对站点中链接进行测试。

    A．资源　　　　　　　　　　　　　B．链接检查器

    C．行为　　　　　　　　　　　　　D．框架

2. "管理站点"对话框主要管理站点的配置文件，通常这个对话框中每个条目对应一个站点，站点导出其实就是将网站的设置信息导出为一个扩展名为（　　）的文件。

    A．.html　　　　　　　　　　　　　B．.css

    C．.ste　　　　　　　　　　　　　　D．.dwt

3. Dreamweaver 中的（　　）可以让站内元素的管理变得相对轻松一些。在此面板中，可以查看网站内存在的所有元素，包括所有图像、颜色、URLs、Flash 等。

    A．属性　　　　　　　　　　　　　B．资源

    C．行为　　　　　　　　　　　　　D．框架

### 二、填空题

1. 使用模板能____生成风格类似的网页，还能实现关联网页的____，大大提高了网页制作效率。

2. 基于模板创建的网页文档中，只能在_____中进行修改操作，填入不同的网页内容。

3. 可以从网页中的任意元素创建库项目，这些元素包括____、____、____、Java Applet、____、____、____等。

4. 利用 Dreamweaver 提供的____面板，可以自动测试站点中的无效链接、得到站点测试报告、检查浏览器的兼容性等。

## 7.5　上机练习

### 练习 1　模板及其应用

假设要创建一个汽车销售公司宣传网站，请按下列要求进行操作练习：

（1）制作一个模板，其中将 Logo 和 Banner、导航条、版权栏设计成锁定区域，然后设计一个可编辑区域。

（2）新建两个基于该模板的页面，并在可编辑区域填上需要的内容。

## 练习 2　库及其应用

拟定一个主题制作一个网页，然后请按下列要求进行操作练习：

（1）将页面中的某个元素（如图像、表格或者 Flash 动画等）转化为库项目。

（2）新建一个网页，并在页面编辑过程中引用库项目。

（3）更改这个库项目，并更新使用这个库项目的所有页面。

# Photoshop 网页设计基础

Adobe Photoshop CS3 是一款用于图像处理和平面设计的专业处理软件，它功能强大，实用性强。它不仅具备编辑矢量图像与位图图像的灵活性，还能够与 Adobe Dreamweaver CS3 和 Adobe Flash CS3 软件高度集成，成为设计网页图像的最佳选择。

**本章主要内容：**

- Photoshop CS3 的工作环境
- Photoshop 的工具箱和面板、工具栏和辅助作图工具
- 创建 Photoshop 文档
- 绘制线条、形状、路径和设置颜色的方法
- 认识画笔

## 8.1 Photoshop CS3 的工作环境

Photoshop CS3 有着 Adobe 系列软件特有的便捷、美观和易用的设计编辑环境，深受广大平面设计爱好者的青睐，在设计作品之前，先认识一下 Photoshop CS3 的工作环境。

### 8.1.1 Photoshop CS3 的界面

启动 Photoshop CS3，打开一张图片，此时可以看到 Photoshop CS3 的主界面，主界面主要由标题栏、菜单栏、选项栏、工具箱、文档窗口和各种面板等组成，如图 8-1 所示。

**1．标题栏**

窗口最上方的蓝色条为"标题栏"，左侧显示了应用程序的名称，右侧为窗口控制按钮。

**2．菜单栏**

"标题栏"下方是"菜单栏"，它集成了 Photoshop CS3 所有的命令，几乎所有的工作都可以通过菜单栏中的菜单命令来完成。为便于操作，Photoshop CS3 将所有的命令根据其功能划分为 10 个菜单，如图 8-2 所示。

- 文件菜单：提供了新建、打开、保存、关闭文档等操作，同时还可以导入、导出文档，执行打印等操作。
- 编辑菜单：提供剪切、复制、粘贴、填充、描边、变换、颜色设置等操作。

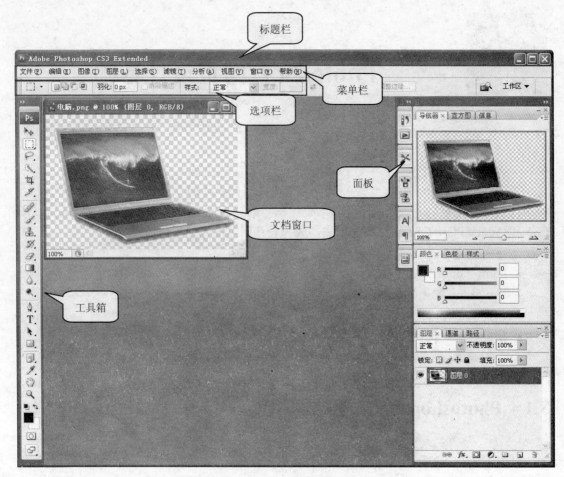

图 8-1 Photoshop CS3 的操作界面

| 文件(F) | 编辑(E) | 图像(I) | 图层(L) | 选择(S) | 滤镜(T) | 分析(A) | 视图(V) | 窗口(W) | 帮助(H) |

图 8-2 Photoshop CS3 的菜单栏

- 图像菜单：提供图像模式的选择、调整图像及画布大小等涉及改变图像属性的所有操作。
- 图层菜单：提供关于图层的所有操作命令，如新建、复制、合并、删除和链接图层，以及图层样式的设置、图层蒙版和智能对象的操作。
- 选择菜单：提供多种选择对象的方式，还可以修改选区大小，载入和存储选区、执行羽化等操作。
- 滤镜菜单：利用滤镜对颜色、模糊、锐化等进行特效处理。
- 分析菜单：提供用于分析图像的标尺、计数等测量工具。
- 视图菜单：缩放文档窗口的显示，设置缩放比率，设置辅助绘图工具，如标尺、网格、参考线等的显示。
- 窗口菜单：控制图像窗口的排列方式、工作区模式的选择以及各种浮动面板的开启和关闭。

- 帮助菜单：可以利用 Photoshop CS3 的帮助文档和在线链接技术网站提供给用户帮助。

### 3．选项栏

选项栏位于菜单栏的下方，用于对选择的工具进行设置。选项栏中的设置项会根据选择工具的不同而有所改变。选项栏的一般结构如图 8-3 所示。

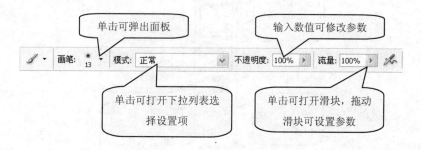

图 8-3　选项栏的结构

### 4．文档窗口

文档窗口是对图像进行编辑和处理的场所，每一个需要处理的图像文件，在 Photoshop 中打开后都会放置在一个文档窗口中。文档窗口的结构如图 8-4 所示。

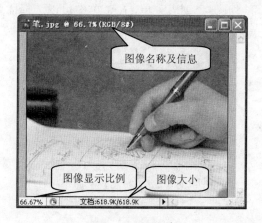

图 8-4　文档窗口

### 5．工具箱

Photoshop 提供了一个工具箱来放置各类常用的工具。在默认工作区中，工具箱位于工作区的左侧，它包括选择工具、裁剪工具、切片工具、修饰工具、绘画工具、绘图工具及文字工具等。工具箱的结构如图 8-5 所示。

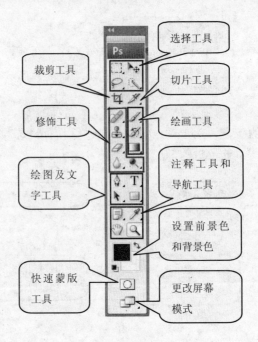

图 8-5　工具箱

**专家点拨**：在默认的工作区模式下工具箱是一列排行，单击工具箱顶部的三角按钮  可以切换为两列显示。

工具箱中某些工具按钮旁有一个下箭头标志 ，表示该工具按钮存在隐藏的工具，在该工具上按住鼠标左键可展开一个列表菜单，在菜单中可以选择需要的其他工具，如图 8-6 所示。

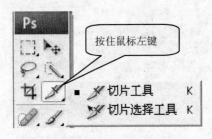

图 8-6　获得隐藏工具

### 6. 面板

面板是浮动的控件，能够帮助用户编辑所选对象的各个功能或文档的元素。Photoshop CS3 的面板设计得极有特色，它将一组常用的功能集合在一起，管理快捷，使用方便。默认情况下，Photoshop CS3 的面板成组地停放在工作区右侧的区域中。

（1）面板的基本操作。在默认的情况下，面板以面板组的形式出现在主程序界面的右侧，根据实际的需要，面板可以被拖放到屏幕的任何位置并可被关闭。面板提供实现某种操作的方式，它的基本操作包括打开、关闭、移动和折叠为图标等，如图 8-7 所示。

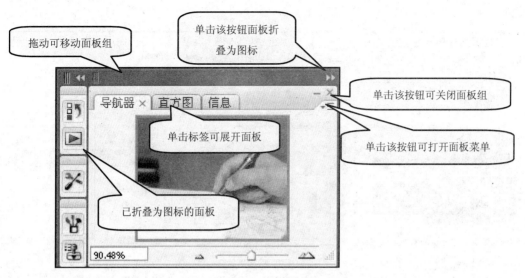

图 8-7　面板组的基本操作

（2）面板功能简介。Photoshop CS3 共有 19 个面板，它们的功能简介如表 8-1 所示。

表 8-1　面板功能简介

| 1. 导航器面板 | 2. 直方图面板 | 3. 颜色面板 |
| --- | --- | --- |
|  |  |  |
| 　　以缩略图的方式显示整个图像，并且标明实际操作界面的位置。图像窗口中显示的部分用红色矩形框表示，它可以在面板中移动 | 　　显示操作图像明暗度分布的面板，可以随时确认图像的变化，根据需要可以同时显示合成效果 | 　　能以各种方式设置需要的颜色。例如，利用设定 RGB 的值来确定颜色。或者通过在拾色器中单击选择需要的颜色等 |
| 4. 信息面板 | 5. 图层面板 | 6. 仿制源面板 |
|  |  |  |

续表

| 显示光标所在位置的坐标值、色彩信息，以及所选区域的大小等信息 | 用于对图层的各种操作。包括新建图层、复制图层、删除图层、设置图层等 | 在使用仿制图章工具或修复画笔工具时，可以设置5个不同的样本源进行自由仿制 |
|---|---|---|

7．色板面板

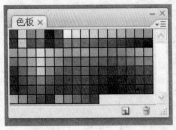

8．样式面板

9．路径面板

通过单击鼠标可以轻松地指定前景色或背景色。可以使用色板面板中提供的颜色，还可以创建或添加使用自定义颜色

通过利用已载入的样式，可以在图像中应用各种效果。还可以修改所应用的样式或创建并载入新的样式

使用钢笔工具绘制的矢量方式的直线或曲线叫做路径。在路径面板中可以创建、修改路径，也可以把路径调整或转换为选区

10．历史记录面板

11．工具预设面板

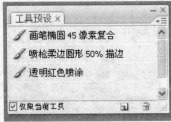

12．动作面板

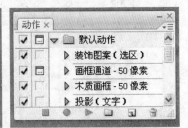

可以自动记录操作过程，并以列表形式显示。此面板可以恢复到当前操作之前的图像状态

用于保存每个工具的选项栏设定值，以便进行其他操作时使用相同设定值

动作面板可以记录设计过程中经常重复使用的操作过程，必要时用于自动执行，方便操作

13．测量记录面板

14．动画面板

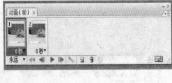

15．图层复合面板

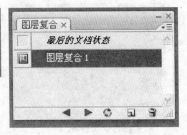

使用测量工具测量对象时，该面板会记录测量数据，其中每一行表示一个测量组，列表示测量组中数据点

用于制作图像动画，可以编辑帧或时间轴持续时间等

可以在一个文件中多样化地改变设计效果

续表

| 16. 字符面板 | 17. 段落面板 | 18. 画笔面板 |
|---|---|---|
|  |  | 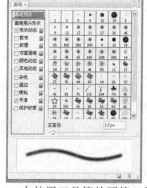 |
| 用于调整文字的属性，如字体、样式、大小、行间距、宽度、高度、位置、颜色等 | 用于调整文章的对齐基准、缩进、段落的空白等 | 在使用工具箱的画笔工具和选项栏时才会打开画笔面板，可以设定画笔的宽度、形状和各种功能 |

19. 通道面板

通道具有色彩管理和选择区域管理两种功能。在通道面板中可以对通道进行各种编辑操作

## 8.1.2　工作区布局和屏幕模式

设置一个符合自己习惯的工作环境可以提高设计效率。本小节将介绍定义工作区布局和屏幕模式的方法。

### 1．更改工作区布局

针对不同的操作需要，Photoshop CS3 提供了预设的工作区布局方式，使用这些布局方式能够只显示需要的面板，并且使它们按照设定好的布局方式摆放。单击"工作区"按钮，在打开的菜单中选择相应的命令，如图 8-8 所示。

在网页设计时可以选择"Web 设计"工作区模式，与网页设计相关的面板将打开在工作界面上。如果对工作区的布局不满意，可以

图 8-8　切换工作区

自行调整，完成后选择菜单中的"存储工作区"命令存储为自定义模式，以后就能很方便地进行调用了。

**专家点拨**：如果在实际操作中打开的面板过多或者过于杂乱时，可以选择"默认工作区"命令，即可将工作区恢复到默认布局状态。

**2．更改屏幕模式**

为了更方便地查看和编辑图像，Photoshop CS3 提供了 4 种屏幕模式供使用者选择，即标准屏幕模式、最大化屏幕模式、带有菜单栏的全屏模式和全屏模式。选择"视图"|"屏幕模式"命令或者单击工具箱最下方的屏幕模式按钮，都能进行选择。

"标准屏幕模式"是显示的默认模式，菜单栏位于顶部，图像以窗口的形式排列。"最大化屏幕模式"中图像以最大化窗口方式平铺。"带有菜单栏的全屏模式"为灰色背景的全屏窗口，仅带有菜单栏，没有标题栏和滚动条。"全屏模式"为黑色背景的全屏窗口，无标题栏、菜单栏和滚动条，是最大化的图像显示方式。

## 8.1.3　使用标尺、网格和参考线

网格、标尺和参考线可以帮助用户精确地对图像的摆放位置、角度、大小等进行辅助参考，从而为网页图形制作带来方便。下面分别介绍这 3 个辅助绘图工具。

**1．标尺**

标尺用于度量对象的大小比例，这样可以更精确地绘制对象。选择"视图"|"标尺"命令，能显示或隐藏标尺。显示在工作区左边的是"垂直标尺"，用来测量对象的高度；显示在工作区上边的是"水平标尺"，用来测量对象的宽度。默认情况下标尺的度量单位是磅，根据需要可以在标尺上右击，在弹出的快捷菜单中选择不同的单位，如图 8-9 所示。

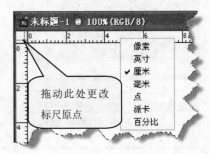

图 8-9　显示标尺

水平标尺和垂直标尺的相交点是标尺的"零起点"，根据需要也可以改变这个原点的位置。将鼠标指针放在标尺左上角的虚线"十"字上拖动到新位置即可。

**专家点拨**：双击标尺左上角的交界处，可以将更改后的标尺原点恢复到默认位置。

**2．使用网格**

网格可以帮助网页设计者精确地对齐与放置对象，对于"网格"的应用主要有"显示和隐藏网格"与"对齐网格"两个功能。选择"视图"|"显示"|"网格"命令，可以显示或隐藏"网格线"，如图 8-10 所示。

选择"视图"|"对齐到"|"网格"命令后，绘制、移动对象或选择区域时边缘会自动

与周围最近的一个网格线对齐，给绘制带来很多便利。

### 3．使用参考线

与网格相比，参考线在对齐和放置对象时更加灵活，设计者可以根据需要自由放置横向或纵向的参考线。首先要确认"标尺"处于显示状态，在"水平标尺"或"垂直标尺"上按下鼠标左键并拖动到舞台上，"水平参考线"或者"垂直参考线"就被创建出来了，参考线默认的颜色为"蓝色"，如图 8-11 所示。

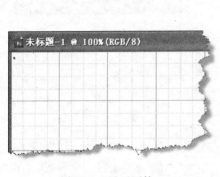

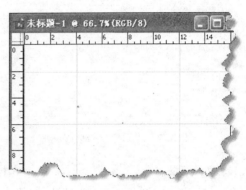

图 8-10　显示网格　　　　　　　　图 8-11　拖出"参考线"

选择"视图"|"锁定参考线"命令，可以将参考线锁定。如果需要删除参考线，只需将参考线拖放到舞台之外即可删除。

## 8.2　运用 Photoshop 绘制网页基本图形

Photoshop CS3 用于绘制网页基本图形的工具很多，下面将分别使用这些工具绘制网页中的基本图形，从而掌握 Photoshop CS3 各种工具的使用方法，为制作出效果十足的网页打下坚实的基础。

### 8.2.1　创建 Photoshop 文档

（1）双击桌面上的 Photoshop CS3 图标，启动 Photoshop CS3 程序，选择"文件"|"新建"命令，弹出"新建"对话框，如图 8-12 所示。

（2）在"宽度"文本框中输入"600 像素"，"高度"文本框中输入"480 像素"，"分辨率"选择为默认的"72 像素/英寸"，"颜色模式"设置为"RGB 颜色"、"8 位"，"背景内容"为白色，单击"确定"按钮，就新建了一个 Photoshop CS3 文档。

**专家点拨**：在输入画布尺寸时，可以选择的单位有像素、英寸、厘米和毫米等，同样图片分辨率的单位也有像素/英寸和像素/厘米。文件的分辨率越高，图像越精细，但同时文件也会越大。一般选择默认值 72 像素/英寸。

（3）工作区内出现了白色背景的画布，如图 8-13 所示。这时文件还没保存，窗口左上角标识出文件的名称为"未标题-1.psd"，后面的 100%表示当前文档的视图比例，"RGB/8"表示文档的颜色模式。

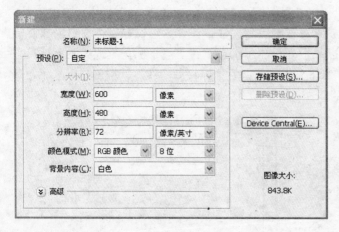

图 8-12 "新建"对话框

图 8-13 空白文档

（4）选择"文件"|"存储为"命令，弹出"存储为"对话框，选择文档保存的路径，输入文件名"第一个网页图像"，如图 8-14 所示，单击"确定"按钮，文件被保存。

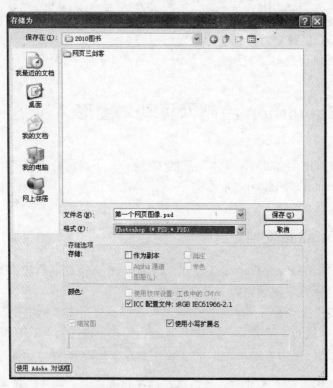

图 8-14 "存储为"对话框

**专家点拨**：Photoshop 创建的文档默认后缀为.psd，这种格式不能直接应用到网页中，实际应用时要先优化后导出为.gif 或.jpg 格式的图像。

### 8.2.2　绘制几何形状

网页设计中经常要绘制各种几何形状，如直线、矩形、圆角矩形、椭圆、多边形等，它们是网页构图的基础，Photoshop 提供了专门的工具进行绘制，下面结合实例进行说明。

**1．绘制直线**

绘制直线要用到"直线工具" ╲，它位于工具箱矩形工具复合组内，如图 8-15 所示。下面运用直线工具绘制几个线条。

（1）启动 Photoshop CS3，按 Ctrl +N 组合键打开"新建"对话框，保持默认的参数，直接单击"确定"按钮，这样就启动了 Photoshop CS3 的工作窗口并新建了一个文档。

（2）在工具箱中的"矩形工具" ▭上按下鼠标左键不放，弹出复合工具列表，在其中选择直线工具╲。

（3）单击工具选项栏中的"形状图层"按钮 ▱，绘制时将创建形状图层。

**专家点拨**：选择所有的形状工具时，工具选项栏中模式组选项是相同的，选中"形状图层"模式将创建一个形状图层，"路径"模式将创建一条路径，"填充像素"按钮将在当前图层创建图形。

（4）更改工具选项栏中"粗细"后面的数值为 2px，单击"颜色"按钮打开调色板，将颜色更改为红色。

（5）将鼠标移动到画布上，鼠标指针变成了"十"字状，按下鼠标左键拖动，至合适位置处松开，直线就绘制完成了，如图 8-16 所示。

图 8-15　直线工具　　　　　　　　　　图 8-16　绘制直线

（6）单击选项栏中的"几何形状"按钮 ▾，打开箭头选项框，如图 8-17 所示，选择"终点"复选框，再绘制直线，可以看到绘制出了带有箭头的形状，如图 8-18 所示。

图 8-17　箭头选项框　　　　　　　　　图 8-18　绘制带箭头的直线

**专家点拨**："箭头"选项框可以设置箭头的相关参数，其中选择"起点"或"终点"复选框可以为线条的相应端点加上箭头，宽度、长度和凹度分别更改箭头的宽度比例、长度比例和凹陷值。

### 2．绘制矩形

绘制矩形要用到"矩形工具"□，下面运用矩形工具绘制矩形。

（1）在创建好的 Photoshop CS3 的新文档窗口选择"矩形工具"□。

（2）单击工具选项栏中的"填充像素"模式按钮□，绘制时将在默认图层创建形状。

（3）单击"几何形状"按钮▾，打开矩形选项，如图 8-19 所示，默认为"不受约束"，可以根据需要进行设置。在画布上按下鼠标左键进行绘制，矩形绘制完成，如图 8-20 所示。

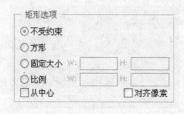

图 8-19　矩形选项　　　　　　　　　　　　　　图 8-20　绘制矩形

**专家点拨**："矩形选项"可以设置矩形的相关参数，其中"不受约束"选项可以自由控制矩形的大小，"方形"选项约束绘制正方形，"固定大小"选项后的数值框决定了矩形宽度和高度，"比例"选项决定了矩形宽度和高度值的比例，"从中心"复选框限定矩形从中心开始绘制，"对齐像素"复选框可以使矩形边缘的像素对齐。

### 3．绘制圆角矩形

绘制圆角矩形要用到"圆角矩形工具"，下面进行绘制。

（1）在创建好的 Photoshop CS3 的新文档窗口选择"圆角矩形工具"□。

（2）在选项栏"半径"后面的数值框中输入 20px，它定义了圆角矩形中圆角的大小。

（3）单击选项栏"样式"按钮，打开"样式"面板，在其中选择"蓝色玻璃"样式，如图 8-21 所示。

（4）在画布上按下鼠标左键进行绘制，圆角矩形按钮绘制完成，如图 8-22 所示。

单击选择
玻璃样式

图 8-21　选择样式　　　　　　　　　　　　　图 8-22　绘制圆角矩形

**专家点拨**："圆角矩形"选项框和"矩形"选项完全相同，可参考设置。

### 4．绘制多边形

绘制多边形要用到"多边形工具"，下面进行绘制。

（1）在创建好的 Photoshop CS3 的新文档窗口选择"多边形工具" 。

（2）在选项栏"边"后面的数值框中输入 5，它定义了多边形的边数。在画布上按下鼠标左键绘制出五边形，如图 8-23 所示。

（3）单击选项栏"几何选项"按钮，打开"多边形"选项框，如图 8-24 所示，选择"星形"复选框。这时将绘制出星形，如图 8-25 所示。

图 8-23　绘制多边形　　　　　　图 8-24　多边形选项　　　　　图 8-25　绘制星形

**专家点拨**："多边形选项"中，其中"半径"用来定义多边形的半径值，"平滑拐角"选项可以使多边形的拐角变为平滑型，"缩进边依据"可以定义星形的缩进量，数值越大星形的内缩效果越明显。

### 5．绘制自定形状工具

绘制自由形状要用到"自定形状工具" ，下面进行绘制。

（1）在创建好的 Photoshop CS3 的新文档窗口选择"自定形状工具"。

（2）单击选项栏中的"形状"后面的三角按钮，打开自定形状拾色器窗口，在其中选择"常春藤 2"形状，如图 8-26 所示，绘制后的效果如图 8-27 所示。

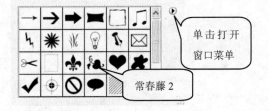

图 8-26　自定形状拾色器窗口　　　　　　　　图 8-27　绘制自定形状

（3）单击"自定形状拾色器"窗口右上角的三角按钮，在打开的菜单中选择"动物"命令，弹出替换对话框。如图 8-28 所示，单击"追加"按钮，将动物类形状添加到自定形状拾色器窗口。

（4）打开自定形状拾色器窗口，可以看到在窗口下方"动物"形状已经添加进来了，如图 8-29 所示。

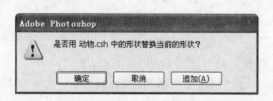

<table>
<tr><td>图 8-28　"替换"对话框</td><td>图 8-29　新增加的动物类形状</td></tr>
</table>

**专家点拨：** 除动物类形状，系统默认的形状类别还有 Web、动物、台词框、形状、拼贴、横幅和奖品、物体、画框、符号、箭头、自然、装饰、音乐等。还可以加载外部形状文件以丰富自定形状库。

### 8.2.3　使用钢笔工具绘制路径

前面绘制的几何形状比较规则，在实际网页设计中还经常需要绘制曲线及自由形状，本节将使用钢笔工具来绘制曲线等不规则形状，进而了解路径的基本常识。

**1．运用钢笔工具绘制曲线**

简单地说，所有形状的轮廓就是路径，Photoshop 提供了专门的路径面板，结合钢笔等工具可以很方便地编辑修改、重复使用，下面进行实际绘制。

（1）在创建好的 Photoshop CS3 的新文档窗口选择"钢笔工具" 。

（2）单击选项栏中的"路径"模式按钮 ，绘制时将创建出路径。

（3）使用"钢笔工具"在画布上单击鼠标，出现一个实心小矩形点，叫锚点，移动鼠标指针到其他位置不断地单击鼠标就可以绘制出直线路径，如图 8-30 所示。

（4）要闭合路径，把"钢笔工具"放置到第一个锚点上，如果定位准确，就会在靠近钢笔尖的地方出现一个小圆圈。单击或拖动可以闭合路径，如图 8-31 所示。

（5）钢笔工具绘制平滑的曲线时要在按下鼠标左键的同时拖动，下面是分别在左右两点沿左下和右上方向拖动鼠标绘制的图形，如图 8-32 所示。

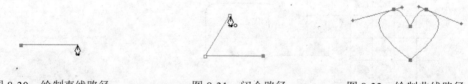

图 8-30　绘制直线路径　　　图 8-31　闭合路径　　　图 8-32　绘制曲线路径

**专家点拨：** 由锚点处拖出的指示线段叫方向线，它的长度和斜度决定了曲线的形状，但它不是形状的一部分。

**2．编辑曲线路径**

使用钢笔工具绘制的曲线常常需要修改，修改时要用到"添加锚点工具" 、"删除锚点工具" 和"转换点工具" 。这 3 个工具都在钢笔工具的复合组内。

选择"添加锚点工具"　后，鼠标指针移到路径上时变为带"+"号的钢笔尖，单击需要添加锚点的位置就可以增加一个锚点，如图 8-33 所示。

选择"删除锚点工具"　后，鼠标指针移动到被选择的锚点上时变为带"−"号的钢笔尖，单击锚点可以删除锚点，如图 8-34 所示。

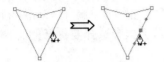
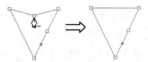

图 8-33　添加锚点　　　　　　　　　　图 8-34　删除锚点

**专家点拨：**其实使用钢笔工具也能实现添加或删除锚点的功能，但前提必须是路径处在选择状态下，这样操作在锚点非常密集的地方会导致误操作。所以在这种情况下提倡使用专项工具。

钢笔工具创建的锚点有两类：角点和平滑点。使用"转换点工具"　可以在这两类锚点间自由变换。在角点上拖动锚点出现方向线，角点变成了平滑点，如图 8-35 所示。在平滑点单击，变成角点，如图 8-36 所示。

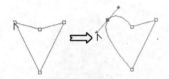
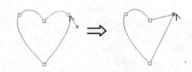

图 8-35　角点变换为平滑点　　　　　　图 8-36　平滑点变换为角点

绘制好的路径在编辑修改时，往往要使用路径选择工具选择路径，Photoshop 提供了两种路径选择工具：路径选择工具　和直接选择工具　，它们在同一复合工具组内。

使用"路径选择工具"　单击路径，选中整条路径，所有的锚点以实心黑色方框显示，如图 8-37 所示。使用"直接选择工具"　，单击路径，所有的锚点以空心方框显示，再单击锚点，选中的锚点以实心黑色方框显示，如图 8-38 所示。

图 8-37　选中整个路径　　　　　　　　图 8-38　选择单个锚点

使用直接选择工具拖动锚点可以移动锚点的位置，如图 8-39 所示。拖动方向线可以改变它的方向和角度，如图 8-40 所示。

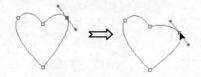

图 8-39　移动锚点　　　　　　　　　　图 8-40　拖动方向线

**专家点拨**：按住 Shift 键单击可以选择多个锚点，从而实现同时移动多个锚点的效果。

### 3．使用自由钢笔工具绘制任意路径

使用自由钢笔工具可以任意绘图，就像用钢笔在纸上绘画一样，但在绘图时，它可以自动添加锚点，完成路径绘制后可以进一步对它进行调整。下面进行实际绘制。

（1）选择"文件"|"打开"命令，在"打开"对话框中选择要打开的文件，单击"打开"按钮将一幅橘子图片打开在文档中。

（2）选择"钢笔工具"，弹出复合工具下拉列表，在其中选择"自由钢笔工具" 。此时可以按下鼠标左键任意绘制线条。

（3）单击选项栏中的"几何选择"按钮，打开自由钢笔选项框，将"曲线拟合"设置为 2px，选择"磁性的"复选框，设置好其他参数，如图 8-41 所示。

（4）使用"自由钢笔工具"沿着橘子边缘拖动鼠标，会自动出现一条带有锚点的曲线路径，如图 8-42 所示。

图 8-41　自由钢笔选项　　　　　　图 8-42　使用自由钢笔工具绘制自由路径

**专家点拨**：自由钢笔选项中，"曲线拟合"项控制绘制路径时对鼠标移动的灵敏度，数值越高，创建的路径锚点越少，路径越光滑。"磁性的"项决定绘制时路径可以自动吸附到图像的相关点上。

### 4．描边和填充路径

绘制出的路径不是形状，在网页设计时必须要进行描边和填充等操作才能做出效果。下面实际操作一下。

在面板区单击"色板"标签，激活"色板"，如图 8-43 所示，将前景色设置为红色。打开"路径面板"，单击"用画笔描边路径"按钮，为路径描出轮廓。将前景色更改为黄色，单击"用前景色填充路径"按钮，为路径填充颜色，如图 8-44 所示。

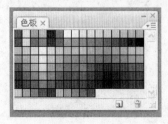
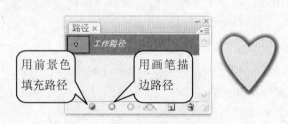

图 8-43　色板　　　　　　图 8-44　路径面板和完成后的形状

**专家点拨**：用画笔描边路径时，边线的宽度和形状是由画笔决定的，有关画笔的知识将在下一节中详细介绍。

### 8.2.4　使用画笔

Photoshop 的画图工具包括画笔工具和铅笔工具，使用它们绘图就像手绘一样，再加之丰富的笔触、灵活的模式等参数，定能设计出美轮美奂的网页底稿。

**1．使用画笔工具绘图**

（1）单击选择"画笔工具"，在选项栏中单击"画笔预设选取器"按钮，打开画笔预设窗口，如图 8-45 所示。

（2）设置画笔的"主直径"为 13px，硬度为 0%，在下方的画笔形状栏中选择"柔角 13 像素"画笔。拖动画笔绘制任意形状，如图 8-46 所示。

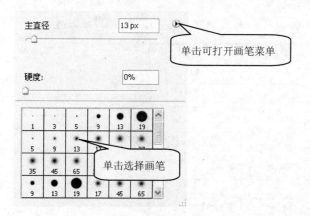

图 8-45　画笔预设选取器窗口　　　　图 8-46　使用画笔工具绘图

（3）单击画笔预设选取器窗口右上角的三角按钮，在弹出的下拉菜单中选择"特殊效果画笔"命令，弹出"替换画笔"对话框，如图 8-47 所示，单击"追加"按钮将特殊效果画笔追加到画笔预设器窗口中。

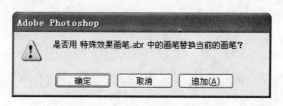

图 8-47　"替换画笔"复选框

**专家点拨**：在画笔预设选取器窗口中，"主直径"用来设置画笔的大小，"硬度"用来设置画笔边缘的柔和程度，数值越小越柔和。下方的画笔预设窗口可以选择画笔的笔尖形状。另外，除默认的画笔外，绘图时可以根据需要添加书法、人造材质、带阴影的画笔、干介质画笔、方头画笔、混合画笔、湿介质画笔、特殊效果画笔、粗画笔、自然画笔等类型系统画笔，也可以进行删除、载入和复位画笔的操作。

（4）在追加的画笔形状中选择"缤粉蝴蝶"画笔，在选项栏中设置"不透明度"值为20%，流量为80%，绘制出形状如图 8-48 所示。

图 8-48　绘制蝴蝶形状

**专家点拨：** 选项栏中的"不透明度"值越大，越不透明，"流量"值决定了绘图时颜色的流量大小。

**2．使用"画笔"面板详细设定画笔参数**

（1）选择画笔工具后，单击选项栏右边的"切换画笔调板"按钮 📋 打开"画笔"面板，如图 8-49 所示。单击面板左侧的参数项，右侧就出现了与之对应的参数区。

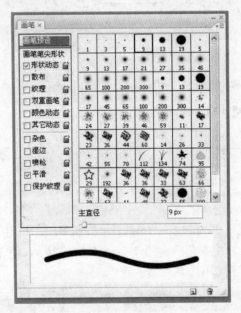

图 8-49　画笔面板

（2）单击"画笔笔尖形状"选项，在右侧选择"散布枫叶"画笔，主直径设置为 60px，间距设置为 50%，如图 8-50 所示。

（3）选择"形状动态"复选框，设置"大小抖动"为 100%，"角度抖动"为 100%，"圆度抖动"为 60%，如图 8-51 所示。

（4）选择"散布"复选框，设置"散布"为"两轴"500%，"数量"为 4，"数量抖动"为 100%，如图 8-52 所示。

（5）选择"颜色动态"复选框，设置"色相抖动"为 30%，"饱和度抖动"为 30%，如图 8-53 所示。

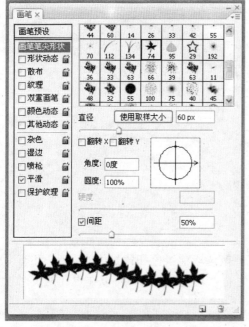

图 8-50　设置画笔笔尖形状

图 8-51　设置画笔形状动态

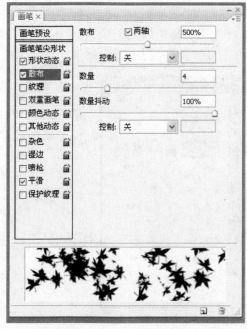

图 8-52　设置画笔散布参数

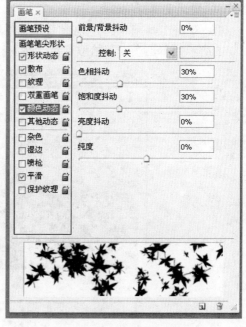

图 8-53　设置画笔颜色动态

（6）设置前景色为红色，在画布上拖动鼠标，枫叶形状就绘制好了，效果如图 8-54 所示。

**专家点拨：** 画笔的参数比较多，设置很复杂，绘制网页作品要多尝试总结，同时注意观察下方预览框中的形状变化。

图 8-54　绘制枫叶

### 8.2.5　设置颜色

Photoshop 设置颜色非常方便，工具箱中有直接选取前景色和背景色的工具，还有专业设置颜色的渐变工具和油漆桶工具，再加之专用的"颜色"面板，可以在设计网页时设置颜色。

**1．使用快捷键进行填充**

如果要填充实色，首先要双击工具箱中的"设置前景色/背景色"控件 ，然后可以使用以下的快捷键进行快速填充。

（1）双击工具箱中的"设置前景色"控件，打开"拾色器（前景色）"对话框，如图 8-55 所示，单击渐变条拾取红色。按同样的方法设置背景色为黑色。

图 8-55　绘制枫叶

（2）按 Alt+Delete 组合键可以为选区或当前图层添加前景色，按 Ctrl+Delete 组合键可以填充背景色。

（3）在背景图层中按 Delete 键可以为选区添加背景色。

（4）在其他图层中按 Delete 键可以删除选区中的像素。

**2．使用油漆桶工具进行填充**

（1）选择"油漆桶工具" ，在选项栏设置填充方式为"前景"，将使用前景色填充，如图 8-56 所示。

图 8-56 油漆桶工具的选项栏

（2）设置填充方式为"图案"，打开图案下拉列表，如图 8-57 所示，在其中选择一种图案。在新图层中单击填充颜色。

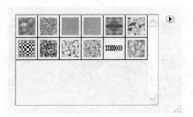

图 8-57 图案下拉列表

**专家点拨**：选项栏中的"容差"值用于控制填充图像时的颜色容差值，数值越大，填充范围越广。选择"连续的"复选框仅填充容差值范围内连续的区域。

**3．使用渐变工具填充颜色**

（1）选择"渐变工具" ，在选项栏中单击"渐变色选取栏" ▇▇▇▇▇右侧的下拉列表按钮，打开渐变色设定列表，如图 8-58 所示，在其中选择"紫色、橙色渐变"。

（2）在选项栏中选择"线性渐变" ▇，在空白画布中从左到右拖出一条水平线段，画布被填充为线性渐变色，如图 8-59 所示。

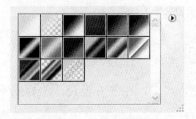

图 8-58 选取渐变色            图 8-59 线性渐变填充

**专家点拨**：使用渐变工具填充渐变色时，拖动的线段方向决定了渐变色的方向，线段的长度决定了渐变色的范围，按住 Shift 键可以按水平、垂直或 45° 角的方向进行渐变填充。

（3）依次在选项栏中选择径向、角度、对称和菱形渐变，从画布中央向右边拖动，填充后的图形如图 8-60 所示。

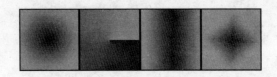

图 8-60 从左起依次为径向、角度、对称和菱形渐变

### 4. 自定义颜色填充

虽然自带的渐变类型很丰富，但有时候还需要自定义渐变色，以满足网页设计的要求。

（1）选择"渐变工具"，单击选项栏中的"渐变效果显示框"，打开"渐变编辑器"对话框，如图 8-61 所示。

图 8-61 "渐变编辑器"对话框

（2）双击渐变色定义栏下的"色标"，打开"选择色标颜色"对话框，如图 8-62 所示，在颜色区域选择红色，单击"确定"按钮。

（3）双击与"色标"相对的"不透明度色标"，在下方设置该色标的不透明度值为 50%。

（4）单击渐变定义栏下方的中间区域，添加了一个新色标，设置颜色为蓝色。

（5）向左拖动"颜色中点"按钮，将位置值定位在"30%"。设置完成后如图 8-63 所示。

**专家点拨**：设置好自定义渐变后，如果下次要继续使用，就必须要存储在预设列表中，方法是在名称后面的输入框中输入名称，单击"新建"按钮即可。如果要删除颜色色标和不透明度色标，将色标拖离渐变定义栏即可。

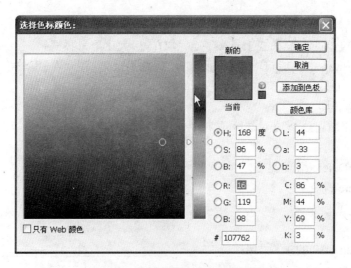

图 8-62　"选择色标颜色"对话框

图 8-63　设置渐变参数

# 8.3　本章习题

**一、选择题**

1. Photoshop 创建的文档默认保存的格式是（　　　）。

A．.png 　　　　　B．.psd 　　　　　　C．.jpg 　　　　　　　D．.gif

2. 如果操作时程序工作区过小，需要全屏显示图形，但保留菜单栏，应该使用（　　　）。

    A．标准屏幕模式　　　　　　　　B．全屏模式

    C．带有菜单的全屏模式工具　　　　D．最大化屏幕模式

3．在 Photoshop 中，能自由绘制图形，并且效果最丰富的绘画工具是（　　）。

    A．钢笔工具　　　　　　　　　　B．铅笔工具

    C．画笔工具　　　　　　　　　　D．自定形状工具

4．使用快捷键可以快速对选区或者当前图层添加颜色，其中按（　　）可以添加前景色。

    A．Alt+Delete 组合键　　　　　　B．Ctrl+Delete 组合键

    C．Delete 键　　　　　　　　　　D．Shift+Delete 组合键

### 二、填空题

1．Photoshop CS3 的主界面由_____、_____、_____、_____、和_____组成。

2．_____、_____、_____可以帮助设计者精确地对图像的摆放位置、角度、大小等进行辅助参考，从而为网页图形制作带来方便。

3．选择所有的形状工具时，工具选项栏中模式组选项是相同的，其中选中_____模式将创建一个形状图层，_____模式将创建一条路径，_____按钮将在当前图层创建图形。

4．使用钢笔工具绘图时，由锚点处拖出的指示线段叫_____，它的_____和_____决定了曲线的形状，但它不是形状的一部分。

5．Photoshop 的渐变工具提供了 5 种渐变填充方式，即_____、_____、_____、_____、_____。

# 8.4　上机练习

图 8-64　网页图形效果

### 练习 1　绘制网页图形

本练习绘制一个网页图形，效果如图 8-64 所示。可以参考以下步骤进行操作练习。

（1）运用绘图工具绘制白色背景区域。

（2）运用"钢笔工具"绘制蜻蜓。

### 练习 2　使用画笔绘制心形

本练习绘制一个心形，效果如图 8-65 所示。可以参考以下步骤进行操作练习。

（1）使用蝴蝶画笔绘制心形。

（2）使用杜鹃花串画笔绘制箭。

图 8-65　心形效果

# 第 9 章

# Photoshop 网页设计进阶

图层、选区和路径被称作 Photoshop 的三大核心技术，在继上一章学习了基本绘图工具的基础上，本章将步步深入，介绍图层、选区、通道、文字、图像处理及滤镜等重要概念，以此迈入 Photoshop 网页设计进阶之门。

本章主要内容：

- Photoshop 的图层
- Photoshop 的选区和通道
- 设计网页文字
- 网页图像的调整
- Photoshop 的滤镜

## 9.1 图层与蒙版

图层是 Photoshop 的精髓，一个好的网页作品离开图层是万万不能的，合理地安排图层，设置图层的各种属性，对完成网页作品的设计尤为重要。

### 9.1.1 图层的基本操作

图层类似于现实绘图工作中的透明胶片，将图像的各个要素分别绘制于不同的透明胶片上，透过上层的胶片透明区域能观察到下层的图像。一个文档可以包含许多图层，每个图层都能绘制各种图形或对象。在 Photoshop 中，图层的显示和操作都集中在"图层"面板里，下面认识一下图层及图层面板。

#### 1. 认识"图层"面板

选择"窗口"|"图层"命令，打开"图层"面板，此时，"图层"面板显示当前文件的图层状态，如图 9-1 所示。如果未打开图像文件，"图层"面板会呈灰度显示。

"图层"面板中各参数的含义如下。

- "混合模式"下拉列表 正常 可以选择当前图层的混合模式。
- "不透明度"的数值决定了当前图层的不透明度。

图 9-1 图层面板

- "锁定"组的 4 个按钮 锁定: 用来锁定图层的透明像素、图像像素、移动位置或所有属性。
- "填充"数值框可以设置图层中的不透明度。
- "链接"按钮 可以将选中的图层链接起来。
- "添加图层样式"按钮 可以为当前图层添加需要的样式效果。
- "添加图层蒙版"按钮 可以为当前操作图层增加蒙版。
- "创建新组"按钮 可以创建一个图层组。
- "创建新的填充或调整图层"按钮 可以添加一个调整图层。
- "创建新图层"按钮 可以在当前图层的上面创建一个新图层。
- "删除图层"按钮 可以删除当前选择的图层。

**2．图层的基本操作**

**1）选择图层**

选择图层是指将某层指定为当前图层，以便利于操作。单击某个图层，该图层成为当前图层后，图层背景变成蓝色。如图 9-1 所示，选择的图层是"边框"图层。这样，之后进行的绘制、粘贴或导入的对象都会自动排列在当前层的顶部。

选中一个图层后，按住 Shift 键单击另一图层，两个图层及它们之间的所有图层都会被选中，选中一个图层后，按住 Ctrl 键单击另一图层，可以实现将多个不相邻图层的同时选中。

**2）创建和删除图层**

单击图层面板下方的"创建新图层"按钮 可以在当前图层的上面创建一个新图层，新图层自动成为当前层。单击"删除图层"按钮 可以删除当前选择的图层，或者直接将需要删除的图层拖到垃圾桶图标上。

选择"图层"|"新建"|"图层"命令，打开"新建图层"对话框，如图 9-2 所示，在"名称"文本框中输入图层的名称，单击"颜色"下拉列表可以为图层选择突出显示的颜色。

**3）重命名图层**

为便于设计操作，图像所属的所有图层都应该设定一个易于理解的名称，因为默认情况下，新建的图层按创建的顺序以"图层 1、图层 2……"来命名，重新命名的方法是双击图层的名称，默认的名称处于可编辑状态时为它们输入新名称并按 Enter 键即可。或者按住 Alt 键，双击图层缩览图，打开"图层属性"对话框，如图 9-3 所示。在其中输入新名称即可。

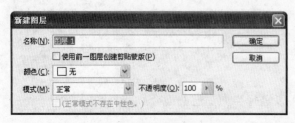

图 9-2 "新建图层"对话框

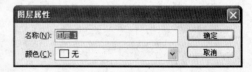

图 9-3 "图层属性"对话框

4）调整图层顺序

图像的显示效果与图层顺序直接关联，处于上层的图层内容常常会遮盖下面图层的对象，所以调整图层顺序是经常要使用的操作。拖动图层到新位置就能改变图层的顺序，或者选择"图层"|"排列"级联菜单中的命令可以迅速地改变图层的顺序。其中包括"置于顶层"、"置于底层"、"前移一层"、"后移一层"和"反向"命令等，其中"反向"命令用于逆序排列当前选中的多个图层。

**专家点拨**：*背景图层是不能被移动的，如果需要移动，可以双击背景图层将其转换成"图层 0"即可。*

5）复制图层

通过复制图层操作可以复制图层中的图像，Photoshop 不但能在同一图像文件中复制图层，还能在不同图像文件间复制图层。复制图层最简便的方法是直接将要复制的图层拖放到"图层"面板下方的"创建新图层"按钮上，或者单击图层面板右上角的面板菜单按钮，打开面板菜单，在其中选择"复制图层"命令。如果要在两个图像文件间复制图层，可以使用移动工具将图层拖动到另一个图像文件中。

6）链接图层

将图层链接后，可以同时移动、缩放或复制全部处于链接状态的图层，具体方法是选择要链接的图层，单击"图层"面板中的"链接图层"按钮，即可链接选择的图层。如图 9-4 所示，链接的图层名称后会出现链条图标。再次单击"链接图层"可以解除图层间的链接。

图 9-4　链接图层

7）隐藏和锁定图层

因为图层都是透明的，所以画布中呈现的是所有正常显示的图层的叠加效果，为了更方便地对某个图层进行编辑操作，就需要隐藏图层。在"图层"面板中，单击取消图层左侧的"眼睛"图标 即可隐藏图层，再次单击"眼睛"图标又可重新显示该图层。

**专家点拨**：*按住 Alt 键单击某个图层的眼睛图标可以只显示这个图层，而隐藏其他所有图层。*

锁定图层可以保护该图层的内容不被误操作，要锁定图层，可以按需要单击"图层"面板左上方的"锁定"右侧的 4 个按钮。

8）合并图层

在图像编辑过程中或完成编辑后，为了更有效地管理图层，节省系统资源，常常需要

合并图层。选择"图层"|"合并可见图层"命令，可以合并所有可见图层；选择"图层"|"向下合并"命令，可以以当前图层为准向下合并所有图层；选择"图层"|"接合图像"命令，可以合并所有图层并删除隐藏图层。

9）图层组的操作

若干个性质相近的图层可以通过创建图层组组织在一起，以便于管理和操作。单击图层面板下方的"创建新组"按钮 ▭ 可以创建图层组，将图层拖放到图层组名称上即可将该图层归于图层组，图层组的重命名、移动、复制等操作以及混合模式等属性与图层相同，此处不再赘述。

**专家点拨**：图层组不仅可以放置图层，还允许嵌套其他图层组，从而使图层管理更加方便。

### 9.1.2 图层样式的运用

图层样式是指应用于图层的某种效果，可以在不改变图层内容的前提下对它进行艺术处理，相当于演员进行"化妆"。Photoshop 提供了丰富的图层样式，可以很便捷地实现某种艺术效果。

#### 1. 认识"样式"面板

选择"窗口"|"样式"命令打开"样式"面板，如图 9-5 所示。它是 Photoshop 预设的各种艺术效果，可以很方便地添加到图层对象上。添加"样式"的方法是选择图层，单击面板中的某种样式，图层中的内容就会发生变化。下面进行实际操作。

（1）使用"圆角矩形工具"，选择"形状图层"模式，设置"半径"为 20px，在画布中绘制一个圆角矩形。

（2）展开"样式"面板，单击面板右上角的面板菜单按钮，在打开的面板菜单中选择"Web 样式"命令，在弹出的对话框中单击"追加"按钮，添加新样式。

（3）保持圆角矩形被选中的状态，单击"样式"面板中的"红色胶体"按钮，圆角矩形被应用了该样式，如图 9-6 所示是应用前后的效果。

图 9-5　样式面板

图 9-6　应用样式前后的圆角矩形

（4）展开"图层"面板，如图 9-7 所示，应用了"红色胶体"样式的圆角矩形实际上被添加了内阴影、内发光、斜面和浮雕等多种样式效果。

**专家点拨**：为图层添加预设样式的方法还有拖动样式到图层上，或者将样式从"样式"面板拖动到文档窗口，当鼠标指针移动到需要应用该样式的图层内容上时，松开鼠标左键。

图 9-7 图层面板

### 2. 图层样式的运用

"样式"面板中虽然有很多种预设样式，但在设计网页对象时还是不够用，这时可以打开"图层样式"对话框为对象自由地添加图层样式。双击图层名称后面的空白区域，或者单击图层面板下方的"添加图层样式"按钮 _fx._ ，打开"图层样式"对话框，如图 9-8 所示。

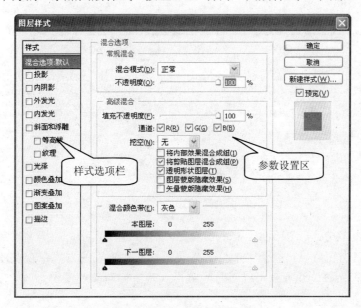

图 9-8 "图层样式"对话框

"图层样式"对话框可以分成"样式"选项栏和"参数设置区"两部分，设置时首先在左侧的"样式"选项栏中单击样式名称，右侧参数区就出现了该样式的参数，然后进行详细设置即可。设置时可以参考预览区进行调整，以达到满意的效果。

**专家点拨**：选择样式时如果仅选择样式名前的复选框，右侧参数区不会出现相应的参数，只有单击样式名称，才会进入到该样式的参数区中。

1）投影和内阴影样式的应用

"投影"样式是经常被使用的一种样式，它能为对象添加阴影，从而让对象产生"抬高"

的立体感。双击已经输入好文字的图层，打开"图层样式"对话框，单击"投影"样式，该样式的参数如图 9-9 所示。

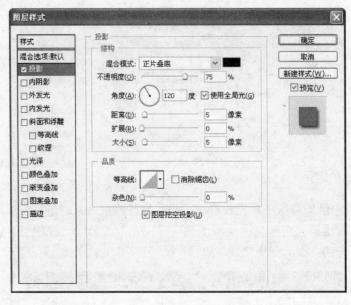

图 9-9 "投影"样式的参数

其中"角度"是指光线投射的方向，"距离"是指阴影与对象间的距离，"扩展"决定了阴影的浓重程度，"大小"决定了阴影的扩散程度。添加投影样式前后的效果如图 9-10 所示。

# 投影样式　　投影样式

图 9-10 添加"投影"样式前后的效果

为图层添加样式后，图层面板发生了变化，如图 9-11 所示，图层名称后面出现了"样式"图标 fx，单击它可以折叠添加的样式效果。样式以列表的方式保存在图层下方，单击样式名称前的"隐藏"图标 👁 可以暂时隐藏样式，方便对象的编辑修改。

图 9-11 添加样式后的图层面板

"内阴影"样式产生的是对象下陷的效果，选项与"投影"样式相近，其中"阻塞"选项和"投影"样式中"扩展"的效果是类似的，如图 9-12 是添加"内阴影"样式前后的效果。

图 9-12　添加"内阴影"样式前后的效果

2）外发光和内发光样式的应用

"外发光"样式能在对象外缘产生发光效果，发光的方向是从内向外，因此没有光线角度的选项，如图 9-13 所示，"图素"选项区域中的"方法"下拉列表中的"柔和"产生的发光效果比较平缓，"精确"的发光效果就较为强烈并且生硬。

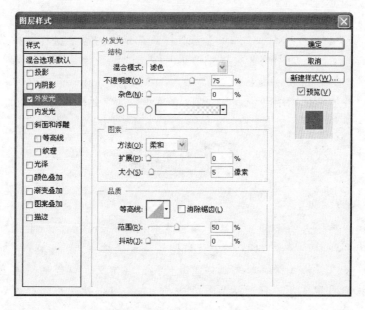

图 9-13　添加"外发光"样式

"内发光"样式是从对象的边缘向内部产生发光效果，它的参数项和外发光样式基本相同，如图 9-14 是应用了外发光和内发光样式后的效果。

图 9-14　添加"外发光"和"内发光"样式后的效果

3）"斜面和浮雕"、"光泽"和"描边"样式的应用

"斜面和浮雕"样式可以营造出立体感，使物体凸显出来。该样式还有子选项可供选择，"等高线"可以改变浮雕部分的形态，纹理可以为对象加上凹凸质感。如图 9-15 所示，是添加了"斜面和浮雕"样式的效果。

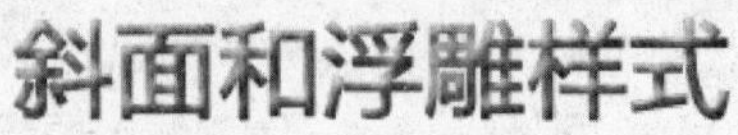

**斜面和浮雕样式**

图 9-15 添加"斜面和浮雕"样式后的效果

"光泽"样式可以为对象加上一种皱褶反光感，类似于丝绸的表面，选择该样式，将"距离"和"大小"值设置为 10 像素，效果如图 9-16 所示。

"描边"样式是在对象边缘产生围绕效果，"大小"决定了描边的粗细，"位置"决定了描边在内部还是外部。如图 9-17 是设置了外部描边的效果。

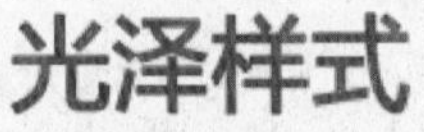

**光泽样式**　　　　　**描边样式**

图 9-16　添加"光泽"样式后的效果 　　　图 9-17　添加"描边"样式后的效果

4)"颜色"、"渐变"和"图案"叠加样式的应用

"颜色叠加"、"渐变叠加"和"图案叠加"样式都是在对象上叠加某种颜色或图案，设置比较简单，一般情况下使用这 3 种样式效果时图层的混合模式要设置为"正片叠底"或"叠加"，以便产生更好的融合效果。

其中"颜色叠加"是指用纯色叠加对象，"渐变叠加"是用渐变色叠加对象，"图案叠加"是用图案实现叠加效果。如图 9-18 是添加了 3 种叠加样式后的效果。

**叠加样式**

图 9-18　添加"叠加"样式后的效果

**专家点拨**：图层样式的添加并不只是单独某一种样式的添加，产生比较满意的效果一般需要综合使用多种图层样式。另外，定义好图层样式后单击"图层样式"对话框中的"新建样式"按钮，可以将样式保存起来以供重复使用。在定义了样式的图层上右击，通过快捷菜单上的"拷贝图层样式"和"粘贴图层样式"命令可以快速应用样式到其他图层。

### 9.1.3　图层的混合模式

在图层很多的情况下，图层的混合模式决定了上面图层的像素和下面图层像素融合的方式。默认情况下，图层的混合模式为"正常"，表示除非上方图层有半透明部分，否则对下方的图层会形成遮挡。要实现与下方图层的融合，可以选择的模式有溶解、变暗、正片叠底、线性减淡、颜色变暗、变亮、颜色变亮、差值、色相、饱和度、颜色和明度等。它们均以独特的计算方式实现与下方图层的交融。

下面准备两张素材图片，实际体验几种常用混合模式的效果。

（1）新建文档，将准备好的两张图像打开后，将蝴蝶图片移动到牵牛花图片的上层，此时，图层的混合模式为"正常"，效果如图 9-19 所示。

（2）选中蝴蝶图像所在的图层，单击"图层"面板的混合模式后面的下三角按钮，弹出列表，在其中选择"正片叠底"命令，图像即刻发生了变化，如图 9-20 所示。

 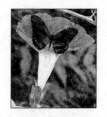

图 9-19 正常模式        图 9-20 正片叠底模式

（3）按同样的方法分别选择"叠加"、"滤色"、"差值"、"饱和度"混合模式，效果如图 9-21 所示。

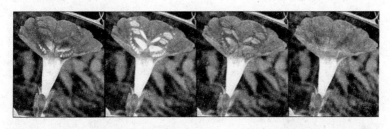

图 9-21 从左到右依次为叠加、滤色、差值和饱和度混合模式

**专家点拨**：Photoshop 混合模式的算法非常复杂，读者可以通过多种实际操作，逐渐掌握各种混合模式实现的效果。

### 9.1.4 图层蒙版的操作

蒙版是一种作用于图层上的复合技术，它能以独特的透明方式将多张图片组合成单个图像，也能用于局部的颜色和色调校正。巧妙地使用图层蒙版，可以为网页元素实现多种创意效果。

#### 1．创建剪贴蒙版

剪贴蒙版实际上是两个或者多个有特殊关系的图层的总称，它必须有上下两个图层，并利用下方图层中图像的形状对上层图像进行剪切，最终以下方图层中图像的形状规定上方图层中图像的范围，从而得到丰富的效果。

（1）新建一个背景色为透明的文档，选择"自定形状工具"，用"填充像素"模式绘制一个花的形状，如图 9-22 所示。

（2）打开"牵牛花"素材图片，使用"移动工具"将它拖放到刚才创建的新文档中，此时，图层效果如图 9-23 所示。

（3）选中位于上层的"牵牛花"所在的图层，选择"图层"|"创建剪切蒙版"命令，图像效果发生了变化，如图 9-24 所示。

（4）此时，位于上层的图层缩进显示，且出现了表示上层被下层所剪切的箭头，如图 9-25 所示。

**专家点拨**：按住 Alt 键将鼠标指针放置到两个图层中间的分隔线上，等光标变成交叉圆圈时单击可快速创建剪切蒙版。选择上方的图层，按 Alt+Ctrl+G 组合键也可以创建剪切蒙版，再次按下可以取消剪切蒙版。

图 9-22　绘制花

图 9-23　图层面板

图 9-24　图像效果

图 9-25　剪切蒙版

### 2．创建图层蒙版

图层蒙版是为图层添加的一个遮罩，这个遮罩能够起到隐藏或显示本层图像的作用，它只能用介于黑白两色间的 256 级灰度色绘图，其中用黑色绘图可以隐藏图像，用白色绘图可以显示图像，灰度色绘图能够使本层图像呈现若隐若现的朦胧效果，下面实际操作一下。

（1）打开"小兔"素材图片，双击"背景"图层，弹出"新建图层"对话框，单击"确定"按钮，"背景"图层变成了"图层 0"，如图 9-26 所示是素材和图层的效果。

图 9-26　素材和图层效果

**专家点拨**：默认情况下，背景图层被锁定且无法实现编辑操作，只有将它转化成普通图层才能进行。

（2）单击"图层"面板下方的"添加图层蒙版"按钮，"图层 0"后面出现图层蒙版，单击选择图层蒙版，使用"渐变工具"，设置从白到黑的线性渐变色，在图像中央向右下方拖出一条线段，填充图层蒙版，此时图像和图层都发生了变化，效果如图 9-27 所示。

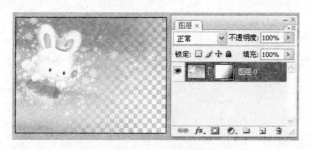

图 9-27　添加了图层蒙版后的效果

（3）右击图层蒙版的缩览图，在打开的快捷菜单中选择"应用图层蒙版"命令应用图层蒙版。如果要删除图层蒙版，在快捷菜单中选择"删除图层蒙版"命令即可。

**专家点拨**：使用蒙版会增加文件的大小，因此可将不再需要修改的蒙版效果应用到图层中。应用蒙版其实就是将蒙版删除同时删除蒙版屏蔽的图像区域，它与删除图层蒙版截然不同。

**3．创建矢量蒙版**

矢量蒙版也可以控制或隐藏图层区域，它能创建具有锐利边缘的蒙版，是由铅笔或形状工具使用路径方式创建的，而路径可以使用多种工具进行编辑，所以矢量蒙版常常用来布局对象。

（1）打开"玫瑰花"素材图片，双击背景图层把它转化成普通图层。

（2）选择"图层"|"矢量蒙版"|"显示全部"命令，为"图层 0"添加一个矢量蒙版。它的外观与图层蒙版完全相同。

（3）选择"钢笔工具"，使用"路径"模式在画布中创建一个心形路径，绘制完成后图像和图层都发生了变化，如图 9-28 所示。

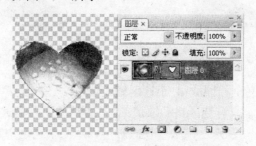

图 9-28　添加了矢量蒙版后的效果

**专家点拨**：图层蒙版建立后如果进行数次修改，蒙版的边缘常常会变得模糊，影响合成效果。而矢量蒙版具有矢量无级变形而不影响像素效果的优点，所以它常常用来布局对象。

## 9.2　选区与通道

选区是 Photoshop 的核心技术，它实际上是用选取工具绘制的一个封闭区域，可以是任意形状，建立选区后大部分操作就只针对选区范围有效，因此它对于网页元素的编辑、修改至关重要。

### 9.2.1　创建选区

#### 1．创建规则选区

Photoshop 用于创建规则选区的工具有矩形选框工具 、椭圆选框工具 、单行选框工具 、单列选框工具 4 种，其中矩形选框工具用来创建矩形选区，椭圆选框工具用来创建椭圆选区，下面实际操作一下。

（1）打开素材图片，选择工具箱中的"矩形选框工具" ，选项栏如图 9-29 所示。

图 9-29　矩形选框工具的选项栏

（2）在画布上拖动绘制，可以看到一个虚线流动框的矩形选区，如图 9-30 所示。

（3）选择"椭圆选框工具" ，单击"添加到选区"按钮 ，将"羽化值"设置为 10px，在矩形选区的上方绘制一个椭圆选区，可看到椭圆选区自动添加到矩形选区中，如图 9-31 所示。

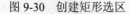

图 9-30　创建矩形选区　　　　　图 9-31　添加椭圆选区

所有选区工具都有完全相同的 4 个选区模式按钮："新选区"模式 是默认模式，绘制选区时创建新的选区，原有选区自动取消；"添加到选区"模式 是以追加的方式添加选区，不取消原有选区；"从选区减去"模式 可以从原来选区中除去重合的部分；"与选区交叉"模式 在绘制时只保留当前绘制的选区与新绘制选区重合的部分。

另外，"羽化"值决定了选区边缘的柔化程度，数值越大，边缘越柔化。"样式"下拉列表决定了矩形选框工具的工作模式，选择"正常"选项可以创建任意选区，"固定长宽比"选项可以设置选区高度与宽度的比例，以绘制出固定宽高比的选区，"固定大小"选项用来创建规定尺寸的选区。

"规则选区工具"中的"单行选框工具"和"单列选框工具"用来创建只有 1 像素高度或宽度的选区。在上例打开的"叶片"素材图片上，选择"添加到选区"模式，使用上述的两个工具创建方格选区，如图 9-32 所示，完成后按 Alt+Delete 组合键为选区填充前景色（黑色），效果如图 9-33 所示。

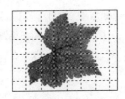

图 9-32　创建选区　　　　　　　　　图 9-33　填充颜色

**专家点拨**：创建选区时，按住 Shift 键切换为"添加到选区"模式，按住 Alt 键切换为"从选区减去"模式，按住 Shift+Alt 组合键切换到"与选区交叉"模式，这些快捷键在鼠标按下后，可以松开。

### 2．创建不规则选区

Photoshop 用于创建不规则选区的工具有套索工具、多边形套索工具、磁性套索工具、快速选择工具和魔棒工具，其中"套索工具"如同手绘一般，用来创建任意形状的选区，"多边形套索工具"用任意多边形模式来创建选区，下面实际操作一下。

（1）打开素材图片，选择工具箱中的"套索工具"，选项栏如图 9-34 所示。选择"消除锯齿"复选框可以消除选区的锯齿，保持进行选区操作后图像边缘的平滑。

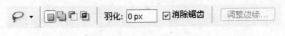

图 9-34　套索工具的选项栏

（2）使用"套索工具"按下鼠标左键在图像中拖动，创建一个任意选区，如图 9-35 所示。

（3）选择"多边形套索工具"，在图像中连续单击创建一个多边形选区，如图 9-36 所示。

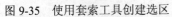

图 9-35　使用套索工具创建选区　　　图 9-36　使用多边形套索工具创建选区

磁性套索工具、快速选择工具和魔棒工具都可以看作是颜色类选取工具，它们能全自动分析图像的像素分布情况，然后依据一定的原则创建选区，使用方便高效。"磁性套索工具"适宜于边缘颜色对比度比较强的图像的选取，"快速选择工具"和"魔棒工具"适宜于颜色相同或相似区域的选取。下面实际操作一下。

（1）打开素材图片，选择工具箱中的"磁性套索工具" ，选项栏如图 9-37 所示。

图 9-37　套索工具的选项栏

"宽度"选项表示磁性套索工具自动查找颜色边缘的宽度范围，数值越大，查找范围越大。"对比度"选项用于设置边缘的对比度，数值越大，工具对颜色对比敏感程度越低。"频率"选项用来设置磁性套索工具在自动创建选区线时插入节点的数量。数值越大，插入的定位节点越多，得到的选择区域就越精确。

（2）使用"磁性套索工具"在要选择的图像区域单击鼠标，然后沿着图像边缘拖动，可以看到随着鼠标指针的移动，颜色边缘自动添加了许多定位节点，如图 9-38 所示。移动到起始节点，光标上出现小圆圈时双击，选区创建完成，如图 9-39 所示。

图 9-38　使用磁性套索工具创建选区　　　　图 9-39　创建好的选区

**专家点拨**：在使用"磁性套索工具"创建选区时如果产生的节点位置不准确，可按 Delete 键删除掉，也可在颜色对比度比较小的区域内单击手动创建定位节点。

"快速选择工具" 可使用调整的圆形画笔快速"绘制"选区，拖动鼠标时选区会向外扩展并能自动找到颜色边缘以创建选区。下面实际操作一下。

（1）选择"快速选择工具" ，选项栏如图 9-40 所示，设置画笔半径为 9px。

图 9-40　快速选择工具的选项栏

"对所有图层取样"是指基于所有图层创建一个选区，"自动增强"选项能自动将选区向图像边缘进一步扩展，并应用边缘调整。

（2）使用"快速选择工具"在要选择的图像区域向下拖动，可以看到选区不断扩展，如图 9-41 所示，继续拖动，直至完成花朵的选取。

图 9-41　使用快速选择工具创建选区

专家点拨：使用快速选择工具创建选区时，按右方括号键"]"可增大画笔笔尖的大小；按左方括号键"["可减小快速选择工具画笔笔尖的大小。

"魔棒工具"　能根据图像的颜色进行选择，单击图像中的某种颜色，与这种相近并且在容差值范围内的颜色将被全部选中。下面实际操作一下。

（1）选择"魔棒工具"，它的选项栏如图 9-42 所示，其中"容差"值决定了允许颜色的差值范围，数值越大，选取的相近颜色越多，设置"容差"值为 30。选择"连续"复选框，只选择连续的颜色区域。

图 9-42　魔棒工具的选项栏

（2）使用"魔棒工具"单击蓝天部分，部分颜色区域被选中。

（3）使用"添加到选区"模式，继续单击其他区域，直至天空部分全部被选中，如图 9-43 所示。

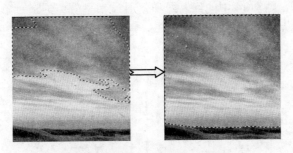

图 9-43　使用魔棒工具创建选区

专家点拨：创建选区时除一些形状和色彩比较简单的图像外，大多数图像都需要综合使用多种选区工具进行选择，一般来说，颜色选取工具应该优先考虑，其次再辅以其他选取工具，以创建完美的选区。

## 9.2.2　通道及其应用

通道是 Photoshop 一项非常复杂的核心技术，通俗地讲，就是用来保存颜色数据的，它在编辑处理网页图像时常常有出人意料的效果。

### 1．认识通道

通道用于存储不同类型信息的灰度图像，保存颜色数据。通道的操作主要集中在"通道"面板中，现在打开一张素材图片，展开"通道"面板，图像及"通道"信息如图 9-44 所示。

在通道面板中，这幅 RGB 图像表示为 RGB 混合通道及红色、绿色和蓝色 3 个颜色通道，颜色通道以灰度的方式独立保存了不同颜色的数据，因此在实际操作时可以根据需要分别在不同的通道中进行调整。"通道"面板下方有 4 个按钮："将通道作为选区载入"按钮　，可以载入当前选择通道保存的选区；"将选区存储为通道"按钮　，可以将当前存在的选区保存为 Alpha 通道；"创建新通道"按钮 用于创建新的通道；"删除当前通道"按钮 可以删除当前选择的通道。

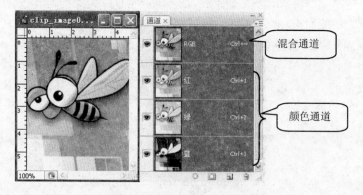

图 9-44　图像及通道信息

Photoshop 的通道有 3 种，即颜色通道、Alpha 通道和专色通道。颜色通道用来保存每一个通道的颜色信息，图 9-44 中的红、绿和蓝通道都是颜色通道。单击红色通道，其他通道自动隐藏，图像中表现出红色通道的灰度信息，如图 9-45 所示。图像中亮度越高的区域红色越多，越暗的区域红色越少。

图 9-45　红色通道的颜色信息

专色通道是指用于保存预定义好的油墨信息的通道，它一般应用在 CMYK 色彩模式中，这种模式被称为印刷色彩模式，因为与网页设计关系不大，所以不再赘述。

**2．Alpha 通道**

Alpha 通道可以将选区存储为灰度图像，所以它一般用来创建和存储蒙版。下面通过一个实例认识一下。

（1）打开一幅素材图像，使用"魔棒工具"和"套索工具"创建包含蜜蜂的选区。

（2）选择"选择"|"存储选区"命令，弹出"存储选区"对话框，如图 9-46 所示。如果在"名称"文本框中不输入名称，Photoshop 将以 Alpha1 为其命名。直接单击"确定"按钮。

（3）打开"通道"面板，如图 9-47 所示，看到在"蓝"通道的下方新增了 Alpha 1 通道，而且缩览图中的白色区域和存储的选区形状完全相同。

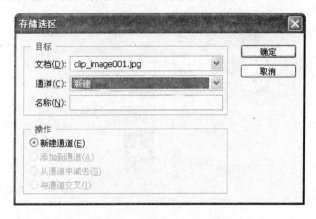

图 9-46　"存储选区"对话框

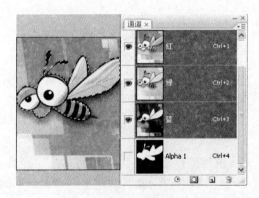

图 9-47　图像及通道信息

**专家点拨：**在选区存储时创建的通道就是 Alpha 通道，从上例可以看到，它的主要功能就是创建、保存和编辑选区，在该通道中，黑色区域代表未被选中的部分，白色区域代表被选中的部分，而灰色则代表有部分被选中。

（4）按 Ctrl+D 组合键取消选区，在"通道"面板中选中 Alpha1 通道，单击下方的"将通道作为选区载入"按钮 ，显示 RGB 混合通道，图像中将出现与图 9-47 完全一致的选区。

（5）将创建的 Alpha1 通道拖放到"删除当前通道"按钮 上删除。

（6）单击下方的"创建新通道"按钮 创建新通道，新创建的 Alpha1 通道并以黑色填充。

（7）使用"画笔工具"，选择"散布枫叶"笔尖形状，使用白色在通道图像中绘制枫叶。单击"将通道作为选区载入"按钮，选区如图 9-48 所示。

**专家点拨：**按住 Ctrl 键单击通道的缩览图，即可载入通道中存储的选区，载入选区时，如果有原选区，按住 Ctrl+Shift 组合键单击通道的缩览图，可以添加到选区，按住 Ctrl+Alt 组合键单击可以从选区减去，按住 Ctrl+Shift+Alt 组合键单击与原选区相交。

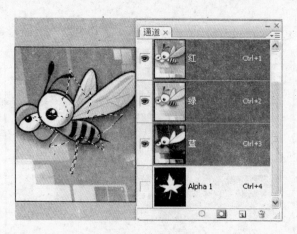

图 9-48　载入选区

# 9.3　设计网页文字

文字是网页图像设计中一个重要的环节，它有美化网页、吸引用户的作用，如果能将文字和图形巧妙地结合起来，一定会使网页更具生命力。

## 9.3.1　输入和编辑文字

Photoshop 中的文字工具包括横排文字工具 T、直排文字工具 T、横排文字蒙版工具 T 和直排文字蒙版工具 T 4 种，利用它们能够创建不同方向和不同形状的文字。

### 1．输入文本

（1）选择"横排文字工具" T，选项栏如图 9-49 所示。设置字体为"微软雅黑"，字号为"48 点"，设置消除锯齿的方法为"平滑"，对齐方式为"顶对齐"，颜色为黑色。

图 9-49　载入选区

（2）将鼠标指针移动到画布上，单击画布，出现文字输入光标，输入文字，完成后单击选项栏右边的"提交所有当前编辑"按钮 ✓，确认输入。

**专家点拨**：输入文字时默认情况下文字不会换行，如果需要换行，请按 Enter 键，输入过程中按 Esc 键可以取消本次输入。输入完成后按 Ctrl+Enter 组合键也可以确认输入结果。

（3）展开图层面板，如图 9-50 所示，输入的文字存放在文字图层中，图层名称自动命名为文字的内容。

图 9-50　文字图层

（4）如果要修改文字，可以继续使用"文字工具"在文字上单击，进入编辑状态后修改即可。如果要移动文字在画布上的位置，可以使用"移动工具"进行操作。

**专家点拨：**使用直排文字工具能输入竖向排列的文字，选项与横排文字工具完全相同。横排文字蒙版工具和直排文字蒙版工具能得到文字形状的选区，该选区与其他选择工具创建的选区完全相同，可以进行填充、描边等操作。

**2．格式化文本**

前面的例子中使用文字光标在画布上单击后输入的文字叫"点文字"，它的每一行都是独立的，行的长度随着文本的增加而变长（减少而缩短），但不会自动换行。Photoshop 中还有一类文本叫"段落文字"，创建时使用文字工具在画布上拖动，创建出一个文本框进行输入，段落文字中输入的文字长度到达段落规定的边界时会自动换行。选择"图层"|"文字"级联菜单下的"转换为点文字"命令或者"转换为段落文字"命令可以相互转换。下面输入一个"段落文字"。

（1）选择"横排文字工具"，在画布上拖出一个矩形区域，输入一段文字。如图 9-51所示就是带有边界框的段落文字。

（2）单击选项栏上的"打开字符面板或段落面板"按钮，打开"字符"面板，如图 9-52所示。

图 9-51　输入段落文字　　　　　　　　　　　图 9-52　字符面板

（3）在"字符"面板中可以看出，Photoshop CS3 对于文本的支持非常全面。不仅可以设置字体、字号、颜色、粗体、斜体、下划线这些常规选项，还可以对字距微调、文本方向等排版选项进行设置。

**专家点拨**：下面重点介绍一下"字符"面板中排版选项的用途。

- 设置行距：用于设置行间距离。
- 垂直缩放：用于扩展或收缩垂直文本的字符宽度。垂直缩放以百分比值作为度量单位。默认值为 100%。
- 水平缩放：用于扩展或收缩水平文本的字符宽度。水平缩放以百分比值作为度量单位。默认值为 100%。
- 字距调整：用于设置字符的间距。
- 字距微调：用于增大或减小特定字符对的间距。
- 基线偏移：确定文本位于其自然基线之上或之下多大距离。如果不存在基线调整，文本即位于基线上。
- 字符格式：依次是仿粗、仿斜、全部大写字母、小型大写字母、上标、下标、下划线、删除线格式。
- 消除锯齿的方法：用于设置消除锯齿的方法，有"锐利"、"犀利"、"浑厚"和"平滑"4 个选项。

（4）设置文字的字体为"微软雅黑"，字号为 14 点，行间距为 24 点，垂直缩放为 120%，选择首字后的其他文字，设置基线偏移为–10 点，字形为仿斜体，最终效果如图 9-53 所示。

（5）展开"段落"面板，如图 9-54 所示。该面板从上至下共有 4 个部分，最上边的"对齐方式"有左对齐、居中对齐、右对齐、最后一行左对齐、最后一行居中对齐、最后一行右对齐和全部对齐 7 种方式。"缩进方式"有左缩进、右缩进、首行缩进、段前添加空格和段后添加空格 5 种。根据需要读者可以自行设置一下。

图 9-53　设置文本格式　　　　　图 9-54　段落面板

### 3. 文本变形

Photoshop 提供了对文字的变形操作，输入文字后单击选项栏上的"可创建文字变形"按钮，打开"变形文字"对话框，如图 9-55 所示。单击"样式"按钮后打开下拉列表，可供选择的变形类型有 15 种之多。

图 9-55　"变形文字"对话框

选择样式为"旗帜"，设置"弯曲"为 50%，"水平扭曲"为 40%，"垂直扭曲"为 10%，参数设置及文字效果如图 9-56 所示。

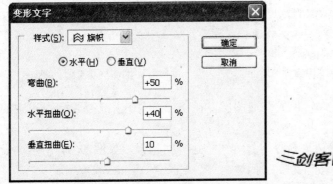

图 9-56　变形文字参数及文字效果

**专家点拨**：进行变形操作后，文字仍然可以编辑修改，方法与正常文字相同。

### 9.3.2　文字的转换

在 Photoshop 中，文字存储在单独的文字图层中，虽然编辑方便，但它不能使用滤镜，不能进行色彩调整等操作，所以为得到更酷的文字效果，实际制作时常常在文字输入和修饰完成后要对文字及图层进行转换。

#### 1．转换为普通图层

输入文本后，选择"图层"|"栅格化"|"文字"命令，文字图层就转换成了普通图层。转换后的图层不再具有文字图层的属性，不能更改文字的字体、字号等，但可以使用

绘画工具、调整颜色命令或滤镜命令进行操作。文字图层转换成普通图层后图层属性会发生变化——仅保留了原有的名称。转换前后图层效果对比如图9-57所示。

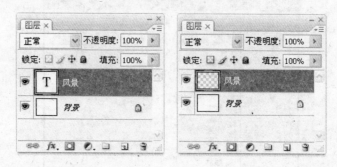

图9-57　文字图层转换为普通图层

### 2. 转换为路径

（1）输入文本后，选择"图层"|"文字"|"创建工作路径"命令，在当前文字上就创建了可自由编辑的路径，如图9-58是文字和创建的工作路径效果。

（2）使用"添加锚点工具"和"直接选择工具"对工作路径进行修改，完成后效果如图9-59所示。

图9-58　创建工作路径

图9-59　修改路径

（3）将文字图层栅格化，转换成普通图层，在路径上右击，选择快捷菜单上的"建立选区"命令，创建文字选区。

（4）选择"编辑"|"描边"命令，打开"描边"对话框，如图9-60所示。设置描边色为墨绿色。单击"确定"按钮为文字描边。

（5）使用"渐变工具"为文字填充从绿到白的渐变色，文字效果如图9-61所示。

图9-60　"描边"对话框

图9-61　路径文字效果

**3．转换为形状**

（1）使用"横排文字工具"输入"文化天地"，选择"图层"|"文字"|"转换为形状"命令，可以将文字转换为与其轮廓相同的形状，转换后图层变为形状图层，如图 9-62 所示。

（2）使用"直接选择工具"，结合"转换点工具"向右拖动"文"下边的笔画（捺），然后为该图层添加"投影"和"斜面和浮雕"样式，效果如图 9-63 所示。

图 9-62　文字转换为形状　　　　　　　　　图 9-63　文字效果

**专家点拨**：与文字变形操作不同，文字转换后编辑的特性将不再保留，所以在转换前必须确认文字的输入是正确的，防止出现不必要的错误。

### 9.3.3　路径文字

在网页中常常看到一种水流字的效果，文字沿着一条曲线排列，并随着曲线的弯曲程度布局了相应的文字，给人以一种流动感。这个效果就是路径文字。

（1）选择"钢笔工具"，使用"路径"模式，在画布中绘制一条曲线路径。

（2）选择"横排文字工具"，在选项栏中设置好字体和字号，将光标放置在路径上，当光标改变为 ꜀ 形状时单击，在路径上输入文本，如图 9-64 所示。

（3）按住 Ctrl 键，将光标放在路径文字起点的圆圈上，当光标变为 ꜀ 形状时向外拖动，文字移到了路径外部，选择所有文本，在字符面板中设置"基线偏移"为 6 点，效果如图 9-65 所示。

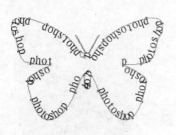

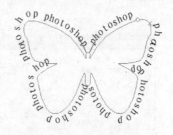

图 9-64　输入文本　　　　　　　　　图 9-65　文本移至路径外

**专家点拨**：输入路径文字后，文本仍然为可编辑状态，而且文字路径也可以使用"钢笔工具"进行修改。另外，路径只作为文字输入的参考，它不是图像的一部分。

同样，在封闭的路径内部也能输入文字，将光标放在路径内变为 ꜀ 形状时单击，输入完成后效果如图 9-66 所示。

图 9-66　封闭路径内的文字

# 9.4　调整网页图像

网页中使用的图像常常需要进行有效的编辑和修饰，以便能更好地为网页服务，Photoshop 提供了强大的图像编辑和处理能力，能够使网页设计创作更加准确和快捷，作品更加形象生动。

## 9.4.1　调整图像基本属性

图像基本属性的调整包括调整图像的大小，剪裁图像某个区域，以及对图像进行旋转、透视或扭曲等操作，以便更符合网页排版的需要。

### 1．改变画布和图像的大小

画布是指进行图像设计和处理的整个版面。Photoshop 可以对画布的大小进行调整，同时也可对画布进行各种旋转操作。

（1）打开一幅图像，选择"图像"|"画布大小"命令，打开"画布大小"对话框，如图 9-67 所示。选择"相对"复选框，设置"宽度"和"高度"值为 20 像素，将"画布扩展颜色"设置为白色。

（2）单击"确定"按钮，画布将相对于现有的大小向四周扩展 20 个像素，如图 9-68 所示。

图 9-67　"画布大小"对话框　　　　　图 9-68　扩展画布

改变图像大小是指对图像大小的调整，可以使用"图像大小"命令来实现。选择"图像"|"图像大小"命令，打开"图像大小"对话框，如图 9-69 所示。使用该对话框可查看图像的大小信息，并可重新设置图像的大小和分辨率。

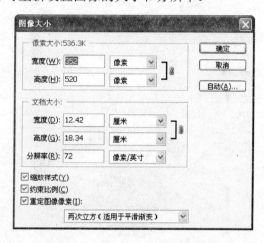

图 9-69　"图像大小"对话框

在该对话框中，"像素大小"显示了当前操作的图像像素尺寸，"文档大小"则显示了图像文件的数字大小，它与图像的像素大小成正比。"约束比例"决定了图像宽度和高度会以相同比例变化。"重定图像像素"决定了图像大小变化时图像像素大小的变化方式，在下拉列表里有邻近、两次线性、两次立方、两次立方较平滑、两次立方较锐利 5 个选项，其中"两次立方"选项得到的效果较好。

**2．剪裁图像**

在进行网页设计时，如果只用到素材图像的一部分，就需要对素材进行裁剪，以保留图像中需要的部分。使用工具箱中的"裁剪工具"　能够方便地对图像进行裁剪操作。

（1）打开一幅图像，选择"裁剪工具"　，在图像中根据需要保留区域的大小拖动裁剪框，框住需要保留的部分。保留部分呈亮调显示，裁剪部分呈暗调显示，拖动裁剪框上的控制柄可改变裁剪框的大小并对裁剪框进行旋转，如图 9-70 所示。

（2）选择"裁剪工具"后也可以在选项栏中直接设置裁剪框的宽度、高度和分辨率，如图 9-71 所示。

（3）使用"裁剪工具"创建裁剪框后，选项栏发生变化，如图 9-72 所示，完成操作后，按 Enter 键，裁剪框外的图像将被裁切。

**专家点拨**：这里要注意，在选项栏中选择"透视"复选框后，可对裁剪框进行透视变换。

**3．图像的变换**

在进行网页图像的编辑处理时，往往需要对图像的局部或选择的对象进行旋转、透视或扭曲等操作。Photoshop 提供"变换"和"自由变换"命令实现对象的变换。

图 9-70　调整裁剪框

图 9-71　裁剪工具的选项栏

图 9-72　创建裁剪框后的选项栏

选择"图像"|"变换"级联菜单中的命令，能够实现对选择对象的各种变换操作，如缩放、旋转、斜切、扭曲、透视、变形、旋转 180 度、旋转 90 度（顺时针）、旋转 90 度（逆时针）、水平翻转和垂直翻转。

单击其中的"缩放"命令，图像上出现变换框，如图 9-73 所示，拖动任意角上的手柄，改变图像的大小后，按 Enter 键即可。

单击其中的"变形"命令，图像上出现变形网格，如图 9-74 所示，拖动图像内部的节点或者手柄都可以进行变形操作，完成后按 Enter 键效果如图 9-75 所示。其他变换命令读者可以自行操作体会。

图 9-73　缩放操作

图 9-74　变形操作

Photoshop 除了可以利用"变换"级联菜单中的命令对对象进行变换外，还提供了更为灵活的对象变换方式，那就是"自由变换"。它能够同时对对象进行连续的各种变换。

（1）打开一幅图像，选择"编辑"|"自由变换"命令，图像上出现变换框，如图 9-76 所示。

图 9-75　变形后的效果

图 9-76　对象的自由变换

（2）直接拖动变换框上的控制柄可实现对象的缩放，将鼠标放在变换框 4 个角的控制柄外端，可以实现对象的旋转变换，按住 Ctrl 键拖动变换框上的控制柄能够实现自由扭曲变换。按住 Ctrl+Shift 组合键拖动变换框上的控制柄，可以实现斜切变换。按住 Alt+Shift+Ctrl 组合键拖动变换框角上的控制柄，可以实现透视变换。

（3）使用"自由变换"命令后，还可以通过选项栏直接对变换效果进行设置，会获得比用鼠标拖动更为准确的变换效果，如图 9-77 所示。从左到右可以分别设置图像的 X 坐标、Y 坐标、水平缩放、垂直缩放、旋转、水平斜切和垂直斜切数值。

图 9-77　使用"自由变换"命令后的选项栏

**专家点拨**：按住 Ctrl+T 组合键可以进行自由变换，按住 Ctrl+Shift+T 组合键可以将上次的变换再做一次。

### 9.4.2　修饰图像

为使图像更好地为网页服务，图像的修饰、修复和擦除等操作是必不可少的，Photoshop

提供了多种操作工具来实现对图像的美化，下面就结合这些工具对图像的修饰进行介绍。

**1．修饰图像**

Photoshop 提供的修饰类工具有两组，"模糊工具"、"锐化工具"和"涂抹工具"为一组，它们在同一个工具组中。

"模糊工具"通过有选择地模糊元素的焦点，来弱化图像的局部区域。其方式与摄影师控制景深的方式很相似。

（1）打开素材图像，在工具箱中选择"模糊工具"，在属性栏设置画笔大小为 30 像素，强度为 50%。

（2）将背景图层转化为普通图层，在蝴蝶图像的右边翅膀中拖动鼠标，背景慢慢地变得模糊，如图 9-78 所示。

"锐化工具"的作用与"模糊工具"正好相反，它通过有选择地锐化元素的焦点，强化图像的局部区域。它的使用方法和选项栏设置与模糊工具完全一样，如图 9-79 是图像锐化后的效果。

**专家点拨**：模糊工具的操作方式与喷枪相似，鼠标指针在某一区域停留的时间越长，模糊效果越明显。而锐化工具则不然，它在某一区域反复拖动时效果会比较明显，一般要使用较小的画笔小心地拖动。

"涂抹工具"可以像在创建图像的倒影那样将颜色逐渐混合起来。使用时很像是用手指在涂抹未干的颜料一般。选择"涂抹工具"，在属性面板中设置笔刷大小为 20，强度为 70%，涂抹后的效果如图 9-80 所示。

图 9-78　模糊效果　　　　　图 9-79　锐化效果　　　　　图 9-80　涂抹效果

Photoshop 提供的修饰类工具另外一组包括"减淡工具"、"加深工具"和"海绵工具"。下面逐一介绍。

"减淡工具"和"加深工具"的作用是分别加亮或变暗图像的局部。它们的选项栏完全相同，其中"范围"选项决定了工具的作用范围阴影、中间调和高光，"曝光量"越大，作用效果越明显。如图 9-81 是原始图像选择"阴影"分别加深和减淡的效果。

**专家点拨**："范围"选项中"阴影"对图像中较暗的部分起作用，"中间调"平均地对整个图像起作用，"高光"对图像中较亮的部分起作用。

图 9-81　原图、减淡和加深后的图像效果

"海绵工具" 的作用是局部改变图像的色彩饱和度，选择该工具后，选项栏中 "模式" 下拉列表中有 "加色" 和 "减色" 两个选项。"加色" 可以提高图像的饱和度，对图像进行提纯处理。"减色" 将降低图像的饱和度，对图像进行变灰处理。如图 9-82 是原始图像选择 "加色" 和 "减色" 模式作用后的效果。

图 9-82　原图、使用海绵工具减色和加色后的图像效果

### 2．仿制图像

在使用 Photoshop 进行网页设计创作时，往往需要将图像的某一个部分进行仿制，实现仿制的工具有 "仿制图章工具" 和 "图案图章工具" 。

"仿制图章工具" 可以将图像中的全部或部分复制到当前图像中或其他图像中。它与画笔工具类似，画笔工具使用指定的颜色来绘制，而 "仿制图章工具" 是使用仿制取样点处的图像来进行绘制。这个工具对修复有划痕的照片或去除图像上的瑕疵很有帮助。

打开一幅图像，选择 "仿制图章工具" ，按住 Alt 键在需要复制的图像上单击创建仿制取样点，在目标位置按下鼠标拖动即可将图像复制到鼠标位置，如图 9-83 所示。

"图案图章工具" 不是用来仿制图像，而是用来绘制已有图案的。打开一幅图像，选择 "图案图章工具" ，选项栏如图 9-84 所示。

在选项栏中单击 可打开 "图案拾色器"，选择第一张图案。选择 "对齐" 复选框后，在图像中多次拖动鼠标，图案将整齐排列，否则图案将无序的散落于图像中。选择 "印象派效果" 复选框后，复制的图案将产生扭曲模糊效果。在图像中拖动鼠标，即可将选择的图案绘制在图像中，如图 9-85 所示。

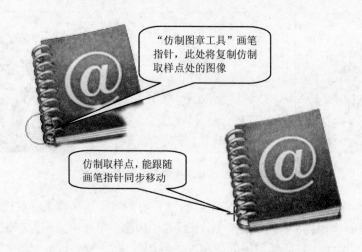

图 9-83　"仿制图章工具"的使用

图 9-84　绘制图案

**专家点拨：**在使用仿制图章工具时，选择笔刷至关重要，如果要仿制的图像边界不分明，可选择较软的笔刷，以获得较好的融合效果。反之，应该选择较硬的笔刷。

Photoshop CS3 新增加的"仿制源"面板能够对复制操作进行精确设置，实现对复制对象大小、旋转角度或偏移量的修改。使用该面板能够使图像的复制更为直观，操作更为方便，获得更多的复制效果。

选择"窗口"|"仿制源"命令打开"仿制源"面板，如图 9-86 所示。使用该面板，能够同时设置多个仿制源，并对仿制对象进行缩放和旋转。

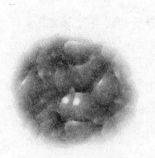

图 9-85　绘制图案

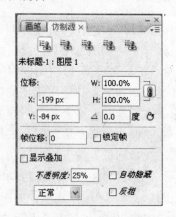

图 9-86　"仿制源"面板

### 3．修复图像

为了修改图像中的瑕疵，Photoshop 提供了各种图像修复修补工具，包括"污点修复画笔工具"、"修复画笔工具"、"修补工具"和"红眼工具"。

"污点修复画笔工具"可以去除照片中的杂色或污斑,该工具不需要进行采样操作,它能够自动分析单击处及周围的不透明度、颜色与质感从而进行采样与修复操作。如图 9-87 所示是使用"污点修复画笔工具"涂抹前后的效果。

图 9-87　原图和使用污点修复画笔工具后的图像效果

"修复画笔工具"与"仿制图章工具"相似,也可以将图像中的全部或部分复制到当前图像中,但与其不同的是,复制后的图像能自动与背景相融合。选择该工具后,选项栏如图 9-88 所示。

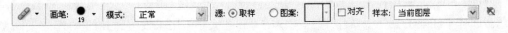

图 9-88　"修复画笔工具"的选项栏

在"源"处选择"取样"时,在图像上拖动鼠标,可将采样的样本图像与鼠标拖动过位置的图像相混合。选择"图案"时,直接在图像中拖动鼠标能够将选择的图案与图像相混合。

选择"修复画笔工具",打开"小兔"图像。在图像区域按住 Alt 键单击取样,然后在"蓝天"图像中拖动复制取样区域。如图 9-89 所示是原图与复制完成后的效果。

图 9-89　小兔图像和复制后的效果

"修补工具"与"修复画笔工具"原理相似,它使用选区来复制图像,复制后的图像也能自动与背景相融合。选择该工具后,选项栏如图 9-90 所示。

图 9-90　"修补工具"的选项栏

其中"源"选项是指选区中的区域将作为要修补的区域,拖动选区到用来修补的图像区域时,松开鼠标左键后,用于修补的图像部分被复制到修补区。选择"目标"选项,选区中的区域将作为用来修补的区域，将其拖放到要修补的区域，松开鼠标后，选区中的图像与周围的像素和色彩进行融合。

打开一幅图像，选择"修补工具"，在选项栏中选中"目标"单选按钮，使用该工具在图像上绘制一个选区。拖动选区到需要的区域，放开鼠标左键后，选区内的图像将被复制，并自动调整复制对象的质感与周围图像相一致，效果如图 9-91 所示。

图 9-91　使用"修补工具"的效果

"红眼工具"用在消除数码照片中主体瞳孔中的红色阴影，它能用灰色和黑色替换红色。选择"红眼工具"后，选项栏中的"瞳孔大小"用来设置瞳孔的大小，"变暗量"用来设置瞳孔变暗的程度。该工具的使用方法非常简单，只需在红眼位置单击即可。如图 9-92 是原图和消除红眼后的效果。

图 9-92　消除红眼前后的效果

### 4．擦除图像

Photoshop 中的"橡皮擦工具"、"背景橡皮擦工具"和"魔术橡皮擦工具"能够在图像中清除不需要的图像像素，以对图像进行调整。

"橡皮擦工具"是基本的橡皮擦类工具，该工具用于擦除图像中的颜色。

打开一张图片，选择"橡皮擦工具"，选项栏如图 9-93 所示。"模式"下拉列表中的选项用于设置橡皮擦的擦除模式，其中包括"画笔"、"铅笔"和"块" 3 个选项，每种选项的擦除效果均不同。选择"抹到历史记录"选项，系统不再以背景色或透明填充被擦除的区域，而是以"历史记录"面板中选择的图像来覆盖擦除区域。

选择橡皮擦工具在背景图层中擦除时，被擦除的部分用背景色填充。如果在普通图层中擦除，则被擦除部分变为透明。设置背景色为白色，在背景图层和普通图层中的擦除效果如图 9-94 所示。

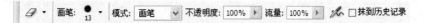

图 9-93　"橡皮擦工具"的选项栏

图 9-94　背景图层和普通图层中的不同擦除效果

"背景橡皮擦工具" 可以将图像中特定的颜色擦除。使用该工具时，如果当前操作图层是背景图层，可以将其转换为普通图层，也就是将图像直接擦除到透明。

选择"背景橡皮擦工具"，它的选项栏如图 9-95 所示。设置"取样"模式为"一次"，"限制"选项为"连续"，"容差"为 30%。在背景区域拖动背景橡皮擦，就可将背景擦除干净，如图 9-96 所示。

图 9-95　背景橡皮擦工具的选项栏

图 9-96　原图及背景擦除干净后的效果

"魔术橡皮擦工具" 与"背景橡皮擦工具"相似，它能够擦除设定容差范围内的相邻颜色，图像擦除后得到背景透明效果。使用魔术橡皮擦工具时，不需要在图像中拖动鼠标，只需要在图像中单击鼠标，即可擦除图像中所有相近的颜色区域。

**5．恢复图像**

在对图像进行编辑时，常会出现操作效果不能令人满意或错误操作的情况，选择"编辑"|"还原"命令可以取消上一次的操作，但它不能恢复多步之前的操作。为此，Photoshop

提供了"历史记录"面板，它可以实现对多步前操作的撤销。

选择"窗口"|"历史记录"命令打开"历史记录"面板，如图 9-97 所示。

图 9-97 "历史记录"调板

将"历史记录滑块"拖动到图像操作过程的某个中间状态，就会撤销到这一状态。

**专家点拨：**"历史记录"面板中的记录条数默认情况是 20 条，超过 20 条后前面的记录将被自动清除。选择"编辑"|"首选项"|"性能"命令打开 Photoshop "首选项"设置的"性能"对话框，在"历史记录&缓存"栏中可以设置调板中历史记录的条数。但历史记录条数并不是设置的越多越好，过多的历史记录会增加资源的占用，影响 Photoshop 的运行速度。

"历史记录画笔工具" 和"历史记录艺术画笔工具" 也都属于恢复工具，它们可以与"历史记录"面板结合起来使用，通过在图像中涂抹将涂抹区域恢复到以前的状态。

（1）打开图像素材，调出"历史记录"面板，对图像依次进行去色、亮度/对比度、色相/饱和度 3 项操作。

（2）选择"历史画笔工具"，在"历史记录"面板中单击"打开"左边的方框，设置为历史画笔的源，如图 9-98 所示。

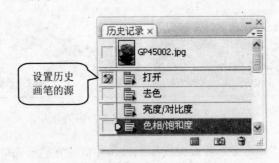

图 9-98 设置历史画笔的源

（3）接着在图像中需要还原的区域内涂抹，即可看到该区域被还原为打开时候的状态，如图 9-99 所示是原图、处理后的图像和使用历史画笔工具涂抹后的图像。

"历史记录艺术画笔工具" 在使用方法上与"历史记录画笔工具"基本一致，也是通过在图像中涂抹，将涂抹处的状态恢复到指定的恢复点处的状态。与"历史记录画笔工具"相比,"历史记录艺术画笔工具"能够对图像的像素进行移动和涂抹,制作出绘画效果,从而能够创造更加丰富多彩的图像效果。

图 9-99　原图、处理后的图像和使用历史画笔工具涂抹后的图像

### 9.4.3　调整图像的色调

色调的调整是指对图像明暗程度进行调整,如将一幅比较暗淡的图像加亮。通过对图像色调的调整能够获得不同的图像效果。

**1．使用"色阶"调整**

色阶是指图像在各种色彩模式下图像原色的明暗度,对色阶进行调整实际上就是对这个明暗度的调整。

(1)打开一幅图像,选择"图像"|"调整"|"色阶"命令,打开"色阶"对话框,如图 9-100 所示。

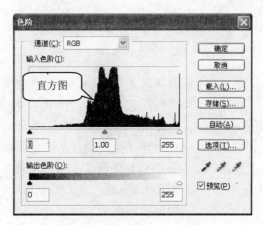

图 9-100　"色阶"对话框

其中"通道"下拉列表框用于设置调整色阶的颜色通道,"输入色阶"栏中的直方图显示出图像中不同亮度像素的分布情况,它的横轴表示亮度取值范围,它的值是 0～255,从左向右增大。纵轴表示像素的数量。

直方图下方的 3 个滑块分别是黑色滑块▲、白色滑块△和灰色滑块▲。黑色滑块的位置指定图像中最暗处的像素的位置，白色滑块的位置指定出图像中最亮处的像素的位置，灰色滑块的位置指定图像中中间亮度的像素的位置。

（2）向右拖动黑色滑块图像变暗，向左拖动白色滑块图像变亮。将中间的灰色滑块向左拖动，图像加亮。此时"色阶"对话框如图 9-101 所示。改变色阶后图像的变化如图 9-102 所示。

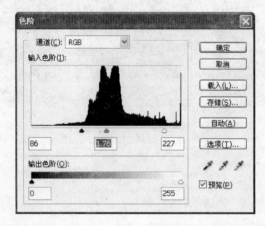

图 9-101　调整色阶

图 9-102　改变色阶前后的图像

（3）在"输出色阶"控制条中向右拖动黑色滑块，可以降低图像的对比度，使图像趋于一种灰度，向左拖动白色滑块可以降低图像亮调的对比度，使图像变暗。

（4）单击选择"色阶"对话框右下角的"在图像中取样以设置黑场" 按钮，接着使用这个黑色吸管在图像中单击，可以把它定义为黑场，从而使图像整体变暗。选择"在图像中取样以设置白场" 按钮，用白色吸管在图像中单击，可将单击处定义为白场，从而使图像整体变亮。选择"在图像中取样以设置灰场" 按钮，用灰色吸管在图像中单击时，可以在图像中去除单击处的颜色，从而取消图像的偏色。

**专家点拨**：在"色阶"对话框中，单击"自动"按钮，Photoshop 将自动调整图像的色阶，使图像的亮度分布均匀。因此它适用于简单的灰度图和像素值比较平均的图像。对于复杂图像来说，使用手动调整才能获得准确的效果。按住 Alt 键时，"取消"按钮将变为"复位"按钮，此时单击该按钮可将参数恢复到初始状态。

### 2.使用"曲线"调整

"曲线"能调整图像的色调，与"色阶"命令相类似，它使用 0~255 范围内的任意点来进行调节。所以，它比"色阶"命令更为准确，更为灵活。

（1）选择"图像"|"调整"|"曲线"命令，可以打开"曲线"对话框，如图 9-103 所示。

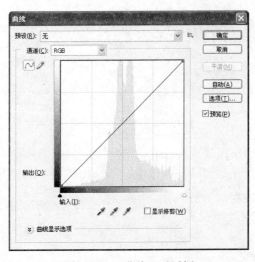

图 9-103　"曲线"对话框

"曲线"对话框的主体部分是一个曲线区域，其中，作为横轴的是一个水平的色调带，表示原始图像中像素的亮度，即输入色阶，具有 0~255 的亮度级别。而作为纵轴的垂直色调带表示调整后图像中像素亮度，即输出色阶。曲线区有一条 45°的直线，说明图像中像素的输入和输出亮度是对应相同的。这条直线在左下角和右上角各有一个控制点，右下角的控制点代表图像的暗调，右上角的控制点代表高光，曲线的中间区域代表图像的中间调。使用曲线对图像进行调整，就是调整这条曲线的形状来改变像素的输入输出亮度的过程。

（2）在曲线上单击可创建一个控制点，拖动该控制点可以改变曲线的形状。在曲线上直接按住鼠标左键移动鼠标也可以直接改变曲线的形状。向上拖动曲线，能够将图像加亮，如图 9-104 所示。

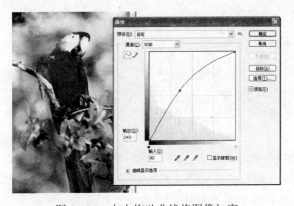

图 9-104　向上拖动曲线将图像加亮

（3）向下拖动曲线，图像会变暗，如图 9-105 所示。

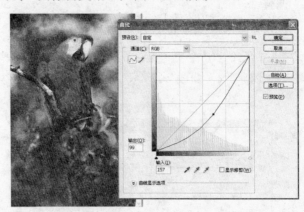

图 9-105　向下拖动曲线图像被变暗

（4）在曲线的中间创建控制点，在曲线的上下部分分别拖动曲线获得 S 形的曲线。这种曲线可同时扩大图像的亮部和暗部的像素范围，提高图像的反差，如图 9-106 所示。

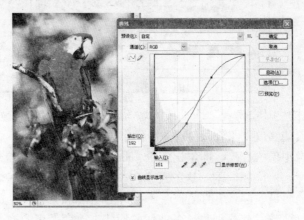

图 9-106　S 形曲线及其图像效果

**专家点拨**：单击"曲线"对话框中的"预设"下拉列表框，在其中选择一种预设方案可以直接改变图像的色调。选择"曲线"面板中的铅笔工具，直接在曲线区域中绘制曲线，绘制后的曲线即为调整后的曲线形状。

### 3．使用"色彩平衡"命令调整

"色彩平衡"命令能够调整图像暗调区域、高光区域和中间色调区域的色彩成分，并混合各种色彩以达到色彩的平衡。

选择"图像"|"调整"|"色彩平衡"命令，打开"色彩平衡"对话框，如图 9-107 所示。

在对话框中，分别拖动 3 个滑块或在"色阶"文本框中输入数值即可调节图像中的色彩。这里，每一个导轨的两端颜色正好是互补色，利用互补色原理，通过增减某种颜色来获得另外颜色的增减，以达到对图像色彩进行调整的目的。单击"阴影"、"中间调"或"高光"单选按钮，可选择图像中色彩调整的区域。

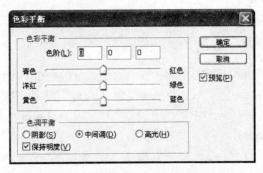

图 9-107　"色彩平衡"对话框

　　现在打开一幅图像，选中"阴影"单选按钮，增加图像中阴影区域的蓝色，图像中的黄色会减少，此时图像效果的变化如图 9-108 所示。

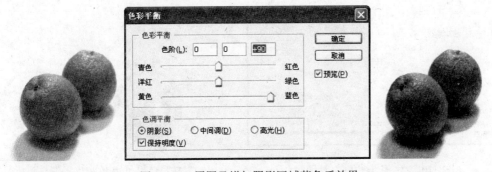

图 9-108　原图及增加阴影区域蓝色后效果

　　**专家点拨：**"色彩平衡"对话框的"色阶"文本框的输入值范围为–100～100，输入负值，滑块会向左移动，输入正值滑块会向右移动到相应的位置。

**4．使用"亮度/对比度"命令调整**

　　"亮度/对比度"命令能够一次性地对整个图像的亮度和对比度进行调整。选中需要处理的图像，选择"图像"|"调整"|"亮度/对比度"命令，打开"亮度/对比度"对话框，拖动其中的"亮度"和"对比度"滑块调整图像的亮度和对比度的值，如图 9-109 所示。

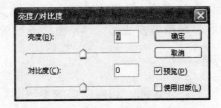

图 9-109　"亮度/对比度"对话框

　　**专家点拨：**在"图像"|"调整"菜单中，Photoshop 提供了"自动色阶"、"自动对比度"和"自动颜色"命令。使用这些命令，Photoshop 会根据图像的情况自动对图像的色阶、对比度和色彩进行调整，而无需用户进行参数设置。

### 9.4.4　调整图像的色彩

#### 1．使用"色相/饱和度"调整

"色相/饱和度"命令可以调整图像中单个颜色成分的色相、饱和度和明度。通过调整色相可改变颜色，调整饱和度可改变颜色的纯度，调整明度可改变图像的明亮程度。

（1）打开一幅图像，选择"图像"|"调整"|"色相/饱和度"命令可打开"色相/饱和度"对话框，如图 9-110 所示。

（2）拖动滑块增加色相值为 71，饱和度为 24，明度为 7，如图 9-111 所示是调整前后的图像效果。

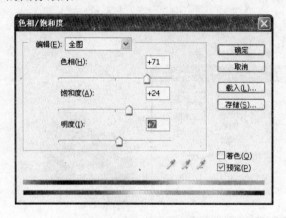

图 9-110　"色相/饱和度"对话框　　　　　图 9-111　"色相/饱和度"调整前后效果

#### 2．使用"替换颜色"调整

"替换颜色"命令可以调整图像中相近颜色的色相和饱和度。

（1）打开一幅图像，选择"图像"|"调整"|"替换颜色"命令打开"替换颜色"对话框。

（2）设置容差值为 40，单击选择对话框上的"吸管工具" ，在图像的红色草莓上单击，然后使用"添加到取样工具" ，继续在草莓区域单击，将草莓全部选中，如图 9-112 所示。再在"替换"区域设置"色相"为 89，饱和度为–12，明度为–6。

（3）单击"确定"按钮，红色草莓变成了绿色草莓，设置前后的图像如图 9-113 所示。

#### 3．使用"匹配颜色"调整

"匹配颜色"命令可实现不同图像间、相同图像的不同图层或多个颜色选区间的颜色的匹配。使用该命令，能够通过改变亮度和色彩范围以及中和色痕来调整图像中的颜色。

（1）打开两幅图像，选择"图像"|"调整"|"匹配颜色"命令，打开"匹配颜色"对话框，如图 9-114 所示。当前目标图像为"玻璃.jpg"，在源图像处打开下拉列表，选择"树林.jpg"，表明将以目标图像的色调匹配源图像。

图 9-112　"替换颜色"对话框　　　　　　图 9-113　"替换颜色"前后效果

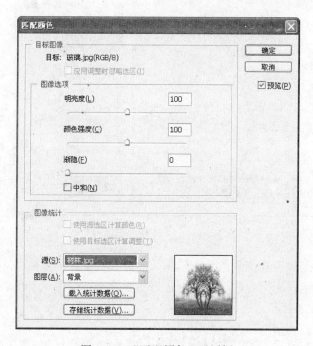

图 9-114　"匹配颜色"对话框

（2）单击"确定"按钮，原图及匹配后的图像如图 9-115 所示。

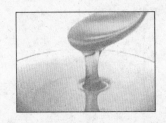

图 9-115　从左至右依次是树林、玻璃和匹配颜色的效果

### 4．使用"变化"调整

"变化"命令能够对图像或选区的色彩平衡、饱和度和对比度进行可视化调整，同时通过缩略图能够直观地看到调整后的效果，使图像的调整更加简单方便。此命令适用于那些不需要对图像的色彩进行精确调整的平均色调图像。

选择"图像"|"调整"|"变化"命令打开"变化"对话框，如图 9-116 所示。

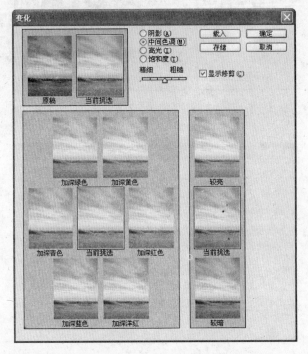

图 9-116　"变化"对话框

在该对话框中选择需要调整的色调范围，然后直观地在缩览图中单击具体的选项即可看到效果，选择"饱和度"时，该对话框也可用于调整图像的饱和度。

## 9.5　运用滤镜增强网页图像的效果

Photoshop 内置了多种滤镜，它们不仅可以调节图像的色调、色彩、对比度、亮度等，还可以创作一些风格和意味都很独特的作品。

### 9.5.1 使用滤镜库

Photoshop 有强大的滤镜功能，能为当前图像增加一个滤镜或一组集合，使用起来也很方便。

（1）打开一幅图像，选择"滤镜"|"滤镜库."命令，打开"滤镜库"对话框，如图 9-117 所示。在此对话框中，左侧为预览区域，中间部分为滤镜命令选择区域，右侧是参数调整及滤镜效果添加删除区。

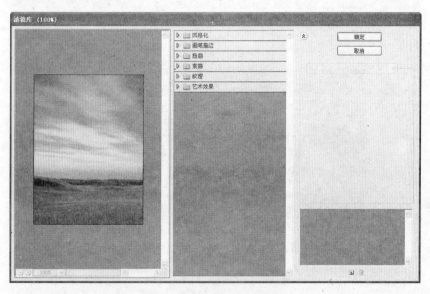

图 9-117　"滤镜库"对话框

（2）在滤镜列表中选择"画笔描边"下的"强化的边缘"滤镜，在右侧参数区调整参数后，在预览区就可看到效果，如图 9-118 所示。

图 9-118　"滤镜库"对话框

### 9.5.2 抽出滤镜和液化滤镜

抽出滤镜常用于制作精确的选区，其功能是将一个复杂边缘的对象从背景中分离出来。

（1）打开一幅图像，选择"滤镜"|"抽出"命令，打开"抽出"对话框，如图 9-119 所示。

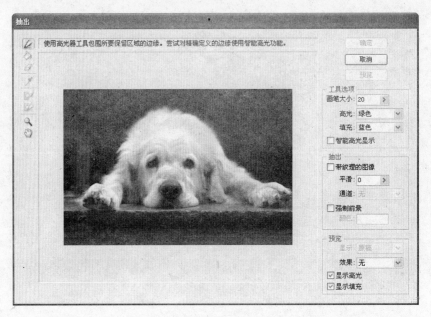

图 9-119　"抽出"对话框

在此对话框中，"边缘高光器工具" ✐用于勾画对象边缘；"填充工具" ⬛用来在轮廓中填充实色；"橡皮擦工具" ✐用于删除被选对象边缘的高亮色；"吸管工具" ✐用来选择前景色；"清除工具" ✐用于在预览状态下擦除不需要的图像区域；"边缘修饰工具" ✐用于清除在预览状态下所选择对象的不理想边缘。

（2）选择"边缘高光器工具" ✐，设置合适的画笔大小，沿着小狗周围涂抹，完成轮廓，如图 9-120 所示。

（3）选择"填充工具"，在轮廓中单击填充实色，将需要选择或分离的对象覆盖起来，如图 9-121 所示。

图 9-120　勾画轮廓　　　　　　　　图 9-121　填充轮廓

（4）单击"预览"按钮查看预览效果，如果不满意可以重新勾画或者使用"橡皮擦工具"擦除不需要的部分。

（5）单击"确定"按钮，就得到了抽出后的图像效果，如图 9-122 所示。

图 9-122　抽出效果

**专家点拨**：在完成绘制和填充后，应该先使用预览功能并指定不同的背景查看抽出的效果是否满意，不满意就继续修改，然后再预览再修改，直到满意为止，因为该操作会破坏图像内容，所以在操作之前最好先备份图层。

液化滤镜的作用是扭曲图像，它可以根据鼠标的移动来改变图像内容。

（1）打开一幅图像，选择"滤镜"|"液化"命令，打开"液化"对话框，如图 9-123 所示。

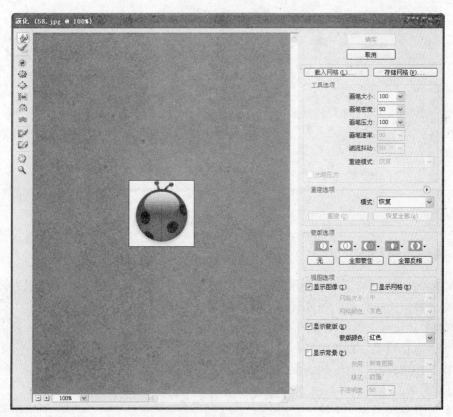

图 9-123　"液化"对话框

在此对话框中，"向前变形工具" 可以沿着鼠标行进的方向拉伸图像；"顺时针旋转扭曲工具" 可以将图像呈 S 形扭曲，按住 Alt 键可切换为逆时针方向；"褶皱工具" 能将图像从边缘向中心压缩；"膨胀工具" 能将图像从中心向四周扩展；"左推工具" 是将一侧的图像向另一侧移动；"镜像工具" 是将镜像平面一侧的图像复制到另一侧并互为颠倒；"湍流工具" 可以形成波浪形。

（2）选择"向前变形工具" 改变瓢虫的形状，效果如图 9-124 所示。

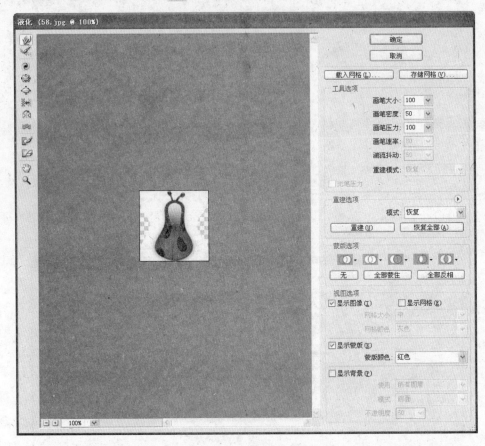

图 9-124　改变瓢虫形状

### 9.5.3　模糊滤镜和锐化滤镜

"模糊和锐化"滤镜用于柔化或锐化一幅图像或一个选择区域，它可以通过转化像素的方法平滑处理或锐化处理，使图像产生特殊的效果。

"模糊"滤镜可以柔化图像的外观。Photoshop 提供了 11 种模糊处理选项：表面模糊、动感模糊、方框模糊、高斯模糊、进一步模糊、径向模糊、镜头模糊、模糊、平均、特殊模糊和形状模糊。

"表面模糊"滤镜能在保留边缘的同时模糊图像。

（1）打开一幅图像，选择"滤镜"|"模糊"|"表面模糊"命令，打开"表面模糊"对话框，设置"半径"为 10 像素，"阈值"为 50，如图 9-125 所示。

（2）单击"确定"按钮，原图与完成后效果如图 9-126 所示。

图 9-125　设置表面模糊参数　　　　　　图 9-126　原图与表面模糊后效果

"高斯模糊"比较特殊，它可以对每个像素应用加权平均模糊处理以产生朦胧效果。在使用中比较普遍。

选择"滤镜"|"模糊"|"高斯模糊"命令，打开"高斯模糊"对话框，设置"半径"为 5.0 像素，如图 9-127 所示，单击"确定"按钮，完成滤镜的应用。最终的效果如图 9-128所示。

图 9-127　设置高斯模糊滤镜参数　　　　　图 9-128　使用高斯模糊滤镜效果

"动感模糊"滤镜能产生图像正在运动的视觉效果。对图像应用此效果可打开如图 9-129所示的对话框，对其中的"角度"和"距离"进行调整，效果如图 9-130 所示。

"锐化"滤镜可以校正模糊或边缘不清晰的图像。Photoshop 提供了 5 种锐化效果：USM锐化、进一步锐化、锐化、锐化边缘和智能锐化，下面以 USM 锐化为例说明"锐化"滤镜的使用方法。

（1）打开一幅图像，选择"滤镜"|"锐化"|"USM 锐化"命令，打开"USM 锐化"对话框，设置"数量"为 80%，"半径"为 5.0 像素，如图 9-131 所示。

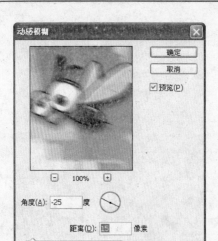

图 9-129　设置动感模糊参数　　　　　　　　图 9-130　动感模糊滤镜效果

（2）单击"确定"按钮应用滤镜，原图及应用滤镜后的效果如图 9-132 所示。

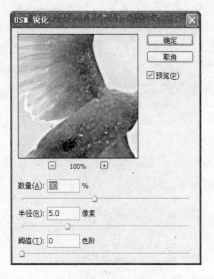

图 9-131　设置 USM 锐化参数　　　　　　图 9-132　原图及 USM 锐化滤镜效果

# 9.6　本章习题

**一、选择题**

1. 创建选区时，按住（　　　）可切换为"添加到选区"模式。

  A．Shift 键　　　　　　　　　　　　　　B．Alt 键

  C．Shift+Alt 组合键　　　　　　　　　　D．Ctrl+Alt 组合键

2.（　　　）可以像在创建图像的倒影时那样将颜色逐渐混合起来，使用时很像是用手

指在涂抹未干的颜料一般。

    A．模糊工具　　　　B．锐化工具　　　　C．涂抹工具　　　　D．加深工具

3．（　　）滤镜可以对每个像素应用加权平均模糊处理以产生朦胧效果。

    A．高斯模糊　　　　B．表面模糊　　　　C．动感模糊　　　　D．进一步模糊

4．在"色阶"对话框中，欲增加图像的亮度，不能使用下面的（　　）。

    A．将白色滑块向左拖移　　　　　　　　B．将灰色滑块向左拖移

    C．将黑色滑块向右拖移　　　　　　　　D．将灰色滑块向右拖移

5．在使用"曲线"命令调整图像的色调时，欲在曲线上创建与图像中某点对应的控制点，应执行下面的（　　）。

    A．在图像中单击　　　　　　　　　　　B．按 Ctrl 键在图像中单击

    C．按 Alt 键在图像中单击　　　　　　　D．在图像中双击

**二、填空题**

1．_____类似于现实绘图工作中的透明胶片，将图像的各个要素分别绘制于不同的透明胶片上，透过上层的胶片透明区域能观察到下层的图像。它的显示和操作都集中在_____面板上。

2．在多图层的情况下，图层的混合模式决定了_____和_____融合的方式，默认情况下，图层的混合模式为_____，表示除非上方图层有半透明部分，否则对下方的图层会形成遮挡。

3．蒙版是一种作用于_____上的复合技术，它可以以独特的_____将多张图片组合成单个图像，也可用于局部的颜色和色调校正。

4．Photoshop 用于创建规则选区的工具有_____、_____、_____和单列选框工具 4 种，用于创建不规则选区的工具有_____、_____、_____快速选择工具和_____。

5．"色相/饱和度"命令可以调整图像中单个颜色成分的色相、饱和度和明度，通过调整色相可_____，调整饱和度可改变_____，调整明度可改变图像的_____。

# 9.7　上机练习

## 练习 1　绘制网站 Logo

综合运用各种文本绘制工具绘制如图 9-133 所示的 Logo 图形。可以参考下面的步骤进行操作练习。

图 9-133　Logo 效果

（1）运用"自由形状工具"和"钢笔工具"绘制茶碗。

（2）运用"文本工具"输入文本。

（3）为文本添加滤镜。

### 练习2　网页图像色调的调整

图 9-134 所示为一张想在网页中使用的风景照，调整照片的色调，使其变为暖色调，效果如图 9-135 所示。

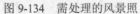

图 9-134　需处理的风景照　　　　　　图 9-135　图像处理后的效果

要调整图像的色调有多种方法，可以使用以下几种常用方法进行练习。

（1）使用"色彩平衡"命令，分别调整阴影、中间调和高光区域的颜色。

（2）使用"曲线"命令分别对红、绿和蓝通道的亮度进行调整。

（3）使用"照片滤镜"命令，选择应用加温滤镜，同时调整"浓度"的值。

# 第10章

# Photoshop 设计网页元素

网页元素就是指网页中使用到的一切用于组织结构和表达内容的对象。组织结构包括按钮、布局、层、导航条和链接等。表达内容包括 Logo、Banner、文字、图像和 Flash 等。本章从范例入手，学习运用 Photoshop CS3 创建各种网页元素的方法和技巧。

**本章主要内容：**

- 设计网站图标和 Logo
- 设计网页广告图像
- 设计网页按钮和导航条
- 设计网页

## 10.1　设计网站图标和 Logo

网站图标指显示在浏览器地址栏左侧的简单明了且视觉效果突出的小图标。网站 Logo 徽标主要是各个网站用来与其他网站链接的图形标志，可以代表一个网站或网站的一个板块。

### 10.1.1　绘制网站图标

网站图标是一个网站的标志性图片，它的英文名称叫 Favicon，打开浏览器，地址栏的左侧的 IE 图标变成了特别的小图标，这就是网站图标，或者叫网站头像。如图 10-1 所示即是百度的网站图标。另外，在浏览器收藏夹的网址前也可以看到网址前的这些特别的图标，如图 10-2 所示。

图 10-1　百度图标

图 10-2　收藏夹里的网站图标

网站图标不是常用的 GIF 和 JPG 等图片格式，而是 ICO 格式，所以也常称之为 ICO 图标。电脑桌面上看到的各种文件图标，也都属于 ICO 图标。

网站图标的表现形式有三种。第一种是文字方式，如网易图标、谷歌图标G；第二种是图形方式，如百度图标、Windows LIVE 图标；第三种是图文结合方式，如雅虎

图标 ☻!、某个人网站图标 . 下面制作一个如图 10-3 所示的网站图标。

### 1. 新建文件

（1）运行 Photoshop CS3，选择"文件"|"新建"命
令。或者直接按 Ctrl+N 组合键打开"新建"对话框。创建
画布为 16×16 像素、分辨率为 72 像素/英寸、名称为"网
站图标"、其他参数为默认的文档，如图 10-4 所示。然后
单击"确定"按钮，进入设计窗口。

图 10-3　完成后放大的效果

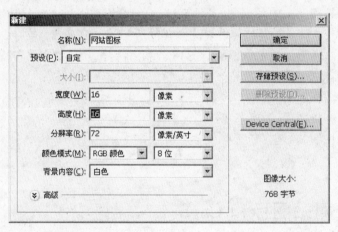

图 10-4　"新建"对话框

（2）在工具箱中选择"缩放工具" ，在"属性"面板中单击 适合屏幕 ，进行放大
操作，以方便图形绘制。或者在右侧导航器窗口中直接输入视窗放大数值，如 2000%。

**专家点拨**：制作 16×16 像素的图片时千万不要使用先制作出大图再改变分辨率的方
法，因为这样做不出清晰的图标。读者在开始自己的网站图标设计前，可以多观察分析一
些其他网站的图标。

### 2. 绘制矢量图形

（1）将前景色设置成蓝色#0e70b7，在工具箱中选择"钢笔工具" ，在选项栏中单
击选择"形状图层"按钮，如图 10-5 所示。

图 10-5　钢笔工具选项栏

（2）使用"钢笔工具"在画布的合适位置单击，出现了一个锚点。移动鼠标指针到另
一位置单击，两个锚点间出现一条线段。按同样的方法单击绘制锚点，绘制过程如图 10-6
所示。

（3）在工具箱中选择"转换点工具" ，按住鼠标左键向下拖动锚点②，将这个锚点所在的线条更改为曲线，并调整曲线的弧度，如图 10-7 所示。用同样方法修改其他锚点，最后如图 10-8 所示。

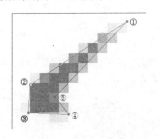

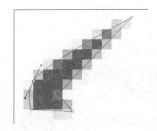

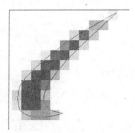

图 10-6　绘制 L 形路径　　　　图 10-7　调整锚点②　　　　图 10-8　调整其他锚点

（4）打开"路径"面板，单击面板右侧的小三角按钮，弹出面板的下拉菜单，选择"存储路径"命令，在弹出的对话框中给路径命名"L 形"后确定。此时"路径"面板中有两条路径，如图 10-9 所示。

（5）右击"L 形"路径，在弹出的菜单中选择"复制路径"命令，在弹出的对话框中给路径命名"Y 形"确定。此时"路径"面板中有三条路径，如图 10-10 所示。

图 10-9　存储路径　　　　　　　　　　　图 10-10　复制路径

（6）选择"编辑"|"变换路径"|"旋转 180 度"命令，打开"图层"面板，新建"图层 1"，在工具箱中选择"路径选择工具"，单击选中路径，使用方向键移动路径至合适位置，如图 10-11 所示。

**专家点拨**：旋转前一定要确定当前选中路径是"Y 形"。如果打开"编辑"菜单找不到"变换路径"命令，说明当前没有选中路径。

（7）单击"路径"面板下方的"用前景色填充"按钮 ，图片效果如图 10-12 所示。

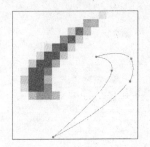

图 10-11　Y 形路径移动后效果　　　　　图 10-12　填充后图片效果

（8）将前景色设置成黄色#f9cf0a；在工具箱中选择"椭圆工具"，在选择栏中选择
"形状图层"按钮，按住 Shift 键绘制一个正圆形，调整好圆形的大小和位置，至此图像
绘制完毕，图层及图像的效果如图 10-13 所示。

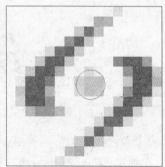

图 10-13　图层及图像的最终效果

### 3．图形的保存

（1）按 Ctrl+S 组合键，保存文档。

（2）选择"文件"|"存储为 Web 和设备所用格式"命令，在打开的对话框中选择图
像的保存格式为 GIF，其他参数默认，如图 10-14 所示。单击"存储"按钮，弹出"将优
化结果存储为"对话框，输入文件名为"网站图标"，单击"保存"按钮，生成一个 GIF
格式的文件。

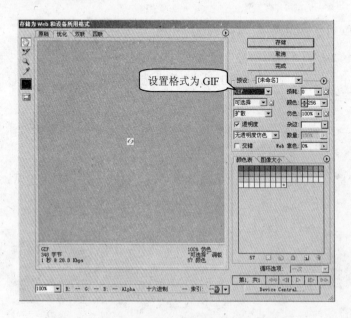

图 10-14　"存储为 Web 和设备所用格式"对话框

**专家点拨**：在格式选项中可以留意到，Photoshop 是不支持 ICO 格式的。使用 Image2Ico 之类的小程序即可将 GIF 图片转换为一个 Icon 文件，并命名为 Favicon.ico。最后将 Favicon.ico 文件上传到网站的根目录下即可。

### 10.1.2　绘制网站 Logo

一个设计独特的网站 Logo 能给浏览者以深刻的第一印象，它不仅代表了网站本身，也能突出网站的性质，是网站的"眼睛"。

本范例利用 Photoshop CS3 的多种绘图工具来绘制一个设计类网站的 Logo。作品简单醒目，很好地传递了网站的基本信息。范例效果如图 10-15 所示。

图 10-15　网站 Logo 效果图

#### 1．新建文件

（1）运行 Photoshop CS3，设置背景色为绿色#1f6431。

（2）按 Ctrl+N 组合键打开新建文档窗口。创建画布为 500×250 像素、背景内容为"背景色"、名称为"花开的声音"、其他参数为默认的文档，如图 10-16 所示。单击"确定"按钮，进入设计窗口。

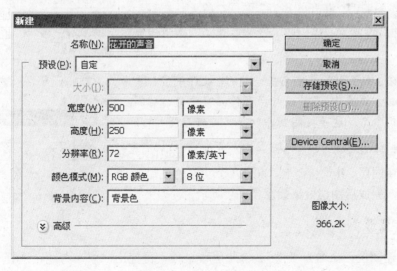

图 10-16　"新建"对话框

**专家点拨**：背景选用的绿色就是网页的主色调。绿色会给浏览者生机盎然的感觉。

### 2．文字的输入与编辑

（1）在工具箱中选择"横排文字工具" T ，设置字体为"方正粗活意简体"，字号大小为 80 点，颜色为白色，如图 10-17 所示。在画布区输入"花开的声音"几个字。选择文字"的"，将字体修改成"方正彩云繁体"，如图 10-18 所示。

图 10-17　字体设置　　　　　　　　　　　　　　　图 10-18　文字输入

（2）展开"图层"面板，右击文字图层，在弹出的快捷菜单中选择"栅格化文字"命令。

（3）选择"视图"|"标尺"命令，打开标尺。从顶部标尺处拖出一条参考线至文字顶端处。

（4）选择"矩形选取工具" ，框选"花"字，按 Ctrl+C 组合键复制文字，选择"图层"|"新建"|"通过拷贝的图层"命令，将文字复制到"图层 1"中，将"图层 1"命名为"花"。

（5）单击隐藏的"花开的声音"图层，放大画布显示比例至 300%，将文字"花"向上移动，使它的上端与参考线齐平。

**专家点拨**：由于图层是重叠在一起的，设计中常常需要隐藏图层以方便操作，另外设计网页作品时要随时对新建的图层重新命名，这是提高制作效率的良好习惯。

（6）按同样的方法，将除文字"的"之外的其他图层分别复制成新图层，并重新命名，将这几个文字的上端与参考线对齐，完成后图层效果如图 10-19 所示。

图 10-19　图层效果

### 3．文字变形

（1）新建图层，命名为"横"，将此层移至顶，再拖出一条参考线，选择"矩形选取工具" ，在前两个文字上绘制矩形选区，如图 10-20 所示。

（2）按 Alt+Delete 组合键，为选区填充白色。按 Ctrl+D 组合键取消选区，效果如图 10-21 所示。

图 10-20　绘制矩形选区　　　　　　　图 10-21　填充前景色

（3）按照同样的方法将其他两个文字的笔画连接，最终效果如图 10-22 所示。

（4）对文字"开"和"声"的竖笔画的编辑方法是向下延长并将下端制作成圆角效果，具体方法不再赘述，效果如图 10-23 所示。

图 10-22　文字连接后效果　　　　　　　图 10-23　完成效果

（5）选择"橡皮擦工具"，将"的"字的中心擦除，同样将"花"字和"音"字上面部分各擦除一些，效果如图 10-24 所示。

**4．用自定形状修饰文字**

（1）选择"自定形状工具" ，在形状选取栏中选择花形，如图 10-25 所示。

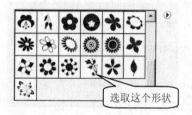

选取这个形状

图 10-24　擦除笔画　　　　　　　　图 10-25　选取自定形状

**专家点拨**：因为本例所用的自定形状来源于外部，所以读者可以把随书光盘素材库中的自定形状文件复制到 "C:\Program Files\Adobe\Adobe Photoshop CS3\预置\自定形状" 文件夹中，然后追加形状即可。

（2）在画布上绘制出花朵形状，选择"编辑"|"变换路径"|"水平翻转"命令，将其移到文字上，然后按 Ctrl+T 组合键来调整形状的大小和角度。效果如图 10-26 所示。

（3）按同样的方法，选择其他花形装饰文字。完成后效果如图 10-27 所示。

图 10-26　加入花朵形状　　　　　　　图 10-27　完成的效果

（4）选择"钢笔工具"为文字绘制卷曲的线条，使字体显得活泼生动。效果如图 10-28 所示。

**5．加入网址文字及说明**

（1）选择"横排文字工具"，字体设置为 Broadway，字号为 18 点，输入网址 huakaideshengyin.net。

（2）设置字体为方正准圆简体，大小为 18 点，分别输入"引领课件制作"、"提供视频教程"等文字，效果如图 10-29 所示。

图 10-28　加入卷曲的线条

图 10-29　加入网址文字及说明

（3）保存文档，网站 Logo 就制作完成了。最后可以将其输出为 GIF 图像格式。

# 10.2　设计网页广告图像

作为专业的平面设计软件，Photoshop 在设计网页广告图像方面功能强大。本小节以范例的方式介绍用 Photoshop CS3 制作网站 Banner 和网页广告的方法。

## 10.2.1　制作网站 Banner

Banner 是指网页中的广告条，一般使用 GIF 格式的动态图像文件，以达到吸引观者注意力的目的，也可以使用静态图形。下面设计制作一个时装网站 Banner。范例效果如图 10-30 所示，实际效果是动态的。

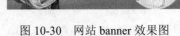

图 10-30　网站 banner 效果图

**1．新建文件并打开素材图片**

（1）运行 Photoshop CS3，按 Ctrl+N 组合键打开"新建"对话框。创建画布为 360×140 像素、分辨率为 72 像素/英寸、名称为 banner、背景色为白色、其他参数为默认的文档。

（2）选择"文件"|"打开"命令，打开素材库中名为"10-2背景.jpg"的文件。使用移动工具将此图片拖放到 banner 文件的画布中，作广告的背景图。

**专家点拨：** 此广告条的背景以淡紫色为主色调，给人幽雅、高贵、神秘的感觉，这种色调很适用于女性产品的广告。

（3）按照同样的方法再打开 4 张服装图片，依次将其拖放到画布右下角重叠放置，给它们所在的图层重新命名。

（4）选择"服装 1"图层，使用"椭圆选框工具"，创建与服装图片大小相同的选区，按 Ctrl+Shift+I 组合键反转选区，如图 10-31 所示。按 Delete 键删除选区。按相同的方法将其他 3 张服装图片的白色边框删除。按 Ctrl+ D 组合键取消选区。

图 10-31　放置背景和服装图片

图 10-32　调整图片后的效果

（5）按住 Ctrl 键，单击选择 4 个服装图层，按 Ctrl+T 组合键调整好图像大小，效果如图 10-32 所示。

（6）选择"文件"|"置入"命令，弹出"置入"对话框，分别选择素材文件"人物一.psd"和"绸带.psd"，将其置入当前文档中并调整大小和位置，如图 10-33 所示。

（7）新建图层，命名为"星光"。选择"画笔工具" ，在选项栏的"画笔预设选取器"中选择"星形 55 像素"画笔，在画面中随意单击加入星光效果，如图 10-34 所示。

图 10-33　置入图片后的效果

图 10-34　加入星光效果

### 2．输入文字

（1）选择"文字工具"，将字体设置为"方正中倩简体"，大小为 12 像素，颜色为粉色（颜色代码为#f64489），字形为浑厚，输入"颖薇"两字。双击打开"图层样式"对话框，为它添加"外发光"样式，如图 10-35 所示。

图 10-35　加入文字效果

（2）将字体设置为"方正细黑简体"，字号为 6 像素，颜色为浅灰色（颜色代码为#0c0c0c），输入"品牌女装"。将字体设置为 Copperplate Gothic Bold，字号为 6 像素；颜色为深灰色（颜色代码为#363435），输入 YingV，图片及图层结构如图 10-36 所示。

### 3．添加动画效果

（1）选择"窗口"|"动画"命令，打开"动画"面板，如图 10-37 所示。

图 10-36 图片效果及图层结构

图 10-37 动画面板

**专家点拨**：制作动画效果并不是 Photoshop 的强项，一般情况下动画优先用 Flash 来制作，当然如果广告效果不复杂，使用 Photosop 也未尝不可。

（2）默认情况下，"动画"面板中只有 1 帧，单击"动画"面板上的"新建"图标 ，新建第 2 帧，将"图层"面板中"服装 1"图层隐藏，单击"动画"面板的播放按钮 ，可以看到已经有了动画效果，如图 10-38 所示。

图 10-38 添加帧

（3）按照同样的方法，再新建两帧，分别将服装 2 和服装 3 图层隐藏。

（4）按住 Ctrl 键，单击选中这 4 帧，在时间文字上右击，在弹出的快捷菜单中选择 0.2，表示每帧持续 0.2 秒。单击播放按钮 测试动画效果。

（5）在"动画"面板中选中第 2 帧，在"图层"面板中选择"人物"图层，使用"移动工具"向下拖动图片。按同样的方法分别将第 3 帧和第 4 帧中的"人物"图片向下移动适当距离。

（6）新建第 5 帧，将帧延时改为 0.1 秒，在"图层"面板隐藏"颖薇"图层。新建第 6 帧，取消"颖薇"图层的隐藏。新建第 7 帧，再次隐藏该图层。"动画"面板如图 10-39 所示。

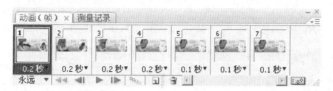

图 10-39　加入文字动画后的动画窗口

**专家点拨：** 在制作动画时要随时预览，确认动画无误后，再继续下一步操作，否则常常会出现动画混乱，难以修复的情况。

（7）分别选中第 1、3、5、7 帧，将"图层"面板中"星光"层隐藏，播放动画预览效果。

**4．保存输出动画**

选择"文件"|"存储为 Web 和设备所用格式"命令，选择格式为 GIF，其他如图 10-40 所示，单击"存储"按钮，将文件保存为 banner.gif。至此，动画制作完毕。

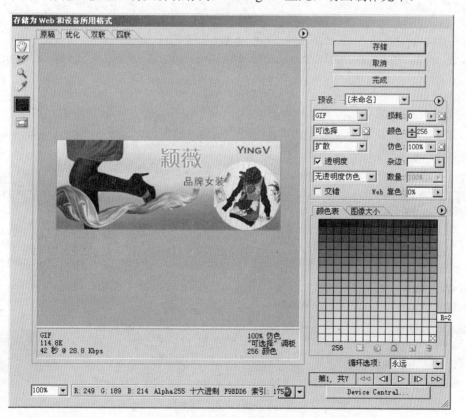

图 10-40　"存储为 Web 和设备所用格式"对话框

### 10.2.2 绘制网页通栏广告

网页通栏广告是指左右与网页同宽，高度一般为 100～200 像素的图片广告，这种广告多为静态。它常常以抢眼的位置和旖旎的色彩达到吸引浏览者眼球的目的。下面就以图 10-41 所示效果为例，完成一幅 950×120 像素的通栏广告。

图 10-41　通栏广告效果图

#### 1．新建文件并打开素材图片

（1）运行 Photoshop CS3，按 Ctrl+N 组合键打开"新建"对话框。创建画布为 950×120 像素、分辨率为 72 像素/英寸、名称为"茶叶店"、背景色为白色、其他参数为默认的文档。

（2）新建图层，将前景色设置为白色，背景色设置为蓝色（颜色代码为#4b6a8f），选择"滤镜"|"渲染"|"云彩"命令，效果如图 10-42 所示。

图 10-42　云彩效果

（3）打开随书配套光盘的"茶叶店素材 1.psd"文件，将其中的 4 幅图片都复制到新文档中，调整好位置和大小，重命名这 4 个图层，如图 10-43 所示。

图 10-43　复制素材图片

（4）选中"水墨"图层，设置图层的混合模式为"正片叠底"。选中"插画"图层，设置不透明度为"60%"。选中"梅花"图层，将梅花图片水平翻转，再适当缩小，效果如图 10-44 所示。

图 10-44　图片效果

（5）打开素材库中"茶杯.psd"文件，选择"自由钢笔工具"，在选项栏中选择"路径"

按钮，选择"磁性的"复选框，沿茶杯外轮廓创建路径，然后将路径转换成选区，将选区内的图片移动到广告文档中，布局好它的位置和大小，如图 10-45 所示。

图 10-45　放置茶杯后效果图

**专家点拨：**本范例中使用了大量的素材图片，这些图片其实都已经进行了抠图处理，去除了素材图原有的杂乱背景。抠图的方法很多，要根据图片的实际情况恰当地使用选区工具进行编辑处理。

（6）打开素材文件"花茶图.jpg"，将图片拖入广告文档的左侧。将该图层命名为"花茶"，单击"图层"面板下方的添加图层蒙版按钮 ，为"花茶"图层添加蒙版。

（7）选择"渐变工具"，设置渐变色为"从黑色到白色"的线性渐变，然后再从左向右拖一条线段，将"花茶图"的右侧边缘虚化，将此图层拖放到"茶道"图层下，局部效果如图 10-46 所示。

**2．布局文字**

（1）打开素材文件"一杯茶.jpg"，使用"多边形套索工具"，将 2 列文字布局为 4 列文字，如图 10-47 所示。

图 10-46　局部效果图　　　　　　　　　　　图 10-47　文字效果图

（2）将文字图片复制到文档中，保持在图层的顶部，设置图层混合模式为"正片叠底"，调整好位置和大小，效果如图 10-48 所示。

图 10-48　图片效果

（3）选择"文字工具"，设置字体为"文鼎行楷碑体"，字号为 48 点，输入文字"北京京誉茶叶"。展开"样式"面板，为文字添加一种合适的样式，效果如图 10-49 所示。

图 10-49　文字效果图

**3．修饰广告图片**

（1）选择"背景"图层，使用"多边形套索工具"，羽化值设置为 20px，绘制出选区，如图 10-50 所示，按 Delete 键删除选区内容后，取消选区。

图 10-50　用多边形套索工具创建选区

（2）将"背景图片 2"置入当前文档中，水平翻转图片，并调整图片的位置和大小，如图 10-51 所示。

图 10-51　图片效果

（3）为该图层添加图层蒙版，选择"渐变工具"，在图片右侧从左向右拖一条水平短直线，将右侧边缘虚化。右击，在快捷菜单中选择"应用图层蒙版"命令，应用图层蒙版。按同样的方法再创建一个图层蒙版，将左侧边虚化，以达到两侧自然过渡的效果，如图 10-52 所示。

图 10-52　添加图层蒙版后效果

（4）选中"梅花"图层，将其混合模式修改为"正片叠底"。

（5）双击"北京京誉茶叶"图层打开"图层样式"对话框，选择"投影"效果，将距离修改为 2px，大小改为 4px，保存文档，茶叶店通栏广告绘制完成。

（6）将图像输出为 GIF 或者 JPG 格式即可。

# 10.3　设计网页按钮和导航条

按钮是网页中用于导航的重要元素，导航条是一组按钮的集合，它提供了到网站不同栏目的链接。网页按钮和导航条设计得好，不仅能增强网页的视觉效果，而且能使导航清晰自然。

### 10.3.1　绘制网页按钮

本范例学习绘制一个具有水晶质感的网页导航按钮，效果如图 10-53 所示。

**1．新建文件并制作渐变底图**

（1）运行 Photoshop CS3，按 Ctrl+N 组合键打开"新建"对话框。创建画布为 160×125 像素、分辨率为 72 像素/英寸、颜色模式为 RGB、背景色为白色、名称为"水晶按钮"、其他参数为默认的文档。

（2）设置前景色为白色，选择"圆角矩形工具" ，在选项栏中选择形状图层，设置角半径为 10 像素，绘制一个圆角矩形。

（3）将图层重新命名为"矩形"，右击图层，在弹出的快捷菜单中选择"混合选项"命令，打开图层样式窗口。

（4）选择"投影"效果，设置不透明度为 100%，大小为 4px。选择"渐变叠加"效果，设置左侧渐变色为#16397a，右侧为#1464c8，完成后图片效果如图 10-54 所示。

图 10-53　水晶按钮效果图

图 10-54　圆角矩形效果

**2．制作水晶效果**

（1）复制"矩形"图层，重新命名为"矩形 2"。为这个图层添加"渐变叠加"图层样式，修改渐变颜色，设置 3 个色标，颜色值从左到右依次为#449cdb、#538cbb、#d4e1ee。此时按钮效果如图 10-55 所示。

（2）放大画布显示比例，按 Ctrl+T 组合键将矩形 2 向内缩进 1 个像素。

（3）选择"添加锚点工具"，在矩形 2 左右两边的中点位置分别添加两个锚点。使用"转换点工具"，将锚点向中间移动合适的距离，如图 10-56 所示。

图 10-55　矩形 2 效果图

图 10-56　移动锚点

**3．添加电话形状**

（1）选择"自定形状工具"，设置前景色为白色，在"自定形状拾色器"中选择"电话"形状，在水晶按钮上绘制电话形状，效果如图 10-57 所示。

（2）打开"图层样式"对话框，选择"投影"样式，设置距离为 3 像素，扩展为 2%，大小为 4 像素。

图 10-57　创建电话形状

（3）选择"斜面浮雕"样式，设置方向为下，大小为 3 像素，软化为 3 像素，大小为 3 像素。

（4）选择"描边"样式，大小为 3 像素，颜色为#053272，选择"渐变叠加"样式，修改渐变颜色，从左到右颜色值分别为#449cdb、#dffcfa、#76b7f8。单击"确定"按钮，一个质感十足的水晶按钮制作完成。

### 10.3.2 绘制网页导航条

导航条不仅要美观、醒目，而且在功能表达上也要一目了然。整个站点中的导航栏风格通常都是一致的，以方便浏览者了解网站的所有内容，并且知道自己所处的位置。

下面就一起来制作如图 10-58 所示的导航条。其中"公司介绍"为当前页效果。

图 10-58　导航条效果图

**1．绘制圆角矩形**

（1）运行 Photoshop CS3，创建画布为 800×150 像素、分辨率为 72 像素/英寸、颜色模式为 RGB、背景色为白色、名称为"导航条"、其他参数为默认的文档，设置背景色为#1d9b9b，按 Ctrl+Delete 组合键填充背景色。

（2）选择"圆角矩形工具"，选中"形状图层"按钮，设置角半径为 10 像素，绘制一个 420×46 像素的圆角矩形，右击，在弹出的快捷菜单中选择"图层栅格化"命令将图层栅格化。

**专家点拨**：绘制固定值的形状时，可以展开信息面板，参照信息面板的 W 和 H 值。

**2．制作矩形导航效果**

（1）选择"钢笔工具"，选中"路径"模式，绘制如图 10-59 所示的路径，按 Ctrl+Enter 组合键将路径转成选区。

（2）按 Ctrl+X 组合键剪裁选区图形，按 Ctrl+V 组合键粘贴图形到新图层，将图层重命名为"开端"。调整两个图层的位置，效果如图 10-60 所示。

图 10-59　绘制路径　　　　　　　　　　　图 10-60　开端效果图

**专家点拨**：在绘图过程中，选择"视图"|"对齐"命令，并恰当使用参考线，可以准确定位图形。

（3）选择"形状 1"图层，打开"路径"面板，单击选中"工作路径"，使用"路径选择工具"选择路径后右移，按 Ctrl+Enter 组合键将路径转成选区。

（4）剪裁选区图形，粘贴到新图层，重命名为"中段"图层，将"形状 1"图层重命名为"结尾"。调整图层的位置，效果如图 10-61 所示。

图 10-61　3 段效果图

（5）复制 2 次"中段"图层，调整所有图形的位置，将它们水平间隔排列，选中除背景图层外的其他图层，按 Ctrl+E 组合键合并图层，将其重命名为"底部导航条"。 效果如图 10-62 所示。

图 10-62　导航条效果

### 3．添加渐变效果

（1）按住 Ctrl 键，单击"图层"面板中"底部导航条"的缩略图，载入选区。选择"渐变工具"，设置 3 个渐变色标为#004a6d、#34a2af 和#ffffff 的线性渐变，由上至下填充渐变效果。

（2）为图层添加"描边"图层样式，设置大小为 1 像素，颜色为#034d5a，其他值默认。

（3）新建图层，单击"底部导航条"的缩略图，载入选区。选择"渐变工具"，渐变色设置成"前景到透明"，保持前景色为白色，从上到下填充，按 Ctrl+D 组合键取消选区，添加高光后的效果如图 10-63 所示。

图 10-63　添加高光效果

### 4．制作倒影

（1）复制"底部导航条"图层，选择"编辑"|"变换"|"垂直翻转"命令，按住 Shift 键，移动翻转后的图形到如图 10-64 所示位置。

图 10-64　图形翻转后的效果

（2）将图层重命名为"倒影"，单击"图层"面板下方的"添加图层蒙版"按钮，为"倒影"图层添加图层蒙版，选择"渐变工具"，使用从黑到白的线性渐变，由下到上填充渐变，完成导航条的倒影效果，如图 10-65 所示。

图 10-65　倒影效果

**5．输入导航条文字**

（1）选择"文字工具"，设置字体为"方正准圆简体"，字号为 18 点，颜色为白色，输入文字"公司首页"。打开"图层样式"对话框，添加投影样式，距离为 2 像素，扩展为 0 像素，大小为 2 像素，添加描边样式，大小为 1 像素，颜色为#0b5269。

（2）用同样的方法分别输入文字"公司介绍"、"产品展示"、"信息反馈"、"联系我们"。在"公司主页"图层上右击，在弹出的快捷菜单中选择"拷贝图层样式"命令，同时选择其他 4 个导航文字图层，右击，在弹出的快捷菜单中选择"粘贴图层样式"命令，效果如图 10-66 所示。

图 10-66　输入文字后的效果

**6．导航菜单的突出显示**

为了标示浏览者所处的网站位置，下面对当前页的导航栏状态添加突出显示效果。

（1）新建图层，命名为"圆珠"，保持图层在最顶部。选择"椭圆选框工具"，按住 Shift 键在画布中绘制圆形选区，并用白色填充。

（2）将"公司主页"的图层样式复制粘贴给"圆珠"图层，打开"图层样式"对话框，添加"渐变叠加"样式，复制该图层，将新图层中的圆珠移动到文字后面，效果如图 10-67 所示。至此，导航条制作完成。

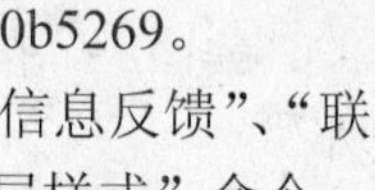

图 10-67　当前页导航栏的局部效果

# 10.4　设计网页

Photoshop CS3 可以快速创建网站和用户界面原型，并能通过切片和优化将图片直接转换成 Web 格式。本小节将综合使用 Photoshop CS3 的各种工具完整地制作一个网页作品，以使读者对网页制作流程有一个大致的认识，达到心领神会的目的，如图 10-68 所示是绘制好的网页。

## 10.4.1　绘制网页

**1．新建文件并绘制网页顶部背景**

（1）运行 Photoshop CS3，按 Ctrl+N 组合键打开"新建"对话框。创建画布为 910×

770 像素、分辨率为 72 像素/英寸、颜色模式为 RGB、背景色为白色、名称为"网页制作"、其他参数为默认的文档。然后单击"确定"按钮，进入设计窗口。

图 10-68　绘制好的网页

（2）将背景色设为#63a642，按 Ctrl+Delete 组合键，填充背景色，开启标尺。

（3）选择"圆角矩形工具"，使用"路径"模式，设置半径值为 10 像素。绘制 910×123 像素的矩形路径。用删除锚点和修改锚点的方法，将上面两圆角改为直角。

（4）选择"添加锚点工具"，在矩形路径右下方添加 3 个锚点，使用"转换点工具"，调整路径的形状，如图 10-69 所示。

图 10-69　添加锚点并修改路径

（5）新建图层，命名为"头部底色"。将前景色设为#1f6431，展开"路径"面板，单击"用前景色填充路径"按钮，为波浪形头部底图填充颜色。

## 2．添加网站 Logo 和导航条

（1）打开本章第 1 节制作好的素材文件"网页 logo.jpg"，将其拖放到网页文件中，更改它的位置和大小。

（2）打开素材文件"网页导航条.jpg"，该导航条的制作方法与本章第 3 节相似，将其拖放到网页文件中，更改它的位置和大小，效果如图 10-70 所示。

图 10-70　添加 logo 和导航条

**专家点拨**：导航条上的文字部分在导出为 HTML 文件时要关闭显示，在 Dreamweaver 中打开后再添加。这样可以优化图片，节约流量，提高访问速度。在该范例中加入文字是为了观看完整的网页效果。

（3）选择"圆角矩形工具"，设置为"路径"模式，半径为 10 像素，绘制一个 115×25 的矩形。

（4）新建图层，命名为"标签 1"，将前景色设为# efee5e，展开"路径"面板，单击"用前景色填充路径"按钮。按同样的方法新建 3 个图层，分别命名为"标签 2"、"标签 3"、"标签 4"，填充颜色分别为#cdcb03、# cda003、# cd6103。输入标签栏的文字，将文字图层的样式设置为投影，投影距离为 1 像素，大小为 1 像素，效果如图 10-71 所示。

图 10-71　标签栏效果

（5）打开两片小树叶素材文件，放置它到网页的右上角，输入文字"登录"、"注册"。

（6）使用"文字工具"，设置字体为宋体，字号为 13 像素，颜色为#cecdcd，输入当前的位置信息和日期，效果如图 10-72 所示。

图 10-72　加入位置和日期信息

## 3．绘制站内搜索栏

（1）选择"矩形选框工具"，新建图层命名为"搜索条"，绘制搜索框并填充白色。在左边输入文字"站内搜索"。置入"搜索.jpg"图片，放置于搜索条右侧，如图 10-73 所示。

图 10-73  加入搜索条

（2）选择"椭圆选框工具"，绘制正圆选区。新建图层重新命名为"圆圈"，设置前景色为#ff9f1b，按 Alt+Delete 组合键填充前景色。选择"选择"|"修改"|"收缩"命令，设置收缩量为 2 像素。按 Delete 键删除选区内容。

（3）复制出两个"圆圈"图层，水平布局好，然后输入文字，效果如图 10-74 所示。

图 10-74  搜索栏效果

### 4．绘制左侧栏目

（1）选择"圆角矩形工具"，使用"形状图层"模式，半径设为 10 像素。设置前景色为#b5d3a5，绘制一个 560×565 像素的矩形路径，栅格化图层，重命名为"左栏底色"。

（2）更改前景色为#73aa63，绘制一个 265×180 像素的矩形路径。栅格化图层，重命名为"专题栏底色"。

（3）更改前景色为#5a8a52，绘制一个 265×30 像素的矩形选区。栅格化图层，重命名为"标题底色"。

（4）合并"专题栏底色"和"标题底色"图层，复制合并后的图层，重命名为"教程底色"，然后水平右移，效果如图 10-75 所示。

图 10-75  左侧栏目效果

**专家点拨**：准确的数据会给生成网页后的编辑工作提供方便，因而在绘制时应该进行精确绘制，所以在绘制时使用了各栏目的准确值。

（5）将素材图片"橘色圆.psd"置入到网页中，重命名图层为"引导圆 1"，将图片放置好。按住 Alt 键拖动"引导圆 1"到右侧栏目中。

（6）在栏目中输入标题名称和文章列表，效果如图 10-76 所示。

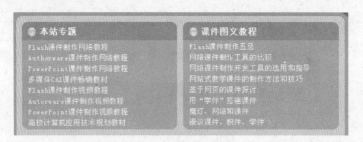

图 10-76　专题栏和教程栏效果

（7）原创图书栏和中间信息栏的绘制与前面的操作大致相同，此处不再赘述。绘制完成后的效果如图 10-77 和图 10-78 所示。

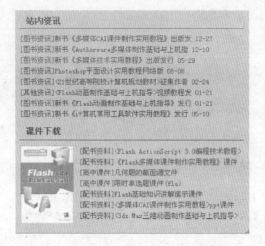

图 10-77　原创图书栏效果　　　　　　　　　　图 10-78　中间信息栏效果

### 5．绘制右侧栏目

（1）选择"自定形状工具"，追加"台词框"形状组，选取"谈话 3"形状，将前景色设为白色，绘制路径，如图 10-79 所示。

（2）选择"删除锚点工具"，删除下面的锚点。展开"路径"面板，单击"将路径作为选区载入"按钮，选择"选择"|"修改"|"收缩"命令，设置收缩量为 4 像素。

（3）新建图层，重命名为"公告底色"，设置前景色为#b5d3a5，按 Alt+Delete 组合键填充前景色。添加文字，公告栏的效果如图 10-80 所示。

图 10-79　绘制路径　　　　　　　　　　　　图 10-80　公告栏效果

（4）打开素材图片"小草.psd"，将图形拖放到网页作品的"公告底色"图层下方。效果如图 10-81 所示。

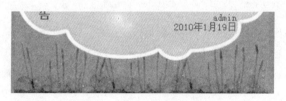

图 10-81　加入小草后效果

**6．绘制底部栏目并整理图层**

（1）网站底部的"友情链接"绘制比较简单，大家可以自己尝试，完成后添加文字和网站信息，效果如图 10-82 所示。

图 10-82　网站底部效果

（2）打开"图层"面板，单击"创建新组"按钮 🗀 添加图层组，重命名图层组，将图层分门别类地拖入各个图层组，如图 10-83 所示。

**专家点拨**：其实在创建图层组的过程中，整理图层的工作可以在设计网页时边创作边完成。通过整理图层，图层面板变得整齐有序，便于编辑和修改。

## 10.4.2　创建切片

切片是将 Photoshop 的整张大图分割成多个较小的图片，然后在网页中通过表格形式重新将小图片拼接成完整的图像，这是将 Photoshop 设计制作的网页图片转化成真正网页的重要步骤。

图 10-83　整理后的图层面板

将图像切片至少有 3 个主要优点：

一是优化。由于网速的限制，网页元素要尽可能在确保图像快速下载的同时保证质量。切片可以使用最适合的文件格式和压缩设置来优化每个独立切片。

二是创建链接。切片制作好后，可以对不同的切片制作不同的链接。

三是可以更新网页的某些部分。使用切片可以轻松地更新网页中经常更改的部分。例如，当前日期、最新公告等，利用切片可以快速更改局部内容而不用更换整个网页。

**1．网页头部切片**

（1）将画布放大到 400%，创建 5 条水平参考线，如图 10-84 所示。

图 10-84　头部水平参考线

　　**专家点拨：**创建参考线可以使图片切割得更加准确，最大限度避免切片交叉。创建参考线的原则一是将内容部分分割，二是将纯色部分分出。

　　（2）创建 11 条垂直参考线，如图 10-85 所示。要注意左边第一条参考线的位置应刚好错过圆角。

图 10-85　头部垂直参考线

　　（3）在工具箱中选择"切片工具" ，从第 1 条水平参考线左起点开始拖动选取框至第 5 条水平参考线右侧结束。这样切出 3 个切片，如图 10-86 所示。

图 10-86　对网站头部切片

　　**专家点拨：**切片时一般是先上后下，先左后右，先切大块再分割成小块。切割图片时难免会有 1～2 像素的误差，切割后要放大画布，查看切片的边线，及时调整大小。

　　（4）头部其他部分的切片主要有 Logo、标签栏、导航栏和位置时间信息区，完成后如图 10-87 所示。

图 10-87　网页头部的切片

**2. 网页中下部左侧栏切片**

（1）网页左侧栏目的切片比较简单，值得注意的是圆角必须要单独切割出来，如图 10-88 和图 10-89 所示，其中的小切片都是需要处理的矩形圆角。

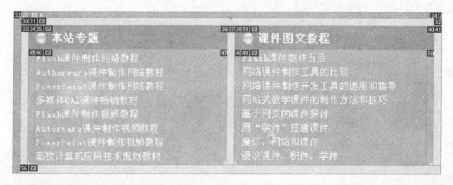

图 10-88　左侧栏上部切片

图 10-89　左侧下部切片

（2）网页右侧和底部切片的方法与上面完全相似，此处不再赘述，切片完成后网页效果如图 10-90 所示。

### 10.4.3　优化切片并导出 HTML 文件

（1）选择"文件"|"存储为 Web 和设备所用格式"命令，弹出"存储为 Web 和设备所用格式"对话框。在视图下方的注释区可以看到优化信息，包括当前切片的大小、预计下载时间。

（2）在"存储为 Web 和设备所用格式"对话框的视图区的任意位置单击，然后按

Ctrl+A 组合键选中所有切片。

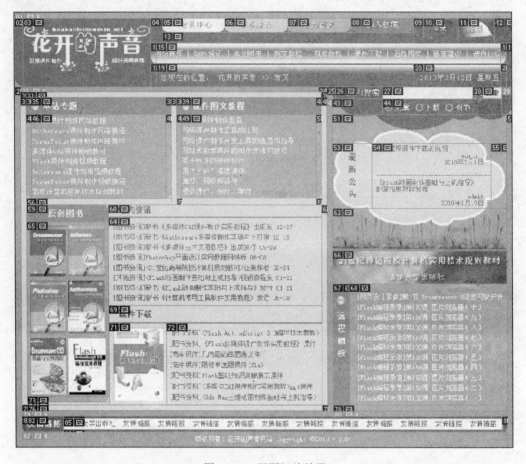

图 10-90　网页切片效果

（3）在右侧的"预设"项中设置优化的文件格式，选择为 JPEG。选择"优化"复选框，可以最大限度地压缩文件。

（4）"品质"的设置越高，图像质量越好，文件也就越大，这里设为"60"，也是网页中通常的设置。

（5）不要选择"连续"复选框。它会使图片在 Web 浏览器中以渐进方式显示，与"优化"是相矛盾的。其他参数不用设置，如图 10-91 所示。

（6）单击"双联"选项卡，选择左侧的"移动工具" 🖑 移动右联图片，选择"切片选择工具" 🔪 来选择切片。然后对比左右图片的差别，如果感觉清晰度下降，可以单独提高某切片的品质。在图片窗口右击可以选择图片显示比例和网速。

（7）对优化结果满意后，单击"存储"按钮，在弹出的"将优化结果存储为"对话框中，选择保存路径，并输入文件名 hkdsy，保存类型选择"HTML 和图像"。单击"保存"按钮。

**专家点拨：**为了生成规范的网页，这里的路径和文件名要用英文字母。网页制作要求涉及路径和文件名的地方都用英文。

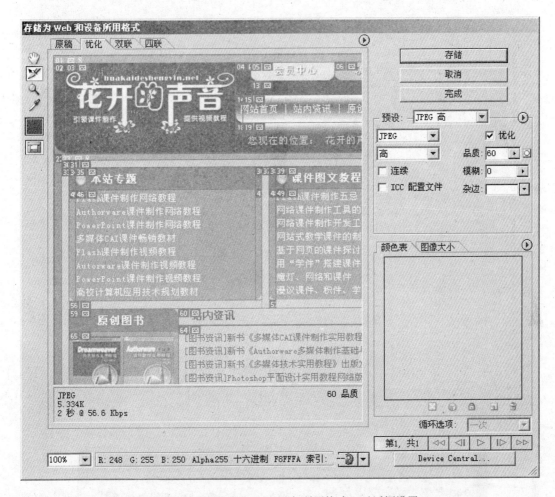

图 10-91　"存储为 Web 和设备所用格式"对话框设置

（8）打开保存网页的路径，可以看到一个名为 images 的文件夹和一个名为 hkdsy.html 的网页文件。所有切片都以 JPG 图片方式保存到了 images 文件夹中，其中的"分割符.gif"的图片是程序自动生成的，用以确定行列切片在网页中的占位，不影响网页效果。

### 10.4.4　在 Dreamweaver 中编辑网页

（1）打开 Dreamweaver CS3，选择"文件"|"打开"命令，在弹出的"打开"窗口中，选择上一小节导出的 hkdsy.html 文件。

（2）在打开的文件窗口中，可以看出，在 Photoshop 中编辑好的网页在 Dreamweaver 中得到了完美的支持，切片生成了表格，如图 10-92 所示。

（3）选中整个网页，将网页居中对齐，还可以对网页进行各种修改。修改完成后按快捷键 F12 在 IE 中预览，效果如图 10-93 所示。

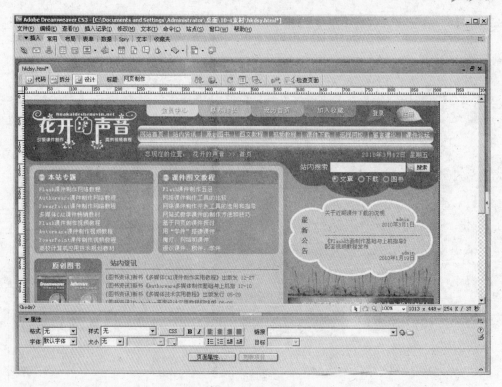

图 10-92　编辑网页文件

图 10-93　网页预览显示

## 10.5　本章习题

**一、选择题**

1．网站图标的格式是（　　）。
  A．gif      B．jpg
  C．ico      D．psd
2．（　　）是网站的"眼睛"。
  A．Logo     B．网站图标
  C．Banner    D．广告动画
3．绘制不规则路径一般使用（　　）工具。
  A．铅笔      B．钢笔
  C．笔刷      D．矩形
4．（　　）是一组按钮的集合，它提供了到网站不同栏目的链接。
  A．导航条     B．Logo
  C．网站图标    D．标题栏
5．在 Dreamweaver 中，网页编辑好后如果想在浏览器中预览网页效果，可以按（　　）键。
  A．F5      B．F6
  C．F10     D．F12

**二、填空题**

1．＿＿＿＿＿＿＿＿是一个网站的标志性图片，它的英文名称叫 Favicon。
2．网站图标的表现形式有三种。第一种是＿＿＿＿＿＿，第二种是＿＿＿＿＿＿，第三种是＿＿＿＿＿＿。
3．Banner 是指网页中的＿＿＿＿＿＿，一般使用＿＿＿＿＿格式的动态图像文件，以达到吸引观者注意力的目的。
4．＿＿＿＿＿＿＿是指左右与网页同宽，高度一般为 100～200 像素的图片广告，这种广告多为＿＿＿＿＿。
5．将图像切片至少有 3 个主要优点：一是＿＿＿＿＿＿，二是＿＿＿＿＿＿，三是＿＿＿＿＿＿＿＿＿。

## 10.6　上机练习

### 练习 1　绘制网站 Logo

综合运用各种绘图工具和图层样式绘制如图 10-94 所示的网站标志。可以参考以下步骤进行操作练习。

（1）运用"圆形工具"绘制橙色底圆。

（2）运用"横排文字蒙版工具"制作出字母的镂空效果。

（3）添加文字和网址。

（4）添加图层样式。

图 10-94　网站标志

## 练习 2　绘制导航条

综合运用各种绘制工具绘制如图 10-95 所示的导航条。可以参考以下步骤进行操作练习。

（1）运用圆角矩形绘制单个按钮。

（2）添加渐变色和描边。

（3）复制翻转按钮，制作不同的按钮状态图形。

图 10-95　导航条

## 练习 3　制作网页 Gif 动画

综合运用各种绘图工具绘制如图 10-96 所示的网页动画。可以参考以下步骤进行操作练习。

（1）运用绘图工具绘制窗子。

（2）用自由变换命令将窗子修改成半开状态。

（3）添加文字，文字内容第二页如图 10-97 所示。

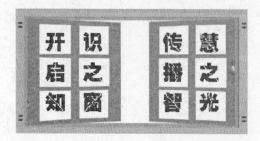

图 10-96　动画画面 1　　　　　　　　图 10-97　动画画面 2

（4）添加帧，更改各帧中文字内容。

## 练习 4  设计个人主页

综合运用所学知识，设计一个个人网站的主页。在操作练习时，先用 Photoshop 绘制主页布局效果，然后切片导出，最后用 Dreamweaver 进行网页的编辑。

# Flash CS3 基础

Flash 是专业的矢量网页动画制作软件。利用 Flash 制作的动画文件体积小、能边下载边播放，这样可以避免等待时间过长而关闭网页。在网站开发过程中，经常利用 Flash 设计制作网页动画，这样可以使网站效果更加丰富，更吸引用户的注意。

**本章主要内容：**

- Flash CS3 的工作环境
- Flash 文档的基本操作方法
- 绘图矢量图形
- 位图和文字

## 11.1 Flash CS3 的工作环境

Flash CS3 以便捷、完美、舒适的动画编辑环境，深受广大动画制作爱好者的喜爱，在制作动画之前，先对工作环境进行介绍，包括一些基本的操作方法和工作环境的组织和安排。

### 11.1.1 工作界面简介

#### 1. 开始页

运行 Flash CS3，首先映入眼帘的是"开始页"，"开始页"将常用的任务都集中放在一个页面中，包括"打开最近的项目"、"新建"、"从模板创建"、"扩展"以及对官方资源的快速访问等，如图 11-1 所示。

**专家点拨：** 如果要隐藏开始页，可以单击选择"不再显示"复选框，然后在弹出的对话框中单击"确定"按钮。如果要再次显示开始页，可以通过选择"编辑"|"首选参数"命令，打开"首选参数"对话框，然后在"常规"类别中设置"启动时"选项为"欢迎屏幕"即可。

#### 2. 工作窗口

在"开始页"中选择"新建"下的"Flash 文件（ActionScript3.0）"选项，这样就启动了 Flash CS3 的工作窗口并新建一个影片文档，如图 11-2 所示。

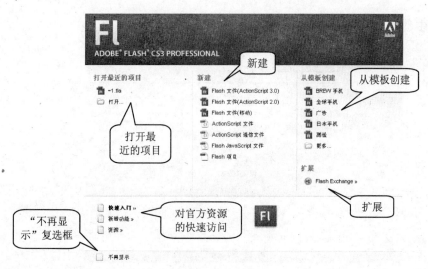

图 11-1　开始页

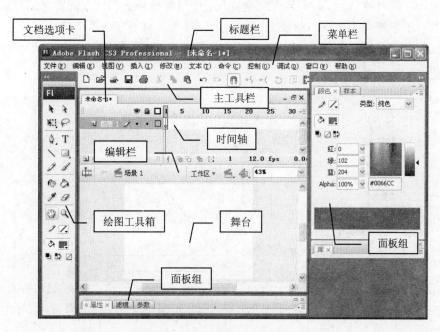

图 11-2　Flash CS3 的工作窗口

　　Flash CS3 的工作窗口中包括标题栏、菜单栏、主工具栏、文档选项卡、时间轴、编辑栏、舞台、绘图工具箱以及面板组等。

　　窗口最上方的是"标题栏"，从左到右依次为控制菜单按钮、软件名称、当前编辑的文档名称和窗口控制按钮（最小化、最大化/还原、关闭）。

　　"标题栏"下方是"菜单栏"，在其下拉菜单中提供了几乎所有的 Flash CS3 命令项。

　　"菜单栏"下方是"主工具栏"，通过它可以快捷地使用 Flash CS3 的控制命令。

　　"主工具栏"的下方是"文档选项卡"，主要用于切换当前要编辑的文档，其右侧是文档控制按钮（最小化、最大化/还原、关闭）。在"文档选项卡"上右击，还可以在弹出的快捷菜单中使用常用的文件控制命令，如图 11-3 所示。

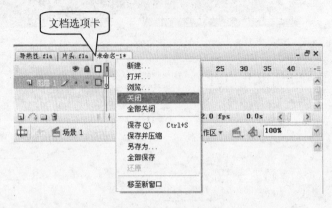

图 11-3　文档选项卡

　　"文档选项卡"下方是"时间轴"，用于组织和控制文档内容在一定时间内播放的图层数和帧数，如图 11-4 所示。时间轴左侧是图层，图层就像堆叠在一起的多张幻灯胶片一样，在舞台上一层层地向上叠加。如果上面的一个图层上没有内容，那么就可以透过它看到下面的图层。每一个图层上包括一些小方格，它们是 Flash 的"帧"，是制作 Flash 动画的一个关键元素。

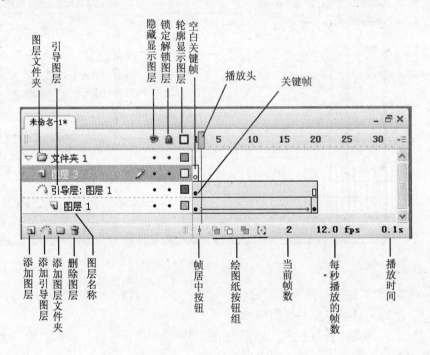

图 11-4　时间轴

　　"时间轴"下方是"编辑栏"，可以进行"时间轴"的隐藏或显示、"工作区布局"的切换、"编辑场景"或"编辑元件"的切换、舞台显示比例设置等操作。

"编辑栏"下方是"舞台"。舞台是放置动画内容的矩形区域（默认是白色背景），这些内容可以是矢量图形、文本、按钮、导入的位图或视频等，如图 11-5 所示。

图 11-5　舞台

**专家点拨**：窗口中的矩形区域为"舞台"，默认情况下，它的背景是白色。将来导出的动画只显示矩形舞台区域内的对象，舞台外灰色区域内的对象不会显示出来。也就是说，动画"演员"必须在舞台上演出才能被观众看到。

工作时根据需要可以改变"舞台"显示的比例大小，可以在"时间轴"右下角的"显示比例"列表框中设置显示比例，最小比例为 8%，最大比例为 2000%。在"显示比例"列表框中还有 3 个选项，"符合窗口大小"选项用来自动调节到最合适的舞台比例大小；"显示帧"选项可以显示当前帧的内容；"显示全部"选项能显示整个工作区中包括"舞台"之外的元素，如图 11-6 所示。

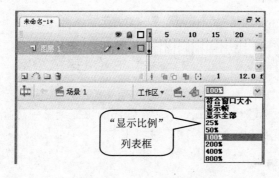

图 11-6　舞台显示比例

窗口左侧是功能强大的"绘图工具箱"，它是 Flash 中最常用到的一个面板，由"工具"、"查看"、"颜色"和"选项" 4 部分组成。利用"绘图工具箱"中的各种绘图工具可以绘制需要的图形或者对图形进行编辑处理。在 Flash CS3 中，绘图工具箱可以自由地设置为单列或双列显示，单击工具箱上方的三角按钮 可以在两种状态之间变换。如图 11-7 所示，就是显示为双列的状态。

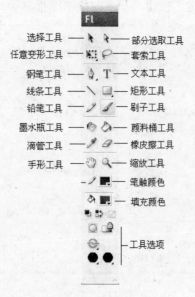

图 11-7 工具箱

**专家点拨**：可以自定义工具箱中的工具编排次序，选择"编辑"|"自定义工具面板"命令，打开"自定义工具栏"对话框，可以根据需要和个人喜好重新安排和组合工具的位置。

### 11.1.2 面板的操作

多个"面板"围绕在"舞台"的下面和右面，包括常用的"属性"、"滤镜"、"参数"面板组，还有"颜色"面板组和"库"面板等。面板是 Flash 工作窗口中最重要的操作对象。

**1．打开面板**

可以通过选择"窗口"菜单中的相应命令打开指定面板。

**2．关闭面板**

在已经打开的面板标题栏上右击，然后在弹出的快捷菜单中选择"关闭组"命令即可，或者也可直接单击面板右上角的"关闭"按钮。

**3．折叠或展开面板**

单击面板标题栏或者面板标题栏上的折叠按钮可以将面板折叠为其标题栏。再次单击即可展开。

**4．移动面板**

可以通过拖动面板的标题栏将固定面板移动为浮动面板。也可以移动面板使其与其他面板组合在一起。

### 5．将面板缩为图标

在 Flash CS3 中，面板的操作增加了一项新的内容，这就是将面板缩为图标，它能将面板以图标的形式显现，进一步扩大了舞台区域，为创作动画提供了良好的环境，如图 11-8 所示。

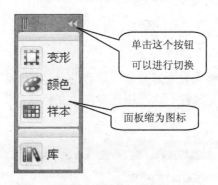

单击这个按钮可以进行切换

面板缩为图标

图 11-8　将面板缩为图标

### 6．改变面板区域的大小

在面板展开的情况下，当鼠标指针指向面板的边框时，鼠标指针形状会变为双向黑色箭头，这时拖动鼠标指针可以改变面板区域的大小。

### 7．恢复默认布局

如果想把工作区恢复为默认的布局方式，可以选择"窗口"菜单中的"工作区" | "默认"命令。

## 11.2　Flash 文档的基本操作方法

掌握 Flash 制作动画的工作流程以及 Flash 影片文档的基本操作方法，是设计制作网页动画的基础。

### 11.2.1　Flash 动画的制作流程

Flash 动画制作的基本流程是：准备素材→新建 Flash 影片文档→设置文档属性→制作动画→测试和保存动画→导出和发布影片。

### 1．准备素材

根据动画内容准备一些动画素材，包括音频素材（声效、音乐等）、图像素材、视频素材等。一般情况下，需要对这些素材进行采集、编辑和整理，以满足动画制作的需求。

**2．新建 Flash 影片文档**

Flash 影片文档有两种创建方法。一种是新建空白的影片文档，另一种是从模板创建影片文档。在 Flash CS3 中，新建空白影片文档有两种类型，一种是"Flash 文件（ActionScript 3.0)"，另外一种是"Flash 文件（ActionScript 2.0)"，这两种类型的影片文档的不同之处在于前一个的动作脚本语言版本是 ActionScript 3.0，后一个的动作脚本语言版本是 ActionScript 2.0。

**3．设置文档属性**

在正式制作动画之前，要先设置好尺寸（舞台的尺寸）、背景颜色（舞台背景色）、帧频（每秒播放的帧数）等文档属性。这些操作要在"文档属性"对话框中进行，如图 11-9所示。

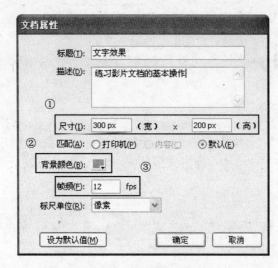

图 11-9 "文档属性"对话框

**4．制作动画**

这是完成动画效果制作的最主要的步骤。一般情况下，需要先创建动画角色（可以用绘图工具绘制或者导入外部的素材），然后在时间轴上组织和编辑动画效果。

**5．测试和保存影片**

动画制作完成后，可以选择"控制"|"测试影片"命令（快捷键 Ctrl+Enter）对影片效果进行测试，如果满意可以选择"文件"|"保存"命令（快捷键 Ctrl+S）保存影片。为了安全，在动画制作过程中要经常保存文件。按 Ctrl+S 组合键，可以快速保存文件。

**6．导出和发布影片**

如果对制作的动画效果比较满意，最后可以导出或者发布影片。选择"文件"|"导出"|"导出影片"命令，可以导出影片。选择"文件"|"发布"命令可以发布影片，通过

发布影片可以得到更多类型的目标文件。

## 11.2.2　制作第一个网页动画

本小节利用投影滤镜制作一个阴影文字特效范例，范例效果如图 11-10 所示。通过这个阴影文字特效的制作过程，介绍如何新建 Flash 影片文档、设置文档属性、保存文件、测试影片、导出影片、打开文件、修改文件、输入文本、设置文本的滤镜效果以及认识 Flash 所产生的文件类型等内容。

图 11-10　范例效果

制作步骤如下所述。

**1. 新建影片文档和设置文档属性**

（1）启动 Flash CS3，出现"开始页"，选择"新建"下的"Flash 文件（ActionScript 3.0）"选项，这样就启动了 Flash CS3 的工作窗口并新建了一个影片文档。

（2）展开"属性"面板，单击"大小"右边的"文档属性"按钮 550 × 400 像素 ，弹出"文档属性"对话框。

（3）在"标题"文本框中输入"文字特效"，在"描述"列表框中输入对影片的简单描述，设置"尺寸"为 300×200 像素，设置"背景颜色"为浅蓝色，其他保持默认，如图 11-11 所示。

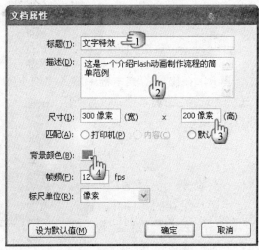

图 11-11　"文档属性"对话框

"文档属性"对话框中参数的含义如下所述。

- "标题"：设置文档的标题。
- "描述"：对创建的影片做一些简单的描述。
- "尺寸"：舞台的尺寸最小可设定成宽 1px（像素）、高 1px（像素），最大可设定成宽 2880px（像素）、高 2880px（像素）。另外，系统默认的尺寸单位是 px（像素），可以自行输入"cm（厘米）"、"mm（毫米）"和"in（英寸）"等单位的数值，也可以在"标尺单位"中选择。

- "匹配"|"打印机"：匹配打印机，让底稿的大小与打印机的打印范围相同。
- "匹配"|"内容"：匹配内容，将底稿缩放成与画面上的对象大小一样。
- "匹配"|"默认"：使用默认值。
- "背景颜色"：设置舞台的背景颜色。
- "帧频"：默认的是 12fps。这个速度很适合在网络上播放，一般情况下都保持这个帧频。在设计一些特殊效果的课件时，可以更改这个数值，数值越大动画的播放速度越快。
- "标尺单位"：标尺是显示在场景周围的辅助工具，以标尺为参照可以使绘制的图形更精确。在这里可以设置标尺的单位。
- "设为默认值"：将所有设定存成默认值，当下次再开启新的影片文档时，影片的舞台大小和背景颜色会自动调整成这次设定的值。

**2．创建文字**

（1）在绘图工具箱中选择"文本工具" **A**。在"属性"面板中，设置"字体"为黑体，"字体大小"为 45，"文本颜色"为白色，其他属性保持默认，如图 11-12 所示。

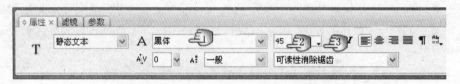

图 11-12　在"属性"面板中设置文本属性

（2）将鼠标移向舞台上单击，在出现的文本框中输入"网页制作"。

（3）在绘图工具箱中选择"选择工具"，拖动文字到舞台中央位置。效果如图 11-13 所示。

**3．保存和测试影片**

（1）选择"文件"|"保存"命令（快捷键 Ctrl+S），弹出"另存为"对话框，指定影片保存的文件夹，输入文件名"第一个网页动画"，单击"保存"按钮。这样就将影片文档保存起来了，文件的扩展名是 fla。

图 11-13　创建文本对象

（2）选择"控制"|"测试影片"命令（快捷键 Ctrl+Enter），弹出测试窗口，在窗口中可以观察到影片的效果，并且还可以对影片进行调试。关闭测试窗口可以返回到影片编辑窗口对影片继续进行编辑。

（3）打开"资源管理器"窗口，定位在影片文档保存的文件夹，可以观察到两个文件，如图 11-14 所示。左边是影片文档源文件（扩展名是 fla），也就是第（1）步保存的文件。右边是影片播放文件（扩展名是 swf），也就是第（2）步测试影片时自动产生的文件。直接双击影片播放文件可以在 Flash 播放器（对应的软件名称是 Flash Player）中播放动画。

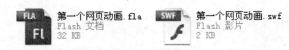

图 11-14　文档类型

### 4．导出影片

（1）选择"文件"|"导出"|"导出影片"命令，弹出"导出影片"对话框，指定导出影片的文件夹，输入导出影片的文件名，单击"保存"按钮，弹出"导出 Flash Player"对话框，如图 11-15 所示。

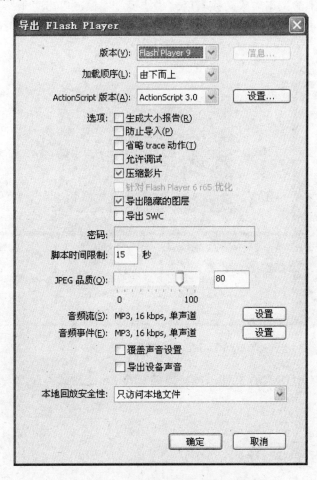

图 11-15　"导出 Flash Player"对话框

**专家点拨：**在"导出 Flash Player"对话框的最上边有一个"版本"下拉列表，在其中可以选择将要导出的影片版本，如果导出的是 Flash Player 9 版本的影片，那么需要用 Flash Player 9 这个版本的播放器才能播放它。

（2）在这个对话框中可以设置导出影片的相关参数。这里不做改动，保持目前的默认参数。单击"确定"按钮，导出影片。导出的影片文件类型是播放文件，文件扩展名为 swf。

### 5．关闭和打开影片文档

（1）单击影片文档窗口右上角的关闭按钮 ，关闭影片。

（2）在"开始"页面的"打开最近的项目"下，单击"第一个 Flash 影片.fla"文件，就把影片文档重新打开了。

**专家点拨：** 如果在"开始"页面的"打开最近的项目"下找不到需要打开的文件，可以单击"打开"按钮，弹出"打开"对话框。在"查找范围"中定位到要打开影片文件所在的文件夹，选择要打开的影片文件（扩展名为 fla）。单击"打开"按钮即可。

（3）单击舞台上的文本对象。接着展开"滤镜"面板，单击"＋"号按钮，在弹出的下拉菜单中选择"投影"滤镜。此时，舞台上的文本对象产生了滤镜效果，如图 11-16 所示。

图 11-16　设置文字滤镜效果

（4）按快捷键 Ctrl+S 保存文件。按快捷键 Ctrl+Enter 测试影片效果，最后得到一个阴影效果的文字特效。

## 11.3　绘制矢量图形

图形是制作 Flash 动画的基础，要想创作出专业的 Flash 动画作品，必须先掌握图形的绘制方法。Flash 提供了很多实用的矢量绘图工具，这些工具功能强大而且使用简单，对于 Flash 入门者来说，不需要太多的绘图专业技能，就能绘制出既美观又专业的图形。

### 11.3.1　绘制线条

线条是最简单的图形，很多图形都是由线条构成的。本节主要介绍线条的基本绘制方法、快速套用线条属性、用选择工具改变线条属性、线条的端点设置和线条的接合等内容。

### 1. 线条工具

线条工具是绘制各种直线最常用的工具，它的使用非常广泛。下面首先绘制一条直线。

（1）用鼠标单击"线条工具" ＼，移动鼠标指针到舞台上，这时鼠标指针变成了十字形状。按住鼠标左键并拖动，到合适位置松开鼠标左键，一条直线就画好了，如图 11-17 所示。

（2）选择线条工具后，打开"属性"面板，可以设置线条的笔触颜色、笔触高度和笔触样式等，从而可以画出风格各异的线条来，如图 11-18 所示。

图 11-17　绘制直线　　　　　　　　　　　　　图 11-18　"属性"面板

（3）在"属性"面板中，单击"笔触颜色"按钮 ，会弹出一个调色板，此时鼠标指针会变成滴管状。用滴管直接拾取颜色或者在文本框里直接输入颜色的十六进制数值，就可以完成线条颜色的设置，如图 11-19 所示。

（4）在"属性"面板中，单击"笔触高度"文本框右边的下三角按钮并拖动手柄，或者直接在文本框中输入数字，可以设置线条笔触高度。

（5）在"属性"面板中，单击"笔触样式"会弹出一个下拉菜单，如图 11-20 所示。在其中可以选择线条笔触样式。

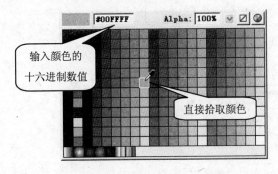　　　　　　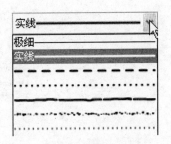

图 11-19　笔触调色板　　　　　　　　　　　　图 11-20　设置笔触样式

**专家点拨**：在使用线条工具绘制直线时，按住 Shift 键拖动，可以将线条的角度限制为 45 度的倍数，可方便地画出水平、垂直等方向上的直线，同时便于绘制线条间呈直角关系的图形。按住 Alt 键拖动，可以从拖动点中心向两边绘制直线。

#### 2. 自定义笔触样式

在属性面板中单击"自定义"按钮打开"笔触样式"对话框，如图 11-21 所示。根据需要在其中进行相应的设置，设置完成后单击"确定"按钮，然后在舞台上拖动即可绘制自定义笔触样式的线条。如图 11-22 所示，就是绘制的各种样式的线条效果。

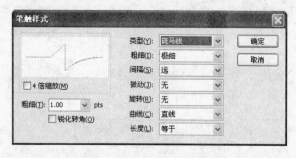

图 11-21 "笔触样式"对话框

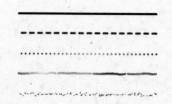

图 11-22 各种样式的线条

**专家点拨**：对于初学者来说，在"笔触样式"对话框中多试试改变线条的各项参数，对理解各种线条和绘图能力的提高会有很大帮助。

#### 3. 快速套用线条属性

使用"滴管工具" 和"墨水瓶工具" 可以很快地将任意线条的属性套用到其他的线条上。具体操作步骤如下所述。

（1）用"滴管工具"单击要套用属性的线条，查看"属性"面板，它显示的就是该线条的属性，此时，所选工具自动变成了"墨水瓶工具"。

（2）使用"墨水瓶工具"单击其他线条，可以看到，被单击线条的属性变成了第一个线条的属性了，如图 11-23 所示。

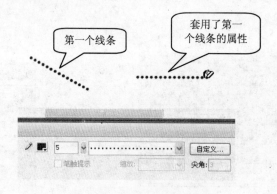

图 11-23 快速套用线条属性

#### 4. 改变线条形状

"选择工具" 主要用于选择对象、移动对象和改变对象轮廓。如果需要更改线条的方向和长短，可以用"选择工具"来实现。

（1）更改线条的方向和长短。在工具箱中选中"选择工具"，然后移动鼠标指针到线条的端点处，当鼠标指针右下角出现直角标志后，拖动鼠标即可改变线条的方向和长短，如图 11-24 所示。

（2）更改线条的轮廓。将鼠标指针移动到线条上，当鼠标指针右下角出现弧线标志后，拖动鼠标即可改变线条的轮廓，可以使直线变成各种形状的弧线，如图 11-25 所示。

图 11-24　改变线条方向和长短　　　　图 11-25　改变线条为弧线

### 5．线条的端点和接合

在"属性"面板还可以设置线条的端点和接合，如图 11-26 所示。这样可以绘制出更加丰富的线条类型。

图 11-26　设置线条的端点和接合

## 11.3.2　绘制简单图形

利用矩形工具组、椭圆工具组和多角星形工具可以绘制一些简单图形。矩形工具组包括矩形工具和基本矩形工具，椭圆工具组包括椭圆工具和基本椭圆工具。

### 1．矩形工具组

1）矩形工具

矩形工具可以绘制矩形、圆角矩形、正方形这些基本图形。在绘图工具箱中选择"矩形工具"，展开"属性"面板，在其中可以设置矩形的笔触颜色、笔触高度、笔触样式、填充颜色、矩形边角半径等属性，如图 11-27 所示。

图 11-27　设置矩形的属性

"矩形边角半径"文本框：包括 4 个文本框，用于指定矩形的角半径。可以在框中输入内径的数值，或单击滑块相应地调整半径的大小。如果输入负值，则创建的是反半径。还可以取消选择锁定角半径的图标，然后分别调整每个角半径。

"重置"按钮：单击这个按钮，可以将矩形边角半径重置为 0。

根据需要，将矩形工具的属性设置完成以后，在舞台上拖动鼠标即可绘制出一个矩形。绘制的各种矩形如图 11-28 所示。

图 11-28　各种矩形

**专家点拨**：在绘制矩形时，如果按住 Shift 键拖动鼠标，那么可以绘制出正方形。

如果想精确绘制矩形，可以在选择"矩形工具"后，按住 Alt 键在舞台上单击，弹出"矩形设置"对话框，如图 11-29 所示，在其中可以以像素为单位精确设置矩形的宽、高和边角半径的数值。

默认情况下，用矩形工具绘制的是形状，用"选择工具"可以对矩形进行选择。单击矩形某个边框可以选中这个边框；双击矩形任意一个边框可以选中全部矩形边框；单击矩形填充可以选中填充形状；双击填充可以选中整个矩形（包括整个边框和填充）。

2）基本矩形工具

利用基本矩形工具绘制出来的是一种叫做"图元"的对象，这种对象不同于一般的形状。在绘图工具箱中选择"基本矩形工具"▢，在舞台上拖动鼠标即可绘制出"图元"矩形。用"选择工具"单击"图元"矩形，会出现一个矩形线框，上面有 8 个控制点，拖动控制点可以改变矩形的边角半径。另外，在"属性"面板中可以对"图元"矩形的各种属性重新进行设置，这样可以得到各种各样的图形，如图 11-30 所示。

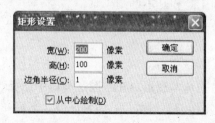
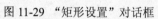

图 11-29　"矩形设置"对话框　　　　图 11-30　基本矩形工具绘制的各种"图元"图形

**专家点拨**：在用基本矩形工具绘制图元矩形时，要想更改矩形的边角半径，可按向上箭头键或向下箭头键。当圆角达到所需圆度时，松开按键即可。

**2．椭圆工具组**

1）椭圆工具

椭圆工具可以绘制椭圆、圆、扇形、圆环等基本图形。在绘图工具箱中选择"椭圆工具"◯，展开"属性"面板，在其中可以设置矩形的笔触颜色、笔触高度、笔触样式、填充颜色、起始角度、结束角度、内径等属性，如图 11-31 所示。

图 11-31　设置椭圆的属性

"起始角度"文本框和"结束角度"文本框：用于指定椭圆的开始点和结束点的角度。使用这两个控件可以轻松地将椭圆和圆形的形状修改为扇形、半圆形及其他有创意的形状。

"内径"文本框：用于指定椭圆的内径（即内侧椭圆）。可以在该文本框中输入内径的数值，或单击滑块相应地调整内径的大小。允许输入的内径数值范围为 0～99，表示删除的椭圆填充的百分比。

"闭合路径"复选框：用于指定椭圆的路径（如果指定了内径，则有多个路径）是否闭合。如果指定了一条开放路径，但未对生成的形状应用任何填充，则仅绘制笔触。默认情况下此复选框处于选中状态。

"重置"按钮：将重置"起始角度"、"结束角度"和"内径"的值为 0。

根据需要，将椭圆工具的属性设置完成以后，在舞台上拖动鼠标即可绘制出需要的图形。绘制的各种图形如图 11-32 所示。

图 11-32　椭圆工具绘制的各种图形

**专家点拨**：在绘制椭圆时，如果按住 Shift 键拖动鼠标，就可以绘制出圆形。

如果想精确绘制矩形，可以在选择"椭圆工具"后，按住 Alt 键在舞台上单击，弹出"椭圆设置"对话框，如图 11-33 所示，在其中可以以像素为单位精确设置椭圆的宽、高的数值。

**专家点拨**：默认情况下，椭圆工具绘制的也是形状。在用"选择工具"选择用椭圆工具绘制的图形时，情况与选择矩形一样，这里不再赘述。

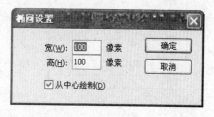

图 11-33　"椭圆设置"对话框

2）基本椭圆工具

利用"基本椭圆工具"可以绘制出和"椭圆工具"绘制的一样的图形，包括椭圆、圆、圆弧、圆环等，但是基本椭圆工具绘制的不是形状，而是"图元"对象。在绘图工具箱中选择"基本椭圆工具"，在舞台上拖动鼠标即可绘制出"图元"椭圆。用"选择工具"单击"图元"椭圆，会出现一个矩形线框，上面有 2 个控制点，拖动控制点可以改变椭圆的起始角度、结束角度、内径等属性，这样可以得到各种各样的图形，如图 11-34 所示。另外，在"属性"面板中可以对选中的"图元"椭圆的各种属性重新进行设置。

图 11-34 基本矩形工具绘制的各种"图元"图形

### 3．多角星形工具

"多角星形工具"是一个复合工具，可以利用它绘制规则的多边形和星形。在绘图工具箱中选择"多角星形工具" ⚪，展开"属性"面板，在其中可以设置多边形或星形的笔触颜色、笔触高度、笔触样式、填充颜色等属性，如图 11-35 所示。

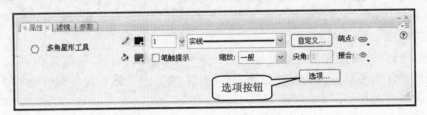

图 11-35 设置多边形的属性

单击"属性"面板中的"选项"按钮，弹出"工具设置"对话框，如图 11-36 所示。单击打开"样式"下拉列表可以设置为"多边形"或"星形"，"边数"能输入一个 3～33 之间的数字。根据需要，设置为多边形后，在舞台上拖动鼠标即可绘制出一个多边形。绘制的各种多边形如图 11-37 所示。

图 11-36 "工具设置"对话框    图 11-37 各种多边形

选择"样式"为"星形"时，"星形顶点大小"决定了顶点的深度，介于 0 到 1 之间，数字越接近 0，创建的顶点就越细小。设置完成同样可以绘制出各种星形，如图 11-38 所示。

**专家点拨**：绘制多边形时，星形顶点的大小不影响绘制的形状，应保持数值不变。

图 11-38　各种星形

### 11.3.3　设计图形色彩

丰富的色彩是建构动画必不可少的元素。在设计图形色彩时，主要使用墨水瓶工具、颜料桶工具、渐变变形工具和颜色面板进行操作。

#### 1．颜料桶工具

"颜料桶工具"可以使用纯色、渐变色和位图对闭合的轮廓进行填充。在绘图工具箱中选择"颜料桶工具"，展开"属性"面板，在其中可以设置填充颜色属性。另外，选择"颜料桶工具"后，在绘图工具箱下方的选项栏里出现了"颜料桶工具"的两个属性设置按钮："空隙大小"　和"锁定填充"　。

"空隙大小"按钮：单击这个按钮，打开下拉列表，如图 11-39 所示。其中包括"不封闭空隙"、"封闭小空隙"、"封闭中等空隙"和"封闭大空隙" 4 个填充时闭合空隙大小的选项。如果要填充颜色的轮廓有一定的空隙，那么可以在这个"空隙大小"列表框中选择一个合适的选项，以完成颜色的填充。但是有时候因为轮廓的缝隙太大，所以选择"封闭大空隙"选项也不能完成轮廓的颜色填充。

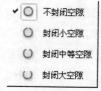

图 11-39　"空隙大小"选项

"锁定填充"按钮：选中它可以对舞台上的图形进行相同颜色的填充。一般情况下，在进行渐变色填充时，这个选项十分有用。

**专家点拨**：*使用颜料桶工具为图形填充渐变色时单击可以确定新的渐变起始点，然后向另一方向拖动可以快速更改渐变填充效果。*

#### 2．颜色面板

"颜色"面板可以方便地对线条和形状的填充颜色进行创建编辑。默认情况下，"颜色"面板停驻在面板区，双击面板的标题栏能折叠或打开该面板。如果面板区没有"颜色"面板，可以选择"窗口"|"颜色"命令或按 Shift+F9 组合键将其打开，如图 11-40 所示。

"笔触颜色"按钮：单击这个按钮弹出调色板，在其中可以设置图形的笔触颜色。

"填充颜色"按钮：单击这个按钮弹出调色板，在其中可以设置图形的填充颜色。

控制按钮：包括"黑白"按钮、"没有颜色"按钮和"交换颜色"按钮。单击"黑白"按钮，可以设置"笔触颜色"为黑色、"填充颜色"为白色。单击"没有颜色"按钮，可以设置"笔触颜色"为无色或者"填充颜色"为无色。单击"交换颜色"按钮，可以让"笔触颜色"和"填充颜色"的设置颜色互相交换。

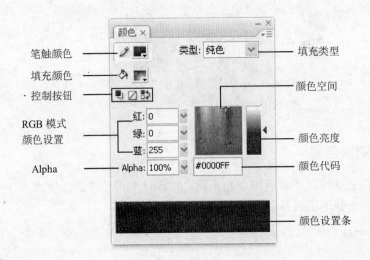

图 11-40 "颜色"面板

"类型"列表框：在这个列表框中可以选择填充的类型。包括纯色、线性、放射状和位图 4 种填充类型。

"RGB 模式"颜色设置：可以用 RGB 模式来分别设置红、绿和蓝的颜色值。在相应的文本框中可以直接输入颜色值或者滑动文本框右侧的滑杆进行颜色设置。

"颜色空间"：单击后可以选择颜色。

"亮度"控件：用来调整颜色的亮度。

- Alpha 文本框：设置颜色的透明度，范围在 0%～100%之间，0%为完全透明，100%为完全不透明。

- "颜色代码"文本框：这个文本框中显示以"#"开头的十六进制模式的颜色代码，可以直接在这个文本框中输入颜色值。

- "颜色设置条"：当用户选择填充类型为纯色时，这里显示所设置的纯色。当用户选择填充类型为渐变色时，这里可以显示和编辑渐变色。

**3．渐变填充**

渐变填充有两种：线性渐变填充和放射状渐变填充。它们都可以在"颜色"面板中进行设置。

1）线性渐变填充

"线性渐变"用来创建从起点到终点沿直线变化的颜色渐变，展开"颜色"面板，在填充类型中选择"线性"填充，如图 11-41 所示。

"溢出"下拉列表框：这里用来控制超出渐变范围的颜色布局模式。它有扩展（默认模式）、镜像和重复 3 种模式。"扩展"是指把纯色应用到渐变范围外；"镜像"是指将线性渐变色反向应用到渐变范围外；"重复"是指把线性渐变色重复应用到渐变范围外。如图 11-42 所示是 3 种模式的区别。

默认情况下，"颜色"面板下方的颜色设置条上有两个渐变色块，左边的表示渐变的起始色，右边的表示渐变的终止色，如图 11-43 所示。单击颜色设置条或颜色设置条的下方可以添加渐变色块。Flash 最多可以添加 15 个渐变色块，从而创建多达 15 种颜色的渐变效果。

图 11-41　设置线性渐变

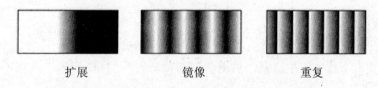

扩展　　　　　　　　镜像　　　　　　　　重复

图 11-42　"溢出"选项的不同效果

下面通过实际操作介绍一下线性渐变填充的应用。

（1）选择"矩形工具"，展开"颜色"面板，单击"类型"后面的下三角按钮，弹出下拉列表，在其中选择"线性"选项。

（2）单击颜色设置条左边的色块，在弹出的调色板中选择蓝色。单击右边的色块，在弹出的调色板中选择黄色，如图 11-44 所示。

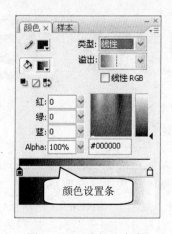

图 11-43　"线性"渐变

图 11-44　设置渐变色

（3）单击颜色设置条的中间区域，增加 1 个渐变色块，设置这个色块的颜色为绿色，如图 11-45 所示。

（4）在舞台上拖动鼠标绘制一个矩形，沿直线进行线性渐变的图形就绘制完成了，如图 11-46 所示。

图 11-45　添加渐变指针　　　　　　　　图 11-46　绘制线性渐变填充的矩形

2）放射状渐变

"放射状渐变"可以创建一个从中心焦点出发沿环形轨道混合的渐变。展开"颜色"面板，在"类型"下拉列表中选择"放射状"选项，如图 11-47 所示。选择不同的"溢出"选项，效果如图 11-48 所示。

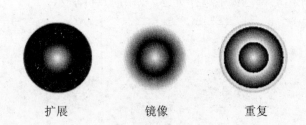

　　　　　　　　　　　　　　　　　扩展　　　　　镜像　　　　　重复

图 11-47　选择放射状渐变　　　　　　　图 11-48　"溢出"选项的不同效果

放射状渐变的颜色设置条上默认有两个渐变色块，左边的色块表示渐变中心的颜色，右边的色块表示渐变的边沿色。下面通过实际操作介绍一下放射状渐变填充的应用。

（1）选择"椭圆工具"，打开"颜色"面板，单击"类型"后面的下三角按钮，弹出下拉列表，在其中选择"放射状"选项。

（2）单击颜色设置条左边的色块，在弹出的调色板中选择蓝色，用同样的方法设置右边的色块颜色为黑色，如图 11-49 所示。

（3）按住 Shift 键拖动鼠标在舞台上绘制一个圆，放射状渐变的图形就绘制完成了，如图 11-50 所示。

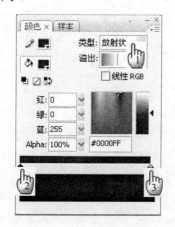

图 11-49　设置渐变色　　　　　　　　　图 11-50　绘制放射状渐变填充的圆形

**专家点拨**：在"颜色"面板中设置好放射状渐变填充色后，在绘制图形时默认的放射状渐变色的中心点在图形中心。如果使用"颜料桶工具"给图形填充颜色，那么单击图形的任意位置，就会将放射状渐变色的中心点改变到该位置。

**4. 渐变变形工具**

"渐变变形工具"通过调整填充颜色的大小、方向或者中心，可以使渐变填充或位图填充变形。在绘图工具箱中单击"任意变形工具"，在下拉列表中选择"渐变变形工具"，单击舞台上绘制好的线性渐变图形，线性渐变上面出现两条竖向平行的直线，其中一条上有方形和圆形的手柄，如图 11-51 所示。

其中平行线代表渐变的范围，拖动中心圆点手柄可以改变渐变的位置，拖动方形手柄可以改变渐变的范围大小，拖动圆形手柄可以旋转渐变色的方向。图 11-52 所示是拖动不同手柄时的效果图。

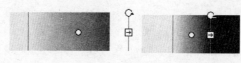

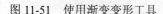

图 11-51　使用渐变变形工具　　　　　　图 11-52　拖动手柄

绘制好放射状渐变的图形后，选择"渐变变形工具"，单击放射状渐变的图形，出现一个带有若干编辑手柄的环形边框，如图 11-53 所示。

边框中心的小圆圈是填充色的"中心点"，边框中心的小三角是"焦点"。边框上有 3 个编辑手柄，分别是大小、旋转和宽度手柄，鼠标指针移动到手柄上时指针形状会发生变化。

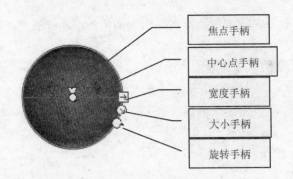

图 11-53　放射状渐变填充变形手柄

- 中心点手柄可以更改渐变的中心点。鼠标指针移到它上面会变成一个四向箭头。
- 焦点手柄可以改变放射状渐变的焦点。鼠标指针移到它上面会变成倒三角形。
- 大小手柄可以调整渐变的大小。鼠标指针移到它上面会变成内部有一个箭头的圆。
- 旋转手柄可以调整渐变的旋转。鼠标指针移到它上面会变成四个圆形箭头。
- 宽度手柄可以调整渐变的宽度。鼠标指针移到它上面会变成一个双头箭头。

尝试拖动不同的手柄，效果如图 11-54 所示。

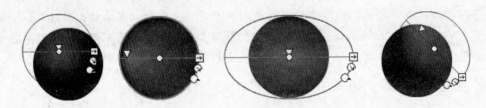

图 11-54　更改后的放射状渐变

### 11.3.4　绘制复杂图形

前面运用线条、矩形、椭圆等工具绘制了比较规则的形状，如果要绘制比较复杂的不规则图形，就要用到功能强大的钢笔、铅笔、刷子等绘图工具，以及部分选取工具和橡皮擦工具等这些辅助工具。

#### 1．钢笔工具

Flash CS3 中的钢笔工具组中包括钢笔工具、添加锚点工具、删除锚点工具和转换锚点工具 4 种，钢笔工具用来绘制任意直线、折线或曲线。选择"钢笔工具"，展开"属性"面板，可以设置笔触颜色、笔触样式等，如图 11-55 所示。

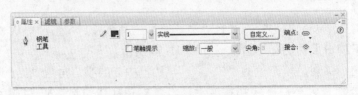

图 11-55　钢笔工具的属性设置

1）用钢笔工具绘制直线

在舞台上单击鼠标，会出现一个小圆圈，它就是锚点。移动鼠标指针到另一位置单击，出现一个新锚点，两个圆点之间出现一条直线路径，不断拖动鼠标指针单击，就能绘制出非常复杂的直线路径。如果要结束开放路径的绘制，双击最后一个点即可。要闭合路径，将"钢笔工具"放置到第一个锚点上，如果定位准确，就会在靠近钢笔尖的地方出现一个小圆圈。单击或拖动可以闭合路径。使用"选择工具"就能看到绘制的路径是线条。绘制过程如图 11-56 所示。

图 11-56　绘制的直线路径

**专家点拨**：锚点是钢笔工具绘制路径的构造点，它决定了线条的方向、形状和大小。

2）添加和删除锚点

选择工具箱中的"添加锚点工具" ，鼠标指针变为带"＋"号的钢笔尖，单击需要添加锚点的位置就可以增加一个锚点，如图 11-57 所示。

选择工具箱中的"删除锚点工具" ，鼠标指针变为带"－"号的钢笔尖，单击锚点可以删除锚点，如图 11-58 所示。

图 11-57　添加锚点

图 11-58　删除锚点

3）用钢笔工具绘制曲线

钢笔工具还可以绘制平滑的曲线，下面实际操作一下。

（1）选择工具箱中的"钢笔工具"，在舞台上单击创建第一个锚点。

（2）将鼠标指针移动到新位置，向右拖动，直线路径变成了曲线。

（3）松开鼠标左键，到新位置继续创建曲线，绘制过程如图 11-59 所示。

图 11-59　使用钢笔工具画曲线

**专家点拨**：使用"钢笔工具"绘制曲线时，以锚点为中心生成的线段叫做切线手柄。拖动该手柄，可以调整曲线的方向和形状。另外，在用"钢笔工具"绘制曲线时，尽量用更少的锚点来完成曲线的绘制。因为太多的锚点会影响系统显示曲线的速度并且不利于对曲线的编辑。

4）调整路径上的锚点

在使用钢笔工具绘制曲线时，会创建曲线点，即连续的弯曲路径上的锚点。在绘制直线段或连接到曲线段的直线时，会创建转角点，即在直线路径上或直线和曲线路径接合处的锚点。默认情况下，选定的曲线点显示为空心圆圈，选定的转角点显示为空心正方形。

若要将线条中的线段从直线段转换为曲线段或者从曲线段转换为直线段，请将转角点转换为曲线点或者将曲线点转换为转角点。

（1）用"钢笔工具"在舞台上绘制一条由直线段构成的折线。

（2）选择工具箱中的"转换锚点工具" ，将鼠标指针移动到最下边的锚点上。

（3）在锚点位置拖动将方向点拖出，这样就将折线变成了曲线，如图 11-60 所示。

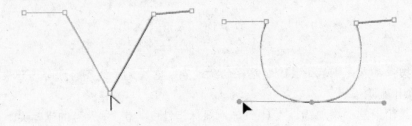

图 11-60　将折线变成曲线

（4）这时，还可以使用"转换锚点工具"自由地改变曲线的曲率、大小等。

（5）如果想把曲线变成原来的折线，只需用"转换锚点工具"在曲线锚点上单击即可。

**专家点拨**：钢笔工具可以胜任复杂图形的绘制，虽然初学者短时间内很难掌握其使用要领，但只要多加练习，一定会熟能生巧，随心所欲地绘制出任意图形。

**2．部分选取工具**

使用"部分选取工具"可以精细地调整线条的形状。选择工具箱中的"部分选取工具" ，选择图形中的曲线，线条上会出现一个个锚点。

拖动锚点可以改变锚点的位置，在锚点上拖动切线手柄可以改变曲线的形状。图 11-61 所示是调整形状的过程。

图 11-61　使用部分选取工具调整形状

选择绘制的折线，拖动锚点可以改变形状。按住 Alt 键拖动锚点，出现了切线手柄，这时可以拖动手柄自由改变曲线的形状，调整过程如图 11-62 所示。

**3．铅笔工具**

"铅笔工具"用来自由地手绘线条，单击绘图工具箱中的"铅笔工具" ，在"属性"

面板中可以定义线条颜色、粗细、样式和平滑度等。其中"平滑"选项表示绘制线条时的平滑程度，平滑值越大，形状越平滑。

图 11-62    改变折线形状

选择"铅笔工具"后，在绘图工具箱的选项栏中可以定义绘制线条的模式，包括伸直、平滑和墨水，如图 11-63 所示。

- "伸直"模式：把绘制的线条自动转换成接近形状的直线。
- "平滑"模式：把绘制的线条转换为接近形状的平滑曲线。
- "墨水"模式：不进行修饰，完全保持鼠标轨迹的形状。

图 11-64 所示是用不同铅笔模式绘制的山峰。

图 11-63    "铅笔工具"选项　　　　　图 11-64    不同铅笔模式画的山峰

### 4. 刷子工具

"刷子工具"可以随意地涂画出色块区域。选择"刷子工具" ，展开"属性"面板，可以在其中设置绘制色彩和平滑值，平滑值越大，形状越平滑。

选择"刷子工具"后，在绘图工具箱的选项栏中可以设置刷子的大小和样式，如图 11-65 所示，左图为刷子大小，右图为刷子的样式。

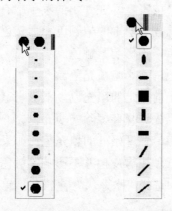

图 11-65    刷子工具的大小和样式

**专家点拨**：选择"刷子工具"后，在工具箱下方单击"锁定填充"按钮 可启动刷子工具的锁定功能。此时，刷子工具绘制的所有颜色将被视为同一区域。

选择"刷子工具"后，单击工具箱下方的"刷子模式"按钮 ，弹出刷子填充模式下拉菜单，在其中可以选择"标准绘画"、"颜料填充"、"后面绘画"、"颜料选择"和"内部绘画"5 种填充模式。

- 标准绘画：不论是线条还是填色范围，只要是画笔经过的地方，都被上色。
- 颜料填充：只改变填色范围，不会遮盖住线条。
- 后面绘画：绘制在图像后方，不会影响前景图像。
- 颜料选择：对选择的区域涂色。
- 内部绘画：在绘画时，画笔的起点必须在轮廓线以内，而且画笔的范围也只能作用在轮廓线以内。

如图 11-66 所示，是用不同模式下的刷子工具在草莓形状上的绘制效果。

图 11-66　5 种模式绘制的效果

**专家点拨**：使用"刷子工具"能够获得毛笔上彩的效果，该工具常用于绘制对象或为对象填充颜色。使用"刷子工具"绘制的图形属于面，而非线，因此绘制的图形没有外轮廓线。

### 5. 橡皮擦工具

"橡皮擦工具"可以像使用橡皮一样擦去不需要的图形。单击选择绘图工具箱中的"橡皮擦工具" ，在工具箱下方的选项栏中单击"橡皮擦形状"按钮，可以设置橡皮擦的大小和形状。单击"橡皮擦模式"按钮 ，在弹出的菜单中有以下 5 个选项。

- 标准擦除：移动鼠标擦除同一层上的笔触色和填充色。
- 擦除填色：只擦除填充色，不影响笔触色。
- 擦除线条：只擦除笔触色，不影响填充色。
- 擦除所选填充：只擦除当前选定的填充色，不影响笔触色，不管此时笔触色是否被选中。使用此模式之前需先选择要擦除的填充色。
- 内部擦除：只擦除橡皮擦笔触开始处的填充色。如果从空白点开始擦除，则不会擦除任何内容。以这种模式使用橡皮擦并不影响笔触色。

在"橡皮擦工具"的选项中选择"水龙头" 模式，单击需要擦除的填充区域或笔触段，可以快速将其删除。

如图 11-67 所示，是用橡皮擦工具在不同模式下在草莓形状上的擦除效果。

**专家点拨**：双击橡皮擦工具，可以删除舞台上的全部内容。

图 11-67　5 种模式擦除的效果

### 11.3.5　图形变形

绘制好的图形对象常常需要进行变形操作，如缩放大小、扭曲形状等，这时就要用到变形面板和任意变形工具。

**1. 变形面板**

"变形"面板可以对选定对象执行缩放、旋转、倾斜和创建副本的操作，如图 11-68 所示。

"变形"面板可以实现三种变形操作，具体情况如下所述。

- "缩放"：可以在相应的文本框中输入"垂直"和"水平"缩放的百分比值，选择"约束"复选框，可以使对象按原来的长宽比例进行缩放。
- "旋转"：在相应的文本框中输入旋转角度，可以使对象旋转。
- "倾斜"：在相应的文本框中输入"水平"和"垂直"角度可以倾斜对象。
- "复制并应用变形"按钮 ：可以复制出新对象并且执行变形操作。
- "重置"按钮 ：用来恢复上一步的变形操作。

**2. 任意变形工具**

任意变形工具用来对绘制的对象进行缩放、扭曲和旋转等变形操作。选择"任意变形工具" ，单击绘制好的图形，在图形上出现了变形控制框，如图 11-69 所示。

图 11-68　"变形"面板

图 11-69　变形控制框

把鼠标指针移动到不同位置时鼠标指针的形状会发生不同的变化，从而代表变形的不同操作，具体情况如下如述。

- 斜向箭头 ：鼠标指针位于四个角时的形状，拖动可以缩放图形。
- 水平或垂直平行反向箭头 ：鼠标指针位于水平或垂直框线上时的形状，拖动可以倾斜图形。
- 水平或垂直箭头↕：鼠标指针位于框线控制点上时的形状，拖动可以水平或垂直缩放图形。
- 圆弧箭头↻：鼠标指针位于四个角外部时的形状，拖动可以旋转图形。

**专家点拨**：在使用"任意变形工具"调整对象大小时，按住 Alt 键能够使对象以中心点为基准缩小或放大。按住 Shift 键，能够使对象按照原来的长宽比缩小或放大。按住 Alt+Shift 组合键可使对象按照原来的长宽比以中心点为基准缩小或放大。

在选择"任意变形工具"后，在绘图工具箱的下方选项栏中有 4 个按钮，分别是"旋转与倾斜"、"缩放"、"扭曲"和"封套"。

1）旋转和倾斜按钮

选中该按钮，可以对图形进行旋转和倾斜操作。选中"任意变形工具"，单击选项栏中的"旋转与倾斜"按钮↻。旋转以图形中心的小圆圈为轴进行。拖动中心点将其移动到图形的左下角，将鼠标指针放到变形框任意角上，当鼠标指针变成圆弧状，拖动鼠标图形就发生了旋转。操作过程如图 11-70 所示。

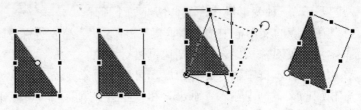

图 11-70    旋转图形

将鼠标指针放在变形框上，鼠标指针变成平行反向的箭头形状时拖动鼠标可以倾斜对象，如图 11-71 所示。

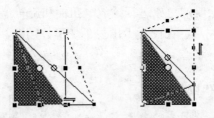

图 11-71    倾斜对象

2）缩放按钮

选中该按钮，可以对图形进行缩放操作。选择"任意变形工具"，单击选项栏中的"缩放"按钮，将鼠标指针放到变形框的任意一个调整手柄上，当鼠标指针变成双向箭头状时，拖动鼠标就可以任意缩放图形，如图 11-72 所示。

3）扭曲按钮

选中该按钮，可以对形状进行扭曲操作。选择"任意变形工具"，单击选项栏中的"扭曲"按钮，将鼠标指针放到变形框的任意一个调整手柄上，当鼠标指针变成三角状时，拖动鼠标就可以任意扭曲图形，如图 11-73 所示。按住 Shift 键拖动转角点可以同步扭曲该对象，如图 11-74 所示。

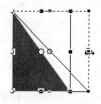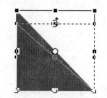

图 11-72　缩放图形

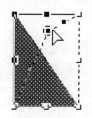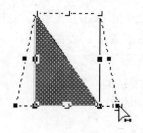

图 11-73　扭曲形状　　　　　　　　图 11-74　同步扭曲

4）封套按钮

选中该按钮，可以在图形封套后任意改变其形状。选择"任意变形工具"，单击选项栏中的"封套"按钮，拖动锚点和切线手柄修改封套。操作过程如图 11-75 所示。

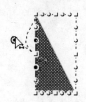

图 11-75　修改封套

**专家点拨**：可以使用"扭曲"和"封套"工具的对象包括：形状；利用铅笔工具、钢笔工具、线条工具和刷子工具绘制的对象；打散后的文字。而以下对象是不能使用"扭曲"和"封套"工具的：图元、群组、元件、位图、视频对象、文本和声音。

## 11.3.6　绘制模式

Flash CS3 绘制图形时可以选择"合并绘制模式"、"对象绘制模式"和"图元对象绘制模式" 3 种绘制模式，不同绘制模式下绘制出的图形有不同的特性，本节将介绍这 3 种绘制模式的实现方法和绘制技巧。

**1．合并绘制模式**

1）认识形状

形状是在"合并绘制"模式下创建的图形对象，它是绘图的默认模式，这种模式下绘制的形状会发生合并现象。

选择"多角星形工具"，确认绘图工具箱下方选项栏中"对象绘制"按钮  处在弹起状态。在舞台上绘制一个笔触颜色为无，填充颜色为红色的星形，切换到"选择工具"，单击选择星形。这时星形布满网格点，在"属性"面板中的显示对象就是"形状"，如图 11-76 所示。

**专家点拨**：在"合并绘制"模式下，除了"基本矩形工具"和"基本椭圆工具"外，其他绘制工具绘制的图形都是形状。

2）形状的切割和融合

两个不同颜色的形状相互接触会发生切割现象，相同颜色的形状相互重合会发生融合现象，这是一个非常重要的绘图技巧。

选择"多角星形工具"，在红色星形上绘制一个填充色为蓝色的小星形。切换到"选择工具"，单击选中蓝色的小星形，然后把它拖动到旁边，蓝色的小星形就将红色的星形切割了。切割过程如图 11-77 所示。

图 11-76　选中星形

图 11-77　切割形状

如果将蓝色星形换成红色，进行类似的操作，形状就会融合成整体，如图 11-78 所示。

图 11-78　形状融合

**专家点拨**：在"合并绘制"模式下，线条与线条、线条和色块之间也能发生切割或融合现象。

3）将形状转换为组

为避免形状相互切割或融合，可以将形状转换为组（或称群组对象）。下面通过实际操作进行介绍。

（1）在舞台上绘制一个笔触颜色为无，填充颜色为红色的星形。选中星形，选择"修

改"|"组合"命令或按快捷键 Ctrl+G 组合对象。

（2）这时，处在选中状态的星形上的网格点消失了，并且对象周围出现了蓝色的矩形框，在"属性"面板中显示出对象类型为"组"，如图 11-79 所示。

（3）在星形上绘制一个没有边框的蓝色小星形。

（4）此时蓝色的小星形被遮盖在下层了，两个图形并没有出现切割或融合的现象，仍然保持独立特性，效果如图 11-80 所示。

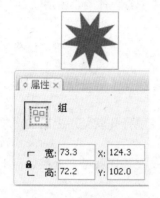

图 11-79  将图形转换为组

图 11-80  组对象和形状没有切割

**专家点拨**："形状"和"组"是不会相互切割或者融合的。而且，"组"对象要比"形状"对象的层次高。如果现在想让小星形出现在大星形的上面，可以将小星形也转换成"组"对象类型。

### 2. 对象绘制模式

与"合并绘制"模式相对应的是"对象绘制"模式。在绘图工具箱中选中矩形工具、椭圆工具、多角星形工具、钢笔工具、铅笔工具、刷子工具时，相应的选项栏中会出现"对象绘制"按钮。它用于在"合并绘制"模式与"对象绘制"模式之间切换。

1）绘制对象

使用"对象绘制"模式绘制出的图形叫"绘制对象"，它的笔触和填充都不是单独的元素，而是一个整体，所以在相互重叠时不会发生融合或切割。下面使用"对象绘制"模式绘制一个对象。

（1）选择"椭圆工具"，在绘图工具箱的选项栏中单击"对象绘制"按钮◎，在舞台上绘制一个正圆。

（2）展开"属性"面板，可以看到绘制的椭圆不再是形状，而是一个绘制对象，而且在选中状态下对象的周围会显示一个矩形框，如图 11-81 所示。

（3）任意改变一下笔触颜色和填充颜色，在蓝色椭圆上再绘制一个椭圆。

（4）将椭圆移走，绘制对象没有发生切割或融合，如图 11-82 所示。

**专家点拨**：使用绘图工具箱中支持"对象绘制"模式的绘图工具后，按 J 键可直接将绘图模式切换到"对象绘制"模式，当再次按下 J 键时，可将绘图模式切换回"合并绘图"模式。

图 11-81　绘制对象　　　　　　　　图 11-82　不发生切割

2）绘制对象的切割和组合

绘制对象也能完成切割和组合，Flash 提供了一组"合并对象"命令，包括联合、交集、打孔和裁切 4 种。接着上面绘制的两个椭圆对象继续操作。

（1）同时选中这两个对象，如果选择"修改"|"合并对象"|"联合"命令，发现这两个图形对象合成一个整体。

（2）如果选择"修改"|"合并对象"|"交集"命令，发现交集就是保留两图形之间重叠的地方。

（3）如果选择"修改"|"合并对象"|"打孔"命令，发现打孔就是用上层的对象切割下层对象。

（4）如果选择"修改"|"合并对象"|"裁切"命令，发现裁切就是把上层遮盖下层对象的部分裁切出来，如图 11-83 所示。

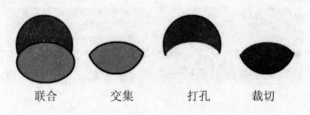

联合　　　　　交集　　　　　打孔　　　　　裁切

图 11-83　合并对象

### 3．图元对象绘制模式

"图元对象绘制"模式的实质是"对象绘制"模式的高级应用，它在"对象绘制"模式的基础上增加了对图形的自由调整和控制手柄，可以更方便地调整图形。在 Flash CS3 中只有基本矩形工具和基本椭圆工具绘制对象时采用这种模式。使用这种模式绘制出的对象就是图元对象。下面具体操作一下。

（1）选择"基本椭圆工具"，在舞台上绘制一个图形。

（2）使用"选择工具"拖动图形上的控制手柄可以自由地改变形状。

（3）双击图元对象，弹出"编辑对象"对话框，如图 11-84 所示。单击"确定"按钮，回到主场景，在"属性"面板中提示，图形已经改变为"绘制对象"。

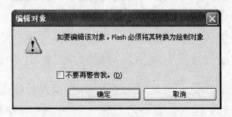

图 11-84　"编辑对象"对话框

**专家点拨**：使用基本矩形工具和基本椭圆工具绘制图元对象时，无论工具箱选项栏上的"对象绘制"模式按钮是否处于按下状态，都不影响绘制的效果。

## 11.4 位图和文字

位图资源极其丰富，而且表现力非常强，在制作网页动画时，往往需要应用位图。文字也是网页动画中不可或缺的元素。本节介绍位图和文字在 Flash 动画中的应用。

### 11.4.1 应用位图

使用位图必须先要将它导入到当前 Flash 文档的舞台或当前文档的库中，Flash 提供了导入位图的相关命令，可以很方便地导入和使用位图。下面通过实际操作介绍一下导入位图的方法。

（1）在新建的 Flash 影片文档中选择"文件"|"导入"|"导入到舞台"命令，弹出"导入"对话框，在文件夹下选择需要导入的图片文件（2.jpg），如图 11-85 所示。

（2）单击"打开"按钮，导入到文档中的图像会自动分布在舞台上，按 Delete 键将图像文件删除，此时图像文件仍然保存在"库"中。打开"库"面板可以看到导入的位图对象，如图 11-86 所示。

图 11-85 导入位图　　　　　　　　　　图 11-86 "库"面板中的位图

（3）导入的位图在"库"面板中的名称是图像的文件名，它们的"类型"标识为"位图"，"库"面板中的位图对象可以随时拖放到舞台上使用。

**专家点拨**：导入到 Flash 中的图形文件的幅面不能小于 2×2 像素。在"导入"对话框中，按住 Ctrl 键，依次单击图像文件，可同时选中要导入的多个图像文件。按住 Shift 键单击可同时选择两个文件之间的所有连续的图像文件。另外，还可以直接选择"文件"|"导入"|"导入到库"命令，将外部图像直接导入到"库"面板中。

（4）如果要导入的位图名称按数字顺序结尾，如 image001.jpg、image002.jpg、image003.jpg 等时，就会出现导入文件序列的对话框。选择"文件"｜"导入"｜"导入到舞台"命令，弹出"导入"对话框，在相应的文件夹下选择所需要的图片文件（image001.jpg），单击"打开"按钮，将出现对话框询问"是否导入文件序列"，如图 11-87 所示。

（5）单击"是"按钮导入所有的连续文件，这些图片各占用时间轴的 1 帧，如图 11-88 所示。如果单击"否"按钮只能导入指定的文件。

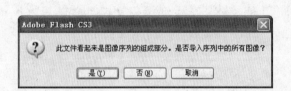

图 11-87　是否导入文件序列

图 11-88　导入文件序列

**专家点拨**：导入到 Flash 中的位图往往有背景，使用时会造成很大的不便，也不利于作品整体风格的设计。在 Flash 中去除位图的背景时，对于大片的相同或者相近色，用"魔术棒工具"能比较方便地去除。如果要去掉的背景比较复杂，可直接用"套索工具"或者在相应的选项中选择"多边形模式"，对需去除背景的区域逐个进行选择后，再删除。

## 11.4.2　应用文字

制作 Flash 动画时，常需要创建各种文本。用工具箱中的"文本工具"可以直接输入文字，并且可以改变文字的字体、大小、颜色等属性，使用简单，设置方便。

**1．输入文字**

（1）新建一个 Flash 文档，在绘图工具箱中选择"文本工具" T 。

（2）在舞台上拖动鼠标指针出现文本框，该框的高度与设定的文字大小一致，长度由制作者决定，它的右上角出现了一个方形手柄，表明此时输入的是具有固定宽度的静态文本，如图 11-89 所示。

（3）此时光标开始闪烁，表示可以输入文字了。输入文字"固定宽度"，如图 11-90 所示。

图 11-89　固定宽度的文本框　　　　图 11-90　输入文本

（4）接着输入文字"静态文本"，此时固定宽度的文本自动换行，如图 11-91 所示。

（5）将鼠标指针放在文本框右上角的方形手柄上拖动，可以改变文本框的长度，让文本显示在一行内，如图 11-92 所示。

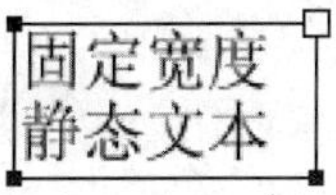

图 11-91　文本自动换行 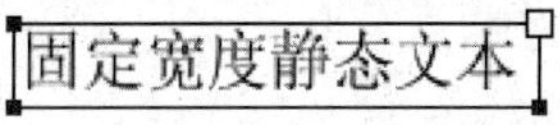　　　　　　　图 11-92　拖动方形手柄

如果在选中"文本工具"后，接着在舞台空白处单击鼠标，就出现一个右上角有圆形的文本输入框，它就是扩展的静态文本框。输入文字，文本框会按照输入文本的长短自动延伸而文本不会换行，如图 11-93 所示。

拖动固定宽度静态文本的方形手柄，它会改变为扩展的静态文本，手柄变成了圆形。双击扩展的静态文本的圆形手柄，它会改变为固定宽度的静态文本，手柄变成了方形，如图 11-94 所示。

图 11-93　可扩展的静态文本框　　　　图 11-94　扩展和固定宽度静态文本间的互换

### 2．文本属性设置

单击绘图工具箱上的"文本工具" T ，展开属性面板，文本属性选项如图 11-95 所示。

图 11-95　文本属性面板

下面对"文本属性"进行简要介绍。

- "文本类型"下拉列表框 静态文本 ：可以选择文本的类型，有静态文本、动态文本、输入文本 3 种。默认为静态文本类型。
- "字体"下拉列表框 A 宋体 ：单击右侧的下拉按钮将弹出下拉列表框，在其中可以选择字体。
- "字体大小"文本框 18 ：用来设置文字的大小，可以直接输入数字，也可以通过拖动滑杆设置字体大小。
- "文本颜色"按钮：单击将弹出调色板，在其中可以设置文字的颜色。
- "切换粗体"按钮 **B** ：按下可以将文字进行加粗设置。
- "切换斜体"按钮 *I* ：按下可以将文字设置向右倾斜。
- "文本对齐方式"按钮：用来设置文本的对齐方式，有左对齐、居中对齐、右对齐、两端对齐 4 种。

- "编辑格式选项"按钮 ¶：单击打开"格式选项"对话框，在其中可以设置文本的段落缩进、行距、左边距和右边距，如图 11-96 所示。
- "改变文本方向"按钮 ：单击图标右下角的小三角，可以选择文本的方向，有"水平"、"垂直，从左到右"和"垂直，从右到左"3 种类型。

图 11-96 "格式选项"对话框

- "字母间距"文本框 AV 0：直接输入数字或者拖动滑杆调整字符的距离。
- "字符位置"下拉列表框 A↕ 一般：用来设置字符的位置，单击弹出下拉列表框，其中包括一般、上标和下标 3 项。
- "字体呈现方法"下拉列表框 可读性消除锯齿：用来设置字体的呈现方法。其中包括 5 个选项，选择不同选项可以得到不同的字体呈现方法。
- "URL 链接"文本框：可以为文字设置网页或程序的链接。
- "自动调整字距"复选框 □自动调整字距：选中后可以根据字体的大小自动调整字距。

**3．文本分离**

丰富的字体能为动画增添色彩，但如果制作好的动画文档在没有安装该字体的机器上运行时，Flash 动画就不能正常显示文本，以致带来不必要的麻烦。解决这个问题最好的办法就是分离文本，下面实际操作一下。

（1）在新建的 Flash 文档中选择"文本工具"，在"属性"面板中设置字体为"综艺简体"，大小为 35 磅，字体颜色为蓝色，在舞台中输入文字"江山如此多娇"。

（2）选中文本，选择"修改"|"分离"命令或者按 Ctrl+B 组合键分离文本，文本被分离成单字。

（3）再次按 Ctrl+B 组合键分离文本，此时文本变成了以网点显示的形状，再不能改变字体和字号。文本分离过程如图 11-97 所示。

图 11-97 分离文本过程

（4）使用"选择工具"拖动文字形状的笔画，使形状变形。

（5）单击绘图工具箱中的"填充色"按钮，在弹出的调色板中选择样本色"彩虹"。

（6）选择分离后的文本，使用"颜料桶工具"应用填充色。变形及变色过程如图 11-98 所示。

图 11-98 变形及变色过程

**专家点拨**：文本是不能直接应用填充效果的，把文本分离成形状后就可以使用填充效果。这也是分离文本的一个重要目的。

**4．文字滤镜**

滤镜指的是能够应用于文本、影片剪辑和按钮的特殊效果，它能够为对象增添奇妙的视觉效果。展开"滤镜"面板，单击"添加滤镜"按钮，弹出的滤镜菜单包括投影、模糊、发光、斜角、渐变发光、渐变斜角和调整颜色 7 种滤镜特效。图 11-99 是添加各种类型的文字滤镜后的效果。

图 11-99　各种文字滤镜效果

## 11.5　本章习题

**一、选择题**

1．Flash 制作的影片文档源文件扩展名为（　　　），导出后的影片播放文件扩展名为（　　　）。

　　A．swf　fla　　　　　　　B．fla　swf　　　　　　C．png　swf　　　　　D．fla　png

2．下面的叙述正确的是（　　　）。

　　A．Flash 影片文档的舞台尺寸默认是 500×400 像素

　　B．Flash 影片文档的舞台背景颜色可以直接设置成从红色向白色变化的渐变色

　　C．Flash 影片文档的舞台背景颜色只能设置成纯色

　　D．无论创建的动画元素是否放在舞台区域内，在测试影片时都能看见

3．下面所列的绘图工具中，不能绘制直线的一项是（　　　）。

　　A．钢笔工具　　　　　　B．铅笔工具　　　　　　C．线条工具　　　　D．选择工具

4．渐变变形工具可以对所填颜色的范围、方向和角度等进行调节来获得特殊的效果。其中，要改变填充高光区应该使用（　　　）。

　　A．大小手柄　　　　　　B．旋转手柄　　　　　　C．中心点手柄　　　D．焦点手柄

5．下面（　　　）不能使用封套工具进行变形。

　　A．使用铅笔工具绘制的图形

　　B．使用刷子工具绘制的图形

　　C．使用钢笔工具绘制的图形

　　D．导入主场景中的位图

6．Flash CS3 能够支持导入更多的位图格式，它不能导入的是（　　　）。

A．png                B．psd                C．ai                D．cdr

二、填空题

1．若想使绘制的图形成为一个独立图形，不与其他图形发生融合，可以使用_____功能。

2．利用"颜色"面板对线条或图形进行填充时，有4种填充类型，它们分别是_____、_____、_____和_____。

3．Flash CS3把"钢笔工具"分解成一组工具，包括_____ 🖊、_____ 🖊⁺、_____ 🖊和_____ 🖊4种，使用更为方便，功能极大增强。

4．"刷子模式" ⊘有5种，它们分别是：_____模式、_____模式、_____模式、_____模式和_____模式。

5．Flash CS3在要输入的文本块的一角会显示一个手柄，用以标识该文本块的类型。对于_____，会在该文本块的右上角出现一个圆形手柄。对于_____，会在该文本块的右上角出现一个方形手柄。

# 11.6  上机练习

### 练习1  绘制商业标志

利用Flash的绘图工具绘制一个商业标志，效果如图11-100所示。

图11-100  商业标志

### 练习2  制作公益广告

利用位图和文本制作一个公益广告，效果如图11-101所示。注意，此图的背景是位图素材。鸽子也是位图素材，但是需要从位图素材中抠出来。另外，"中国"两字使用的是位图填充效果。

图11-101  公益广告

# 第 12 章

# 制作网页动画

Flash 具有强大的动画制作功能和超凡的视听表现力。因此将 Flash 动画运用到网页中，将会使网页有声有色，富有动感。网页中的 Logo、Banner 和动态广告等元素，大多都是应用 Flash 制作的动画文件。

**本章主要内容：**

- 图层和帧
- Flash 动画的制作方法
- 元件及其应用
- 使用 Flash 制作网络广告

## 12.1 图层和帧

图层和帧是 Flash 的两个基本概念。在制作 Flash 动画时，离不开图层和帧的操作。本节介绍图层和帧的基本操作方法。

### 12.1.1 图层的基本概念和操作

图层就像透明的玻璃纸一样，可以在舞台上一层层叠加。每个图层上都可以放置不同的图形，而且在一个图层上绘制和编辑对象，不会影响其他图层上的对象。

#### 1. 新建图层

新建的 Flash 影片只有一个默认图层，名字是"图层 1"。制作动画时可以根据需要增加多个图层，利用图层来组织和管理影片中的各种对象。新建图层的方法有 3 种，即通过程序菜单、右键快捷菜单和时间轴工具栏。其中最常用的是第 3 种方法，单击时间轴左下方工具栏的"插入图层"按钮 ，就插入了新图层，默认的名字是"图层 2"，如图 12-1 所示。

**专家点拨：**另外两种新建图层的方法，第一种是选择"插入"|"时间轴"|"图层"命令插入新图层。第二种是在时间轴的层编辑区右击某个图层，在弹出的快捷菜单中选择"插入图层"命令插入新图层。

#### 2. 图层重命名

系统默认的图层名称为"图层 1"、"图层 2"等，制作中可以根据图层上的对象功能给图层重新命名，这样更便于编辑和管理。双击图层名称，在字段中输入新的名称即可重命名图层，如图 12-2 所示。

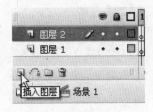

图 12-1　插入新图层

图 12-2　图层重命名

如果在图层名称前的标志 上双击，可以打开"图层属性"对话框，如图 12-3 所示，在其中能重命名图层或者选择图层类型。

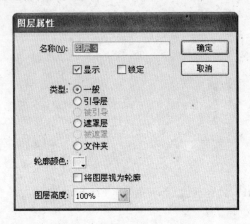

图 12-3　"图层属性"对话框

### 3．选取图层

新建多个图层后，编辑工作只能在当前被选择的图层上进行，所以绘制时必须先选取图层。选取图层的方法很多，最常用的是单击图层名称，这时图层名称的背景将变为蓝色，而且旁边会出现一个工作标志 ，表示该图层是当前工作图层，如图 12-4 所示。

**专家点拨**：选取图层还有两种方法，一种是单击时间轴上的任意一帧选择图层。另一种是直接选取舞台上的对象选择图层。如果按住 Shift 键，再分别单击图层名称，就能选取多个图层。

### 4．删除图层

Flash 影片制作结束后，空白图层和无用图层必须要删除，这样可以缩小文件的体积。删除图层时首先选取要删除的图层，然后单击时间轴面板上的"删除图层"按钮 即可删除图层，如图 12-5 所示。

**专家点拨**：删除图层还有两种方法，一种是拖曳要删除的图层到垃圾桶按钮 。另一种是在要删除的图层名字上右击，在弹出的快捷菜单中选择"删除图层"命令。

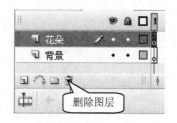

图 12-4 选取图层 　　　　　　　　　　 图 12-5 删除图层

**5. 隐藏图层**

添加了多个图层后，为便于舞台上对象的编辑，可以先将其他图层隐藏起来。单击图层名称的隐藏栏就可以隐藏图层，再次单击隐藏栏就显示该图层。如图 12-6 所示，将"背景"图层隐藏后，隐藏栏上出现了一个红叉。

如果单击隐藏图层图标 👁，可以将所有图层隐藏，再次单击隐藏图标会显示所有图层。隐藏图层后图层中的所有对象都不可见。

**专家点拨**：用鼠标拖动隐藏栏也可以隐藏多个图层或者让多个图层重新显示。

**6. 锁定图层**

如果在编辑当前图层上的对象时，害怕误操作会更改其他图层上的对象，可以将其他图层暂时锁定。被锁定的图层上面的对象依旧显示但不能被编辑。单击图层名字右边的锁定栏就可以锁定图层，再次单击锁定栏就解除了对图层的锁定。如图 12-7 所示，将"背景"图层锁定后，锁定栏上出现了一个小锁。

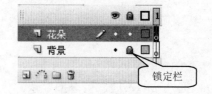

图 12-6 隐藏图层 　　　　　　　　　　 图 12-7 锁定图层

单击锁定图层图标 🔒，可以将所有图层锁定，再次单击锁定图标就解除了对所有图层的锁定。

**专家点拨**：用鼠标拖动锁定栏也可以锁定多个图层或者让多个图层开锁。

**7. 图层文件夹**

当时间轴上的图层太多时，可以创建图层文件夹来进行管理。图层文件夹将图层放在一个树形结构中，通过扩展或折叠文件夹来查看包含的图层，图层文件夹中可以包含图层，也可以包含其他文件夹，这与计算机组织的文件结构相似。

新建图层文件夹的方法很多，最方便的是单击"插入图层文件夹"按钮 📁，新建的图层文件夹将出现在所选图层或文件夹的上面。图层文件夹建立后还可以为它重新命名，如图 12-8 所示。

拖动某个图层到图层文件夹名称上，它就会以缩进的方式出现在图层文件夹中，如图 12-9 所示。单击文件夹名称左侧的三角形可以展开或者折叠文件夹。

图 12-8　新建图层文件夹

图 12-9　拖放图层到文件夹下

**专家点拨**：图层文件夹的控制操作将影响文件夹中的所有图层。例如，锁定一个图层文件夹将锁定该文件夹中的所有图层。

### 12.1.2　帧的基本概念和操作

帧就是影像动画中最小单位的单幅影像画面，相当于电影胶片上的每一格镜头。一帧就是一幅静止的画面，连续的帧就形成了动画。按照视觉暂留的原理每一帧都是静止的图像，快速连续地显示帧便形成了运动的假象。

在 Flash 文档中，帧表现在"时间轴面板"上，外在特征是一个个小方格。它是播放时间的具体化表现，也是动画播放的最小时间单位，可以用来设置动画运动的方式、播放的顺序及时间等，如图 12-10 所示。

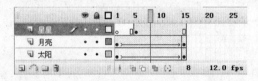

图 12-10　时间轴图层上的帧

从图 12-10 中可以看出，每 5 帧有 1 个"帧序号"标识（呈灰色显示，其他的呈白色显示）。根据性质的不同，可以把"帧"分为"关键帧"和"普通帧"。

#### 1．关键帧

关键帧定义了动画的变化环节，逐帧动画的每一帧都是关键帧。补间动画在动画的重要点上创建关键帧，再由 Flash 自动创建关键帧之间的画面内容。实心圆点 是有内容的关键帧，即实关键帧。而无内容的关键帧（即空白关键帧）则用空心圆 表示，如图 12-11 所示。

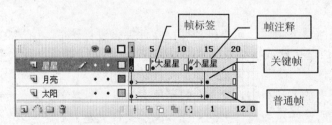

图 12-11　时间轴图层上的各种帧

**2．普通帧**

普通帧显示为一个个普通的单元格。空白的单元格是无内容的帧，有内容的帧显示出一定的颜色。不同的帧颜色代表不同类型的动画，如动作补间动画的帧显示为浅蓝色，形状补间动画的帧显示为浅绿色。而没有定义补间动画的关键帧后的普通帧显示为灰色，它继承和延伸了该关键帧的内容。

**3．帧名称和帧注释**

帧名称用于标识时间轴中的关键帧，用红三角加标签名表示，如 大星星 。帧注释用于制作者为自己或他人提供的相关提示。用绿色的双斜线加注释文字表示，如 小星星 。只有关键帧才可以添加帧名称或者帧注释。添加方法是，选中需要添加帧名称或者帧注释的关键帧，展开"属性"面板，在其中的"帧"文本框中输入需要的字符，然后在"标签类型"下拉列表中选择需要的类型，如图 12-12 所示。

**4．播放头**

播放头指示当前显示在舞台中的帧，将播放头沿着时间轴移动，可以轻易地定位当前帧。播放头用红色矩形 表示，红色矩形下面的红色细线所经过的帧表示该帧目前正处于"播放帧"状态。

**5．选择帧**

动画中的帧有很多，在操作中首先要准确定位和选择相应的帧，然后才能对帧进行其他操作。如果选择某单帧来操作，可以直接单击该帧；如果要选择很多连续的帧，无论正在使用的是哪种绘图工具，都可以在要选择的帧的起始位置处单击，然后拖动光标到要选择的帧的终点位置，此时所有被选中的帧都显示为黑色的背景，那么下面的操作就是针对这些帧了，如图 12-13 所示。

图 12-12　添加帧名称或者帧注释

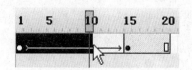

图 12-13　选择帧

**专家点拨**：在同时选择连续的多个帧时，还可以先单击起点帧，按住 Shift 键再单击需要选取的连续帧的最后一帧。另外，按住 Ctrl 键单击时间轴上的帧，可以选取多个不连续的帧。

**6．翻转帧**

在创作动画时，一般是把动画按顺序从头播放，但有时也会把动画反过来播放，创造出另外一种效果。这可以利用"翻转帧"命令来实现。它是指将整个动画从后往前播放，即原来的第 1 帧变成最后一帧，原来的最后一帧变成第 1 帧，整体调换位置。

具体操作步骤是，首先选定需要翻转的所有帧，然后在帧格上右击，在弹出的快捷菜单中选择"翻转帧"命令即可，如图 12-14 所示。

图 12-14　翻转帧

### 7．移动播放头

使用播放头可以观察正在编辑的帧内容以及选择要处理的帧，并且通过移动播放头能观看影片的播放，比如向后移动播放头，可以从前到后按正常顺序来观看影片，如果由后到前移动播放头，那么看到的就是动画的回放内容。

播放头的红色垂直线一直延伸到底层，选择时间轴标尺上的一个帧并单击，就把播放头移到了指定的帧，或者单击层上的任意一帧，也会在标尺上跳转到与该帧相对应的帧数目位置。所有的层在这一帧的共同内容就是在当前工作区所看到的内容。

如果要拖动播放头，可以在时间轴表示帧数目的背景上单击并左右拉动播放头。

### 8．添加帧

制作动画时，常常要根据需要添加帧，比如作为背景的帧，如果只存在一帧，那么从第 2 帧开始的动画就没有了背景，因此，要为作为背景的帧继续添加相同的帧，在要添加的帧处右击，在弹出的快捷菜单中选择"插入帧"命令（也可以选择"插入"|"时间轴"|"帧"命令），这样就可以将该帧持续一定的显示时间了。

除了普通帧，还可以根据不同的需求创建不同类型的帧，主要有两种：关键帧和空白关键帧。系统默认第 1 帧为空白关键帧，也就是没有任何内容的关键帧，它的外观是白色方格中间显示一个空心小圆圈。在空白关键帧对应的舞台上创建对象后，这个空白关键帧就变成了关键帧，这时帧的外观是灰色方格中出现一个黑色小圆圈。

如果要在关键帧后面再建立一个关键帧，可以在时间轴面板所需插入的位置上单击鼠标右键，这时会弹出一个快捷菜单。选择其中的"插入关键帧"命令即可。也可以选择"插入"|"时间轴"|"关键帧"命令。如果要同时创建多个关键帧，只要用鼠标选择多个帧的单元格，右击，在弹出的快捷菜单中选择"插入关键帧"命令即可。

如果要创建空白关键帧，可以在时间轴面板所需插入的位置上选择一个单元格，右击，在弹出的快捷菜单中选择"插入空白关键帧"命令即可。也可以选择"插入"|"时间轴"|"插入空白关键帧"命令来完成。

**专家点拨：**创建关键帧和普通帧是在动画制作过程中频繁进行的操作，因此一般使用快捷键进行操作。插入普通帧的快捷键是 F5 键，插入关键帧的快捷键是 F6 键，插入空白关键帧的快捷键是 F7 键。

### 9．移动和复制帧

在制作动画过程中，有时会将某一帧的位置进行调整，也有可能是多个帧甚至一层上的所有帧整体移动，此时就要用到"移动帧"的操作了。

首先选取这些要移动的帧，被选中的帧显示为黑色背景，然后按住鼠标左键拖动到需要移动到的新位置，释放左键，帧的位置就变化了，如图 12-15 所示。

如果既要插入帧又要把编辑制作完成的帧直接复制到新位置，那么还是先要选中这些需要复制的帧，再右击，在弹出的快捷菜单中选择"拷贝帧"命令，被复制的帧就被放到了剪贴板上，右击新位置，在弹出的快捷菜单中选择"粘贴帧"命令，就可以将所选择的帧粘贴到指定位置上。

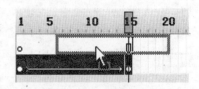

图 12-15 移动帧

### 10．删除帧

当某些帧已经无用了，就可以将它删除。由于 Flash 中帧的类型不同，所以删除的方法也不同。下面分别进行介绍。

如果要删除的是关键帧，可以先将要删除的帧选中，然后右击，在弹出的快捷菜单中选中"清除关键帧"命令。或者选中需要删除的关键帧，选择"插入"|"时间轴"|"清除关键帧"命令即可。在时间轴上，帧删除前后的变化如图 12-16 所示。

图 12-16 清除关键帧的前后对比

如果要删除的是普通帧，将要删除的帧选中，右击，并在弹出的快捷菜单中选择"删除帧"命令就可以了。

## 12.2 Flash 动画的制作方法

英国动画大师 John Halas（约翰·海勒斯）对动画有一个精辟的定义："动作的变化是动画的本质"。动画由很多内容连续但各不相同的画面组成。由于每幅画面中的对象位置和形态各不相同，在连续观看时，会给人以活动的感觉。例如人物走动的动画一般由 6 幅（或者 8 幅）各不相同的人物画面组成，如图 12-17 所示。

图 12-17　组成人物走路动画的 6 幅画面

动画之所以成为可能，是利用了人类眼睛的"视觉残留"的生物现象。人在看物体时，物体在大脑视觉神经中的停留时间约为 1/24s。如果每秒更替 24 个画面或更多的画面，那么，前一个画面在人脑中消失之前，下一个画面就已经进入了人脑，从而形成连续的影像。

### 12.2.1 逐帧动画

逐帧动画是一种常见的动画形式，其原理是在"连续的关键帧"中分解动画动作，也就是在时间轴的每帧上逐帧绘制不同的画面，使其连续播放而成动画。

#### 1．逐帧动画的制作方法

逐帧动画是最传统的动画方式，它是通过细微差别的连续帧画面来完成动画作品的。与在一本书的连续若干页的页脚都画上图形，快速地翻动书页，就会出现连续的动画一样。

逐帧动画的制作方法包括两个要点，一是添加若干个连续的关键帧；二是在关键帧中创建不同的但有一定关联的画面。下面通过一个卡通人物原地行走的动画范例介绍逐帧动画的制作方法。

（1）新建一个 Flash 影片文档。保持影片文档的默认设置。

（2）选择"文件"|"导入"|"导入到库"命令，打开"导入到库"对话框，在其中选择需要导入的图像素材（共 12 张人物行走动作图像），如图 12-18 所示。单击"打开"按钮即可将图像素材导入到"库"面板中。

**专家点拨**：在 Flash 中制作人物行走动画时，通常通过逐帧动画来完成。在每个关键帧中创建人物行走动作的细微变化，可以用绘图工具直接在每个关键帧上绘制卡通人物的动作。但是这需要制作者具备很高的绘图能力，为了简化本范例的制作过程，这里直接提供了卡通人物行走动作的图像素材。

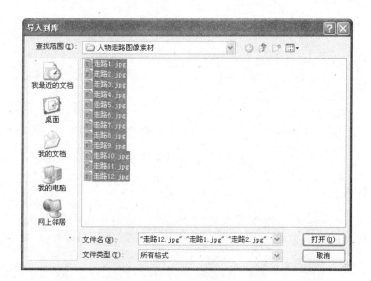

图 12-18　"导入到库"对话框

（3）打开"库"面板，将其中的"走路 1.jpg"位图拖放到舞台中央。

（4）选择第 2 帧，按 F6 键插入关键帧。选中第 2 帧上的卡通人物图像，在"属性"面板中单击"交换"按钮，打开"交换位图"对话框，其中选择"走路 2.jpg"位图，如图 12-19 所示。单击"确定"按钮。这样，第 2 帧上的卡通人物图像就被更换为需要的人物行走动作图像了。

图 12-19　"交换位图"对话框

（5）与先插入关键帧再交换位图的类似方法，从第 3 帧开始进行操作，一直到第 12 帧为止。完成后的图层结构如图 12-20 所示。

（6）按 Enter 键观看动画效果，可以看到人物原地行走的动画效果。但是行走的速度太快，下面把行走速度降低一些。

（7）单击选中第 1 帧，连续按 F5 键 4 次。此时的图层结构如图 12-21 所示。

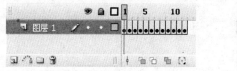

图 12-20　图层结构

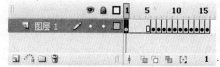

图 12-21　图层结构

（8）按照同样的方法，在每个关键帧后面插入 4 个普通帧。完成操作后的图层结构如图 12-22 所示。

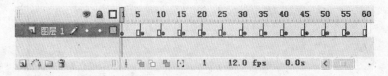

图 12-22　图层结构

（9）按 Ctrl+Enter 组合键测试影片，观看动画效果。

**专家点拨**：这里制作人物原地行走的动画效果，是为了达到简化本范例制作技术的目的。在本范例动画效果的基础上，如果想实现人物真实行走的动画效果，还要使用 Flash 的补间动画技术，这些技术将在后面介绍。

### 2. 绘图纸功能

绘图纸是一个帮助定位和编辑动画的辅助功能，这个功能对制作逐帧动画特别有用。通常情况下，Flash 在舞台中一次只能显示动画序列的一个帧。使用绘图纸功能后，就可以在舞台中一次查看两个或多个帧了。

因为逐帧动画的各帧画面之间有相似之处，所以如果要一帧一帧地绘制，工作量不但大，而且定位会非常困难。这时如果用绘图纸功能，一次查看和编辑多个帧，对制作细腻的逐帧动画将有很大的帮助。如图 12-23 所示，是使用了"绘图纸"功能后的场景，可以看出，当前帧中的画面用全彩色显示，其他帧的画面以半透明显示，这样看起来好像所有帧的内容都画在一张半透明的绘图纸上，这些内容相互层叠在一起。当然，这时只能编辑当前帧的画面内容。但是其他帧的画面可以作为参考，对当前帧的画面的编辑起到辅助功能。

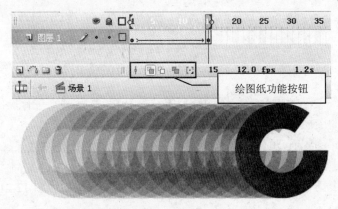

图 12-23　同时显示多帧内容的变化

"绘图纸"各个按钮的功能如下所述。

"绘图纸外观"按钮：按下此按钮后，在时间轴的上方，会出现绘图纸外观标记。拉动外观标记的两端，可以扩大或缩小显示范围。

"绘图纸外观轮廓"按钮 ：按下此按钮后，场景中会显示各帧画面的轮廓线，而填充色会消失，特别适合观察画面轮廓，另外可以节省系统资源，加快显示过程。

"编辑多个帧"按钮 ：按下此按钮后可以显示全部帧内容，并且可以进行"多帧同时编辑"。

"修改绘图纸标记"按钮 ：按下此按钮后，会弹出下拉菜单，菜单中有以下选项。

- "总是显示标记"选项：会在时间轴标题中显示绘图纸外观标记，无论绘图纸外观是否打开。
- "锚定绘图纸"选项：会将绘图纸外观标记锁定在它们在时间轴标题中的当前位置。通常情况下，绘图纸外观范围是和当前帧的指针以及绘图纸外观标记相关的。通过锚定绘图纸外观标记，可以防止它们随当前帧的指针移动。
- "绘图纸 2"选项：会在当前帧的两边显示两个帧。
- "绘图纸 5"选项：会在当前帧的两边显示 5 个帧。
- "绘制全部"选项：会在当前帧的两边显示全部帧。

**专家点拨**：绘图纸就像洋葱皮那样是一层套一层显示的，在编辑动画时能够一次性看到多个帧的画面。要注意的是绘图纸功能不能使用在已经被锁定的图层上，若要在该图层上使用绘图纸功能，应该首先解除对图层的锁定。

### 12.2.2  补间动画

所谓补间动画，是指制作者只需创建起始关键帧和终止关键帧的画面，Flash 自动生成中间的动画画面的过程。Flash 可以创建两种类型的补间动画：补间动画（又称动作补间动画）和补间形状（又称形状补间动画）。本小节先介绍补间动画的制作方法。

#### 1．补间动画的制作方法

补间动画的基本制作方法是，在一个关键帧上创建一个对象，然后在另一个关键帧上改变这个对象的大小、位置、颜色、透明度、旋转、倾斜、滤镜等属性。定义好补间动画后，Flash 会自动补上中间的动画过程。

构成补间动画的对象包括元件（影片剪辑元件、图形元件、按钮元件）、文字、位图、组、绘制对象等，但不能是形状，只有把形状组合成"组"或者转换成"元件"后才可以成为补间动画中的"演员"。

下面制作一个飞机飞行的动画效果。

（1）新建一个 Flash 影片文档，设置舞台背景色为蓝色，其他保持默认。

（2）选择"文本工具"。在"属性"面板中，设置字体为 Webdings，字体大小为 200，文本颜色为白色。

（3）在舞台上单击，然后按 J 键，这样舞台上就会出现一个飞机符号。将这个飞机符号拖放到舞台的右上角，如图 12-24 所示。

（4）选择"图层 1"的第 35 帧，按 F6 键插入一个关键帧。

（5）把第 35 帧上的飞机移动到舞台的左下角，如图 12-25 所示。

（6）选择第 1 帧，在"属性"面板的"补间"下拉列表中选择"动画"选项，如图 12-26

所示。

图 12-24　第 1 帧上的飞机

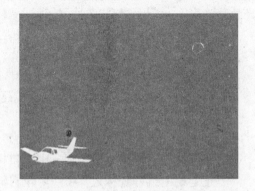

图 12-25　第 35 帧上的飞机

（7）这时，"图层 1"第 1 帧到第 35 帧之间出现了一条带箭头的实线，并且第 1 帧到第 35 帧之间的帧格变成淡紫色，如图 12-27 所示。

图 12-26　定义补间动画

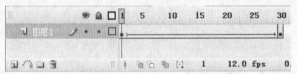

图 12-27　补间动画的时间轴面板

（8）这样就完成了一个补间动画的制作。按 Enter 键，可以看到飞机从舞台右上角飞行到舞台左下角的动画效果。

**专家点拨：**创建补间动画，还可以在起始关键帧和终止关键帧间的任意一帧上右击，在弹出的快捷菜单中选择"创建补间动画"命令。在需要取消创建的补间动画时，也可以任选一帧右击，在弹出的快捷菜单中选择"删除补间动画"命令。

**2．补间动画的参数设置**

定义了补间动画后，可以在如图 12-26 所示的"属性"面板中进一步设置相应的参数，以使动画效果更丰富。

1）"缩放"复选框

在制作补间动画时，在终止关键帧上，如果更改了动画对象的大小，那么这个"缩放"复选框选择与否就将直接影响动画的效果。

如果选择了这个复选框，那么就可以将大小变化的动画效果呈现出来。也就是说，可以看到对象从大逐渐变小（或者从小逐渐变大）的动画效果。

如果没有选择这个复选框，那么大小变化的动画效果就呈现不出来。默认情况下，"缩放"复选框处于选择状态。

2）"缓动"选项

单击"缓动"右边的下拉按钮，弹出滑杆，拖动上面的滑块，可设置参数值。也可以直接在文本框中输入具体的数值，设置完后，补间动画效果会按照设置作出相应的变化。

- 在–1～–100 之间，动画运动的速度从慢到快，朝运动结束的方向加速补间。
- 在 1～100 之间，动画运动的速度从快到慢，朝运动结束的方向减速补间。
- 默认情况下，"缓动"文本框中的值为 0，此时补间帧之间的变化速率是匀速的。

在"缓动"文本框右边有一个"编辑"按钮，单击"编辑"按钮，可以弹出"自定义缓入/缓出"对话框，如图 12-28 所示。利用这个功能，可以制作出更加丰富的动画效果。

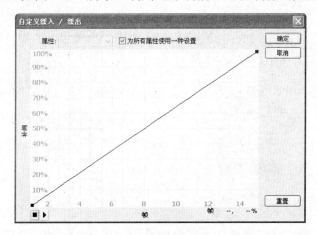

图 12-28　"自定义缓入/缓出"对话框

3）"旋转"选项

"旋转"下拉列表中包括 4 个选项。选择"无"（默认设置）可禁止元件旋转；选择"自动"可使元件在需要最小动作的方向上旋转对象一次；选择"顺时针"（CW）或"逆时针"（CCW），并在后面输入数字，可使元件在运动时按顺时针或逆时针方向旋转相应的圈数。

4）"调整到路径"复选框

选择此复选框，可以将对象的运动基线调整到运动路径。此项功能主要用于引导路径动画。在定义引导路径动画时，选择了这个复选框，可以使对象根据路径调整身姿，使动画更逼真。

5）"同步"复选框

选择此复选框，可以使图形元件的动画和主时间轴同步。

6）"贴紧"复选框

选择此复选框，可以根据注册点将补间对象附加到运动路径，此项功能主要用于引导路径动画。

## 12.2.3　补间形状

本节介绍补间动画的另外一种类型：补间形状（或称形状补间动画）。通过补间形状这种动画类型可以创建类似于形变的动画效果，使一个形状逐渐变成另一个形状。利用补间形状可以制作人物头发飘动、人物衣服摆动、窗帘飘动等动画效果。

**1．补间形状的制作方法**

补间形状的基本制作方法是，在一个关键帧上绘制一个形状，然后在另一个关键帧上更改该形状或绘制另一个形状。接着在这两个关键帧之间定义补间形状，Flash 就会自动补上中间的形状渐变过程。

下面制作一个五边形变成五角星的动画效果。具体操作步骤如下所述。

（1）新建一个 Flash 影片文档，保持文档属性默认设置。

（2）选择"多角星形工具"，在舞台上绘制一个无边框红色填充的五边形，如图 12-29 所示。

（3）在"图层 1"的第 20 帧，按 F7 键插入一个空白关键帧。用"矩形工具"绘制一个无边框红色填充的五角星，如图 12-30 所示。

图 12-29  绘制五边形          图 12-30  绘制五角形

（4）选择第 1 帧，在"属性"面板中选择"补间"下拉列表中的"形状"选项，如图 12-31 所示。

（5）这时，"图层 1"第 1 帧到第 20 帧之间出现了一条带箭头的实线，并且第 1 帧到第 20 帧之间的帧格变成绿色，如图 12-32 所示。

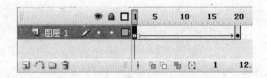

图 12-31  定义补间形状          图 12-32  补间形状的时间轴面板

（6）这样就制作完成了一个补间形状动画。按 Enter 键，可以看到一个五边形逐渐变化为五角形的动画效果。

（7）补间形状除了可以制作形状的变形动画，也可以实现形状的位置、大小和颜色的变化。选择第 20 帧上的矩形，将它的填充颜色更改为黄色。

（8）再按 Enter 键，可以看到一个五边形逐渐变化为五角形，与此同时图形颜色由红色逐渐过渡为黄色。

**2．补间形状的参数设置**

定义了补间形状后，在"属性"面板中可以进一步设置相应的参数，以使动画效果更丰富，如图 12-33 所示。

（1）"缓动"选项。单击"缓动"右边的按钮，弹出滑杆，拖动上面的滑块，可设置参数值。也可以直接在文本框中输入具体的数值，设置完后，动画效果会作出相应的变化。具体情况如下所述。

图 12-33　补间形状的参数设置

- 在–1～–100 之间，动画的速度从慢到快，朝动画结束的方向加速补间。
- 在 1～100 之间，动画的速度从快到慢，朝动画结束的方向减速补间。
- 默认情况下，动画的变化速率是匀速的。

（2）"混合"选项。这个选项的下拉列表中有两个选项。

- 分布式：创建的动画的中间过渡形状更为平滑和不规则。
- 角形：创建的动画中间过渡形状会保留有明显的角和直线。

**专家点拨：**"角形"只适合于具有锐化转角和直线的混合形状。如果选择的形状没有角，Flash 会自动按照"分布式"进行动画定义。

### 3．添加形状提示

要控制更加复杂或特殊的形状变化，可以使用形状提示。形状提示会标识起始形状和结束形状中的相对应的点。例如，要通过补间形状制作一个改变人物脸部表情的动画时，可以使用形状提示来标记每只眼睛。这样在形状发生变化时，脸部就不会乱成一团，每只眼睛还都可以辨认。

下面用一个简单的数字转换效果来说明形状提示的妙用。

（1）新建一个 Flash 影片文档，保持文档属性的默认设置。

（2）选择"文本工具"。在"属性"面板中，设置字体为 Arial Black，字体大小为 150，文本颜色为黑色。

（3）在舞台上单击，输入数字 1。选择"修改"|"分离"命令，将数字分离成形状，如图 12-34 所示。

（4）选择"图层 1"第 20 帧，按 F7 键插入一个空白关键帧。选择"文本工具"，输入数字 2。同样把这个数字 2 分离成形状，如图 12-35 所示。

图 12-34　将数字分离成形状　　　图 12-35　第 20 帧上的数字形状

（5）选择第 1 帧，在"属性"面板中定义从第 1 帧到第 20 帧的补间形状。

（6）按 Enter 键，可以观察到数字 1 变形为数字 2 的动画效果。但是这个变形过程很乱，不太符合实际需要的效果。下面添加变形提示以改进动画效果。

（7）选择"图层 1"的第 1 帧，选择"修改"|"形状"|"添加形状提示"命令 2 次。

这时舞台上会连续出现两个红色的变形提示点（重叠在一起），如图 12-36 所示。

（8）确认"紧贴至对象"按钮 处于被按下状态，调整第 1 帧和第 20 帧处的形状提示，如图 12-37 所示。

第 1 帧　　　　　　　　　第 20 帧

图 12-36　添加两个变形提示点　　　　　　图 12-37　调整提示点

（9）调整好提示点的位置后在旁边空白处单击鼠标，提示点的颜色会发生变化。第 1 帧上的提示点变为黄色，第 20 帧上的提示点变为绿色。

（10）再次按 Enter 键，可以观察到数字 1 变形为数字 2 的动画效果已经比较美观了。数字转换的过程是按照添加的提示点进行的。

**专家点拨：** 在 Flash 中形状提示点的编号从 a~z 一共有 26 个。在使用形状提示时，并不是提示点越多效果越好。有时候过多的提示点反而会使补间形状动画异常。在添加提示点时，应首先预览动画效果，然后在动画不太自然的位置添加提示点。

### 12.2.4　引导路径动画

前面利用补间动画制作的位置移动动画是沿着直线进行的，可是在生活中，有很多运动路径是弧线或不规则的，如月亮围绕地球旋转、鱼儿在大海里遨游等，在 Flash 中利用"引导路径动画"就可以制作出这样的效果。将一个或多个图层链接到一个引导图层，使一个或多个对象沿同一条路径运动的动画形式被称为"路径动画"。这种动画可以使一个或多个对象完成曲线或不规则运动。

一个最基本"路径动画"由两个图层组成，上面一层是"引导层"，它的图层图标为 ，下面一层是"被引导层"，图标为 ，同普通图层一样。

下面通过制作一个飞机沿圆周飞行的动画，介绍制作引导路径的方法。

（1）新建一个 Flash 影片文档，设置舞台背景色为蓝色，其他保持默认。

（2）选择"文本工具"。在"属性"面板中，设置字体为 Webdings，字体大小为 100，文本颜色为白色。

（3）在舞台上单击，然后按 J 键，这样舞台上就会出现一个飞机符号，如图 12-38 所示。

（4）在"图层 1"的第 50 帧按 F6 键插入一个关键帧，将飞机移动到其他位置。

（5）选择第 1 帧，在"属性"面板的"补间"下拉列表中选择"动画"选项。这样就定义了从第 1 帧到第 50 帧的补间动画。这时的动画效果是飞机直线飞行。

（6）选择"图层 1"，单击"添加运动引导层"按钮 ，这样"图层 1"上面就会出现一个引导层，并且"图层 1"自动缩进，如图 12-39 所示。

图 12-38　输入飞机符号

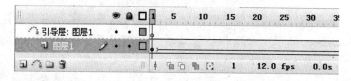

图 12-39　添加引导层

（7）选择"椭圆工具"，设置"笔触颜色"为黑色，"填充色"为无。在舞台上绘制一个大圆。

（8）选择"橡皮擦工具"，在选项中选择一个小一些的橡皮擦形状。将舞台上的圆擦出一个小缺口，如图 12-40 所示。

**专家点拨**：这里之所以将圆擦出一个小缺口，是因为在引导层上绘制的路径不能是封闭的曲线，路径曲线必须有两个端点，这样才能进行后续的操作。

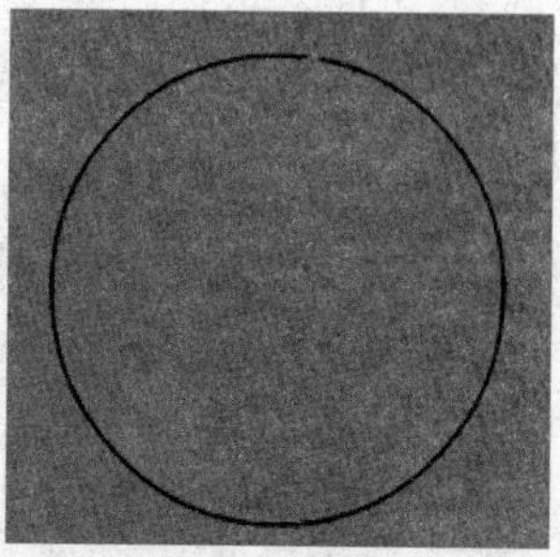

（9）切换到"选择工具"。确认"紧贴至对象"按钮处于被按下状态。选择第 1 帧上的飞机，拖动它到圆缺口左端点，如图 12-41 所示。注意在拖动过程中，当飞机快接近端点时，会自动吸附到上面。

（10）按照同样的方法，选择第 50 帧上的飞机，拖动它到圆缺口右端点。

图 12-40　擦出一个小缺口的圆

（11）现在按 Enter 键，可以观察到飞机沿着圆周在飞行。但是飞机的飞行姿态不符合实际情况。可以通过下面的操作步骤进行改进。

（12）选择第 1 帧，在"属性"面板中选择"调整到路径"复选框，如图 12-42 所示。

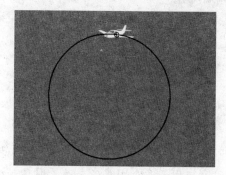

图 12-41　飞机吸附到右端点

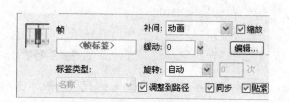

图 12-42　选择"调整到路径"复选框

（13）测试影片，可以看到飞机姿态优美地沿着圆周飞行着。

### 12.2.5 遮罩动画

在 Flash 作品中，常常可以看到很多眩目神奇的效果，而其中不少就是用"遮罩"动画完成的，如水波、万花筒、百叶窗、放大镜等动画效果。

遮罩动画的原理是，在舞台前增加一个"电影镜头"。这个"电影镜头"不仅仅局限于圆形，还可以是任意形状，甚至可以是文字。将来导出的影片，并不是将舞台上的全部对象都显示出来，而是只显示"电影镜头"拍摄出来的对象，其他不在"电影镜头"区域内的舞台对象不显示。

下面通过具体的操作来介绍遮罩动画的制作方法。

（1）新建一个 Flash 影片文档，保持文档属性的默认设置。

（2）导入一个外部图像"夜景.png"到舞台上。

（3）新建一个图层，在这个图层上用"椭圆工具"绘制一个圆（无边框，任意填充色）。计划将这个圆当作遮罩动画中的"电影镜头"来用。目前，影片有两个图层，"图层 1"上放置的是导入的图像，"图层 2"上放置的是圆（计划用作"电影镜头"），如图 12-43 所示。

（4）下面来定义遮罩动画效果。右击"图层 2"，在弹出的快捷菜单中选择"遮罩层"命令。图层结构发生了变化，如图 12-44 所示。

图 12-43　舞台效果

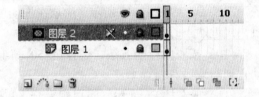

图 12-44　遮罩图层结构

（5）注意观察一下图层和舞台的变化。具体情况如下所述。

"图层 1"：这个图层的图标改变了，从普通图层变成了被遮罩层（被拍摄图层）。并且图层缩进，被自动加锁。

"图层 2"：这个图层的图标也改变了，从普通图层变成了遮罩层（放置"电影镜头"的图层）。并且图层被加锁。

舞台显示也发生了变化。只显示"电影镜头"拍摄出来的对象，其他不在"电影镜头"区域内的舞台对象都没有显示，如图 12-45 所示。

**专家点拨：** 遮罩动画效果的获得一般需要两个图层，这两个图层是被遮罩的图层和指定遮罩区域的遮罩图层。实际上，遮罩图层是可以同时应用于多个图层的。遮罩图层和被遮罩图层只有在锁定状态下，才能够在编辑工作区中显示出遮罩效果。解除锁定后的图层在编辑工作区中是看不到遮罩效果的。

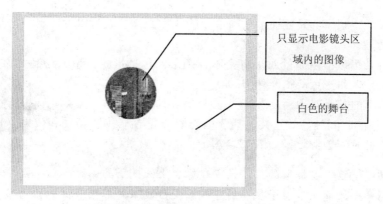

图 12-45　定义遮罩后的舞台效果

（6）按 Ctrl+Enter 组合键测试影片，观察动画效果。可以看到只显示了"电影镜头"区域内的图像。

（7）下面改变一下"电影镜头"的形状。在"图层 1"的第 15 帧按 F5 键添加一个普通帧。将"图层 2"解锁。在"图层 2"的第 15 帧按 F6 键添加一个关键帧，将"图层 2"的第 15 帧上的圆放大尺寸。定义从第 1 帧到第 15 帧的补间形状。图层结构如图 12-46 所示。

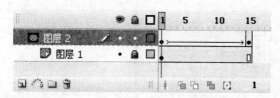

图 12-46　图层结构

（8）按 Ctrl+Enter 组合键测试影片，观察动画效果。可以看到只显示了"电影镜头"区域内的图像，并且随着"电影镜头"（圆形）的逐渐变大，显示出来的图像区域也越来越大。

（9）下面改变一下"电影镜头"的位置。将"图层 1"上的圆放置在舞台左侧，将"图层 2"的第 15 帧上的圆的大小恢复到原来的尺寸，并放置在舞台的右侧。

（10）按 Ctrl+Enter 组合键测试影片，观察动画效果。可以看到随着"电影镜头"（圆形）的位置移动，显示出来的图像内容也发生变化，好像一个探照灯的效果。

从上面的操作可以得出这样的结论，在遮罩动画中，可以定义遮罩层中"电影镜头"的变化（尺寸变化动画、位置变化动画、形状变化动画等），最终显示的遮罩动画效果也会随着"电影镜头"的变化而变化。

其实除了可以让遮罩层中的"电影镜头"变化，还可以让被遮罩层中的对象进行变化，甚至可以让遮罩层和被遮罩层同时变化。这样就可以设计出更加丰富多彩的遮罩动画效果。

### 12.2.6　时间轴特效动画

时间轴特效是 Flash 提供的一种高效率制作动画的功能。Flash 软件把一些常用的动画效果集成起来，使制作者只要通过简简单单的几步操作，就可以设计出平常几十步才能完成的动画效果。

时间轴特效可以应用到的对象有文本、图形（包括形状、组、绘制对象）、位图、图形元件、按钮元件和影片剪辑元件等。

选中舞台上的某个对象后，选择"插入"|"时间轴特效"命令，弹出下级菜单，可以看到 Flash 内建的时间轴特效，共包括 3 种类型：变形/转换、帮助和效果。其中"效果"类型下包括 4 种时间轴特效，如图 12-47 所示。

**专家点拨：** 这里需要提醒的是，只有在舞台上选择了具体的对象以后，如图 12-47 所示的菜单中的命令才能正常显示，否则可能成灰白显示（不可用状态）。

下面先制作一个模糊文字效果范例，通过这个范例介绍添加时间轴特效的方法。范例效果如图 12-48 所示。

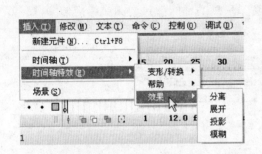

图 12-47　时间轴特效菜单命令

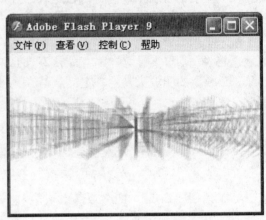

图 12-48　模糊动画特效

本范例的制作步骤如下所述。

（1）新建一个 Flash 影片文档，设置舞台尺寸为 320×200 像素，其他都按照默认值设置。

（2）使用"文本工具"在舞台中间位置输入"时间轴特效"5 个文字。在"属性"面板中设置字体为楷体，颜色为红色，大小为 45。

（3）选中舞台上的文字，选择"插入"|"时间轴特效"|"效果"|"模糊"命令，弹出"模糊"对话框。在这个对话框中设置效果持续时间、分辨率、缩放比例及移动方向等参数，在右侧的窗格中可以预览设置后的效果，如图 12-49 所示。

（4）如果对文字的模糊效果感觉不满意，那么可以重新对各个参数进行设置。设置完成后单击"更新预览"按钮可以看到最新的设置效果。

（5）单击"确定"按钮返回编辑场景。可以看到文字已经变成了具有模糊动画效果的文字。

（6）现在研究一下 Flash 的时间轴特效的奥秘。打开"库"面板，可以看到"库"面板中自动添加了一个名字为"特效文件夹"的文件夹和一个名字为"模糊 1"的图形元件。

（7）双击"模糊 1"图形元件，将出现一个"特效设置警告"对话框，提示这个元件包含时间轴特效，如果要进行编辑，将无法编辑它的时间轴特效设置，如图 12-50 所示。

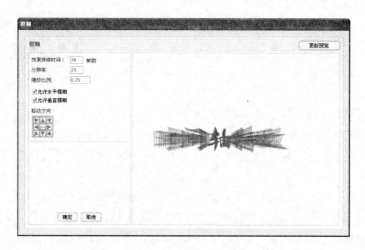

图 12-49  "模糊"对话框

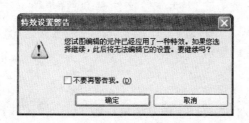

图 12-50  "特效设置警告"对话框

　　（8）单击"确定"按钮，进入图形元件的编辑场景。在这个元件的时间轴上有 16 个图层，每一层都有补间动画，这些动画效果叠加在一起，就形成了文字的模糊特效。这与一步一步制作模糊特效的方法完全相同，不过完全是 Flash 系统自动生成的。

　　**专家点拨：**如果想编辑或者删除时间轴特效，可以选中添加了时间轴特效的对象，然后选择"修改"|"时间轴特效"命令，在下级菜单中选择"编辑特效"或者"删除特效"命令。

# 12.3　元件及其应用

　　元件是指可以重复利用的图形、动画片段或者按钮，它们被保存在"库"面板中。在制作动画的过程中，将需要的元件从"库"面板中拖放到场景上，场景中的对象称为该元件的一个实例。如果库中的元件发生改变（比如对元件重新编辑），则元件的实例也会随之变化。同时，实例可以具备自己的个性，它的更改不会影响库中的元件本身。

## 12.3.1　元件的类型和创建元件的方法

　　元件是 Flash 动画中的基本构成要素之一，除了可以重复利用、便于大量制作之外，它还有助于减少影片文件的大小。在应用脚本制作交互式影片时，某些元件（比如按钮和影片剪辑元件）更是不可缺少的。

**1．元件的类型**

元件存放在 Flash 影片文件的"库"面板中，"库"面板具备强大的元件管理功能，在制作动画时，可以随时调用"库"面板中的元件。

依照功能和类型的不同，元件可分成以下 3 种。

（1）影片剪辑元件：是一个独立的动画片段，具备自己独立的时间轴。它可以包含交互控制、音效，甚至能包含其他的影片剪辑实例。它能创建出丰富的动画效果，能使制作者的任何灵感变为现实。

（2）按钮元件：是对鼠标事件（如单击和滑过）作出响应的交互按钮。它无可替代的优点在于能使观众与动画更贴近，也就是利用它可以实现交互动画。

（3）图形元件：通常用于存放静态的图像，也能用来创建动画，在动画中可以包含其他元件实例，但不能添加交互控制和声音效果。

在一个包含各种元件类型的 Flash 影片文件中，选择"窗口"|"库"命令，可以在"库"面板中找到各种类型的元件。在"库"面板中除了可以存储元件对象以外，还可以存放从影片文件外部导入的位图、声音、视频等类型的对象。

**2．元件的创建方法**

元件的创建方法一般有两种，一种方法是新建元件，另一种方法是将舞台上的对象转换为元件。

1）新建元件

选择"插入"|"新建元件"命令，弹出"创建新元件"对话框，如图 12-51 所示。"名称"文本框中可以输入元件的名称，默认名称是"元件 1"。"类型"选项包括 3 个单选项，分别对应 3 种元件的类型。选中单选按钮可以确定元件的类型。

单击"确定"按钮，就新建了一个元件。Flash 会将该元件添加到库中，并切换到元件编辑模式。在元件编辑模式下，元件的名称将出现在场景名称（比如"场景 1"）的右侧。在元件的编辑场景中显示一个十字图标表明该元件的注册点。

2）转换为元件

除了新建元件以外，还可以直接将场景中已有的对象转换为元件。选择场景中的对象，选择"修改"|"转换为元件"命令（或者按 F8 键），则弹出"转换为元件"对话框，如图 12-52 所示。"名称"文本框中可以输入元件的名称，默认名称是"元件 1"。"类型"选项包括 3 个单选项，分别对应 3 种元件的类型。选中单选按钮可以确定元件的类型。"注册"选项右边是注册网格，在注册网格中单击，以便确定元件的注册点。

图 12-51　"创建新元件"对话框　　　　图 12-52　"转换为元件"对话框

单击"确定"按钮，就将场景中选择的对象转换为元件。Flash 会将该元件添加到库中。舞台上选定的对象此时就变成了该元件的一个实例。

**专家点拨**：在使用"转换为元件"对话框将对象转换为元件时，可指定对象在元件场景中的位置，这个位置以元件中心点为基准。如选择"注册"网格左上角的方块按钮，在转换为元件后，对象的左上角将与元件的中心点（十字注册点）对齐。

### 3．编辑元件

编辑元件时，Flash 会更新文档中该元件的所有实例。Flash 提供了 3 种方式来编辑元件：在当前位置编辑元件、在新窗口中编辑元件和在元件编辑模式下编辑元件。

1）在当前位置编辑元件

可以使用"在当前位置编辑"命令在该元件和其他对象在一起的舞台上编辑它。其他对象以灰显方式出现，从而将它们与正在编辑的元件区别开来。正在编辑的元件名称显示在舞台上方的编辑栏内，位于当前场景名称的右侧。具体操作步骤如下所述。

（1）执行以下操作之一，即可在当前位置进入到元件的编辑状态。

- 在舞台上双击该元件的一个实例。
- 在舞台上选择该元件的一个实例，右击，然后从弹出的快捷菜单中选择"在当前位置编辑"命令。
- 在舞台上选择该元件的一个实例，然后选择"编辑"|"在当前位置编辑"命令。

（2）根据需要编辑该元件。比如，要更改注册点，可以拖动该元件，让其与十字图标对齐。

（3）要退出"在当前位置编辑"模式并返回到文档编辑模式，可执行以下操作之一。

- 单击舞台顶部编辑栏左侧的"返回"按钮。
- 在舞台上方编辑栏的"场景"弹出菜单中选择当前场景的名称。
- 选择"编辑"|"编辑文档"命令。

2）在新窗口编辑元件

可以使用"在新窗口中编辑"命令在一个单独的窗口中编辑元件。在单独的窗口中编辑元件可以同时看到该元件和主时间轴。正在编辑的元件名称会显示在舞台上方的编辑栏内。具体操作步骤如下所述。

（1）在舞台上选择该元件的一个实例，右击，然后从弹出的快捷菜单中选择"在新窗口中编辑"命令。

（2）根据需要编辑该元件。

（3）单击右上角的关闭框来关闭新窗口，然后在主文档窗口内单击以返回到编辑主文档状态下。

3）在元件编辑模式下编辑元件

使用元件编辑模式，可将窗口从舞台视图更改为只显示该元件的单独视图来编辑它。正在编辑的元件名称会显示在舞台上方的编辑栏内，位于当前场景名称的右侧。具体操作步骤如下所述。

（1）要进入元件的编辑模式，可以执行以下操作之一。

- 双击"库"面板中的元件图标。
- 在舞台上选择该元件的一个实例，右击，然后从弹出的快捷菜单中选择"编辑"命令。
- 在舞台上选择该元件的一个实例，然后选择"编辑"|"编辑元件"命令。
- 在"库"面板中选择该元件，然后从库选项菜单中选择"编辑"命令，或者右击，然后从弹出的快捷菜单中选择"编辑"命令。

（2）根据需要编辑该元件。

（3）要退出元件编辑模式并返回到文档编辑状态，可执行以下操作之一。

- 单击舞台顶部编辑栏左侧的"返回"按钮。
- 选择"编辑"|"编辑文档"命令。
- 单击舞台上方编辑栏内的场景名称。

### 12.3.2 影片剪辑元件

使用影片剪辑元件可以创建可重用的动画片段。影片剪辑拥有它们自己的独立于主时间轴的多帧时间轴。可以将影片剪辑看作是主时间轴内的嵌套时间轴，它们可以包含交互式控件、声音甚至其他影片剪辑实例。

影片剪辑元件是使用最频繁的元件类型，它功能强大，利用它可以制作出效果丰富的动画效果。下面通过制作一个骏马飞奔的动画范例来理解影片剪辑元件。

（1）新建一个 Flash 影片文档，保持文档属性默认设置。

（2）选择"文件"|"导入"|"导入到舞台"命令，将外部的一张骏马素材图像（骏马1.gif）导入到舞台中。

（3）选中舞台上的骏马图像，选择"修改"|"转换为元件"命令，将其转换为名字为"骏马"的图形元件，如图 12-53 所示。

图 12-53 转换为图形元件

（4）将舞台上的骏马实例放置在舞台的右边。在"图层 1"的第 20 帧插入一个关键帧，将这个帧上的骏马实例水平移动到舞台的左边。

（5）定义从第 1 帧到第 20 帧的补间动画。

（6）测试影片，可以看到骏马图片位置移动的动画效果。但是这个效果绝对不是骏马飞奔的效果。

（7）由于补间动画的动画主角是一个静态的图形实例，所以目前制作出来的动画也仅仅是一张骏马图片的位置移动。要想制作出比较逼真的骏马飞奔的动画效果，需要将补间动画的动画主角换成一个骏马奔跑的动画片段。这可以利用影片剪辑元件来完成。接着上面的步骤进行操作。选择"插入"|"新建元件"命令，弹出"创建新元件"对话框。在其中，定义元件名称为"骏马奔跑"，选择"类型"为"影片剪辑"，如图 12-54 所示。单击"确定"按钮后进入元件的编辑场景中。

（8）选择"文件"|"导入"|"导入到舞台"命令，将外部的骏马图像序列（骏马 1.gif～骏马 7.gif）全部导入到场景中。因为前面已经导入了一张图像（骏马 1.gif），所以会出现如图 12-55 的"解决库冲突"对话框。直接单击"确定"按钮即可。

图 12-54 "创建新元件"对话框

图 12-55 "解决库冲突"对话框

**专家点拨**：当需导入文档中的对象与"库"中存在的某个对象具有完全相同的名称时，Flash 会打开"解决库冲突"对话框。此时，如果选中"替换现有项目"单选按钮，Flash 会使用同名的新对象替换"库"中已有的对象。如果选中"不替换现有项目"单选按钮，则 Flash 会在新对象的名称后自动增加"副本"字样并添加到"库"中。这里要注意，一旦进行了替换，替换将无法撤销。

（9）导入的图像会自动分布在"骏马奔跑"影片剪辑元件的 7 个关键帧上，如图 12-56 所示。这是一个动画片段，按 Enter 键，会看到骏马在原地奔跑。

（10）返回到"场景 1"。选择舞台上的骏马实例（原来的"骏马"图形元件的实例），打开"属性"面板，单击其中的"交换"按钮，弹出"交换元件"对话框，如图 12-57 所示。在其中选择"骏马奔跑"影片剪辑元件，单击"确定"按钮。

（11）这时，舞台上的实例就换成了"骏马奔跑"影片剪辑实例，它是一个动画片段。

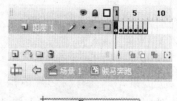

图 12-56 "骏马奔跑"影片剪辑元件

（12）测试影片，可以看到骏马飞奔的动画效果。这个动画效果实现的原理是，一个影片剪辑元件的实例作为补间动画的主角，影片剪辑元件是一个骏马原地奔跑的动画片段，补间动画是位置移动的效果，这样动画效果叠加在一起就形成骏马飞奔的动画效果了。

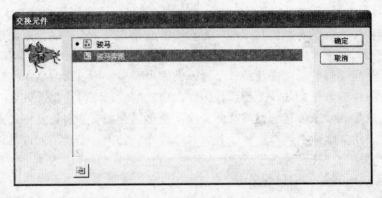

图 12-57 "交换元件"对话框

### 12.3.3 按钮元件

按钮元件是实现 Flash 动画与用户进行交互的灵魂，它能够响应鼠标事件（单击或者滑过等），执行指定的动作。按钮元件可以拥有灵活多样的外观。可以是位图，也可以是绘制的形状；可以是一根线条，也可以是一个线框；可以是文字，甚至还可以是看不见的"透明按钮"。

#### 1. 认识按钮元件

新建一个影片文档，选择"插入" | "新建元件"命令，弹出一个"创建新元件"对话框，在"名称"文本框中输入"按钮"，选择"类型"为"按钮"，如图 12-58 所示。

单击"确定"按钮，进入到按钮元件的编辑场景中，如图 12-59 所示。

图 12-58 新建按钮元件

图 12-59 按钮元件的时间轴

按钮元件拥有与影片剪辑元件、图形元件不同的编辑场景，它的时间轴上只有 4 个帧，通过这 4 个帧可以指定不同的按钮状态。

- "弹起"帧：表示鼠标指针不在按钮上时的状态。
- "指针经过"帧：表示鼠标指针在按钮上时的状态。
- "按下"帧：表示鼠标单击按钮时的状态。
- "点击"帧：定义对鼠标作出反应的区域，这个反应区域在影片播放时是看不到的。这个帧上的图形必须是一个实心图形，该图形区域必须足够大，以包含前面三帧中的所有图形元素。运行时，只有在这个范围内操作鼠标才能被播放器认定为事件发生。如果该帧为空,则默认以"弹起"帧内的图形作为响应范围。

**2. 按钮元件制作范例**

下面是制作一个变色按钮范例,按钮是一个蓝色到黑色的放射状渐变色的椭圆形,当鼠标指向按钮时,椭圆变为黄色到黑色的放射状渐变色,当鼠标单击按钮时,椭圆变为绿色到黑色的放射状渐变色,如图 12-60 所示。

具体的制作步骤如下所述。

(1)新建一个影片文档,选择"插入"|"新建元件"命令,弹出"创建新元件"对话框,在"名称"文本框中输入"椭圆",在"类型"选项区域中选中"按钮"单选按钮,如图 12-61 所示。

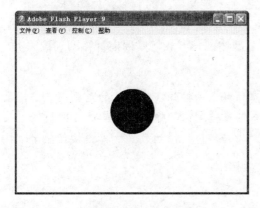

图 12-60  变色按钮

图 12-61  新建按钮元件

(2)单击"确定"按钮,进入到按钮元件的编辑场景中,选择"椭圆工具",设置"笔触颜色"为无,设置"填充色"为样本色中的"蓝色球形",如图 12-62 所示。然后在场景中绘制一个如图 12-63 所示的椭圆。

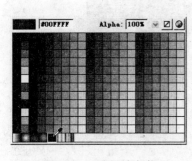

图 12-62  选择填充色

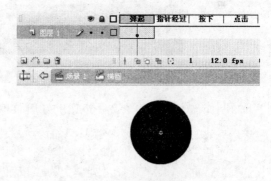

图 12-63  绘制椭圆

(3)选择"指针经过"帧,按 F6 键插入一个关键帧。把该帧上的图形重新填充为黄色到黑色的放射状渐变色,效果如图 12-64 所示。

(4)选择"按下"帧,按 F6 键插入一个关键帧。把该帧上的图形重新填充为绿色到黑色的放射状渐变色,效果如图 12-65 所示。

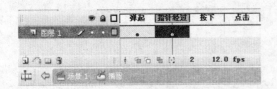

图 12-64 "指针经过"帧上的图形　　　　　图 12-65 "按下"帧上的图形

（5）选择"点击"帧，按 F6 键插入一个关键帧，定义鼠标的响应区为椭圆。

（6）至此，这个按钮元件就制作好了。现在返回场景 1，并从"库"面板中将"椭圆"按钮元件拖放到舞台上，然后按 Ctrl＋Enter 组合键测试一下，将鼠标指针移动到按钮上，按钮会变色了。

**专家点拨**：在 Flash 影片文档编辑状态下，舞台上的按钮实例默认的是禁用状态，无法直接测试按钮的效果。为了能在影片编辑状态下直接测试按钮，可以选择"控制" |"启用简单按钮"命令，此时鼠标滑过按钮可看到"指针经过"帧的效果，单击按钮显示"按下"帧的效果。

### 3．网页导航条

Flash 按钮是网页导航条中经常使用的元素，如图 12-66 所示就是一个网站导航条，里面包括 5 个文字按钮。

图 12-66 导航菜单

下面制作这个包括 5 个文字按钮的导航菜单。

（1）新建一个 Flash 影片文档。设置舞台尺寸为 480×80 像素，背景颜色为蓝色。

（2）选择"插入" |"新建元件"命令，弹出"创建新元件"对话框，在"名称"文本框中输入"首页按钮"，选择"类型"为"按钮"，单击"确定"按钮，进入到按钮元件的编辑场景中。

（3）选择"文本工具"，在"属性"面板中，设置"文本类型"为静态文本，"字体"为楷体，"字体大小"为 40，"文本颜色"为白色。在场景中输入"首页"文字，如图 12-67 所示。

（4）选择"指针经过"帧，按 F6 键插入一个关键帧。把该帧上的文字颜色重新设置为黄色。

（5）选择"按下"帧，按 F6 键插入一个关键帧。把该帧上的文字颜色重新设置为红色，如图 12-68 所示。

图 12-67  制作"弹起"帧上的文字

图 12-68  制作"按下"帧上的文字

（6）选择"点击"帧，按 F7 键插入一个空白关键帧。单击"编辑多个帧"按钮，如图 12-69 所示。这样可以使文字显示出来，辅助创建"点击"帧上的感应区。

（7）选择"矩形工具"，绘制一个刚好能覆盖文字的矩形，如图 12-70 所示。这个矩形是文字按钮的鼠标感应区域。

图 12-69  单击"编辑多个帧"按钮

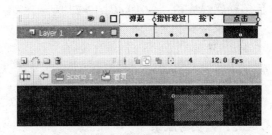

图 12-70  绘制矩形

（8）返回场景 1，并从"库"面板中将"首页"按钮元件拖放到舞台上，然后按 Ctrl＋Enter 组合键测试。

（9）其他 4 个文字按钮的制作方法类似。制作完成以后，将其整齐排列在舞台上即可。

# 12.4  使用 Flash 制作网络广告

对于网站和广告客户而言，利用 Flash 制作网络广告是最常用的选择。Flash 制作的网络广告具有文件体积小、视觉冲击力强、交互性高等特点，能大大提高广告的点击率。本节通过具体范例介绍使用 Flash 制作网络广告的创意和方法。

## 12.4.1  企业形象 Banner 设计

企业形象设计又称 CI（Corporate Identity）设计。企业形象既是企业的外在感性形象，也能体现出企业的深刻文化内涵，企业形象的优劣既决定着企业的生存，也影响到企业的发展。

在开发企业网站时，企业形象 Banner 设计是一个重要的内容。使用 Flash 来制作 Banner

的最大优势在于它可以达到其他 GIF 动画软件所没有的独立动画能力，不管是一个图标还是一个文字都可以让其进行单独的运动而不影响整体效果。

下面通过一个装饰企业形象 Banner 设计的范例，介绍利用 Flash 制作企业形象 Banner 的方法。范例效果如图 12-71 所示。右侧是装饰公司的文字标识，左侧是一个动态图标，绿色树叶依次展开并依次渐隐。

图 12-71　企业形象 Banner

本范例的详细制作步骤如下所述。

（1）新建一个 Flash 文件，设置舞台尺寸为 300×200 像素，其他属性保存默认。

（2）在舞台上用"钢笔工具"绘制一个没有填充色的三角形，然后用"选择工具"调整为树叶的轮廓。

（3）选择"颜料桶工具"，在"颜色"面板中设置填充颜色为绿色到白色的线性渐变色，然后对舞台上的树叶轮廓进行填充。用"渐变变形工具"对填充色进行适当编辑。最后将轮廓线删除，效果如图 12-72 所示。

图 12-72　树叶的绘制过程

（4）选择"任意变形工具"，单击选择舞台上的树叶图形。将变形中心点移动到如图 12-73 所示的位置。

（5）打开"变形"面板，选择"约束"复选框，将宽高缩放比例设置为110%，在"旋转"文本框中输入–30 度，如图 12-74 所示。

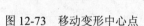

图 12-73　移动变形中心点　　　图 12-74　"变形"面板

（6）单击"变形"面板中的"复制并应用变形"按钮 5 次，得到如图 12-75 所示的图形效果。

（7）选中舞台上的所有图形，选择"修改"|"转换为元件"命令，弹出"转换为元件"对话框，在"名称"文本框中输入"图案"，在"类型"选项区域中选中"影片剪辑"单选

按钮，如图 12-76 所示。单击"确定"按钮即可将舞台上的图形转换为一个影片剪辑元件。

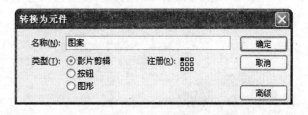

图 12-75　变形后的图形效果　　　　　　　　图 12-76　"转换为元件"对话框

（8）双击舞台上的影片剪辑进入其编辑场景。选择第 2 个树叶图形（从上向下数），单击主工具栏上的"剪切"按钮，将其剪切。然后新建一个图层，选择这个新图层，选择"编辑"|"粘贴到当前位置"命令。这样就将第 2 个树叶图形放置在一个独立的新图层上了。

（9）按照同样的方法，依次将其他几个树叶图形分别放置在一个独立的新图层上。最后再将各个图层的名称重新命名，如图 12-77 所示。

（10）选择舞台上的一个树叶图形，选择"修改"|"转换为元件"命令，将其转换为一个图形元件。按照同样的方法将其他树叶图形也分别转换为图形元件。

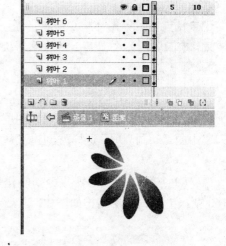

图 12-77　将各个树叶图形分布在独立图层

（11）选择"树叶 1"图层的第 10 帧，按 F6 键插入一个关键帧。然后选择这个图层第 1 帧上的树叶，在"属性"面板中设置其 Alpha 值为 0%，如图 12-78 所示。这样可使这个树叶完全透明。

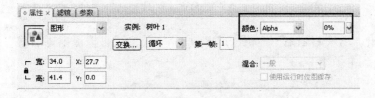

图 12-78　设置第 1 帧上的树叶完全透明

（12）选中"树叶 1"图层的第 1 帧，在"属性"面板中，选择"补间"下拉列表中的"动画"项。这样就创建了从第 1 帧到第 10 帧的补间动画。动画效果是一个树叶逐渐显示出来。

（13）选择"树叶 2"图层的第 1 帧，拖动鼠标将其移动到第 10 帧。在这个图层上选择第 20 帧，按 F6 键插入一个关键帧。然后选择这个图层第 10 帧上的树叶，在"属性"面板中设置其 Alpha 值为 0%。这样可使这个树叶完全透明。选中"树叶 2"图层的第 10 帧，在"属性"面板中，选择"补间"下拉列表中的"动画"项。这样就创建了从第 10 帧到第 20 帧的补间动画。动画效果是一个树叶逐渐显示出来。

（14）按照同样的方法，分别制作另外 4 个图层上的补间动画。最后的图层结构如图 12-79 所示。

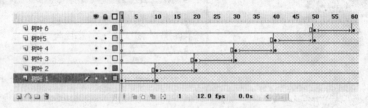

图 12-79　前 60 帧图层结构

**专家点拨：** 如图 12-79 所示，是一个阶梯式的图层结构。这种结构在制作动画时比较常见，可以实现各个图层上的对象渐次动画的效果。本例是实现各个树叶渐次显示的效果。

（15）分别选择"树叶 6"图层的第 90 帧和第 100 帧，分别按 F6 键插入关键帧。然后选择这个图层第 100 帧上的树叶，在"属性"面板中设置其 Alpha 值为 0%，这样可使这个树叶完全透明。选中"树叶 2"图层的第 90 帧，在"属性"面板中，选择"补间"下拉列表中的"动画"项。这样就创建了从第 90 帧到第 100 帧的补间动画。动画效果是一个树叶逐渐消失。

（16）按照同样的方法，分别制作另外 5 个图层上的补间动画。并且将帧都延伸到第 160 帧。最后的图层结构如图 12-80 所示。

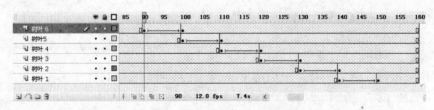

图 12-80　第 90 帧后的图层结构

（17）单击"场景 1"按钮，如图 12-81 所示。这样就可以退出"图案"影片剪辑的编辑状态，切换到主场景中。

图 12-81　单击"场景 1"按钮

**专家点拨：** 这时，在舞台上看不到"图案"影片剪辑。这是因为在"图案"影片剪辑中，最开始的树叶图形都被设置成是完全透明的。

（18）利用文本工具和矩形工具在舞台右边创建文字和图形效果，如图 12-82 所示。

（19）为了让文字在其他没有安装字体的计算机上正常显示，这里选择"修改"|"分离"命令将舞台上的文字转换为形状。

至此，本范例制作完毕。

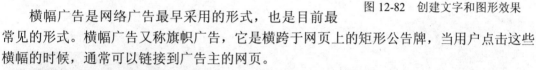

图 12-82　创建文字和图形效果

### 12.4.2　横幅广告设计

横幅广告是网络广告最早采用的形式，也是目前最常见的形式。横幅广告又称旗帜广告，它是横跨于网页上的矩形公告牌，当用户点击这些横幅的时候，通常可以链接到广告主的网页。

本节通过一个汽车产品促销横幅广告范例的制作，介绍利用 Flash 制作动态横幅广告的方法。本范例效果如图 12-83 所示。

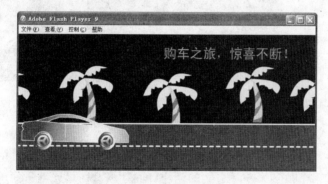

图 12-83　横幅广告

本范例的详细制作步骤如下所述。

#### 1.　创建汽车动画

（1）新建一个 Flash 文档，设置文档尺寸为 680×300 像素，背景色为黑色，帧频设置为 25。

（2）选择"插入"|"新建元件"命令，打开"创建新元件"对话框，在其中的"名称"文本框中输入"车身"，在"类型"选项区域中选中"图形"单选按钮，如图 12-84 所示。

（3）单击"确定"按钮进入元件的编辑状态。使用"铅笔工具"和"椭圆工具"，在场景中绘制出一个汽车车身的轮廓线，如图 12-85 所示。

图 12-84　"创建新元件"对话框

图 12-85　绘制汽车车身的轮廓线

（4）选择"颜料桶工具"，按 Shift+F9 组合键打开"混色器"面板，将填充颜色的填充样式选择为"放射状"，在渐变色条下方单击鼠标左键添加一个颜色指针，设置左侧颜色指针的颜色为#FEDDD6，中间颜色指针的颜色为#FA5127，右侧颜色指针的颜色为#CA1502，三个颜色指针的位置如图 12-86 所示。

（5）在场景中汽车的主体轮廓上单击，对其进行填充。选择"填充变形工具"，将填充色进行调整，最后效果如图 12-87 所示。

（6）新建一个名字为"车轮"的图形元件。使用"铅笔工具"和"椭圆工具"，在场景中绘制出一个汽车车轮的效果，如图 12-88 所示。

图 12-86　"混色器"面板　　　　图 12-87　填充并调整颜色　　　　图 12-88　车轮

（7）新建一个名字为"车轮转动"的影片剪辑元件。进入到这个元件的编辑场景后，从"库"面板中将"车轮"图形元件拖放到场景的中心位置，在时间轴的第 5 帧按 F6 键插入关键帧，创建第 1 帧到第 5 帧之间的动作补间动画，在"属性"面板中单击"旋转"下拉列表，选择"逆时针"选项，如图 12-89 所示。

图 12-89　设置旋转选项

（8）新建一个名字为"整车"的影片剪辑元件。进入到这个元件的编辑场景后，从"库"面板中将"车身"元件拖放到场景的中心位置。新建一个图层，并更名为"车轮"。从"库"面板中拖动 2 个"旋转车轮"元件到场景中，并将它们放置在车身下方合适的位置，如图 12-90 所示。

图 12-90　将车身元件和车轮元件拖放到场景中

**2．创建树移动的动画**

（1）新建一个名字为"树"的图形元件。进入到这个元件的编辑场景后，选择"线条工具"和"铅笔工具"，在舞台中绘制出一个卡通树的轮廓，如图 12-91 所示。

选择"颜料桶工具"，设置填充色为绿色，在树叶部分单击鼠标，对树叶进行填充；设置填充色分别为#F1A55A 和#AB5E10，对树干部分分段进行填充。最后，将图形的轮廓线删除，效果如图 12-92 所示。

　　图 12-91　在舞台中绘制一个树的轮廓　　　　图 12-92　填充颜色后的效果

（2）新建一个名为"树群"图形元件。进入到这个元件的编辑场景后，从"库"面板中拖动 4 个"树"元件到场景中，并将它们按照如图 12-93 所示排列，注意 4 棵树在舞台上占据的宽度要略多于影片的宽度，也就是要多于 680 像素。

图 12-93　排列 4 棵树的位置

按 Ctrl+A 组合键选中场景中的 4 棵树，按 Ctrl+G 组合键对 4 棵树进行组合，按 Ctrl+C 组合键复制选中的树，按 Ctrl+V 组合键在场景中粘贴复制的内容。将两组树按照如图 12-94 所示在场景中排列，注意它们与舞台中心点的位置。

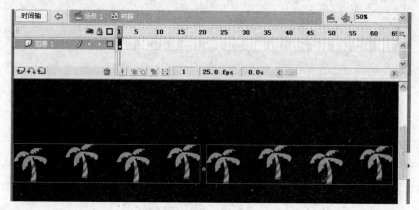

图 12-94　排列两组树的位置

（3）新建一个影片剪辑元件并命名为"移动的树"，进入元件的编辑状态。从"库"面板中将"树群"元件拖放到场景中。在"对齐"面板中先单击"相对于舞台"按钮，然后分别选择"水平中齐"和"垂直中齐"选项。

在舞台的空白处右击，在弹出的快捷菜单中选择"标尺"命令。将鼠标移至垂直的标尺上，按下鼠标并向右拖动拉出一条辅助线，将辅助线设置到第 4 颗树的右边缘位置，如图 12-95 所示。

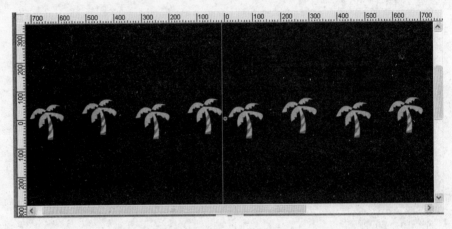

图 12-95　设置辅助线的位置

在时间轴的第 200 帧按 F6 键插入一个关键帧，平行向左移动该帧中元件的位置，直到该帧中最后一棵树的右边缘与舞台上的辅助线完全对齐，如图 12-96 所示。最后定义从第 1 帧到第 200 帧之间的补间动画。

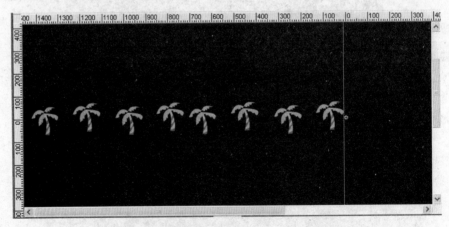

图 12-96　将元件中最后一棵树的右边缘与辅助线对齐

（4）新建一个影片剪辑元件并将元件命名为"线"，单击"确定"按钮进入元件的编辑状态。选择"线条工具"，设置笔触颜色为白色，笔触高度为 3 像素，在"选项"区选中"对象绘制"选项，单击笔触样式下拉菜单，选择第三项的"分隔线段"样式。在舞台上拖动鼠标绘制一条 730 像素宽的直线，在"对齐"面板中分别选择"左对齐"和"垂直中齐"

选项。

在时间轴的第 10 帧按 F6 键插入关键帧，将该帧中线条的 x 位置设置为–50。在两个关键帧之间创建补间动画。

### 3. 组装主动画

（1）返回到场景 1 中，选择"矩形工具"，设置笔触颜色为白色，填充颜色为#333333，在"属性"面板中设置笔触高度为 3，笔触样式为实线。然后在舞台上绘制一个 680×100 像素的矩形，在"对齐"面板中分别选择"水平中齐"和"底对齐"选项。使用"选择工具"分别选择矩形的左、右、下三条边线，将这三条边线删除。

（2）从"库"面板中拖动"线"元件到舞台上，在"属性"面板中设置元件的 x 位置为 0，y 位置为 370，如图 12-97 所示。

（3）将"图层 1"重命名为"道路"并将该图层锁定。单击"插入图层"按钮新建一个图层，将新图层的名称命名为"树木"，从"库"面板中将"移动的树"元件拖动到舞台上，在"属性"面板中将元件的 x 位置设置为 0，y 位置设置为 192，如图 12-98 所示。

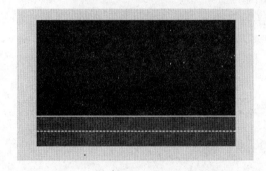

图 12-97　制作路面

图 12-98　设置"移动的树"元件在舞台上的位置

（4）在时间轴上拖动"树木"图层到"道路"图层的下面，将树木部分多余的部位位置隐藏在道路后面。选中"道路"图层，单击"插入图层"按钮新建一个图层。将新图层命名为"汽车"，从"库"面板中将"整车"元件拖放到舞台上适当的位置，如图 12-99 所示。

图 12-99　拖动"整车"元件到舞台上合适的位置

（5）按 Ctrl+Enter 组合键测试影片，可以看到一辆汽车在夜景中行驶的动画。

**专家点拨：**前面制作的是一辆汽车在夜景中行驶的动画。制作汽车、人物或其他具有活动能力的物体的移动效果是 Flash 动画中经常用到的场景。制作此类场景通常需要由两方面配合来实现，一个是物体本身的运动动画，在本例中就是汽车轮子不停地转动；另外一个就是参照物的移动，本例中就是路边的树木沿着与汽车轮子旋转方向相反的方向不停地移动，两者结合，即产生了汽车不断向前行驶的效果。

**4．制作广告词动画**

（1）在舞台上双击"移动的树"影片剪辑实例，进入到这个元件的编辑场景中。

（2）将"图层 1"重命名为"树"。新添加一个图层，并将其名字更名为"文字"。下面要在这个"文字"图层上制作广告词动画。

（3）在"文字"图层的第 1 帧，用"文本工具"输入"购车之旅，惊喜不断！"，并设置合适的文字格式。选中文字，选择"修改"|"转换为元件"命令，将其转换为图形元件。

（4）在第 50 帧插入一个关键帧。选中第 1 帧上的文字，在"属性"面板中设置其 Alpha 值为 0%。然后定义从第 1 帧到第 50 帧之间的补间动画。

（5）在第 51 帧插入一个关键帧。用"文本工具"输入"一重好礼：送保险"，并设置合适的文字格式。选中文字，选择"修改"|"转换为元件"命令，将其转换为图形元件。

（6）在第 70 帧插入一个关键帧。选中第 51 帧上的文字，将其垂直移动到舞台外边。然后定义从第 51 帧到第 70 帧之间的补间动画。

（7）按照同样的方法，定义从第 100 帧到第 120 帧、从第 150 帧到第 170 帧的补间动画，实现另外两个广告词的动画效果。

至此，本范例制作完成，可以保持文件，测试动画效果。

# 12.5　本章习题

**一、选择题**

1．按下（　　）按钮后，在时间轴的上方会出现绘图纸外观标记。拉动外观标记的两端，可以扩大或缩小显示范围。

A.　　　　　B.　　　　　C.　　　　　D.

2．假设补间动画的"演员"是一个组对象，下面动画效果不能够直接实现的是（　　）。

A．位置移动　　B．尺寸逐渐缩小　　C．淡入淡出　　　D．尺寸逐渐放大

3．下面关于补间动画的叙述，错误的是（　　）。

A．直接参与补间形状的"演员"只能是形状，而不能是其他类型的对象

B．补间形状这种动画类型只能实现形状变形效果，不能实现动画对象的颜色和位置的变化效果

C．在 Flash 中形状提示点的编号从 a～z 一共有 26 个

D．如果想制作一个红色的圆逐渐变成绿色的圆的动画效果，既可以用补间动画来实

现，也可以用补间形状来实现

4．单击（　　）按钮能够插入一个引导图层。

A．　　　B．　　　C．　　　D．

5．遮罩动画是 Flash 中一个很重要的动画类型，很多效果丰富的动画都是通过遮罩动画来完成的。关于遮罩动画，下面说法错误的一项是（　　）。

A．在一个遮罩动画中，"遮罩层"只有一个，"被遮罩层"可以有多个

B．遮罩层中的图形可以是任何形状，但是播放影片时遮罩层中的图形不会显示

C．在遮罩层中不能用文字作为遮罩对象

D．在定义遮罩图层后，遮罩层和被遮罩层将自动加锁

**二、填空题**

1．不同的帧颜色代表不同类型的动画，如补间动画的帧显示为_____，补间形状的帧显示为_____。而没有定义补间动画的关键帧后的普通帧显示为____，它继承和延伸该关键帧的内容。

2．创建关键帧和普通帧是在动画制作过程中频繁进行的操作，因此一般使用快捷键进行操作。插入普通帧的快捷键是____键，插入关键帧的快捷键是____键，插入空白关键帧的快捷键是____键。

3．逐帧动画的制作方法包括两个要点，一是添加若干个连续的_____；二是在其中创建不同的，但有一定_____的画面。

4．补间动画是 Flash 最基础的动画类型，它包括两种类型，一种是_____，另一种是_____。

5．在制作沿引导路径动画时，一定要保证_____按钮处于按下状态，这样才能保证动画对象正确吸附到引导路径的两个端点上。

# 12.6　上机练习

### 练习 1　网站动态 Logo

拟定一个汽车网站主题，利用 Flash 为这个网站设计制作一个动态 Logo。在设计时，应该注意以下一些情况。

（1）网站名称和域名要醒目，配合的图形不能太复杂。

（2）动态效果使用 Flash 的动画技术来实现，但动画效果不能太花哨，要起到突出重点的目的。

（3）Logo 外围边框的颜色最好使用深色，这样可以避免 Logo 四周过于空白而融入页面底色，降低 Logo 的关注度。

### 练习 2　产品推广横幅广告

拟定一个新上市汽车的推广计划，利用 Flash 为其设计制作一个网络横幅广告。在设

计时，应该注意以下一些情况。

（1）动画内容必须有一个明确的主线，让消费者明白广告推销的是什么。

（2）为了表达汽车动感的特性，可以将动画设计得动感、活泼一些。

（3）广告语要精练，不能使用太多的文字。

（4）如果使用的是位图素材，有关汽车方面的图像可以在网上搜集并下载。

# 常用 HTML 标签

## 1. body 标签

<body></body>是 HTML 文档的主体部分，在这个标签对之间可以包含<p></p>、<h1></h1>、<br>、<hr>等众多标签。在<body>和</body>中放置的是页面中所有的内容，如图片、文字、表格、表单、超链接等设置。<body>标签有自己的属性，设置<body>标签内的属性，可控制整个页面的显示方式。<body>标签的属性如表 A-1 所示。

表 A-1　<body>标签的属性

| 属性 | 描述 |
| --- | --- |
| link | 设定页面默认的连接颜色 |
| alink | 设定鼠标正在单击时的连接颜色 |
| vlink | 设定访问后连接文字的颜色 |
| background | 设定页面背景图像 |
| bgcolor | 设定页面背景颜色 |
| leftmargin | 设定页面的左边距 |
| topmargin | 设定页面的上边距 |
| bgproperties | 设定页面背景图像为固定，不随页面的滚动而滚动 |
| text | 设定页面文字的颜色 |

## 2. 文本和段落标签

文字是网页中最基础的信息载体，浏览者主要通过文字了解网页的内容。在网页中编辑文字时通常利用如<font face="宋体" size="20" color="red">×××</font>的标记，在这里定义字符×××的字体显示为宋体，字号为 20，颜色为 red（红色）。

下面是一个说明如何使用文字格式的实例。代码如下：

```
<html>
<head>
<title>创建文本</title>
</head>
<body>
<p align="right"><font face="隶书" size="30" color="red">单标签：有些标签单
独使用就能发号指令，控制网页的效果，如 br 就是一个最常用的单标签，它表示换行。
</font>
</p>
```

```
<p align="left"><font face="宋体" size="5" color="blue">双标签：有些标签必须
成对使用，在给网页文件发送的指令符号前面和后面分别加上标签，告诉文件从开始标签到结束标签之
间执行某个命令。
</font>
</p>
<p align="center"><font size="2" color="blue">标签属性：在单标签和双标签的开始
标签里还可以包含一些属性，以达到个性化的效果。
</font>
</p>
</body>
</html>
```

程序第 6 行使用 p 标记，该标记中的内容在浏览器中输出的时候按输入时候的位置输出。使用 font 标记定义字体为隶书，大小为 30，颜色为红色。第 10 行使用 font 标记定义字体为宋体，大小为 5，颜色为蓝色。第 15 行使用 font 标记定义字体大小为 2，颜色为蓝色，显示的结果如图 A-1 所示。

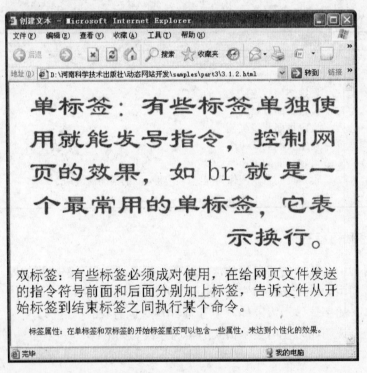

图 A-1　网页效果

**专家点拨**：在使用 font 标记定义文字格式时，默认的字体类型是宋体。

### 3. img 标签

在网页中，利用<img src="××.jpg" width=200 height＝150 border＝"1">标签可以插入图片。这里的 img 是 HTML 的一个标签，表明要插入一幅图片，src 属性要求给出所连接

图片的路径和文件名，一般情况下都利用相对路径给出。width 属性表示插入图片的宽度，height 表示插入图片的高度，border 表示显示图像时的外边框的宽度。

下面是在一个网页中插入图片的代码：

```
<html>
<head>
<title>创建图像</title>
</head>
<body>
<img src="myphoto.jpg" width=200 height=150 border="2">
</body>
</html>
```

程序第 6 行使用 img 标记插入当前目录下的图片 myphoto.jpg。这个图片的显示尺寸为 200×150 像素，外边框宽度为 2 像素。

### 4. 列表标签

有序列表的内容是自动按照序号排列，基本语法是：

```
<ol>
<li>列表内容一</li>
<li>列表内容二</li>
<li>列表内容三</li>
<li>列表内容四</li>
<li>列表内容五</li>
</ol>
```

在上面的代码中，所有的<li>和</li>之间的文字会自动成为有序列表。下面是一个具体网页实例，代码如下：

```
<html>
<head>
<title>创建有序列表</title>
</head>
<body>
 <ol>
 <li>北京</li>
 <li>上海</li>
 <li>天津</li>
 <li>南京</li>
 <li>西安</li>
 </ol>
</body>
</html>
```

程序第 6 行是 ol 标记，定义一个有序列表的开始，第 7 行使用<li>标记添加列表内容，显示的结果如图 A-2 所示。

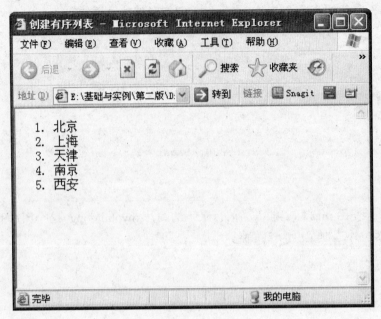

图 A-2　有序列表

使用无序列表与有序列表类似，其基本语法如下：

```
<ul>
<li>列表内容一</li>
<li>列表内容二</li>
<li>列表内容三</li>
<li>列表内容四</li>
<li>列表内容五</li>
</ul>
```

以上代码中，所有的<li>标记的内容会自动排列成无序列表，在每一行的前面会自动出现一个小黑色实心。有序列表和无序列表的 HTML 代码比较相似，列表内容都是以<li>开始以</li>结束，不同的地方是有序列表以<ol>开始以</ol>结束，而无序列表以<ul>开始以</ul>结束。

下面是一个具体网页实例，代码如下：

```
<html>
<head>
<title>创建无序列表</title>
</head>
<body>
 <ul>
 <li>北京</li>
 <li>上海</li>
 <li>天津</li>
```

```
 <li>南京</li>
 <li>西安</li>
 </ul>
</body>
</html>
```

程序第 6 行是<ul>标记，定义一个有序列表的开始，第 7 行使用<li>标记添加列表内容，显示的结果如图 A-3 所示。

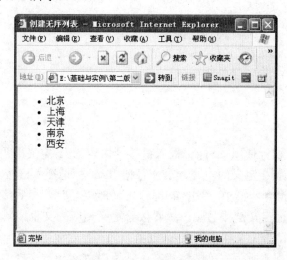

图 A-3 无序列表

### 5．超链接标签

HTML 可以非常方便地实现超链接，定义超链接的基本语法是：

```
<a href="myaddress.html">×××</a>
```

以上代码中，×××就是一个超链接文字，链接到 myaddress.html 文件，<a>标记是 Anchor，中文意思是锚，所谓锚就是用来连接两只船，可以从这只船到另外一只船。在网页中的意思就是从一个页面链接到另外一个页面。代码中的属性 href 是定义链接到哪一个页面。当然还可以有其他属性。被链接的内容可以在同一个文档内，也可以是跨文件、跨网络的外部链接。

下面是一个文档内超链接的实例，代码如下：

```
<html>
<head>
<title>文档内超链接</title>
</head>
<body>
<p><a href="#1">Dreamweaver 简介</a></p>
<p><a href="#2">Dreamweaver 工作环境</a></p>
<p><a href="#3">Dreamweaver 的视图模式</a></p>
```

```
<br><br>
<p><a name="1">Dreamweaver 简介</a></p>
<p>这里是对 Dreamweaver 的简要介绍
<br><br><br><br><br><br><br><br>
</p>
<p><a name="2">Dreamweaver 工作环境</a></p>
<p>这里是对 Dreamweaver 工作环境的介绍
<br><br><br><br><br><br><br><br>
</p>
<p><a name="3">Dreamweaver 的视图模式</a></p>
<p>这里是对 Dreamweaver 的视图模式的介绍
<br><br><br><br><br><br><br><br>
</p>
</body>
</html>
```

以上代码中，第 6 行使用<a>标记插入链接，内容为#1 定义的内容，第 7 行使用<a>标记插入链接，内容为#2 定义的内容，第 8 行使用<a>标记插入链接，内容为#3 定义的内容，第 9 行使用<br>换行，第 10 行用<a>标记定义链接名#1，然后接着定义相应的文字段落，第 14 行用<a>标记定义链接名#2，然后接着定义相应的文字段落，第 18 行用<a>标记定义链接名#3，然后接着定义相应的文字段落。

显示的结果如图 A-4 所示。单击链接文字，可以跳转到本文档中相应的位置。这种文档内的超链接对长文档中段落的定位和跳转很有用。

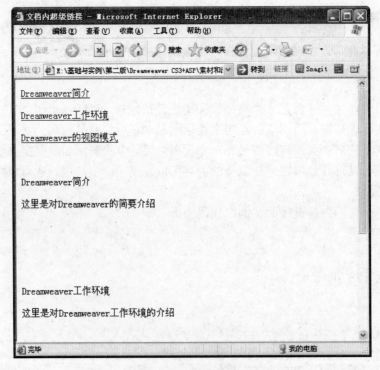

图 A-4　文档内链接

在网站建设中，一般网页上的链接大多是跨文档的链接，下面是一个跨文档的实例。

```
<html>
<head>
<title>跨文档超链接</title>
</head>
<body>
<p><a href="http://www.cctv.com">单击这里访问中央电视台</a></p>
<p><a href="http://www.163.com"><img src="button.gif"></a></p>
</body>
</html>
```

在以上代码中，第 6 行定义了一个文字链接，第 7 行定义了一个图像链接。当网页打开时，单击文字链接可以打开 cctv 的网址，单击图像可以打开网易的网址。

### 6．表格标签

在 HTML 文档中，一个表格主要由 3 种标签组成，分别是<table></table>、<tr></tr>、<td></td>，它们分别对应表格、行、列。<tr>包含在<table>内部，而<td>包含在<tr>内部。

例如，下面是一个 2 行 2 列的表格代码：

```
<table>
  <tr>
    <td>第 1 行第 1 列</td>
    <td>第 1 行第 2 列</td>
  </tr>
  <tr>
    <td>第 2 行第 1 列</td>
    <td>第 2 行第 2 列</td>
  </tr>
</table>
```

表格以<table>标签开始，以</table>标签结束；第 1 个<tr>开始到</tr>结束，代表第 1 行，依次类推；每一个<tr>标签中的第 1 个<td>开始到</td>结束，代表第 1 列，第 2 个<td>开始到</td>结束，代表第 2 列，依次类推。

### 7．表单标签

在网页设计中，一般使用 HTML 标签创建用户界面，实现输入数据和展示数据。网页中这种由可输入表项及项目选择等元素所组成的栏目称为"表单"，使用表单可以实现页面的数据传送，还可以实现 Web 程序和用户的交互。

表单通常都和程序连接（如 ASP 程序）来实现数据的处理，一个表单有以下三个基本组成部分。

表单标签：包含了处理表单数据所用程序的位置及数据提交到服务器使用的方法。

表单组件：用来输入数据或进行选择，包括单行文本编辑框、密码框、单选按钮、复选框、多行文本编辑框、下拉列表框等。

表单按钮：包括"提交"按钮和"重置"按钮，用来提交输入或者取消输入。

1）表单

表单本身是一个框架，它把提交组件、数据输入组件和格式化组件组合在一起，构成一个用户输入界面，其作用是利用提交组件，将表单中的数据（数据输入组件接受数据）提交给服务器。表单的基本语法如下：

```
<form  method=get/post  action="accept.jsp"  name="表单名字">
    [数据输入组件（1至多个组件）][格式化组件]
    提交组件［重置组件]
</form>
```

【说明】

- <form>是表单开始标记，</form>是表单结束标记，在起始和结束标记之间可以放置多个数据组件，以接受用户输入的数据。还可以放置一个提交组件，一个重置组件。所有表单组件都应该在<form>和</form>标签之内。
- </form> method 属性表示提交信息的方式，用 get 方法提交时，信息会显示在浏览器的地址栏中，而用 post 方法提交时，信息不会显示在地址栏中。
- action 的值是一个文件，该文件接受表单数据，即把表单数据提交给该文件。
- 提交组件：当用户点击该组件时，表单中的数据组件值被传递给页面 accept.jsp。

**专家点拨：**一个页面可以有多个表单 form，但两个表单不可以嵌套或者重叠。

2）单行文本编辑框

一般来说，用户通过文本框输入各种数据。文本框的一般语法格式如下：

```
<input type="text"
        name="textname"
        value="defaultvalue"
        size="lengthvalue"
        align="left"/"center"/"right"
        maxlength="inputvalue">
```

【说明】

- type 的值是 text 时，表示这个组件的类型是单行文本编辑框。
- name 的值是为文本框指定的名字。
- value 的值是文本框的初始值。
- size 的值是文本框宽度，单位是字符。
- align 的值是文本框在浏览器中的对齐方式。
- maxlength 的值指定文本框可输入字符的最大长度。

3）密码框

密码框是一种特殊的文本框，输入的信息用*回显，以防止他人偷看口令。密码框的一般语法格式如下：

```
<input   type="password"
        name="passwordname"
```

```
        size="lengthvalue"
        align="left"/"center"/"right"
        maxlength="inputvalue">
```

【说明】

- type 的值是 password 时，表示本组件是密码框，它与单行文本框的区别在于用户输入的内容不被显示。
- name 的值是为密码框指定的名字。

4）单选按钮

当一个题目中的答案只能多选一时，就要使用单选按钮，系统会给出几种选择，用户从中选择一项即可。单选按钮的一般语法格式如下：

```
<input  type="radio"
        name="radioname"
        value="radiovalue"
        checked="str">
```

【说明】

- type 的值是 radio 时，表示本组件是单选按钮。
- name 的值是单选按钮指定的名字，同一组单选按钮的名字应相同。当一个单选按钮被选中时，服务器可以通过 name 的值获得被选中的单选按钮的 value 值。
- checked 的值如果是一个非空的字符串，则表示该单选按扭默认被选中，同一组单选按钮同时只能有一个被选中。

5）复选框

在给出的选项中可以同时选择多个选项。当一个题目中可以选择多个答案时，就使用复选框。复选框的一般语法格式如下：

```
<input  type="checkbox"
        name="checkboxname"
        value="checkvalue"
        align="top"/"bottom"
        checked="str" >
```

【说明】

- type 的值是 checkbox 时，表示本组件的类型是复选框。
- name 的值是为复选框指定的名字。在同一组复选框中，每个复选框 name 的值应相同。当复选框被选中时，服务器可以通过 name 的值获得 value 的值。
- checked 的值如果是一个非空的字符串，那么该复选框的初始状态就是选中状态。同一组复选框同时可以有多个被选中。

6）列表框

列表框的功能是用户在给出的较多选项中选择一个。下拉式列表框和滚动式列表框都是通过<select>和<option>标记来定义的。列表框的基本格式为：

```
<select  name="listname"  size="showrows">
```

```
<option   value="value1">
<option   value="value2">
⋮
<option   value="valuen"  selected >
</select>
```

【说明】

- 一个列表框由一个<select>和若干个<option>组成，<option>标签表示列表框中的一个选项。
- name 的值指定列表框名字，size 的值是 1 时，是下拉列表，大于 1 时，则是滚动列表框。size 的默认值是 1。
- 服务器通过 name 的值获得列表框被选中项的值。value1，value2……表示各选项的值，而 selected 则表示这一选项在默认状态是被选中的项。

7）多行文本编辑框

该组件在表单中指定一个能够进行多行文本输入的文本区，其语法格式如下：

```
<textarea  name="textareaname"
           row="showrows"
           cols="showcols">
```

【说明】

- name 的值指定文本区的名字。
- rows 的值指定文本区的可视高度。
- cols 的值指定文本区的可视宽度。

8）提交按钮

当用户按下此按钮后，表单所包含的数据被提交到服务器。每个表单中都应该有至少一个提交按钮来完成提交动作。其语法格式如下：

```
<input  type="submit"
        value="提交"
        name="buttonname">
```

【说明】

- type 的值是 submit 时，表明该组件是数据提交组件。
- value 的值是组件上的标识符。
- name 是按钮的名称。

9）重置按钮

当用户需要重新填写表单中的数据时，按此按钮将会清除表单中各项数据。重置按钮的语法格式如下：

```
<input  type="reset"
        value="清除"
        name="buttonname">
```

【说明】

- type="reset"是重置按钮的标识。
- value 是重置按钮的值，同时也是按钮上面显示的内容。

专家点拨：重置按钮完成的功能是恢复页面的信息，但并不是所有的页面都需要重置按钮。

# 安装和配置 Web 服务器

在没有将网站上传到租用的 Web 服务器以前，要在本地电脑上调试和运行网站，就必须在本地电脑上安装 IIS 组件并根据需要配置 Web 服务器。

## B.1　安装 IIS

IIS 是 Internet Information Server 的缩写，它是微软公司主推的 Web 服务器。IIS 是使用比较广泛、支持 ASP 程序的 Web 服务器，本节讲解如何在 Windows XP/2000 系统下安装 IIS 组件。

（1）选择"开始"|"控制面板"命令，打开控制面板。

（2）在"控制面板"窗口中双击"添加或删除程序"图标，打开"添加或删除程序"窗口，如图 B-1 所示。

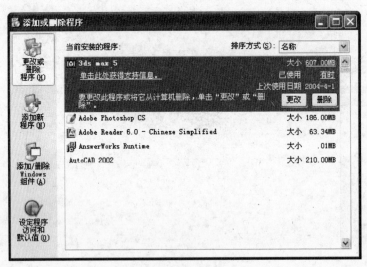

图 B-1　"添加或删除程序"窗口

（3）单击"添加/删除 Windows 组件"图标后稍等片刻，会出现"Windows 组件向导"对话框，在其中的"组件"列表框中选择"Internet 信息服务"复选框，如图 B-2 所示。

（4）单击"下一步"按钮，开始安装配置服务器 IIS，如图 B-3 所示。

（5）等待进度条跑到终点，复制完全部文件后，配置服务器也相应地结束。

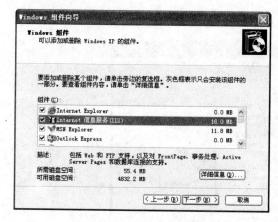

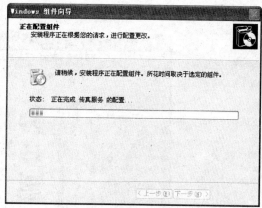

图 B-2 选择"Internet 信息服务"复选框

图 B-3 配置组件

（6）单击"确定"按钮，IIS 服务器就安装完成了。打开 IE 浏览器，在"地址栏"中输入 localhost/，回车，查看窗口内容。如果出现图 B-4 所示的页面，就表示 IIS 已经安装成功了，Web 服务器正在运行。

图 B-4 测试动态页面

## B.2 配置 Web 服务器

IIS 安装成功以后，如果想正常调试网页，还要对 Web 服务器进行合理的配置，比如设置虚拟目录、设置用户权限等。当网页制作好以后，必须把网页所在的目录设置成 IIS 的虚拟目录，才能正常运行和调试。下面是在 IIS 中设置虚拟目录的方法。

### 1. 设置虚拟目录

（1）在"控制面板"窗口中双击"管理工具"图标。

（2）在打开的"管理工具"窗口中双击"Internet 信息服务"图标，如图 B-5 所示。

图 B-5 "管理工具"窗口

（3）弹出"Internet 信息服务"窗口，在左边窗格中，右击"默认网站"，在弹出的菜单中选择"新建" | "虚拟目录"命令，如图 B-6 所示。

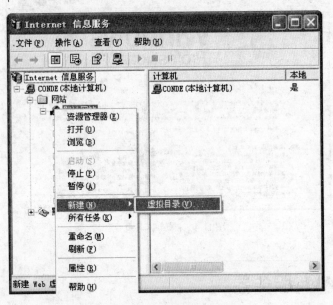

图 B-6 执行新建虚拟目录命令

（4）弹出"虚拟目录创建向导"对话框，如图 B-7 所示。

（5）单击"下一步"按钮，在如图 B-8 所示对话框的"别名"下面的文本框中填写虚拟目录的别名。

（6）单击"下一步"按钮，在如图 B-9 所示对话框的"目录"下面的文本框中输入目录在本地电脑硬盘上的路径或单击"浏览"按钮找到相应的路径文件夹。

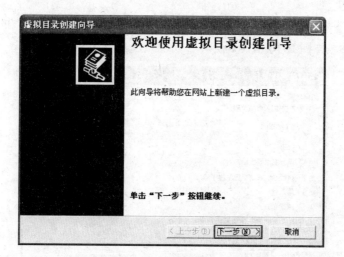

图 B-7　"虚拟目录创建向导"对话框

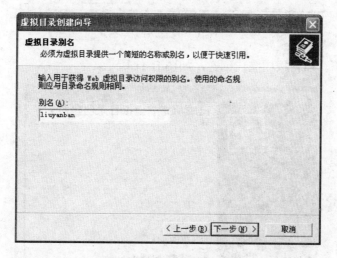

图 B-8　输入虚拟目录别名

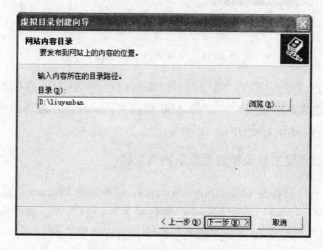

图 B-9　设置虚拟目录本地路径

（7）单击"下一步"按钮，在设置访问权限时一定要选择"读取"和"运行脚本"复选框（默认设置），如图 B-10 所示。

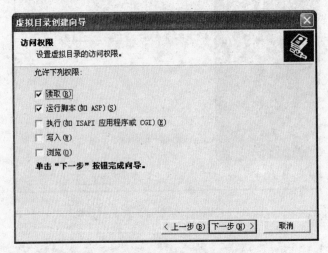

图 B-10　设置访问权限

（8）单击"下一步"按钮完成创建，如图 B-11 所示。

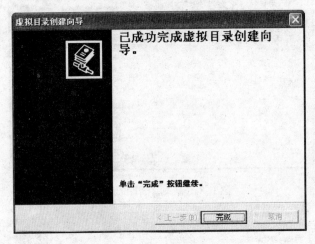

图 B-11　完成虚拟目录配置

（9）至此 IIS 已经设置完成，然后就可以测试自己的 ASP 动态页面了。在"Internet 信息服务"窗口右边的窗格中找到建立的 ASP 动态页面，右击，在弹出的快捷菜单中选择"浏览"命令即可，如图 B-12 所示。

**2. 设置 Web 服务器主目录和启用默认网页文档**

通常服务器的主目录都是 C:\inetpub\wwwroot，但是如果 Windows 系统没有安装在 C:\ 盘上，情况会有所不同。可以在"Internet 信息服务"控制台中选择左侧列表中的"默认网站"，右击，在弹出的菜单中选择"属性"命令，打开"默认网站属性"对话框，选择其中的"主目录"选项卡，在"本地路径"后面就可以看到服务器主目录的位置，如图 B-13

所示。

图 B-12  浏览 ASP 网页

图 B-13  "默认网站 属性"对话框

在浏览一些网站的首页时，用它的一级域名就行了，并不需要指定请求页的文件名，这就是设置了默认网页文档的缘故，它的作用就是在浏览器请求没有指定文档的名称时，将默认文档提供给浏览器。

在"默认网站 属性"对话框中，切换到"文档"选项卡，通过单击"添加"按钮，可以设置用户访问网站时的默认启用文档，如图 B-14 所示。

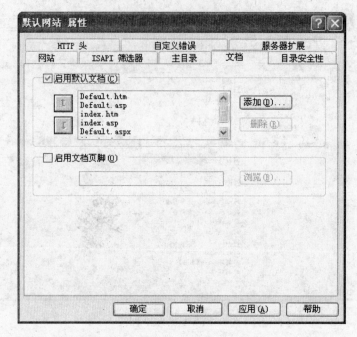

图 B-14 "默认网站 属性"对话框

# 网站上传和下载工具——FlashFXP

FlashFXP 是目前比较流行的 FTP 客户端软件，它融合了一些其他优秀 FTP 软件的优点，如像 CuteFTP 一样可以比较文件夹，支持彩色文字显示；像 BpFTP 一样支持多文件夹选择文件，能够缓存文件夹；像 LeapFTP 一样的外观界面，甚至设计思路也非常相似。

FlashFXP 支持文件夹（带子文件夹）的文件传送、删除；支持上传、下载及第三方文件续传；可以跳过指定的文件类型，只传送需要的文件；可以自定义不同文件类型的显示颜色；可以缓存远端文件夹列表，支持 FTP 代理及 Socks 3 & 4；具有避免空闲功能，防止被站点踢出；可以显示或隐藏具有"隐藏"属性的文件、文件夹；支持每个站点使用被动模式等。

## C.1　FlashFXP 工作环境介绍

启动 FlashFXP 3.8 版，软件界面由上而下分别为菜单栏、工作区、信息区和状态栏。工作区分为左右两个窗口，首次开启软件；默认显示本地浏览器窗口和 FTP 浏览器窗口。每个窗口均由工具栏、地址栏和文件目录列表组成，如图 C-1 所示。

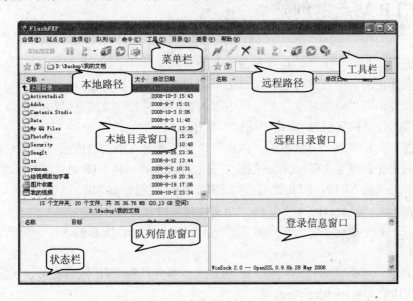

图 C-1　FlashFXP 3.8 软件主界面

信息区左侧为队列信息窗口，显示"队列"的处理状态。在窗口中可以查看到准备上传的目录或文件。此外配合 Schedule（时间表）的使用还能达到自动传输的目的。

信息区右侧是登录信息窗口，即 FTP 命令行状态显示区，通过登录信息能够了解到目前的操作进度，执行情况等，诸如：登录、切换目录、文件传输大小、是否成功等重要信息，以便确定下一步的具体操作。双击此窗口将会以新窗口的方式出现。

在窗口的最下面是状态栏，当软件有上传或下载任务时，它会显示文件传输的动态百分比进度、已传输文件大小、剩余传输时间、所有队列文件的剩余时间等。

本地浏览器窗口工具栏的功能按钮如下所述。

- ：："停止队列传送"按钮。在文件传送过程中单击此按钮，将在当前传送结束后停止队列中其他任务的传送。
- ：："传送队列"按钮。单击此按钮将传送队列中尚未完成的传送任务。
- ：："传送所选"按钮。单击此按钮将传送窗口列表中选中的文件或文件夹。
- ：："刷新"按钮。单击此按钮将重新刷新当前窗口目录中的文件列表。
- ：："切换到 FTP 浏览器"按钮。单击此按钮将切换到"FTP 浏览器"窗口。

FTP 浏览器窗口工具栏的功能按钮如下所述。与本地浏览器窗口工具栏上相同的按钮不再介绍。

- ：："连接"按钮。单击此按钮可快速连接所选站点。
- ：："断开"按钮。单击此按钮将断开与当前 FTP 服务器的连接。
- ：："中止"按钮。在文件传送过程中单击此按钮，将立即中止当前文件的传送。
- ：："切换到本地浏览器"按钮。单击此按钮将切换到"本地浏览器"窗口。

## C.2　FTP 站点的创建

（1）选择"站点"｜"站点管理器"命令。

（2）在弹出的"站点管理器"窗口中单击左下角的"新建站点"按钮。

（3）在弹出的"新建站点"对话框中输入新站点的名称（站点名称只是为了方便自己识别，可输入任意的字符）。单击"确定"按钮返回。

（4）在"新建站点"对话框的"常规"选项卡下输入相关的信息，如图 C-2 所示。

- 连接类型：根据 FTP 远程服务器的安全协议选择一种 FTP 协议类型，默认为 FTP。此外还支持 SFTP、FTP 使用隐含 SSL、FTP 使用外部 SSL（认证 SSL）、FTP 使用外部 SSL（认证 TLS）等多种安全文件传输协议。
- 站点名称：默认显示为前面设定的站点名称。也可以重新输入一个便于识记的其他名称。
- IP 地址：输入 FTP 服务器的 IP 地址或者服务器的 FTP 域名就可以了。如 117.81.229.108 或者 www.cai8.net 等。
- 端口：FTP 默认的端口是 21。有的服务器会更改成其他的端口，必须要从 FTP 空间商处获得正确的端口号才能顺利地登录。

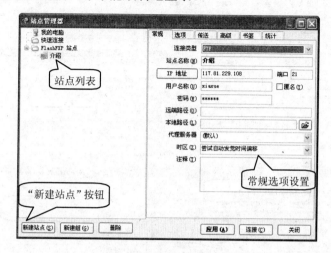

图 C-2　"新建站点"对话框

- 用户名称：填写 FTP 空间商提供的用户名。如果此空间允许匿名登录，则选择"匿名"复选框，"用户名称"和"密码"留空。一般以匿名用户登录会有很多的权限限制，如不能上传文件等。
- 密码：填写 FTP 空间商提供的密码。
- 远端路径：可直接输入 FTP 服务器的起始根目录。留空不填为登录 FTP 根目录。
- 本地路径：输入本地地址或单击右边的浏览按钮进行选择，也可以在成功连接后，在"本地目录窗口"选择，所以这里也可以留空不填。
- 代理服务器、时区、注释等信息均为默认。

（5）单击底部的"应用"按钮保存站点信息，单击"连接"按钮即可连接到远程 FTP 服务器上了。

**专家点拨**：除了在"站点管理器"窗口中连接 FTP 服务器之外，还可以直接单击 "FTP 浏览器"窗口工具栏中的"连接"按钮，在弹出的下拉列表中选择已经创建的站点。如果要连接的站点还没有创建，可选择"快速连接"命令，在弹出的对话框中输入站点的相关信息后，再进行连接。

# C.3　文件的上传和下载

（1）成功连接 FTP 站点。

（2）在"本地浏览器"窗口中选中一个或多个需要上传的文件（或文件夹）。

（3）单击"本地浏览器"窗口工具栏中的"传送所选"按钮 ，或者直接将选中的文件（或文件夹）拖放到"FTP 浏览器"窗口中，文件即开始传送。

（4）文件的下载方法与上传一样，唯一的区别是应将文件从"FTP 浏览器"窗口传送到"本地浏览器"窗口，如图 C-3 所示。

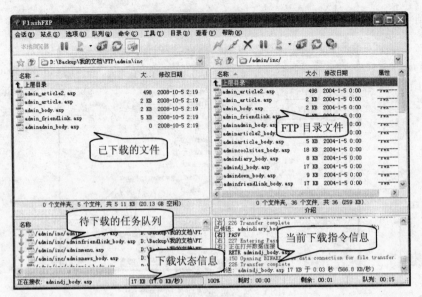

图 C-3　下载文件窗口

## C.4　FlashFXP 高级应用

### 1. 文件的站点对传

FlashFXP 最特殊的功能是它可以实现站点之间的对传，这个功能特别适合维护镜像站点。

（1）单击"本地浏览器"窗口工具栏中的"切换到 FTP 浏览器"按钮，使两个窗口均显示为"FTP 浏览器"窗口。

（2）在两个"FTP 浏览器"窗口中分别连接两个远程的镜像站点。

（3）选定需要传输的文件（或文件夹），右击选择"传送"命令，如图 C-4 所示。

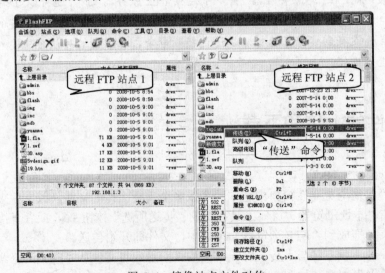

图 C-4　镜像站点文件对传

## 2. 同步站点文件

在维护镜像站点时，需要使两个站点文件同步。从整个站点中找出不相同的文件比较麻烦。利用 FlashFXP 的"比较文件夹内容"功能可以轻松地找出新增或更新的文件。

（1）分别连接两个站点（也可以在本地站点和远程站点之间进行）。

（2）选择"工具" | "比较文件夹内容"命令，在展开的列表菜单中选择"隐藏匹配的文件/文件夹"命令、"比较名称和大小"命令和"选择不匹配"命令，如图 C-5 所示。

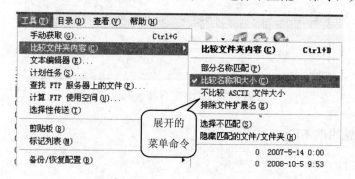

图 C-5 "比较文件夹内容"菜单命令

（3）按快捷键 Ctrl+D 或选择"工具" | "比较文件夹内容" | "比较文件夹内容"命令，两个浏览器窗口中将只显示不同的文件和文件夹，如图 C-6 所示。

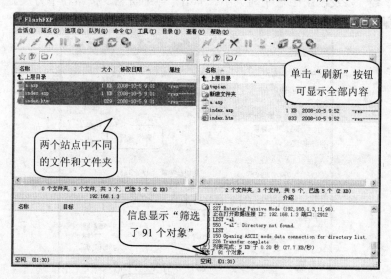

图 C-6 "比较文件夹内容"结果

（4）单击窗口工具栏上的"传送所选"按钮 就可以同步站点文件了。

**专家点拨**：如果站点中被修改的文件大小没有任何变化（哪怕是一个字节），只是更改了某个字符，使用"比较文件名称和大小"命令就无法找到。此时可以选择"工具" | "查找 FTP 服务器上的文件"命令，在弹出的窗口中设定查找条件（可根据文件名称、修改时间、文件大小等进行查找），单击"查找"按钮即可查找到需要的文件，如图 C-7 所示。

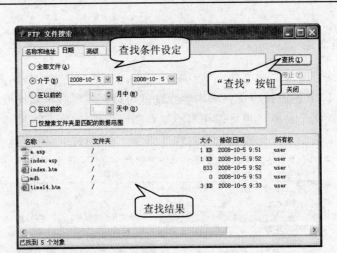

图 C-7 "FTP 文件搜索"窗口

### 3. 计算已使用的 FTP 空间

（1）连接 FTP 空间。

（2）选择"工具"｜"计算 FTP 使用空间"命令。

（3）在弹出的对话框中选择要计算的文件夹（"/"代表站点根目录）。

（4）单击"检查"按钮即开始扫描，计算完成后的扫描结果会显示计算范围内的文件、文件夹的总个数，以及已用磁盘空间大小。单击"详细资料"按钮在下方展开详细资料框，显示所在范围内所有文件夹的详细信息，如图 C-8 所示。

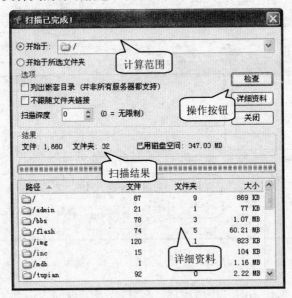

图 C-8 "扫描已完成！"对话框

### 4. 防止被站点踢出

FlashFXP 具有避免空闲功能，可以防止被站点踢出。

（1）选择"选择"｜"参数设置"命令。

（2）在弹出的"配置 FlashFXP"对话框中选择"连接"｜"保持连接"命令，在右侧的窗格中选择"发送保持活动命令"复选框，如图 C-9 所示。

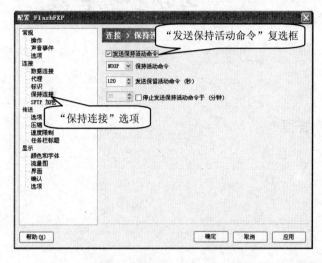

图 C-9　"配置 FlashFXP"对话框

# 习题参考答案

## 第1章 习题参考答案

一、选择题

1．A 2．C 3．D

二、填空题

1．导航栏

2．对比色调

3．Hypertext Marked Language、超文本标记语言

## 第2章 习题参考答案

一、选择题

1．C 2．B 3．D

二、填空题

1．不再显示

2．代码视图、设计视图、拆分视图

3．新建站点

## 第3章 习题参考答案

一、选择题

1．A 2．C 3．A

二、填空题

1．导入 Word 文档

2．loop=true

3．播放

4．绝对路径、文档相对路径、站点根目录相对路径

## 第4章 习题参考答案

一、选择题

1．A 2．C 3．C

二、填空题

1．内部样式表、外部样式表

2．高级（ID、上下文选择器等）

3．CSS 样式

## 第 5 章  习题参考答案

一、选择题

1．B    2．A    3．D    4．C

二、填空题

1．"查看" | "表格模式" | "布局模式"

2．"框架" 面板

3．4、框架集文件和 3 个框架文件

## 第 6 章  习题参考答案

一、选择题

1．B    2．D    3．C    4．A

二、填空题

1．程序代码、解释、响应用户操作

2．绝对位置、图像

3．"行为" 面板

4．事件驱动

## 第 7 章  习题参考答案

一、选择题

1．B    2．D    3．B

二、填空题

1．批量、自动更新

2．可编辑区域

3．文本、表格、表单、插件、ActiveX 元素、导航条和图像

4．结果

## 第 8 章  习题参考答案

一、选择题

1．B    2．C    3．C    4．A

二、填空题

1．标题栏、菜单栏、选项栏、工具箱、文档窗口、面板

2．网格、标尺、参考线

3．形状图层、路径、填充像素

4．方向线、长度、斜度

5．线性渐变、径向渐变、角度渐变、对称渐变、菱形渐变

### 第 9 章 习题参考答案

一、选择题

1. A　　2. C　　3. A　　4. D　　5. B

二、填空题

1. 图层

2. 上面图层的像素、下面图层的像素、正常

3. 图层、透明方式

4. 矩形选框工具、椭圆选框工具、单行选框工具、套索工具、多边形套索工具、磁性套索工具、魔棒工具

5. 改变颜色、颜色的纯度、明亮程度

### 第 10 章 习题参考答案

一、选择题

1. C　　2. A　　3. B　　4. A　　5. D

二、填空题

1. 网站图标

2. 文字方式、图形方式、图文结合方式

3. 广告条、GIF

4. 网页通栏广告、静态

5. 优化、创建链接、可以更新网页的某些部分

### 第 11 章 习题参考答案

一、选择题

1. B　　2. C　　3. D　　4. C　　5. D　　6. D

二、填空题

1. 对象绘制

2. 纯色、线性、放射状、位图

3. 钢笔工具、添加锚点工具、删除锚点工具、转换锚点工具

4. 标准绘画、颜料填充、后面绘画、颜料选择、内部绘画

5. 可扩展的静态文本、固定宽度的静态文本

### 第 12 章 习题参考答案

一、选择题

1. B　　2. C　　3. B　　4. B　　5. C

二、填空题

1. 浅蓝色、浅绿色、灰色

2. F5、F6、F7

3. 关键帧、关联

4. 补间动画（或动作补间动画）、补间形状（或形状补间动画）

5. 紧贴至对象